그리고 모든 것이 변했다

그리고 모든 것이 변했다

2012년 9월 12일 초판 1쇄 발행. 2021년 2월 8일 초판 15쇄 발행. 2024년 4월 25일 개정판(10주년 기념판) 8쇄 발행. 아니타 무르자니가 쓰고, 황근하가 옮겼으며, 도서출판 샨티에서 박정은이 펴냅니다. 이홍용이 편집을 하고, 이근호가 본문 및 표지 디자인을 하였으며, 이강혜가 마케팅을 합니다. 제작 진행은 굿에그커뮤케이션에서 맡아 하였습니다. 출판사 등록일 및 등록번호는 2003. 2. 11. 제2017-000092호이고, 주소는 서울시 은평구 은평로3길 34-2, 전화는 (02) 3143-6360, 팩스는 (02) 6455-6367, 이메일은 shantibooks@naver.com입니다. 이 책의 ISBN은 978-89-91075-78-8 03800이고, 정가는 17,000원입니다.

이 도서의 국립중앙도서관 출판시도서목록(CIP)은 e-CIP홈페이지(http://www.nl.go.kr/ecip)와 국가자료공동목록시스템(http://www.nl.go.kr/kolisnet)에서 이용하실 수 있습니다.(CIP제어번호: CIP2012003970)

Anita Moorjani

그리고 모든 것이 변했다

암, 임사체험, 그리고 완전한 치유에
이른 한 여성의 이야기

아니타 무르자니 지음 · 웨인 다이어 서문 · 황근하 옮김

【산티】

내 영혼의 짝 대니에게.
우리 사랑이 시간과 공간을 넘어선 것임을
늘 알고 있었습니다.
당신이 아니었다면 지금 이 물질 세계의 삶 속에
내가 있을 이유가 없을 겁니다.

사랑하는 엄마와 멋진 오빠 아눕에게.
내 곁에 있어주는 게 늘 고맙지만,
무엇보다도 내가 가장 아프고 힘들 때
곁에 있어주어서 고마워요.
우리 가족이 나를 사랑해 준 것처럼
세상 모든 이에게도
사랑해 주는 가족이 있기를 소망합니다.

내 결혼식을 보는 게 평생소원이었지만
큰 날을 앞두고 이 세계를 떠나신 사랑하는 아버지.
아버지가 피안에서 영원히 조건 없는 사랑을
주고 계심을 깨닫게 해주셔서 감사해요.
그리고 아버지가 여기에도 그곳에도,
어디에나 계심을
제가 분명히 알 수 있게 해주셔서 고맙습니다.

나는 우주에 관한 가장 놀라운 진실은
별이나 행성을 공부하는 것처럼
저 바깥에 있다고 생각하지 않습니다.
진실은 우리의 깊은 곳, 우리의 장엄한 가슴과
마음, 영혼 안에 있다고 생각합니다.
우리 안에 있는 것을 이해하지 못하는 한
우리는 바깥에 있는 것을 이해할 수 없을 겁니다.

어떤 식으로든 당신 가슴에 가 닿기를 바라며
여기 내 이야기를 풀어놓습니다.
그로써 당신의 장엄함을 다시 기억해 낸다면
더 바랄 게 없겠습니다.

차례

2부 죽음으로 떠난 여행

3부 내가 알게 된 것들

웨인 다이어의 서문

이 책을 읽고 나서 나는 아주 깊은 감동을 받았다. 그리고 신성한 섭리가 짜놓았다고밖에는 할 수 없을 우연의 연속에 의해 저자 아니타 무르자니를 개인적으로 만나고 나서는 더 큰 감동을 받았다. 4년 넘게 진행된 암으로 죽음의 문턱까지 갔던 아니타는 결국 그 문턱을 넘게 되었으며, 문턱과 현관을 한참 지나 아예 죽음이라는 집 안 깊숙이까지 들어가는 경험을 했다. 그리고 그 경험을 자기 성찰적인 이 책에 무척 세세하게 묘사해 놓았다. 이 책을 열린 마음으로 자세히 주의 깊게 읽어보기를 권한다. 아마 지금까지 여러분이 갖고 있던 믿음들, 특히 이 세계 너머 이른바 '사후 세계'의 모습에 대해 갖고 있던 생각들이 깊이 흔들리는 경험을 하게 될지도 모른다.

아니타는 사랑하는 이들과 의료진에 둘러싸인 채 혼수 상태로 누워 있었다. 그들은 아니타가 언제 마지막 숨을 내쉴지 몰라서 잔뜩 긴장한 채 마음의 준비를 하고 있었다. 하지만 아니타는 모두의 예상을 뒤엎고 암 투병으로 야윈 육체로 다시 돌아왔으며, 조건 없는 사랑이라는 수단을 통해서 놀라운 치유까지 경험한다. 나아가 죽음의 방에서 돌아와 이 육체적 세계 저편의 삶은 어떤지, 특히 어떻게 '느껴지는지'를 우리 모두에게 말해줄 기회까지 얻게 된다.

한마디로 이 책은 사랑 이야기다. 당신이 진정 누구이며 왜 여기에 있는지, 당신 삶을 한정하는 모든 두려움과 자기 거부를 어떻게 뛰어넘을 수 있는지를 새롭게 이해시켜 주는, 아무 조건도 없는 커다란 사랑에 대한 이야기다. 아니타는 자신의 삶이 왜 이처럼 험난해야 했는지, 자신의 병이 나은 이유는 무엇인지, 왜 이 세계로 다시 돌아왔는지 등 자신이 겪은 이야기를 보기 드문 솔직함으로 털어놓는다. 분명한 것은 아니타의 인생 소명이 이제 막 당신이 이 이야기를 읽으려 한다는 사실과 아주 깊이 관련되어 있다는 것이다. 그리고 아니타의 이 중요한 메시지가 세상에 전해지는 데 내가 일정하게 기여하게 된 것도 그녀의 그와 같은 소명과 무관하지 않다.

아니타가 24시간 동안 혼수 상태로 있으면서 '피안彼岸'의 문턱을 넘어가 발견한 것들은 내가 영감을 받아 글을 쓰거나 강연을 하는 순간에 받은 모든 것과 놀랍도록 일치한다. 우리 둘 모두에게 성스러운 개입이 일어났고, 그 덕분에 흩어져 있던 퍼즐 조각들이 맞추어졌다. 지구 반대편, 내가 속한 문화와는 비슷한 점이 하나도 없는 곳에 살던 이 여성이 내 의식 안으로 들어오고 또 실제

삶에서도 만나도록 이끌렸으니 말이다.

나는 뉴욕에 사는 미라 켈리Mira Kelley라는 여성에게서 아니타의 임사 체험near-death experience(NDE) 수기를 전해 받았는데, 그때 처음 아니타를 알게 되었다. 아니타의 글을 전해준 그 여성은 나중에 나와 친구가 되어 내 전생을 읽어주기도 했다.(이 이야기는 내 책 《소망한 대로 이루어진다Wishes Fulfilled》에 실려 있다.) 아니타의 임사 체험 수기를 읽은 순간 나는 이 감동적인 메시지가 세상 사람들에게도 읽힐 수 있도록 작은 힘이나마 오롯이 쏟아야겠다는 거부할 수 없는 충동을 느꼈다. 나는 헤이하우스Hay House 출판사 대표인 라이드 트레이시에게 전화를 걸어 아니타 무르자니라는 여성을 찾아서 그녀의 임사 체험담을 책으로 더 깊고 소상하게 쓰도록 권유해 보라고 제안했다. 그리고 만일 아니타가 책을 쓰겠다고 하면 기꺼이, 아니 영광스러운 마음으로 내가 그 책의 추천사를 쓰겠다는 말도 덧붙였다. 몇 차례에 걸쳐 겪은 놀라운 동시성 사건을 통해 아니타와 나는 공적으로 또 사적으로 연락이 닿았다.(홍콩에 사는 아니타가 내가 진행하는 헤이하우스라디오의 주간週間 방송에 전화를 건 것, 그래서 그녀와의 인터뷰 내용을 지구 곳곳의 청취자들이 듣게 된 것도 이러한 동시성 사건 중 하나이다.)

아니타는 "우리 모두가 순전한 사랑pure love"이라는 말의 의미를 설명해 주었다. 우리는 다른 모두와, 또 신과 연결되어 있으며, 더 깊은 차원에서는 우리 모두가 곧 신이라고 말했다. 우리가 두려움과 에고를 받아들이면서 차츰차츰 삶에서 신을 몰아냈고, 이것이 곧 우리 몸뿐 아니라 이 세상 전체에 생기는 온갖 질병의 원인이 되는 것이라고 했다. 또 자신이 어떻게 해서 우리의 장엄함을 기억하게 되었고 빛과 사랑의 존재로 사는 법을 알게 되었으며, 이러한 마음가짐 속에는 어떤 치유의 힘이 깃들어 있는지도 들려주었다.

아니타는 자신이 실제로 시간과 공간이 존재하지 않음을 경험한 이야기를 해주었는데, 모두가 하나라는 말이 결코 지적인 관념으로 하는 말이 아니라는 사실을, 실제로 모든 일이 동시에 일어나고 있음을 처음 알게 되었을 때 자기가 놀란 이야기와 함께 들려주었다. 순수하고 복된 사랑의 오라 안에 푹 잠겼을 때의 느낌이나, 이러한 감정에 무한한 치유의 잠재력이 있다는 것도 아주 상세하게 설명해 주었다. 아니타는 "하느님께는 모든 것이 가능하다"는 예수의 말이 진실로 무슨 뜻인지를 체험으로 이해했고, 여기에는 과거의 치유를 비롯해 말 그대로 어떤 것도 가능하지 않은 게 없다는 걸 알게 되었다. 아니타는 내가 《소망한 대로 이루어진다》에 아주 방대하게 써놓은 이야기, 즉 신의 진정한 현존 속에서는 (의학의 법칙을 포함해) 물질계의 법칙이 적용되지 않는다는 사실을 직접 체험했다.

나는 이 여성을 만나야만 했다. 나는 처음 전화 통화를 하는 순간부터 아니타와 아니타가 전하는 희망의 메시지 안에 영적인 진

수가 담겨 있다는 걸 곧바로 느꼈다. 나는 아니타에게 책을 써보라고 권했고, 나와 함께 PBS 방송에 출연해서 그녀가 겪은 사랑과 희망, 치유의 이야기를 세상 사람들에게 들려달라고 부탁했다.

나는 아니타의 임사 체험 수기를 노인 시설에 계시는 아흔다섯 살의 내 어머니께 보내드렸다. 어머니는 죽음을 어렵지 않게 목격하신다. 시설에서 새로 사귄 나이 많은 친구들이 자다가 그만 숨을 거둬 당신 삶에서 영원히 사라져버리는 경우를 많이 보시기 때문이다. 나는 살아있는 모든 것의 운명인 죽음이라는 그 거대한 신비에 대해 어머니와 자주 이야기를 나눈다. 형체를 가진 모든 것은 결국에는 흔적도 없이 사라진다. 우리는 머리로는 이것을 알지만, 무엇이 우리를 기다리고 있는지에 대해서는 여전히 거대한 미스터리로 느끼고 있다.

그런데 어머니는 아니타의 임사 체험 수기를 읽고 나서 평화가 파도처럼 밀려왔다고, 당신을 기다리는 그 거대한 미지에 대한 두려움과 불안, 스트레스가 말끔히 씻겨갔다고 말씀하셨다. 사실 내 아이들을 비롯해 많은 사람들이 아니타의 임사 체험 수기를 읽고 나서 마치 삶의 새로운 국면을 맞이하게 된 것 같다고 한결같이 말했다. 그러면서 이젠 무슨 일이 있어도 자신을 사랑할 거라고, 자신이 얼마나 장엄한 존재인지 기억하고, 질병을 일으키는 생각 따위는 일절 하지 않겠노라고 맹세했다.

아니타는 자기의 몸을 치유할 수 있었고 자신은 이 단순하지만 강력한 가르침을 전하러 돌아온 것 같다고 내게 여러 번 말했다. 그 가르침이란 이 책을 읽는 당신을 치유하는 것은 물론 세상 전체를 변형시킬 수 있는 가르침이다. 그리고 바로 이것 때문에 신이 아니타와 나를 만나게 한 게 아닐까 하는 생각이 든다. 나는 사람들에게 그들의 신성神性을 일깨워주고, 그들 안의 가장 높은 곳이 바로 신임을 알려주는 게 내가 할 일이라고 느낀다. 우리는 이 몸이 아니다. 우리가 이룬 성취나 소유물 역시 우리가 아니다. 우리 모두는 모든 존재의 근원, 즉 신과 하나이다. 내가 이 모든 이야기를 《소망한 대로 이루어진다》에 쓰는 동안 아니타는 내가 자동 기술記述로 받아 적은 그 내용에 마치 느낌표라도 찍으려는 듯 내 삶에 나타났다. 아니타는 내가 글로 쓴 내용을 몸으로 살아냈고, 그 경험을 참으로 아름답게 설명해 주었다. 이 책을 집어든 당신 역시 그 격렬했던 진행암(조기암과 말기암 사이의 암을 말한다—옮긴이)의 고통 속에서, 그리고 신성한 치유를 직접 경험하고 돌아온 평온의 여정 속에서 아니타가 알게 된 모든 것을 글로 읽고 삶에 적용할 수 있는 축복을 받은 것이다.

궁극의 치유는 사랑이라는 이 희망의 메시지를 전하는 데 내가 작은 역할을 할 수 있어서 영광스럽다. 부디 당신이 아니타의 말을 잘 받아들이기를, 그리하여 그것이 당신의 몸, 당신이 관계 맺고 있는 사람들, 당신이 살고 있는 나라의 사람들, 나아가 이 세상 모든 사람들에게 생긴 질병을 없애는 도구가 되기를 소망한다. 엘

리자베스 배렛 브라우닝이 시적으로 말한 바 있듯이, "이 세상은 천국으로 가득 차 있다. 평범한 덤불숲마다 하느님의 불이 타오르고 있다." 치유와 이 땅 위의 천국은 진실로 당신들, 사랑하는 자들의 것이다.

놀랍고도 놀라운 아니타의 이 책을 부디 즐겁게 읽기 바란다. 이 책에도, 아니타에게도 사랑을 보낸다.

하와이 마우이에서

웨인 다이어

책머리에

내가 겪은 것을 다른 이들은 겪지 않아도 되기를 바라며 내 이야기를 세상에 내놓는다.

나는 원체 사람들을 내놓고 가르치는 성격도 아니고 어떻게 살라고 참견을 하는 사람도 아니다. 설사 누가 부탁을 한다 해도 무얼 이런저런 식으로 바꾸어보라고 조언하는 것도 좋아하지 않는다. 나는 그보다는 실례를 통해 가르쳐주거나 그들이 자기만의 진실을 깨달을 수 있도록 안전한 환경을 만들어주는 쪽을 좋아한다.

2006년 겨울과 봄, 임사 체험을 하고 4년간 앓아오던 암이 낫는 경험을 하고 나서 이런 생각은 더 분명해졌다. 나는 임사 체험중에 내 미래 삶의 일부분을 보고 또 이해할 수 있었다. 그리고 내가 이 지상의 삶으로 돌아오기로 선택한 큰 이유는 내 경험과 메시지가 사람들에게 가 닿을 것이기 때문이라는 것도 깨달았다.

임사 체험 상태에서 나는 많은 사람들, 수없이 많은 사람들의 영감을 어떤 식으로든 일깨우게 되어 있다는 것을 그냥 알 수 있었다. 어떤 방식으로 그렇게 할 것인지는 분명치 않았다. 그저 어떤 식으로든 내가 많은 사람들을 돕게 되리라는 것만은 확실히 알 수 있었다. 무엇보다도 이런 일이 일어나도록 하기 위해 내가 뭔가를 따로 할 필요가 없다는 느낌을 확연히 받았다. 나는 그저 내 자신이 되고 삶을 즐기기만 하면 되었다. 앞으로 뭔가 훨씬 더 큰 일이 일어나는 데 내가 도구가 될 수 있도록 나를 맡기는 것이 내 할 일의 전부였다.

그것은 사실대로 되었다. 의사나 과학자는 물론 세계의 본질이나 자신의 경험과 관련해서 답을 구하는 개인들로부터 질문이 쏟아졌고, 그에 대한 대답으로서 내 경험을 말로 들려주거나 글로 쓰는 일을 하게 되었으니 말이다. 이 책 역시 그런 과정에서 만들어진 것이다.(이에 대한 자세한 이야기는 14장에 실려 있다.) 나는 암을 앓고 임사 체험을 경험하면서 알게 된 것들을 거리낌 없이 이야기한다. 내 경험을 다른 사람들에게 들려주고 내가 그 경험에서 얻은 깨달음을 나누는 것이 참 즐겁다. 특히 그것이 다른 이들에게 도움이 된다고 느껴질 때는 더 그렇다.

1부는 내 이야기로 시작한다. 우선 다양한 문화가 만나는 환경에서 보낸 내 어린 시절과, 이로 인해 서로 다르고 자주 모순을 빚기조차 했던 신념들을 동시에 갖게 된 자초지종을 설명했다. 그 다음은 내가 성인이 되고 암이라는 감옥에 갇히게 되는 과정을 이야기하면서, 이러한 성장 배경이 내게 어떤 영향을 주었고, 어떻게 내 안의 두려움을 키웠으며, 결국 질병으로까지 표현되기에 이르렸는지 설명했다.

2부에서는 임사 체험 자체에 대해서, 즉 임사 체험중에 경험하고 알게 된 것, 그리고 그 후에 벌어진 일에 대해 자세히 설명했다. 암에서 낫고 또 이 세상에서 새로운 일을 하게 된 것은 놀랍고도 매력적이며 흥미진진한 여행이다.

3부에서는 지금 내가 생각하는 치유란 무엇인지, 오늘날 세상이 어떠하며, 어떻게 하면 내면의 장엄함을 바깥으로 표출해 우리 본연의 모습대로 세상을 살아갈 수 있을지에 대해 이야기했다. 마무리는 질문과 대답으로 대신했는데, 많은 이들이 공통적으로 궁금해 하는 질문뿐 아니라 여태껏 내가 받아본 것 중 가장 어려운 질문도 들어 있다.

그러나 내 경험을 나누기에 앞서 분명히 하고 싶은 것이 있다. 나는 어떤 보편적 진리나 과학적 진실을 알고 있다고 주장하는 것도 아니고, 누군가의 영적 스승이 되고 싶어 이 책을 쓰는 것도 아니다. 새로운 종교나 신념 체계를 만들려는 것은 더더욱 아니다. 내 유일한 바람이 있다면 사람들을 '설득'하는 게 아니라 '돕고' 싶다는 것이다.

특별히 더 강조하고 싶은 것은 병이 낫는 데 꼭 임사 체험이 필요한 건 아니라는 것이다. 내 바람은 그저 내 안에 암을 키운 씨앗이 되었던 감정적·심리적 요인들을 남김없이 알려서 이 책을 읽은 이들이 병에 걸릴 가능성이 줄게 되거나 애초에 그런 가능성이 아예 자라지 않았으면 하는 것뿐이다. 이와 함께 여러분이나 아는 누군가가 암이나 다른 중병에 걸렸다면 치유에는 여러 길이 있다는 걸 부디 알았으면 좋겠다. 내가 하고 싶은 말은 한 가지뿐이다. 자신에게 옳다고 느껴지는 것, 마음속에서 '이거다' 하고 울리는 소리를 따라가라는 것이다.

혹시 일방적으로 따라하는 단계별 지침이나 원칙을 찾는 독자가 있다면 이 책은 적절하지 않을 것이다. 나는 어디에나 적용되는 '만능' 원칙 같은 걸 만들 뜻은 조금도 없다. 그것은 당신 본연의 모습을 제한할 뿐이다. 내 자신을 사랑한다는 이야기를 하는 것도 나한테로 주의를 끌기 위해서가 아니라 당신도 내면에서 그와 같은 느낌을 맛보기를 바라서 하는 말이다. 내 경험과 깨달음을 나누는 이유는 오로지 당신 안에 있는 장엄함의 불꽃에 불이 붙기를 바라는 마음에서이다. 부디 당신 안에서 잠자고 있는 스승이 깨어나기를 소망한다. 그 스승은 이 우주의 중심에서 여러분이 제자리를 찾도록 이끌어줄 것이다.

당신의 여정에서 날마다 기쁨을 발견하기를 진심으로 소망한다. 그리고 지금 내가 그렇듯 여러분도 삶을 사랑하기를!

1부

세상에서 길을 잃다

들어가며: 내가 '죽은' 날

'이럴 수가, 도무지 믿을 수가 없네! 정말 가볍고 자유로워! 왜 아픈 데가 느껴지지 않지? 그 통증은 다 어디로 간 거야? 잠깐, 주변은 왜 점점 멀어지는 것 같을까? 그런데 안 무서워! 왜 겁나지 않은 거지? 두려움은 어디로 갔을까? 세상에, 두려움이라는 걸 찾아볼 수가 없어!'

정신없이 병원으로 실려가는 도중에도 내 머릿속에서는 이런 생각들이 이어지고 있었다. 주위가 초현실적이고 몽환적으로 보이기 시작하면서 나는 점점 더 의식에서 멀어져 어디론가 빠져들고 있었다. 장기들은 기능을 멈추고 있었다. 나는 지난 4년간 내 몸을 침입해 온, 아니 잠식해 버린 암에 항복하고 있었다.

2006년 2월 2일은 내 기억 속에 영원히 새겨질 날이다. 바로 내가 '죽은' 날로. 혼수 상태였지만 나는 주변에서 일어나는 일을 모두 정확하게 파악하고 있었다. 나를 병원에 데려가는 가족들의 급하고 당황스러운 마음도 느껴졌다. 병원에 도착했을 때 나를 본 의사의 얼굴은 충격으로 아예 굳어져버렸다.

의사가 남편 대니에게 말했다. "아내 분의 심장은 아직 뛰고 있을지 모르지만, 죄송합니다, 부인은 이미 이 세상 분이 아닙니다. 목숨을 구하기에는 너무 늦었어요."

'의사가 지금 누구 이야기를 하는 걸까?' 나는 궁금했다. '난 평생 살면서 이렇게 행복한 적이 없었는데! 엄마와 대니는 왜 저렇게 당황하고 겁에 질려 있는 거지? 엄마, 울지 마세요. 왜 그래요? 무슨 일이에요? 저 때문에 우시는 거예요? 울지 말아요! 전 정말 좋아요, 엄마. 진짜라니까요!'

나는 큰소리로 외치고 있다고 생각했지만, 내 입 밖으로는 아무 소리도 나오지 않았다. 목소리가 사라지고 없었다.

나는 엄마를 안아주고 싶었다. 정말 괜찮다고 말하고 안심시켜 주고 싶었다. 그런데 왜 그렇게 할 수 없는 건지 도무지 이해가 되지 않았다. 왜 내 몸이 말을 듣지 않는 걸까? 사랑하는 엄마와 남편을 안아주고 싶은데, 왜 나는 죽은 듯이 축 늘어져 있기만 한 거지? 정말 괜찮고, 더 이상 아프지 않다고 알려주고 싶은데!

'여보, 대니! 나 이제 휠체어 없이도 다닐 수 있겠어. 기분이 정말 좋아!'

나는 더 없는 기쁨과 희열의 상태에 있었다. 내 몸을 점령해 버린 암의 고통에서 마침내 풀려난 것이다. 엄마와 대니도 나처럼 행복해하기를 바랐다. 그 힘든 싸움이 드디어 끝났는데 왜 기뻐하지 않는 걸까? 엄마와 대니에게도 해방의 날이 아닌가? 왜 이 기뿜을 함께하지 않는 거지? 내가 얼마나 기뻐하는지 안 보이나?

"부탁입니다. 하실 수 있는 게 분명 더 있을 거예요." 대니와 엄마가 의사에게 간청했다.

"단지 시간 문제일 뿐예요." 의사는 요지부동이었다. "왜 더 일찍 데려오지 않았나요? 환자 분 장기가 기능을 멈추고 있어요. 그래서 혼수 상태에 빠진 거고요. 오늘 밤 넘기기 힘들 겁니다. 불가능한 부탁이에요. 지금은 어떤 조치를 해도 독성이 너무 강해 치명적일 수밖에 없어요. 장기가 다 기능을 멈췄어요!"

"네, 그런지는 모르겠지만…… 하지만 아내를 포기할 순 없어요!" 대니도 물러서지 않았다. 남편은 침대 위로 축 늘어져 있는 내 손을 꼭 붙잡고 있었다. 남편의 목소리에서 고통과 무력감이 뒤섞인 마음을 읽을 수 있었다. 무엇보다도 그를 고통 속에서 꺼내주고 싶었다. 내가 얼마나 황홀한 경험을 하고 있는지 그에게 알려주고 싶었지만, 전할 방법이 없어 답답할 뿐이었다.

'의사 말을 듣지 마, 대니. 제발 듣지 마! 의사는 왜 저렇게 말하는 거야? 나는 아직 여기 있고, 이렇게 좋은데. 그 어느 때보다도 좋은걸. 아니 정말 멋져!'

어떻게 된 건지는 몰라도 나는 모두가 겪고 있는 것을 느낄 수 있었고, 그래서 가족은 물론 의사의 마음까지도 느낄 수 있었다. 그들의 두려움과 불안, 무력감과 절망이 실제로 느껴졌다. 그들의 감정이 내 감정인 것 같았고, 마치 내가 그들이 된 것 같았다.

'당신의 아픔이 느껴져, 여보. 당신의 감정을 전부 느낄 수 있어. 제발 날 위해 울지 마. 엄마한테도 나 때문에 울지 말라고 말해줘. 엄마한테 말해줘, 제발!'

하지만 주변에서 벌어지는 드라마에 감정적으로 집착하는 그 순간, 나는 동시에 더 큰 그림, 더 원대한 계획이 펼쳐지고 있다는 듯 내가 그들로부터 물러서고 있는 것이 느껴졌다. 모든 것이 완벽하며 계획에 따라 진행되고 있다는 깨달음이 들자 그 상황에 대한 감정적 집착도 거두어졌다.

내가 정말로 죽고 있다는 자각이 든 것은 바로 그때였다.

'아…… 내가 죽고 있구나! 죽는다는 게 이런 느낌인가? 내가 생각했던 것과는 전혀 다르네. 정말이지 아름답도록 평화롭고 고요해…… 그리고 드디어 병이 다 나은 것 같아!'

그러자 내 육체가 멈추더라도 모든 것은 삶이라는 더 커다란 태피스트리(다채로운 염색 실로 그림을 짜 넣은 직물—옮긴이) 안에서 여전히 완벽하다는 것을 이해하게 되었다. 우리는 결코 진정으로 죽지 않기 때문에!

나는 내 앞에서 펼쳐지는 일들을 아주 세세한 부분까지 정확하게 알 수 있었다. 의료진이 내가 누워 있는 침대를 중환자실로 밀고 가는 모습이 보였다. 그들은 나를 빙 둘러서서 다급한 손길로 내 몸에 기계를 연결하고 바늘을 찌르고 관을 밀어 넣고 있었다.

나는 병원 침대에 누워 있는, 축 처진 내 몸에 아무런 집착도 느껴지지 않았다. 그 몸은 내 것이 아닌 것 같았다. 내가 지금 겪고 있는 것을 담기에는 너무 작고 보잘것없어 보였다. 나는 자유로웠고, 해방되었으며, 장엄하기까지 했다. 그 모든 고통과 아픔, 슬픔과 괴로움이 말끔히 사라지고 없었다! 완전히 자유로웠고, 이런 기분은 일찍이 한 번도 느껴본 적이 없었다. 단 한 번도!

그러고 나서 나는 순수하고 조건 없는 사랑이라고밖에는 표현할 수 없는 무엇인가에 둘러싸이는 느낌을 받았다. 하지만 '사랑'이라는 단어도 그 느낌을 적절하게 표현하지는 못한다. 그것은 가장 깊은 보살핌 같은 것이었고, 전에는 한 번도 느껴보지 못한 것이었다. 우리가 상상할 수 있는 그 어떤 물리적 형태의 사랑도 이것과는 비교가 안 되었다. 그것은 '조건이 없는' 사랑이었다.—이것이 바로 '내 것'이었다. 내가 무엇을 했고 어떻게 살아왔는가와는 무관하게 말이다. 나는 이 사랑을 받기 위해 해야 할 일이 아무것도 없었고, 어떤 방식으로건 행동할 필요도 없었다. 이 사랑이 나를 위해 있었다. 무슨 일이 있건 상관없이 말이다!

나는 이 에너지에 오롯이 잠겨 새로워지는 기분이 들었고, 내가 어딘가에 '속해 있다'는 느낌이 들었다. 마치 기나긴 싸움과 고통, 불안과 두려움의 시간을 지나 드디어 종착지에 다다른 것처럼.

나는 마침내 집에 와 있었다.

1

남다른 환경

인도는 멋진 나라지만 내게는 아직 그곳에서 살 인연이 주어지지 않았던 것 같다. 부모님은 신드 주 하이데라바드 출신의 인도 분들이지만, 나는 싱가포르라는 아름다운 나라에서 태어났다.

친할아버지는 스리랑카에서 가족들과 함께 직물 장사를 했는데, 유럽과 인도, 중국의 직물을 수입해서 전 세계에 파는 일을 하셨다. 할아버지의 사업 때문에 아버지 역시 여러 나라를 옮겨 다니다가, 마침내 내가 두 살 되던 해에 당시 영국 식민지였던 홍콩에 자리를 잡았다.

이런 배경 덕분에 나는 동시에 세 가지의 문화와 언어 속에서 자랐다. 활기 넘치고 북적거리는 대도시 홍콩은 중국인이 절대다수를 차지하는 도시라서 나는 동네 사람들에게서 광둥 어를 배울 수 있었다. 한편 부모님이 나와 오빠 아눕Anoop을 보낸 학교는 영국인 학교였는데, 거기서는 모든 수업이 영어로 이루어졌고 학생들도 대부분 부모님을 따라 홍콩에 와 있는 영국 아이들이었다. 그런가 하면 집에서는 온 가족이 고향 언어인 신드 어를 썼고 생활 양식도 전통 힌두 방식을 따랐다.

아버지는 키가 크고 잘생긴 분으로 위엄이 있는 가장이었다. 아버지는 우리를 사랑했지만, 성격이 엄한데다 당신의 방식을 식구들 모두가 따라야 한다고 생각하는 분이었다. 나는 그런 아버지가 무서워서 무슨 일이 있어도 아버지 말을 거스르는 아이는 되지 말자고 속으로 다짐했다. 그와 반대로 어머니는 오빠와 나에게 늘 따뜻하셨다. 엄마한테는 언제라도 주저 없이 내 속마음을 털어놓을 수 있었다.

나는 오빠 아눕을 정말 좋아했다. 다섯 살 터울인 우리는 지금도 그렇지만 어려서도 매우 가깝게 지냈다. 꼬마에게 다섯 살 차이는 적지 않아서 우리가 같이 노는 일은 거의 없었다. 하다못해 다투는 일도 한 번 없었다. 오히려 나는 오빠를 존경하는 쪽에 가까웠고, 오빠는 그런 나를 보살피고 보호해 주었다. 오빠가 곁에 있으면 나는 아주 든든했고, 오빠에게는 무엇이든 말해도 좋을 것 같았다. 오빠는 어렸을 때나 지금이나 내 인생에서 아버지보다 더 큰 영향을 끼친 남성이다.

부모님은 힌두 전통에 따라 중매 결혼을 하셨는데, 오빠와 나도 나이가 차면 당신들이 직접 적절한 짝을 맺어줄 거라고 여기고 계셨다. 그리고 역시 전통에 따라 여자는 당연히 남편과 집안의 남자들에게 순종적이어야 한다고 생각하셨다.

이런 성 불평등은 지금도 인도 문화에 만연해 있는 특징이다. 어린아이였던 나는 이런 가치관에 의문을 품지 않고 원래 그래야 하는 것으로 당연하게 받아들였다. 하지만 여섯 살 꼬마였을 때 처음으로 이런 불평등이 불편해졌다. 집에 놀러 온 한 아주머니와 엄마가 나누는 대화를 우연히 엿듣게 된 게 그 계기였다.

"둘째 태어났을 때 딸이라 실망하지 않았어요?" 아주머니가 인도 방언으로 물었다.

엄마의 대답을 기다리는데 내 마음이 조마조마했다.

"아뇨, 그럴 리가요. 내 딸이 얼마나 사랑스러운데요." 엄마의 대답에 얼마나 마음이 놓였던지.

"하지만 여자애들은 골치 아프잖수. 다 자라고 나면 더 그렇지. 여자애들이 크면 잘못되지 않게 단단히 단속을 해야지, 안 그러면 좋은 남편 얻기 힘들어요. 게다가 딸 하나 시집보낼 때 챙겨줘야 하는 지참금이 갈수록 늘어만 가니 원!" 아주머니가 말했다.

"앞일을 어찌 알아요? 딸이든 아들이든 애들은 다 자기 운명을 가지고 태어나는 법인 걸요." 엄마의 현명한 대답이 지금도 생생하게 기억난다.

“글쎄, 아무튼 난 아들만 둘이라 참 좋다우!” 아주머니는 자랑스럽다는 듯 말했다. 어린 내게도 아주머니의 으스대는 태도가 느껴졌다.

나중에 아주머니가 가고 엄마와 둘만 남았을 때 내가 물었다.
“엄마, 여자애들은 정말 골치 아파요?”

“이런, 그게 무슨 말이니, 예쁜 우리 베타.”(‘베타Beta’는 자기 자식을 사랑스럽게 부를 때 쓰는 인도 방언이다.)

엄마는 그렇게 말하며 나를 꼭 안아주었다. 그때 내가 이렇게 생각했던 게 지금도 기억난다. ‘내가 딸이라는 이유만으로 부모님께 골칫거리가 되고 싶지는 않아, 절대로. 부모님이 내가 아들이었으면 하고 바라는 일은 없었으면 좋겠어.’

우리 가족이 홍콩에서 처음 살던 집은 경마장이 훤히 내려다보이는 해피 밸리의 아파트였다. 나는 창가에서, 화려한 색상의 기수복을 입은 기수들이 주말에 있을 경기를 위해 말을 훈련시키는 모습을 몇 시간이고 내려다보고는 했다.

아파트 앞 큰길에는 전차가 다녔는데, 우르릉거리며 요란스레 지나가는 전차 소리가 7층의 우리 집 창밖을 내다보며 자주 공상에 잠기던 나를 방해하곤 했다.

거의 매일 아침, 나는 짙은 백단향과 장미향의 익숙한 향내에 잠을 깼다. 평화롭고 차분한 느낌을 주는 그 향기는 그때나 지금이나 참 좋다. 보통 방에서 나올 때쯤이면 인도 산 고급 비단이나 프랑스 산 시폰(얇게 비치는 가벼운 직물)으로 만든 화려한 색의 살와르 카미즈(인도 전통 의상)를 입은 엄마가 집 안에 마련된 성소聖所로 막 들어가는 모습이 보이곤 했다.

부모님은 매일 아침 집 안 제단에 있는 크리슈나와 락슈미, 시바, 하누만, 가네샤 같은 신상 앞에서 명상과 기도를 하고 만트라를 암송했다. 이렇게 내면의 의식을 정갈하게 하면서 당신들께 주어진 새로운 하루를 다시 시작하는 것이었다. 부모님은 힌두교 경전은 물론, 시크교 창시자인 구루 나낙Nanak과 그가 쓴 경전, 구루 그란트 사힙Granth Sahib의 가르침도 신봉했다.

나는 종종 그 제단 앞에 앉아서, 부모님이 여러 개의 조그만 남신상과 여신상, 신들이 그려진 그림 앞에 향을 피워놓고 그 연기를 둥그런 모양으로 젓는 모습을 유심히 바라보곤 했다. 부모님이 향을 피우면서 푸자(힌두교 기도문)를 암송하면 나도 따라했다.

그런 뒤에는 잡다한 집안일로 바쁜 중국인 유모 아퐁을 지켜보았다. 그러면 아퐁은 내게 광둥 어로 이런저런 수다를 떨었다. 검은색과 흰색으로 된 삼푸samfoo(전통 중국 의상) 차림의 아퐁은 조그만 몸집으로 재게 움직이며 온 집 안을 돌아다녔다. 나는 아퐁을 정말 좋아했다. 내가 두 살 때부터 우리 집에서 일한 아퐁은 우리 식구나 다름없었다.

평일에는 보통 저녁때까지 부모님을 볼 수 없었다. 학교로 나를 데리러 오는 건 아퐁의 몫이었다. 집에 돌아와 점심을 먹고 나면 아퐁은 동네 시장으로 나를 데리고 나가 내게 신선한 음식을 사주면서 장을 보았다. 우리는 전차를 타고 갔는데 그렇게 아퐁과 외출을 할 때면 나는 얼마나 들뜨고 기뻤는지 모른다.

전차가 우리 아파트 건물 바로 앞에 와서 멈추면 아퐁과 나는 전차에 껑충 올라탔다. 내게 그 시간은 흥미진진한 모험의 시간이었다. 전차가 홍콩의 좁다란 거리와 빼곡한 사람들 사이를 가르며 지나가는 내내 나는 창밖을 구경했다. 해피 밸리, 코즈웨이 베이, 완 차이 같은 거리들이 스쳐 지나갔고, 그러다 보면 어느새 시장에 도착했다. 전차에서 내리면 아퐁은 내 작은 손을 꼭 쥐고 걸었다. 주변의 온갖 풍경과 냄새, 소리에 정신을 빼앗긴 채 나는 마냥 들뜨고 즐거웠다. 부모님과는 그렇게 재미있는 곳에 간 적이 한 번도 없었다. 부모님은 자가용만 타고 다녔고 백화점에서만 물건을 샀는데, 이 만화경같이 화려한 색채와 감각 들에 비하면 그렇게 돌아다니는 건 아주 따분했다.

시장에는 팔지 않는 것이 없었다. 신선한 과일과 야채, 가정용품, 싸구려 장신구며 보석 등등 없는 게 없었다. 상인들은 목청껏 외치며 물건을 팔았고, 노점상들은 아무 데나 자리를 잡고 있었다. 야채 노점상 바로 옆에 신발 노점상이 있는가 하면, 꽃, 그릇, 싸구려 플라스틱 장난감, 화려한 색깔들의 과일, 장신구, 풍선, 생선,

고기, 양말과 스타킹, 색색깔의 행주와 수건, 식탁보 등등을 파는 온갖 노점상이 뒤섞여 있었다. 대부분은 물건들이 길거리까지 흘러넘치고 있었다. 나는 이 진기한 광경에 시간 가는 줄 모르고 빠져들었다.

"아퐁! 아퐁! 저것 좀 봐요! 저 아저씨가 뱀 가지고 뭐하는 거예요?" 신이 난 내가 유창한 광둥 어로 외쳤다.

"뱀 장수란다. 저 가족이 집에 가져갈 수 있게 뱀을 꽁꽁 묶는 거야. 집에 가서 맛있는 뱀탕을 끓여 먹을 수 있게." 아퐁이 대답해 주었다.

나는 뱀이 자유를 빼앗기지 않으려는 듯 손놀림이 능숙한 주인 손에서 안간힘 쓰며 꿈틀거리는 모습에 놀라 눈을 동그랗게 뜨고 바라보았다. 그래도 결국은 소용이 없었다. 뱀은 전문가의 손길을 벗어나지 못하고 대나무 꼬챙이에 묶여 쇠망태기 안에 갇혔고, 나는 그 불쌍한 생명에게 연민을 느꼈다.

아무튼 나는 아퐁과 시장 가는 시간을 정말로 좋아했다. 모험심을 타고난 나에게 그 작은 외출이 있는 날은 잔칫날과도 같았다.

아퐁은 우리 식구와 그렇게 오래 살았으면서도 우리 부모님을 마주칠 때면 늘 눈을 내리깔고 시선을 피했다. 호기심 많은 꼬마인 나는 한시도 질문이 끊이질 않았는데 그런 아퐁의 행동도 예외가 될 수 없었다. 나는 늘 우리 부모님과 아퐁 사이의 문화적 차이를 이해해 보려고 노력했던 것 같다.

"아퐁은 왜 그렇게 하는 거예요?" 내 여섯 살짜리 자아가 궁금해서 묻는다.

"뭘 왜 그렇게 해?" 아퐁이 되묻는다.

"엄마 아빠가 나타나면 왜 눈을 아래로 내리까느냐고요?"

"존경심을 보이기 위해서지." 아퐁이 설명한다.

"존경심은 왜요?"

"네 부모님이 주인어른들이시잖니. 내가 그분들을 존경한다는 걸 보여드리고 싶으니까. 그분들이 내게 윗사람이라는 것도."

"엄마 아빠가 아퐁의 윗사람이라고요?" 나는 이 새로운 사실에 깜짝 놀랐다.

"그럼, 내게 일을 주시는 분들인 걸."

"그럼 나도 아퐁의 윗사람이에요?"

끝이 없는 내 호기심을 잘 알고 있는 아퐁은 넉살 좋게 웃었다.

"아니, 꼬마 아가씨는 나한테 일을 안 주잖아요. 외려 내가 아가씨를 돌보고 있지."

"아, 그렇구나." 나는 새 인형을 가지러 다른 방으로 가면서 뒤를 보고 소리쳤다.

나는 아퐁의 딸 아모이와도 잘 놀았다. 아모이는 내가 다섯 살이 되던 해부터 주말이면 우리 집에 와서 자기 엄마와 같이 지냈다. 아모이는 나보다 한 살밖에 많지 않았고 내가 광둥 어를 잘했기 때문에 우리는 금방 친구가 되었다. 나는 아모이와 노는 것이 참 좋았다. 우리는 내 장난감을 가지고 함께 놀았고 근처 공원에도 같이 갔다. 주말마다 같이 놀 또래 친구가 생기니 부모님도 아주 흡족해했다.

일요일은 아퐁이 쉬는 날이었기 때문에, 아퐁은 아모이를 데리고 나가 점심을 사준 뒤 자신의 부모님 집으로 아모이를 데려다주었다. 아모이는 주말을 제외하면 늘 그곳에서 한 주를 보냈다.(당시에는 한 번도 물어보지 않았지만 지금 생각해 보면 아퐁은 미혼모였던 것 같다. 그래서 부모님의 도움을 받아 아모이를 키웠던 듯하다.) 아퐁은 일요일에 내가 부모님과 외출하지 않으면 나도 데리고 갔는데, 그 나들이가 정말 좋았다.

보통 우리는 전차를 타고 곳곳을 다녔다. 우리 나들이는 늘 중국 음식을 파는 노점상에서 점심을 먹으면서 시작됐다. 광둥 어로 '다이파이동'이라고 부르는 이런 노점상은 그냥 길거리에 있는 것으로, 우리는 옆으로 차들이 다니는 곳에서 조그만 나무 의자에 앉아 뜨거운 국수와 만둣국을 먹었다. 점심을 다 먹으면 아퐁은 아모이가 할머니 할아버지와 함께 살고 있는 집으로 우리를 데리고 갔다. 단층의 중국식 아파트로, 안으로 들어가면 아담하고 가구도 별로 없는 집이었다. 궁금한 것을 못 참는 나는 그 집의 구석구석을 다 구경하고 싶어서 돌로 만든 어두운 실내를 맘껏 돌아다녔고, 그동안 아퐁은 부모님과 앉아서 차를 마셨다. 어른들은 용이

나 호랑이같이 중국의 십이지신十二支神에 나오는 동물들이 화려한 색으로 그려진 작은 컵에 차를 마셨고, 내게는 큰 컵에 주스나 아이스티를 가득 담아주었다.

아모이네 집에 갈 때마다 나는 신이 났다. 떠들다가 진이 빠질 땐 커다란 아치 모양의 창문 밖으로 거리를 내려다보면 또 재미있었다. 말린 해산물을 파는 상인들이 신선한 가리비와 생선을 길 한쪽 멍석에 널어놓고 오후의 강렬한 햇살에 말리는 모습을 구경했다.

이렇듯 내 어린 시절은 동양과 서양이 한데 뒤섞여 있었다. 홍콩은 주로 중국인들이 사는 영국 식민지였기 때문에 크리스마스와 부활절은 물론 우란분절(음력 7월 15일로, 죽은 조상을 기리는 불교 명절—옮긴이)과 중추절(우리의 추석과 같은 중국 명절—옮긴이)도 성대하게 치렀다.

명절 때면 아모이가 며칠이고 우리 집에 같이 있어서 아주 좋았다. 또 아퐁과 아모이에게 중국의 전통과 신앙에 대해 배우고 여러 명절의 의미에 대해서도 들을 수 있었다. 예를 들어 우란분절은 음력 7월 14일 밤부터 지내는데 중국인들은 이때 저승에서 배가 고플 조상들을 위해 기도하면서 예를 올린다고 했다.

아눕 오빠와 나는 아퐁과 아모이, 요리사 아춘이 조상들에게 예를 올리는 모습도 보았다. 여러 물건의 모양을 본떠 만든 작은 종이 모형들을 불로 태우는 의식이었다. 그들은 집 뒤편과 부엌 뒤 계단통에 커다란 독을 놓고 그 안에다 불을 붙이고는 종이로 만든 물건들을 집어넣었다. 종이 모형으로 만든 것 중에는 차나 집, 가짜 돈도 있었는데, 조상들이 저세상에서 이 값비싼 선물들을 받는다고 했다.

"아퐁, 저 종이 집을 태우면 아퐁의 할아버지가 정말로 천국에서 집을 받으시는 거예요?" 호기심이 발동한 내가 물었다.

"그렇고말고, 아니타. 우리 조상님들은 우리가 계속 기억하고 챙겨드리기를 바라신단다. 돌아가신 뒤에라도 말이지. 우리는 모두 조상님을 기려야 해요."

아퐁과 아춘, 아모이는 부엌 뒤편에 있는 자기들 식탁에 아춘이 하루 종일 공들여 만든 음식으로 상을 차렸다. 조상들도 이 잔치에 함께할 수 있도록 밥상 한편에 자리도 따로 마련했다. 조상들을 위해 마련한 자리에도 똑같이 음식이 차려졌다. 가끔은 나도 그들이 차린 밥을 함께 먹었는데, 조상들이 앞에 차려진 음식을 잘 드시고 있는지 정말 궁금했다!

내가 일 년 중 가장 좋아하는 명절은 중추절이었다. 중추절에는 동네 종이등 가게에 가서 천장에 수도 없이 매달아놓은 색색의 화려한 종이등 가운데 맘에 드는 것을 골랐다. 종이등은 모양도 크기도 가지각색이었는데 그 중에는 중국의 십이지신에 나오는 동물 모양들도 있었다. 나는 토끼 모양을 가장 좋아했다. 아퐁은 아모이와 나를 데리고 가 시장 뒤쪽에 있는 종이등 가게에서 맘에 드는 것을 고르게 해주었다.

중추절은 미국의 추수감사절과 매우 비슷하다. 그리고 일 년 중 가장 둥그런 대보름달을 기념하는 날이기도 하다. 이 날에는 다양한 종류의 월병을 만들어서 먹고 나누는 것이 풍습이다. 월병을 나누어 먹고 난 뒤에는 아름답고 화려한 종이등 안에 촛불을 켜서 밖으로 들고 나간다. 아모이와 나는 동네에 사는 다른 아이들과 함께 집 앞과 나무, 담장 위에 각자의 종이등을 매달았다. 이날 밤은 평소보다 늦게까지 놀 수 있어서 우리는 등불 밑에서, 또 일 년 중 가장 둥글고 크고 밝은 달빛 아래에서 밤늦도록 놀았다.

우리 집에서는 인도 명절도 빼놓지 않고 쇠었다. 그중에서도 디왈리 Diwali('빛의 축제'라는 힌두교 명절로, 매년 10~11월의 초승달이 뜨는 날 쉰다)가 가장 성대했다. 우리 식구는 디왈리 축제 때면 늘 새 옷을 입었는데, 나한테는 제일 신나는 일이었다. 그 어린 나이에도 나는 명절을 앞두고 새 옷을 사러 가는 것이 얼마나 좋았는지 모른다! 엄마는 늘 나와 오빠를 데리고 당시 홍콩 중심가에서 가장 큰 백화점인 레인 크로포드에 갔다. 우리는 아동복 코너를 제 집인 양 헤집고 다녔다. 나는 원피스랑 예쁜 옷들을 신이 나서 구경했고, 오빠는 셔츠와 바지를 둘러보았다. 엄마가 옷 고르는 것을 도와주었는데, 대개는 축제 기분과 잘 어울리도록 색깔이 화려한 옷을 골라주셨다.

디왈리 축제가 있는 날 저녁이면 가족 모두가 새 옷으로 차려 입었다. 엄마는 보통 최신 유행하는 화려한 색의 사리Sari를 두르고 집에 있는 보석을 전부 꺼내 치장했다. 아버지는 전통 쿠르타 파틀룬(인도식 셔츠와 바지)을 입었고, 오빠는 바지와 셔츠를, 나는 새로 산 치마를 입었다.

단장을 마치면 다 같이 해피 밸리에 있는 힌두교 사원으로 가서 다른 인도인들과 어울려 힌두교 찬송가 바잔bhajans을 불렀다.

방울 소리, 종소리와 뒤섞인 찬송가 소리는 높다랗고 둥근 사원 천장을 울리면서 저녁 공기 속으로 흩어졌다. 그때 사원의 종소리가 내 존재 전체를 울리던 느낌, 내 영혼의 깊은 부분을 건드리던 느낌을 지금도 생생하게 기억한다. 힌두교 명절 때면 사원 앞마당은 늘 총천연색 장식들과 음악, 춤, 달큰한 향냄새, 그 사이로 비집고 올라오는 강렬한 인도식 채소 요리 냄새로 가득했다. 그 잔치 분위기를 내가 얼마나 좋아했던지!

"엄마, 나 앞으로 나갈래요. 나가서 마흐라지(힌두 사제)한테 나도 이마에 주홍색 점을 찍어달라고 할래요." 나는 흥분해서 신드어로 엄마에게 외쳤다. 내 자그마한 몸은 색색깔의 군중들 사이를 헤치고 이미 앞으로 나아가고 있었다.

마흐라지가 사람들의 이마에 주홍색 점을 찍어주는 것은 제3의 눈이 열리는 것을 의미한다. 나는 사원에 갈 때마다 잊지 않고 늘 그 주홍색 점을 찍어달라고 했다.

나는 힌두교 집안에서 자랐기 때문에 자연스럽게 업보와 윤회를 믿었다. 동양의 많은 종교에서는 업보와 윤회를 가르치면서, 우리가 생명을 얻어 태어나는 것은 생사의 순환을 거듭하면서 의식을 높이고 영적으로 진화해 마침내 깨달음을 얻기 위함이라고 이야기한다. 그 지점에 이르면 우리는 생사의 순환에서 벗어나 더는 살과 피를 가진 육체로 태어날 필요가 없어진다. 그런 상태를 열반이라 한다.

이따금씩 그런 생각을 할 때면 나는 겁이 났다. 그래서 미래의 생에 부정적인 업業을 만들 수 있는 일은 될 수 있으면 하지 않으려고 조심했다. 꼬마였을 때도 내 마음속에서는 무엇이 선업을 쌓는 일이고 무엇이 악업을 쌓는 일인지 늘 분별이 되었다. 그렇게 나는 내가 속한 문화의 신념이 만들어놓은 잣대에 나를 맞추려고 부단히 애썼다.

내가 믿는 힌두교에서는 또 명상과 찬송이 마음속에서 부정한 생각을 씻어내고 깨달음을 얻도록 도와주는 일반적인 방법이라고 가르쳤다. 명상은 우리가 물질적 자아 그 이상이라는 사실을 더욱 분명히 자각하게끔 도와준다. 어른이 되기도 전에 나는 우리가 생물학적 존재 이상이라는 걸 그렇게 일찌감치 인식하고 있었다.

2

많은 종교, 많은 길

집에서 배운 힌두교 전통과는 정반대로 내가 받은 첫 번째 교육은 수녀님들이 운영하는 가톨릭 학교에서 시작되었다. 나는 일곱 살 때 이미 문화적 차이와 종교적 차이로 인한 영향을 체감하기 시작했다. 학교는 아름답고 널찍한 3층짜리 오래된 건물이었는데, 건물 중앙에는 아름다운 돔형 예배당이 자리해 있었다. 우리 집에서 조금만 걸어도 되는 곳에 있어서 편리했다.

등교 첫날, 새 교복을 입은 나는 가슴이 벅찼다. 교복은 빳빳한 흰색 원피스에, 빨간색의 세련된 학교 배지가 달린 군청색 재킷이었다. 학교 운동장에 들어서니 다른 아이들도 전부 나와 똑같이 입고 있었는데 그 모습에 나는 몹시 뿌듯해졌다. 교복은 내게 소속감을 느끼게 해주었다. 학교에서의 하루 일과는 찬송가를 부르는 것으로 시작되었고 나는 그 시간도 아주 마음에 들었다.

"너희 집은 왜 일요일에 성당에 안 가니?" 학교를 다닌 지 한 달쯤 되었을 때 반 친구 조셉이 물었다.

"우리 집은 가톨릭이 아니거든. 우리는 힌두교인이야. 그래서 월요일 저녁마다 사원에 가." 내가 대답했다.

"너, 부모님한테 가서 꼭 말해. 일요일마다 성당 가서 하느님께 기도하자고. 안 그러면 죽어서 천국에 못 가." 조셉이 말했다.

"그거 진짜야?" 내가 물었다. "그게 사실이라면 우리 부모님한테도 말씀드려야겠다."

"당연히 진짜지. 다른 애들 아무나 붙잡고 물어봐. 아, 다음 시간 성경 수업 때 메리 수녀님한테 여쭤보자. 수녀님이라면 뭐가 진짜인지 확실히 아시겠지. 수녀님이라면 하느님이 뭘 원하시는지 분명히 알고 계실 거야!"

나는 조셉을 좋아했다. 나를 정말로 생각해 주고, 내가 천국에 가기를 진심으로 바라는 것 같았다. 그래서 메리 수녀님께 물어보았는데, 하느님 마음에 들려면 거두절미하고 일요일에 성당에도 가고 성경도 공부해야 한다고 하셨다. 수녀님은 친절하게도 내가 하느님의 말씀을 이해하게 도와주겠다고까지 했다.

그날 오후, 집에 돌아온 나는 메리 수녀님이 하신 말씀을 엄마와 상의해 보기로 마음먹었다.

"엄마, 친구들하고 학교 수녀님이 죽어서 천국 가고 싶으면 일요일마다 성당에 가야 한대요. 가서 성경 공부도 해야 하고요."

"아니란다, 우리 딸." 엄마가 말씀하셨다. "그건 걱정 안 해도 돼. 학교 친구와 선생님들한테는 '나는 힌두교인이에요'라고 말하렴. 네가 조금 더 자라면 베다를 읽게 될 거야. 태어난 데가 다른 사람들은 믿는 종교도 다른 법이야. 우리가 죽으면 다른 환경에서 다시 태어난다는 걸 너도 곧 배우게 될 거야."

"학교 친구들은 그 말을 믿을 것 같지 않은데?" 난 조금 시무룩해져서 대꾸했다. "그리고 무섭기도 해요. 걔네 말이 맞으면 어떡해? 친구들과 선생님들이 전부 다 틀리지는 않을 거 아니에요? 어떻게 수녀님이 틀린 말을 할 수 있어요?"

엄마는 나를 바싹 끌어당기며 말했다. "겁내지 마라, 아가. 진실은 아무도 모른단다. 메리 수녀님도 그건 몰라요. 종교는 진리를 찾아가는 길에 지나지 않아. 종교가 진리인 건 아냐. 그건 그저 길일 뿐이지. 사람들은 저마다 다른 길을 갈 수 있단다."

잠시 마음이 놓이기는 했지만 엄마의 말씀이 나의 두려움을 완전히 잠재워주지는 못했다. 또래 친구들과 종교가 다르다는 데서 오는 불안감은 사라지기는커녕 시간이 갈수록 더 심해졌다.

나는 메리 수녀님이 내가 힌두교인이어도 천국에 갈 수 있다고 말해주기를 바랐지만 그런 일은 일어날 리 없었다. 내가 학교에서 배운 것은, 조건을 채우지 못한 이들에게는 무시무시한 운명이 기다리고 있다는 것이었다.

'자고 있는 사이에 하느님이 날 데리러 오면 어떡하지? 메리 수녀님은 하느님은 어디에나 계시고, 모든 걸 알고 계신다고 했는데. 그렇다면 내가 세례를 받지 않았다는 것도 아신다는 거잖아!'

나는 뜬눈으로 밤을 지새우기 시작했다. 혹시라도 하느님 마음에 들지 않는 이에게 닥칠 그 무시무시한 운명을 하느님이 꿈속에서 보여줄까봐 잠이 오지 않았다. 이렇게 불안해하며 며칠씩 잠도 못 자는 나 때문에 부모님은 걱정을 많이 하셨다. 부모님은 시간이 지날수록 나의 불안감이 더 심해진다는 걸 알고는 결국 내가 여덟 살이 되던 해에 아일랜드 학교로 전학을 보내셨다.

건물 여섯 채와 주변의 공간이 오밀조밀하게 모인 이 영국계 학교는 보웬 로드 바로 위, 홍콩의 언덕배기에 있었다. 종교색이 좀 더 옅었고, 학생들은 거의 부모님 일로 잠시 홍콩에 와 있는 영국 아이들이었다. 그 부모들은 대부분 정부 기관에 다니는 사람들 아니면 건물을 세우거나 개발을 위해 홍콩에 들어온 다국적 기업 쪽 사람들이었다.

학교는 호화롭고 아름다웠으며 그 당시로 치자면 거의 예술의 경지라 할 만한 시설을 갖추고 있었다. 과학실과 언어 학습실이 따로 있었고, 체험 학습용 동물원에 체육관과 수영장까지 있었다. 그러나 유일한 인도 꼬마였던 나는 온통 영국 아이들뿐인 환경에서 그들과 계속 부딪힐 수밖에 없었다. 아이들은 거의 대부분 파란 눈에 금발 머리였는데, 내가 까만 피부에 검고 두꺼운데다 구불거리는 머리칼을 가졌다는 이유로 무리에 끼지 못하거나 놀림을 당하는 일이 잦았다.

내 머릿속에는 온통 이런 생각들뿐이었다. '빌리가 나를 더 이상 검둥이라고 부르지 않았으면 좋겠어!' 나는 팀을 짤 때도 늘 마지막까지 선택되지 못한 채 남겨졌고, 놀이를 하자고 누가 날 끼워주는 일도 없었다. 내 책이나 펜 같은 걸 가져가는 아이들도 있어서 그럴 때면 한참씩 찾아다녀야 했다.

아이들의 그런 행동 때문에 나는 기가 죽고 외롭고 슬펐지만, 아이들 앞에서는 눈물을 꾹 참았다가 집에 돌아와 방에 처박혀 이불을 쓰고 엉엉 울었다. 나는 내가 따돌림당하고 있다는 걸 부모님께 말하지 않았다. 부모님이 나를 걱정거리로 여기는 게 싫었기 때문이다. 어쨌든 부모님은 이미 나를 전학도 시켜주지 않았던가. 그러니 잘 적응하고 아주 행복하게 지내는 척해야 했다.

그래도 어떤 일은 내게 큰 아픔을 주었다. 한번은 교내 식당에서 혼자 점심을 먹고 있는데 내 대각선 방향에서 밥을 먹던 빌리가 막 식사를 마치고 자리에서 일어났다. 남은 음식물 쟁반을 들고 가던 빌리가 내 옆을 지나가면서 일부러 남은 음식을 내 밥그릇 안에 쏟아부었다. 주변에 앉은 모든 애들이 웃음을 터뜨렸다. 빌리가 한 짓을 본 애들은 몇 명 안 되었을지 모르지만 내게는 식당 안의 전부가 날 비웃는 것처럼 느껴졌다.

마음속에서 깊은 분노가 치솟아 올랐다. 더는 참을 수 없었다. 검둥이라고 불리는 것도 지긋지긋했고, 팀을 짤 때면 제일 마지막까지 남는 것도 신물이 났고, 놀림당하는 것도 물건 뺏기는 것도 지겨웠다. 정말이지 더는 참을 수가 없었다. 나는 거칠게 의자를 빼며 일어났다. 그리고 내가 먹던 달콤한 오렌지 소다가 담긴 컵을 들고 빌리를 향해 돌아섰다. 그 아이는 날 보며 웃고 있었다. 난 그 아이를 똑바로 쳐다보며 얼굴에 소다를 부어버렸다!

이제 식당 전체가 웃음바다가 되었다. 다행히 이번에는 날 보고 웃는 게 아니었다. 얼굴이며 옷이며 모두 오렌지 소다 범벅이 돼 머리칼에서 끈적거리는 소다를 뚝뚝 흘리고 서 있는 빌리를 보며 웃는 것이었다. 진짜 볼 만했지만 나는 너무 무서워서 웃을 수가 없었다. 그가 어떻게 나올지 겁이 났다.

빌리는 이글거리는 눈으로 나를 죽일 듯이 노려보았다. 나는 계속 그렇게 서서 그와 대거리할 엄두가 나지 않았다. 그래서 뛰었다. 번개처럼 식당에서 빠져나가 여자 화장실로 달아났다. 좁은 화장실 안에 들어가 문을 잠그고 울기 시작했다. 오죽했으면 내가 그런 짓까지 했을까 싶어 눈물이 났다. 나는 무엇보다 융화되고 받아들여지고 일원이 되고 싶었다. 하지만 내 피부색이나 인종을 바꿀 수는 없었다. 내가 할 수 있는 거라곤 아무것도 없었다!

'어디를 가도 나는 왜 남들과 다른 걸까? 대체 내가 속할 데는 어딜까? 왜 어디에도 속한 것 같지가 않을까?' 화장실 안에서 웅크린 채 깊은 울음을 토해내면서, 나는 정말 그게 알고 싶었다.

몇 해가 더 지나 십대로 접어들면서 다행히도 따돌림은 줄어들었다. 그러나 반 친구들은 점점 독립적인 청소년이 되어가는 반면, 우리 부모님은 더욱 엄격해졌다. 특히 저녁에 친구들을 만나는 경우에는 더 그랬다. 남자애들이라도 끼면 간섭은 더욱 심해졌다. 우리 문화에서는 남자애들과 어울려 다니면 눈살을 찌푸리고 바라봤기 때문에, 나는 저녁에 있는 학교 모임에도 참석할 수 없었고 주말에 반 친구들과 함께 외출할 수도 없었다.

그래서 나는 어디에도 소속되었다는 느낌을 받지 못했다. 반 친구들이 주말 저녁 모임에서 춤추고 논 이야기를 하면서 웃고 떠들 때 나는 늘 외따로 떨어져 있었다. 나는 그들을 부러운 눈으로 바라보았고, 내가 인도 사람이 아니기를 바랐다. 결국 대부분의 시간을 학과 공부에만 매진하면서 혼자 보낼 수밖에 없었다. 나는 아주 오랫동안 나만의 세계에 갇혀 살았고, 정말 친한 친구는 손에 꼽을 정도였다. 부모님은 내게 어떻게든 인도 고유의 문화를 주입시키려 하시고 다른 인도인 친구들을 사귀게 하려고 애쓰셨지만, 나는 부모님의 그런 노력이 싫었다.

"베단타 모임에 가기 싫어요." 열세 살이 되던 해 어느 토요일, 나는 드디어 엄마에게 선언했다. 당시 나는 힌두교 경전인 베단타 공부 모임에 매주 가서 다른 인도인 친구들을 만나던 참이었다.

"그러면 너 어른이 됐을 때 힘들어져. 특히 결혼할 때 곤란해질 거야. 힌두교인이 된다는 게 어떤 건지를 알고 있어야지." 내 머리를 손질해 주시던 엄마가 말했다.

'하지만 지금보다 더 인도 사람처럼 되기 싫단 말예요! 나는 반 애들하고 더 비슷하게 되고 싶다고요!' 나는 속으로 생각했다. 하지만 정작 입 밖으로 나오는 말은 달랐다. "그렇지만 난 다른 친구들하고 어울리고 싶어요. 반 친구들과요. 걔네들은 베단타 공부 모임에는 안 간다고요!"

"아빠랑 엄마는 네가 베단타 공부에 가기를 바라. 더 이상 다른 말 하기 없기다." 엄마의 대답이었다.

나는 내가 정말 힌두교인이 되고 싶은 건지 확신이 들지 않았지만, 착한 인도 여자아이답게 부모님의 바람대로 했다. 나는 이후 몇 년간 매주 베단타 공부 모임에 가서 다른 인도 아이들을 만났고, 힌두교의 이모저모를 자세히 배웠다. 베다의 가르침 자체는 재미있었고 계속 공부하고 싶은 마음도 들었다. 베다를 가르치는 선생님은 아주 훌륭한 분으로 토론을 잘 이끌어주셨는데, 나는 토론에 뛰어난 자질이 있었다. 나는 곧 공부 모임에서 인기 있는 아이가 되었다. 소속되기를 절실히 바랐던 학교에서와는 정반대였다. 나는 마치 전혀 다른 두 개의 삶을 살고 있는 느낌이 들었다.

'이 두 개가 합쳐진다면, 그래서 내가 인도 친구들에게 그렇듯 학교 친구들에게도 인기가 있다면 얼마나 좋을까?' 나는 자주 그런 생각을 했다. '왜 학교 친구들은 인도 친구들이 내게서 보는 걸 보지 못하는 걸까?'

해가 지나면서 나는 힌두교 공부의 지적인 측면에 점점 더 재미를 붙였다. 바가바드기타와 베다를 공부하는 것이 정말 재미있었다. 원인과 결과, 운명과 자유 의지 같은 것에 대해 배우는 것이 좋았다. 그리고 그런 주제로 토론을 벌이고 깊은 대화를 나누는 것이 좋았다. 또 기도와 명상이 내 마음을 깨끗하게 해준다는 느낌이 들어 기도와 명상도 열심히 했다. 가슴에 와 닿는 부분들이 정말 많았다. 비록 여성을 억압하는 것이나 여성이 남성에게 순종해야 한다는 생각, 당사자의 의사와 상관없이 이뤄지는 중매 결혼 등 인도 문화의 많은 것들이 부당하다고 느끼기는 했지만 말이다. 그러나 실제로 베다 자체에는 그런 규율이 없다.

이렇듯 다양한 문화와 종교를 접하며 지냈지만, 그 무엇도 앞으로 일어날 일에 대해 준비를 시켜주지는 못했다. 나는 그때까지 내가 지녔던 신념과 지식, 철학이 저 깊은 핵심에서부터 흔들릴 거라고는 상상도 하지 못했다. 그러나 이미 오래 전, 성인이 되기 전부터 내가 속한 문화와 신념에 대한 의문이 나를 사로잡고 있었고, 나는 내 인생에서 균형점을 찾아 헤매고 있었다.

3

난 뭐가 잘못된 걸까?

인도 특유의 문화 때문에 우리 부모님은 오랫동안 내게 중매 결혼을 권하면서 친구나 지인 들의 아들을 소개해 주었다. 특히 아버지는 내가 고등학교를 졸업한 뒤로도 계속 공부하는 것을 달가워하지 않았다. 대학에 들어가게 돼 집에서 나가 살면 내가 더욱 독립적으로 될까봐 걱정했기 때문이다. 아버지는 내가 그렇게 되면 앞으로 순종적이고 가정적인 주부가 되기는 더욱 어려워질 거라고 생각했다. 인도 문화에서는 여자는 교육을 덜 받을수록 또 나이가 어릴수록 결혼해서 더 가정적이게 된다고 생각하고 그것을 바람직한 일이라 여겼다.

비록 부모님은 내가 행복해지는 것 말고는 세상에 더 바라는 게 없었지만, 그래도 마음속으로는 내가 결혼하기를, 그것도 우리 문화권의 사람과 결혼하기를 바라셨다. 그러나 내가 원하는 것은 부모님의 바람과는 딱 정반대였다.

"하지만 아빠, 난 정말로 대학에 가고 싶어요. 가서 사진과 그래픽 디자인을 배울래요!" 내가 고집을 부렸다.

"집에서 가까운 학교를 찾는다면 반대하지 않으마. 하지만 공부한다고 집에서 나가 살아야 한다면 그건 안 돼."

"하지만 아빠, 이 근처에는 영어로 가르치는 대학이 한 군데도 없다는 거 아시잖아요! 대학을 가려면 멀리 갈 수밖에 없다고요!"

"그럼 볼 것도 없어! 여자가 결혼하기 전에 집에서 나가 산다는 건 있을 수 없는 일이야. 잘 알잖니?"

하지만 그때쯤 나는 이미 자신의 생각과 의견이 뚜렷한 성인이 되어 있었다. 그때까지 받은 교육 덕분에 사고방식도 상당히 서구화되어 있었다. 그래서 물었다. "여자들한테만 그러는 법이 어디 있어요? 남자들한테는 그러지 않잖아요?"

"그건 법이 아니야! 응당 따라야 하는 순리지. 그리고 너는 네 문화의 가치관을 지킨다는 걸 자랑스럽게 여겨야 한다." 아빠는 내 반항에 다소 언짢으신 듯했다.

내게는 아직 이루지 못한 꿈이 있었지만 그 꿈들이 끝내 못 이루어질지도 모른다는 침울한 기분이 들었다. 나는 세상을 보고 싶었고, 기회가 된다면 여행 사진가로 일하고 싶었다. 유럽을 배낭 여행하고 싶었고, 파리의 에펠탑도 보고 싶었으며, 이집트의 피라미드도 내 눈으로 직접 보고 싶었다. 마추픽추의 에너지를 느끼고 싶었고, 스페인에서 파에야(프라이팬에 쌀과 고기, 해산물 등을 함께 볶은 스페인 전통 요리—옮긴이)를 먹어보고 싶었고, 모로코에 가서 타진(모로코 전통 찜요리—옮긴이)을 맛보고 싶었다. 직접 보고 해보고 경험하고 싶은 것이 정말 많았다. 그런데 내가 중매 결혼을 받아들인다면 내 꿈을 이룰 수 있는 기회도 그날로 사라질 것이 아닌가. 설상가상으로 당시 내 절친한 인도 친구 둘이 고등학교를 졸업하자마자 부모님이 소개해 준 남자와 결혼하기로 한 상태였기 때문에 내 입장은 더욱 난처했다.

그래서 더 이상 문제를 만들지 않기 위해, 또 아버지에게 반항적인 딸이 되지 않기 위해 나는 집 근처에서 하는 사진 강좌에 등록하는 것으로 만족했다. 동시에 적합한 짝을 만나보라는 부모님의 뜻에 맞춰드리면서 얌전한 예비 신부 역할을 하기 시작했다.

한번은 잊을 수 없는 사건이 있었다. 부모님이 또 다른 중매 자리에 나를 데리고 나가는 길이었다. 부모님은 내게 집에 있는 것 중 가장 멋진 인도 전통 의상을 입혔다. 나는 넓게 파진 목선을 따라 우아한 자수가 놓아진 진분홍 생사生絲 상의를 입고, 머리에는 거기에 어울리는 자수 장식이 된 고급 연분홍 숄을 써서 어깨까지 내려뜨려 치장을 했다. 이는 여성의 겸손함을 보여주기 위한 것이었다. 그리고 하늘색 실크 바지와 연분홍색 스틸레토 신발(앞이 뾰족한 인도의 여성화—옮긴이)로 마무리했다.

약속 장소까지 차를 타고 가던 순간이 지금도 생생하게 기억난다. 나는 머릿속으로 이런 자리에서 절대 꺼내면 안 될 대화 주제를 꼽아보고 있었다. 인도 전통 의상을 입는 것보다는 청바지와 운동화, 등산화가 훨씬 더 편하다는 말 따위는 절대 입 밖으로 내면 안 되었다. 또 하나, 어렸을 때와는 달리 명절을 제외하고는 힌두교 사원에 가지 않는다는 말 역시 금기 중의 금기였다. 내 취미나 그 밖의 관심사들—다양한 음악을 좋아하는 내 취향이나, 예술과 천문학과 별 보기를 즐기는 일, 밖에 나가 자연 속에 있기를 좋아하는 것—을 입 밖으로 꺼내지 않도록 조심해야 한다는 것도 알고 있었다. 내 미래의 소망 같은 것도 입에 올리지 말아야 했다. 언젠가 오토바이를 타고 아프리카를 누비고 싶다는 바람, 유럽을 배낭 여행할 거라는 꿈, 이집트에 갈 것이며, 사회 운동가가 되어 개발도상국에 자립적이고 친환경적인 글로벌 마을을 세우고 싶다는 것, 아시아의 빈곤국에서 사람들의 삶의 질을 높이는 일을 하고 싶다는 장래 희망 따위는 모두 금지 목록에 들어 있었다.

'안 돼.' 나는 속으로 말했다. '그런 말은 입 밖에도 내지 않도록 조심할 거야.'

장래에 시집 식구가 될 사람들 앞에서 구체적으로 어떤 말을 해야 할지 나는 머릿속으로 떠올려보았다. 최근에 차파티(밀가루를 반죽하여 둥글고 얇게 만들어 구운 인도의 음식—옮긴이)를 완벽하게 굽는 법을 배웠다는 말 따위가 그에 속했다. 이 인도 전통의 비발효 빵은 대부분의 인도 가정에서 주식으로 먹는 것으로, 완벽한 원형을 이루게 해서 평평하게 구우려면 대단한 기술이 필요했다. 나는 이 얘기를 하면 가족들 모두가 기뻐할 거라고 머릿속으로 계산했다.

정말 모든 준비를 마쳤다고 생각했다. 이번에는 가능한 모든 상황에 맞춰 예상 시나리오를 완벽하게 준비했고, 일이 틀어질 가능성은 없을 거라고 생각했다. 하지만 그렇지 않았다. 나는 숙제를 완벽하게 하지 못했다. 약속 장소였던 올드 피크 로드의 언덕에 자리한 식민지풍의 아름다운 클럽으로 들어가니 웨이터가 와서 주문을 받기 시작했다. 나는 별 생각 없이 참치 샌드위치를 시켰는데 그것이 화근이었다. 미래의 신랑과 시집 식구 모두가 엄격한 채식주의자라는 사실을 눈치 채지 못했던 것이다. 그쪽 식구들이 하나같이 치즈 오이 샌드위치나, 치즈 양파 파이, 그 밖에 여러 채식 메뉴만 시켰다는 것을 생각지도 못했다.

"저는 참치 샌드위치요"라는 말이 내 입에서 떨어지기 무섭게 장래의 시어머니가 나를 쏘아보는데, 그 눈빛이 어찌나 매서운지 나를 꿰뚫어버릴 듯했다. 나머지 식구들도 똑같이 나를 쏘아보았다. 모든 시선이 내게로 꽂히던 그 순간, 나는 쥐구멍이라도 있으면 숨고 싶은 심정으로 그저 묵묵히 앉아 있을 뿐이었다.

그런 실수를 하다니 내가 너무 한심했다! '저쪽 식구들이 채식주의자일 수도 있다는 걸 어쩌면 전혀 눈치 채지 못했을까?' 나는 끝없이 스스로를 나무랐다. 사실 이럴 때 자신을 꾸짖는 것이 우리 문화에서는 그리 드문 일도 아니었다.

두말할 것도 없이, 그 중매 자리는 첫 만남 한 번으로 그쳤다.

하지만 수차례 시도 중 딱 한 번, 약혼으로 이어진 만남이 있었다. 두 번 만났을 뿐이었지만 그 젊은 남자와 나는 만남을 더 진전시키기 전에 약혼식을 치르기로 뜻을 모았다.

앞으로 어떻게 할지를 정하지 않으면 우리는 만남을 더 가질 수 없었다. 그는 키가 훤칠하고 얼굴도 잘생겼으며 말도 잘했다. 나는 그에게 끌렸고 그 역시 나와 같은 마음이라는 걸 알 수 있었다. 우리는 서로에 대해 더 알고 싶었기에 양가 부모님에게는 희소식이 될 결정을 했다. 약혼식을 치르기로 한 것이다. 약혼식은 구루 나낙 사원에서 종교적 예식 속에 치러졌다. 가족과 친구들이 모두 참석한 가운데 우리는 마흐라지에게 축복을 받았다. 이런 절차를 미스리misri라고 하는데, 다른 문화권의 약혼식과 비슷하다.

우리는 오후에 미스리를 치르고 저녁에 고급 인도 식당에서 축하연을 열었다. 음식과 와인이 넘치고 음악이 흘렀다. 우리는 처음으로 춤을 추었는데, 그 순간 나는 황홀할 만큼 행복했다. 드디어 옳은 일을 하고 있다는, 이제 모두에게 받아들여질 것 같은 기분이 들었다. 이제 오래오래 행복하게 살 일만 남은 듯했다.

그러나 몇 달이 지나고 결혼 날짜가 가까워지면서 나는 약혼자와 가족들이 원하는 아내나 며느리는 결코 될 수 없다는 것을 깨달았다. 아무래도 나는 전통적인 사고방식과는 맞지 않는 사람이었다. 약혼을 하기 전에는 왜 이것을 미처 몰랐을까? 중매 결혼을 한다는 것은 곧 내게 일정한 기대치가 요구된다는 말이기도 했다. 그러나 약혼을 한 이상 그 약속을 깬다는 것은 거의 불가능해 보였다. 적어도 양가 어른들께는 그런 것 같았다.

약혼을 한 후로 나는 그와 그의 가족들이 원하는 쪽으로 바뀔 수 있을 거라고 생각했다. 그들이 자랑스럽게 아내요 며느리라고 부를 만한 사람으로 바뀌고자 나는 무던히도 애를 썼다. 그러나 안타깝게도 나는 자꾸 실망시키기만 할 뿐 그들의 기대를 채워주지 못했다. 그들을 기쁘게 해주려고 필사적으로 노력했지만, 전통적으로 내게 요구되는 일들에 진심을 쏟기는 정말 어려웠다. 나는 너무 활동적이었고, 여전히 내 꿈을 좇고 싶었다.

그런 내가 너무 실망스러웠다. 나는 속으로 계속 물었다. '왜 이런 게 내게는 이다지도 어려운 거지? 난 뭐가 잘못된 걸까? 다른 사람들은 쉽게도 하던데. 모두들 약혼하고 결혼하고 잘만 하던데, 내 친구들도 다 그렇고! 나한테는 결혼이라는 게 왜 이리도 어려운 걸까?' 스스로가 정말 무능하고 한심하게 느껴졌다. 나는 영락없는 실패자 같았다.

결국 나는 내가 그들이 찾는 사람이 결코 될 수 없다는 사실을 받아들였다. 실패를 받아들여야 했다. 이런 식으로 더 갈 수 없다는 걸 나는 알았다. 너무나 겁이 났다. 누군가에게 이런 말을 하면 어떻게 될지, 어떤 반응이 돌아올지 정말 무서웠다. 결혼을 하는 것도, 결혼을 뒤엎는 것도 모두 두려웠다.

내 마음속 깊은 곳에서는 내가 미래의 남편이나 시집 식구들이 기대하는 바를 결코 채워줄 수 없다는 걸 잘 알고 있었다. 그때까지 내가 한 것은—옷 입는 것이든 행동하는 것이든—순전히 연기였다. 나는 절대로 그들이 원하는 사람이 될 수 없다는 게 분명했다. 평생을 나 아닌 누군가가 되려고 애쓰다가 끝날 것이고, 애쓴다고 해도 늘 낙제점일 것이다. 내 꿈과 장래 희망, 바람 따위를 이루기란 더더구나 상상도 할 수 없을 것이다.

이렇게 마음속에서 한바탕 전쟁이 일어나는 동안, 내 기분이 어떻고 얼마나 힘든지 따위는 부모님께 한 마디도 하지 않았다. 오래 전에 그랬듯이, 부모님이 나를 골칫거리로 생각하는 것은 원치 않았기 때문이다. 모든 고민을 혼자 떠안고도 겉으로는 씩씩한 척, 행복한 예비 신부인 척하면서 늘 밝게 웃고 즐거워했다. 내 심적 고통과 두려움 때문에 다른 사람들에게 부담을 주기가 싫어 이런 사실을 누구에게도 말하지 않았다.

그러다 마침내 이런 이중 생활을 더는 지속할 수 없는 지경에 다다랐다. 결혼을 며칠 앞둔 어느 날 저녁, 나는 엄마한테 가서 울음을 터뜨렸다.

"엄마, 미안해요!" 나는 눈물을 쏟았다. "저 못하겠어요. 안 되겠어요!"

그런데 내 예상과 달리 엄마는 나를 꼭 안아주었다. "울지 마라, 아가. 어떤 말이라도 괜찮으니까 엄마한테 다 말해보렴."

"전 아직 준비가 안 되었어요, 엄마! 저에겐 꿈도 있고, 세계를 여행하면서 이런 것 저런 것 다 해보고 싶어요. 내가 하고 싶은 것을 이제 하나도 못할 거라고 생각만 해도 못 견디겠어요!"

나는 깊이 흐느끼면서 내 속마음을 모두 털어놓았다. 내가 생각하고 있는 것, 겁내고 있는 것, 내 꿈과 장래 희망, 바람을 모두 꺼내놓았다.

엄마는 나를 끌어안고는 내가 싫어하는 걸 억지로 시킬 생각은 조금도 없다고 말했다. 그렇게 겁내고 있는 것을 진작 알아채지 못해서 미안하다고 했다. 그리고 내가 이런 일을 겪게 만들어서, 적어도 일이 이렇게까지 커지게 놔두어서 미안하다고 했다. 엄마는 아버지와 상의해 보겠다며 겁내지 말라고, 무슨 일이 있어도 엄마는 내 결정을 존중해 주겠다고 했다. 나는 그동안 한 번도 느껴본 적이 없는, 뭔가 아주 후련해지는 기분을 느꼈다.

그러고 나서 엄마에게 했던 말을 오빠에게도 모두 했다. 오빠도 내 말이 끝나자마자 말했다. "걱정 마, 아니타. 내가 네 편이 되어줄게. 그런 이야기를 좀 더 일찍 했으면 좋았을 걸. 그렇게 혼자 힘들어하지 않아도 되었을 텐데."

"한번 약혼하면 무를 수 없는 줄 알았어." 내가 울음 섞인 목소리로 대답했던 게 기억난다.

그러나 나를 이해한 건 우리 가족뿐이었고, 다른 사람들은 아무도 이 소식을 쉽게 받아들이지 못했다.

친척들, 조부모님들, 약혼자의 가족, 그밖에 인도 사람들은 전부 이 소식을 듣고 낙담하고 화를 내고 실망했다. 우리 집에 와서 결혼을 강행하라며 나를 설득하기도 했다. 결혼 전에 불안해지는 건 당연하다면서 결혼하고 나면 모든 게 좋아질 테니 꾹 참고 이겨내라고 했다. 이렇게 결혼 서약을 깨면 앞으로 인도 사람 중에서는 짝을 만나기 힘들 거라고 겁을 주기도 했다. 내 이름이 더럽혀질 테고 어떤 집안도 나를 며느리로 맞아들이지 않을 거라고도 했다.

내 이상은 비현실적이고, 더욱이 여자로서는 터무니없는 일이라고 했다. 내 기대치가 너무 높으며, 그런 식이라면 내게 맞는 남자는 평생 못 만날 거라고 했다. 눈을 조금 낮추고 순종적인 아내와 며느리가 된다면 행복하게 살 수 있을 거라고 했다.

나는 내 고집 때문에 모두를 힘들게 한다는 생각이 들어 이루 말할 수 없이 괴로웠다. 사람들이 나에 대해 뭐라고 말하는지 알게 된 뒤부터는 이런 결정을 내린 게 후회스러웠고 내 미래가 두려웠다. 사람들은 내가 여자로서 가정 교육을 잘못 받아 제멋대로이고 부모님이 나를 잘못 키웠다고 했다. 여자가 이런 행동을 하다니 보통 드센 게 아니라고 했다. 고통스럽고 슬펐다. 더 이상 인도 사람들과 어울리고 싶지 않았다. 내가 한 짓이 전부 후회스러웠다. 약혼을 한 것부터 약혼을 깬 것까지, 충분히 여성스럽지 않은 것부터 인도 사람 같지 않은 것까지 모두 다. 사실상 나라는 사람 자체가 후회스러웠다.

'난 왜 늘 미안해하기만 해야 할까? 그저 내게 진실했을 뿐인데 왜 늘 잘못했다고 해야 해?' 내가 뭘 잘못했는지 도무지 알 수 없었다. 끝없이 해명해야 하는 것도, 일일이 대꾸해 줘야 하는 것도 더는 참기 어려웠다.

그래서 결혼식을 올리기로 되어 있던 며칠 전, 비용도 전부 치르고 그 밖에 다른 준비도 모두 끝나 있던 상태에서—장소도 모두 잡혀 있었고, 선물들이 쌓여 있었으며, 세계 곳곳에서 친구와 친척들이 찾아와 있는 상태에서—나는 도망을 쳤다. 인도와 영국에 가 있는 옛 친구들을 만나러 긴 여행을 떠났다. 난 그저 사라져버리고만 싶었다. 모든 것이 잠잠해질 때까지 내가 알고 지내던 세계에서 멀리 벗어나 있고 싶었다. 내 감정 이외에는 아무것에도 신경 쓰고 싶지 않았다. 스스로 정리할 시간이 필요했다. 그때 내 인생의 다음 막이 순탄치만은 않으리라는 것을 알 수 있었다.

4

소울 메이트를 만나다

홍콩의 부모님 집으로 돌아온 뒤에도 나는 인도 사람들 무리에는 섞이고 싶지 않았다. 여전히 내가 영락없는 실패자 같은 느낌이 들었기 때문이다. 그래서 혼자 지내기 위해 일자리를 알아보기 시작했다.

"나 취직했어요!" 어느 날 내가 현관문을 열어젖히고 들어가며 소리쳤다. 아버지는 언제나처럼 당신이 좋아하던 안락의자에 앉아 저녁 뉴스를 보고 계셨다.

친구 한 명이 자기가 일하는 직장에 빈자리가 났는데 내게 안성맞춤일 거 같다고 해서 얻게 된 일자리였다. 프랑스계 장신구

회사로 아시아 지역에 상품을 판매하는 회사였다. 내가 할 일은 상품 홍보 담당자를 보조하고 도매업체의 주문을 받는 일이었는데, 인근 도시로 출장을 다니는 일도 많을 거라고 했다. 상품 판매나 유통에는 별로 관심이 없었지만, 출장을 다닐 수 있고 또 독립할 가능성도 있다는 점이 구미를 당겼다.

"잘됐구나, 얘야! 해낼 줄 알았다!" 고개를 돌려 나를 쳐다보는 아버지 얼굴이 환하게 빛났다. "무슨 일인지 말해봐. 언제부터 출근이야? 어떤 회사야? 하는 일은 뭐고?"

"다음달 1일부터 출근이에요. 정말 기대돼요! 수출 담당자를 보조하는 일이고요. 장래성이 큰 자리예요. 실적을 높여서 사장에게 능력을 입증하면, 독립해서 일할 기회도 줄 거래요."

"그건 무슨 말이냐?" 안색이 좀 변하면서 아버지가 물었다.

"홍콩 곳곳을 돌아다닐 가능성이 아주 크다는 말이죠!"

"정말 대견하기는 하다만, 얘야, 취직은 그저 네가 결혼하기 전까지 시간을 보내기 위해 하는 거라는 걸 잊지 않았으면 좋겠다. 일에만 빠져 지내다가 너무 독립적이 돼 결혼 안 하겠다고 하는 일은 없었으면 한다. 네 엄마와 나는 아직도 네가 연분을 만나기만을 기다리고 있어."

"윽, 아빠. 이 기쁜 순간에 그만하세요! 이 일을 얻게 돼 저는 정말 기쁘단 말예요!"

"그래, 알겠다." 아빠가 말했다. "하긴, 넌 모르겠지만, 요새는 부인이 직장에 다녀도 개의치 않는 남자들도 더러 있다더라. 나중에 혹시라도 네 남편 될 사람이 네가 일하거나 출장 다니는 걸 안 좋아하면 네가 상심할까봐 그러는 것뿐이야. 그래서 그런 거야, 단지. 하지만 네 말이 맞다. 앞일은 지금 생각하지 말자. 오늘은 네 기쁜 일만 축하하자꾸나!"

"엄마는 어디 계셔요? 엄마에게 이 좋은 소식을 어서 알려줘야지. 그리고 제가 오늘 두 분께 저녁을 살게요. 취직 턱이에요!" 아눕 오빠에게 이 기쁜 소식을 알려주려고 전화하러 가면서 내가 소리쳤다.

마침내 내 인생에도 볕이 들기 시작했다. 나는 경제적으로도 사회적으로도 독립을 시작하고 있었다.

몇 년 동안 부모님은 내게 맞는 짝을 찾아주려고 노력하더니, 당신들이 결코 이길 수 없는 싸움을 하고 있다는 것을 슬슬 깨닫기 시작했다.

그런 부모님의 노력이 나는 좀 안타까웠다. 우리 문화권 안에서 나는 적절한 신붓감이 못 된다는 걸 아직도 이해하지 못하시는 것 같았기 때문이다. 게다가 약혼을 깼다는 것 때문에 나에 대한 평판은 땅에 떨어져 있었다. 우리 문화권의 사람들은 나를 드세고 반항적이며 눈이 높고 고집스러운데다 자기 주장이 강하다고들 생각했다. 이 모든 것이 여자로서 바람직한 성격은 아니었다. 사정이 이러한데도 부모님은 알맞은 상대를 이어주기만 하면 내가 마음을 고쳐먹고 한층 가정적인 여자가 될 거라는 기대를 버리지 않고 있었다.

그러는 와중에 그 프랑스계 회사 생활이 시작되었던 것인데, 나는 맡은 직책 때문에 인근 도시들로 출장을 자주 다녔다. 홍콩에 있을 때에는 부모님 집에서 지냈지만 여러 곳으로 출장을 다니다 보니 자유와 독립의 여지가 많았다. 나는 그것을 아주 즐기고 사랑했다. 게다가 다양한 분야의 사람들을 만날 기회도 생겼다. 인생이란 좋은 것이라는 느낌이 점점 되살아나기 시작했다. 사실, 행복했다. 사람들 사이에서 인기도 있었고, 직장에서도 잘 나갔다. 내 문화권의 제약에서 벗어나 있었으니 그럴 법도 했다. 나는 이런 내 인생을 사랑했다. 내가 만나는 사람들, 내가 하는 일, 그리고 일 때문에 다니는 여행. 전통적인 인도 가정주부의 역할은 내게는 조금도 매력이 없었다. 그런 삶은 내가 바라는 것과는 한참이나 멀었고, 그것을 위해 내가 가진 걸 포기해야 할 이유도 찾을 수 없었다. 그러니 내게 연분을 찾아주려는 부모님의 시도를 나는 계속 거절할 수밖에 없었다.

하지만 마음 한켠에서는 늘 내가 뭔가 적절치 못한 방식으로 살고 있다는 느낌이 따라다녔다. 실패자라는 느낌 혹은 기대치에 미치지 못한다는 느낌이 있었다. 이 목소리는 내가 어디를 가든 끈질기게 따라다니면서, 내가 충분히 행복하지 못하며 어딘가 자격이 부족하다고 느끼게 만들었다. 나는 어딘가 문제가 있는 물건이었다. 뭔가 흠이 있는……

1992년 어느 겨울날, 생각지도 않게 나는 나중에 내 남편이 될 남자를 만나게 되었다. 물론 처음에는 그가 내 영혼의 짝이라는 사실을 몰랐지만 말이다. 어느 날 저녁, 우리는 각자 알고 지내던 한 친구를 통해 우연히 만났다.

"너, 대니 무르자니Danny Moorjani라는 남자 아니?" 나이나Naina가 사무실로 전화를 해 대뜸 물었다. 나는 주말까지 제출해야 하는 주간 판매 보고서를 열심히 작성하던 중이었다. 나이나는 홍콩에 사는 친구는 아닌데, 그때 마침 홍콩에 와 있어서 그날 퇴근 후 만나기로 되어 있었다.

"아니, 모르는데. 왜 묻는 거야? 누군데?" 내가 물었다.

"지난여름 뉴욕에 있을 때 알게 된 신드 지방 남자인데 정말 괜찮아. 사는 곳도 직장도 홍콩에 있다고 했는데. 한 번도 만난 적이 없다니 놀라운 걸?" 친구가 말했다.

"너도 잘 알잖아. 나 인도 사람들 잘 안 만나는 거. 게다가 그 '사건' 이후로는 더욱! 홍콩에 내가 모르는 신드 사람이 얼마나 많은데? 모르는 게 당연하지."

"그렇구나. 그럼 이제 만나게 될 거야. 오늘 저녁에 같이 보자고 했거든."

그날 저녁, 나이나와 같이 홍콩 중심부의 97클럽이라는 세련된 바 안으로 들어갔을 때, 나는 한 번도 본 적이 없는 그 남자를 대번에 알아보았다. 저기 저 사람, 검은색 바지에 밤색 터틀넥 스웨터 차림으로 혼자 서 있는 사람이었다. 우리가 입구로 들어설 때 그도 이쪽을 바라보았는데, 나이나를 만나러 나온 것이었으면서도 그의 눈길은 우리가 입구를 지나 자리에 앉기까지 시종일관 나를 따라오고 있었다. 친구가 그에게 인사를 할 때조차 그의 시선이 내게 머물고 있다는 게 느껴졌다. 그리고 나와 눈빛이 마주친 순간 서로를 알아보는 느낌이 둘 사이에 섬광처럼 오간 듯했다. 마치 우리가 아주 오래 전부터 알던 사이 같았고, 전기가 통한 듯 짜릿한 느낌이 들었다. 그도 나와 똑같이 느끼고 있다는 걸 아주 잘 알 수 있었다. 그리고 우리는 이야기를 나누기 시작했다.

우리는 여러 가지로 공통점이 많았고, 그날 헤어지기 전 전화번호를 주고받았다. 그 다음날 그에게 바로 연락이 와서 정말 기뻤다. 우리는 그날도 저녁을 함께 먹었다. 그는 굉장히 로맨틱했다. 꽃을 선물했고 '지미의 키친'이라는 아름다운 식당에도 데려갔는데, 그 식당은 지금도 우리가 즐겨 찾는 단골집이 되었다.

몇 주 사이로 그와 몹시 가까워졌는데 나는 동시에 그만큼 뒤로 물러서고 있었다. 내 본능을 믿을 수 없었기 때문이다. 그와 같이 있으면 꿈을 꾸는 것 같고 전기가 통하는 듯 짜릿짜릿했다. 그런 느낌은 너무나 오랜만이었다. 그러나 바로 그래서 두려웠다. 그가 신드 사람이라서 겁이 났다. 내 문화권 사람들과 엮이고 싶지 않았다. 적어도 지금은…… 어쩌면 죽을 때까지.

인도 문화에서 결혼이란 가문 전체가 맺어지는 일이라는 걸 나는 너무도 잘 알고 있었다. 그저 두 사람이 하나로 맺어지는 게 아니라 두 가족이 맺어지는 일이었다. 내가 후회할지도 모를 일에 또 한 번 뛰어드는 게 싫었다. 나는 그 남자와 결혼하고 싶었지만, 그의 가족들과 결혼하고 싶은 건 아니었다. 하지만 우리 문화가 어떤지 잘 알고 있었고, 그래서 겁이 났다. 그의 가족이 나를 어떻게 생각할지 상상하니 무서웠다. 다시 예전 같은 상황이 벌어지면 어쩌지? 그의 가족이 내 과거를 알까? 내가 약혼을 깼다는 걸 알면 나를 거절할까? 그리고 우리 문화권 남자들이 아내에게 기대하는 걸 이 남자라고 가지고 있지 않다는 보장이 있나? 나는 다시 상처받고 싶지 않았고, 다른 사람들에게도 또 한 번 상처주고 싶지 않았다.

하지만 대니는 인내심이 대단했다. 내게 필요한 만큼 얼마든지 시간을 주었다. 이 점이 정말 고마웠다. 나는 이내 그를 거부할 수 없다는 걸 알았고, 그는 그때까지 내가 한 번도 경험해 보지 못한 방식으로 내가 사랑받고 있음을 느끼게 해주었다. 내 가슴과 머리 사이에서는 전쟁이 벌어졌고, 가슴이 싸움에서 이기고 있었다.

서로를 더 알아갈수록 나는 우리가 상당히 비슷하다는 걸 깨달았다. 그 역시 어려서부터 홍콩에서 자랐고 영국식 교육을 받았기 때문인지 그다지 인도 문화에 젖어 있지 않았다. 그는 낡은 관습을 대부분 받아들이지 않았는데, 특히 여성과 결혼에 관한 전통에 대해서는 더 그랬다. 그의 사랑은 늘 아주 넉넉하고 열려 있었다. 그의 사랑은 진실되고 조건이 없다고 느껴졌다. 한 남자의 여자가 되기 위해 어떤 모습이 되어야 한다는 압박에서 나는 처음으로 자유로웠고, 그 남자가 다른 속셈이 있지는 않은지 걱정할 필요도 없었다.

대니는 또 유머 감각이 아주 뛰어났는데, 그 점이 정말로 마음에 들었다. 그는 잘 웃었고, 그 웃음은 전염성이 있어서 우리 데이트는 웃다 보면 다 끝날 정도였다. 그는 언제 전화해야 하는지, 언제 어떤 말을 해야 적절한지 정확히 알고 있는 것 같았다. 그는 부드러웠지만 강하고 설득력도 있었다. 그 점이 참 멋있어 보였다.

하지만 나는 여전히 그가 내 안의 타고난 흠을 발견하는 건 시간 문제일 뿐이라고 생각하고 있었다. 머지않아 그가 나에게 실망할 날이 올 거라며 겁을 내고 있었다.

물론 그런 날은 결코 오지 않았다. 대니는 한결같이, 흔들림 없이 나를 사랑했다. 그냥 내가 생각났다며 전화를 했고, 특별한 날에는 꽃과 선물을 보냈다. 그때까지 내가 만나본 남자들과는 달리, 그는 내 독립적인 성격을 사랑했다. 내 관심사와 꿈, 희망을 말하면 새파랗게 질리기는커녕, 부모님이 주선하는 선 자리를 피해 다닌 내 이야기를 매우 재밌어했다. 그는 그런 내 성격을 사랑스러워했다. 그는 있는 그대로의 내 모습을 진정으로 좋아했다. 그렇게 내 모습 그대로 받아들여지는 느낌은 난생처음이었고 정말이지 새로웠다.

대니는 대학에서 경영학을 전공했다. 그의 아버지는 회사를 운영하고 있었는데, 이럴 경우 우리 문화에서는 대개 외아들이자 상속자인 대니에게 가업을 물려받을 의무가 있었다.

당시 나는 일 때문에 홍콩 이외의 지역으로 출장을 자주 다녔다. 대니의 사업 또한 출장이 잦아서, 나는 홍콩 인근 곳곳에서 날 보며 웃고 있는 대니의 얼굴을 발견하곤 했다. 그 역시 일부러 내 출장지와 같은 곳으로 출장 계획을 잡았던 것이다.

어느 날 저녁, 우리는 홍콩 섬에서 내가 몇 손가락에 꼽을 만큼 좋아하는 딥워터 베이 해변을 산책하고 있었다. 그때 나는 지나가는 말처럼 대니에게 내가 과거에 파혼한 적이 있으며, 이로 인해 우리 문화권 사람들이 나에 대해 뭐라고 말하는지 알고 있느냐고 물었다. 한 번도 그런 이야기를 꺼낸 적이 없어서 나는 물으면서도 잔뜩 겁이 났다. 그가 사실을 모두 알고 나면 어떻게 반응할지 확신할 수 없었다.

"그럼요, 알죠." 그가 대답했다. "아니타를 처음 만났을 때 이미 알고 있었어요. 그리고 우리 멋진 인도 사람들의 성품을 아니까, 내가 들은 이야기가 적어도 열 배는 부풀려졌을 거라고 장담하고 있었지요. 있는 얘기 없는 얘기 다 붙여서 말이에요!"

"그 얘기 들었을 때 어떤 생각이 들었어요?" 어떤 대답이 나올지 조금은 걱정하면서 내가 물었다.

"사실대로 말해도 돼요? 정말 내 대답을 들을 마음의 준비가 되어 있나요?" 그가 입가에 옅은 미소를 띠었다.

"네. 그 대신 정말로 진심을 말해줘야 해요. 난 받아들일 수 있어요." 나는 마음을 단단히 다잡으며 대꾸했다.

"그러니까, 아니타 이야기를 들었을 때 처음 이런 생각을 했어요. 바로 그거야! 내가 결혼하고 싶은 이상형이야! 자기 색깔이 확실한 여자!"

깊은 안도감이 밀려오면서 내 얼굴에는 함박웃음이 퍼졌다. 그래서 대답했다. "그러니까 내가 차파티를 잘 구워서 좋아하는 건 아니라는 뜻으로 받아들여도 되죠?"

"이것 봐요, 아가씨. 나를 과소평가하는군요! 내가 차파티를 얼마나 판판하게 잘 굽는지 모르시네. 그것만이 아니에요. 창문도 잘 닦지, 욕실 청소도 잘하지, 빨래는 또 얼마나 선수인데요."

미소만 짓고 있던 나는 그 순간 그만 큰소리로 웃음을 터뜨리고 말았다. 우리는 둘 다 모래밭에 고꾸라지다시피 하면서 눈물이 다 나도록 한참을 웃었다. 무슨 이야기를 들어도 깔깔대고 웃음이 터졌고 아무 이유도 없이 배가 아프게 웃었다.

웃음이 잦아들고 그렇게 모래밭에 앉아 있는데 대니가 갑자기 한쪽 무릎을 세우고 앉았다. 나와 눈이 마주치자 그가 내 손을 잡고 말했다. "아니타, 처음 만난 날부터 이 순간만을 기다려왔어요. 나와 결혼해 주겠어요?"

그 순간 나는 알았다. 그가 바로 내 짝이라는 것을 분명히 알 수 있었다. 나는 드디어 소울메이트를 만난 것이다.

1995년 3월 17일, 대니가 내게 청혼한 지 정확히 두 달 뒤, 생각지도 못한 일이 벌어졌다. 이불 속에서 뒤척이며 시계를 보고 있는데 전화벨이 울렸다.

'무슨 일이지? 아침 다섯시 십오분밖에 안 됐는데.' 나는 수화기를 집어 들며 생각했다. 상대편 목소리가 들리기도 전에 나는 안 좋은 뉴스라는 것을 직감할 수 있었다.

"얘야, 아니타니?" 수화기 저편의 엄마 목소리에는 벌써 울음이 섞여 있었다.

"네, 엄마. 무슨 일이에요?" 마음속으로 덜컥 겁이 나서 대답하는 내 목소리에도 두려움이 묻어났다. 심장이 멎을 것만 같았다. 마음 한편에선 내가 붙잡고 있는 수화기를 통해 들려올 소식이 벌써부터 두려웠고, 또 다른 한편으로는 무슨 일인지 어서 듣고 이 긴장감을 떨쳐내고 싶었다.

"아버지가……" 엄마가 울먹이는 목소리로 말했다. "네 아빠가 오늘 아침에 깨어나지 않으셨다. 편안히 잠드셨어."

부모님은 요 몇 달 사이 아버지의 건강이 좋지 않아 인도에 가

계셨다. 인도에서 아유르베다 치료 같은 대체 의학 치료를 받다가 내 결혼식에 맞추어 홍콩으로 돌아올 계획이었다. 나는 아버지 건강이 회복되어서 내 결혼 잔치 때 방그라(잔칫날 인도인이 즐겨 추는 춤)를 같이 출 수 있을 거라 기대하고 있었다. 그런데 이런 일이 일어나다니 믿을 수가 없었다. 나는 미친 듯이 울며 짐을 쌌다. 눈에 보이는 것들을 닥치는 대로 여행 가방에 집어넣으며 오빠에게 전화를 했다. 우리는 곧바로 인도 푸나로 가는 비행기를 예약했다. 뭄바이에서 네 시간 떨어진 곳이었다.

인도까지 갔던 길, 장례식, 거기서 가족들과 함께한 시간은 내 기억 속에 선명하지 않다. 하지만 아름다운 사기그릇에 담긴 아버지의 재를 들고, 푸나 동쪽의 알란디 시를 가로질러 흐르는 인드라야니 강가에 서 있던 기억은 잊히지 않는다. 마흐라지가 길일이라고 정해준 날, 우리는 드넓은 강이 내려다보이는 바위 위에 서 있었다. 오빠가 유골함을 열어 천천히 기울이자 산들바람에 재가 날리며 수면 위로 흩어졌다. 우리는 눈물을 흘리며 강물에 재가 흘러가는 모습을 바라보았다. 이 멋진 분에게 어떤 말로 작별의 인사를 해야 할까?

'아빠, 사랑하는 아빠! 혹시라도 내가 아빠 마음을 아프게 했다면 정말 죄송해요.' 나는 거기 서서 두 손을 꼭 붙잡고 프라남(기도)을 하면서 아버지에게 속삭였다.

'저 결혼해요. 결혼식 성화聖火(결혼식장에 피워놓는 불로, 이 주위를 일곱 번 도는 것이 인도 결혼식에서 중요한 절차다—옮긴이)를 도는 제 모습을 보실 수 없겠네요. 제 인생에 이런 날이 오기만을 기다리며 사셨는데, 지금 떠나시면 어떻게 해요?' 무심히 재를 삼키는 강물에 대고 나는 물었다. 눈물이 뺨을 타고 쉴 새 없이 흘러내렸다.

이후 몇 달은 가슴은 쓰리면서도 달콤한 시간이었다. 가족과 나는 아버지를 애도하면서 또한 곧 있을 잔치도 준비해야 했다. 다가오는 내 결혼식 덕에 엄마 마음이 한결 편해져 있다는 걸 알 수 있었다. 안 그랬다면 너무 힘들고 슬펐을 시기에 마음을 밝게 해줄 일이 있어서 다행이었고, 결혼 준비를 돕는 데 마음을 쏟을 수 있는 것도 좋았다.

그러나 우리 모두는 아버지가 그리웠고, 아버지가 그토록 바라던 잔치에 함께할 수 없다는 게 너무 슬펐다. 내 결혼식을 보는 것은 아버지의 평생의 과업 같은 것이었다. 그나마 대니와 결혼을 약속했을 때 아버지가 옆에 계셨고 무척이나 행복해하셨던 것을 떠올리면서 마음을 추스렸다. 아마 그 덕에 조금은 가벼운 마음으로 가시지 않았을까 하는 생각이 들었다.

우리는 대니의 부모님과 함께 결혼식 날짜를 받으러 마호라지에게 갔다. 우리 가족에게는 아버지와의 이별을 슬퍼할 시간이 필요했기에 될 수 있으면 그해 말경이면 좋겠다는 뜻을 전했다. 가족들은 아직 잔치를 치를 만큼 마음의 준비가 되어 있지 않았다.

마흐라지는 성스러운 달력에서 날짜를 꼽아보고, 대니와 나의 생일을 가지고 계산도 해본 뒤에 1995년 12월 6일이 길일이라고 알려주었다.

그때는 결혼 날짜가 참으로 멀게만 느껴졌다. 하지만 결혼식 장소를 예약하고 결혼식 사리[sari]를 맞추며 청첩장을 만드는 등 인도 전통 결혼식을 치르는 데 필요한 온갖 일들을 처리하다 보니 시간은 쏜살같이 지나갔다.

엄마는 아버지를 보낸 슬픔을 잊기 위해 내 결혼식 준비에 몰두했고, 결혼식 사리를 비롯해 내가 결혼 잔치 동안 입을 옷들을 골라주면서 몹시도 뿌듯해했다. 엄마는 내가 결혼식 날 입을 옷으로는 눈부신 청동색 레이스 사리를, 결혼 신고 때 입을 옷으로는 고급 황금색 실이 은은하게 수놓인 흰색 사리를 골라주었다.

그리하여 1995년 12월 6일, 나는 내 영혼의 짝 대니와 화려한 인도 전통 결혼식을 올렸다. 무려 7일이나 계속된 흥겨운 잔치였다! 세계 각지에 사는 친구들과 친척들이 비행기를 타고 홍콩으로 와서 결혼식과 잔치에 함께해 주었다. 결혼식의 정점인 피로연은 홍콩 섬 남쪽의 딥워터 베이, 그러니까 내가 가장 좋아하는 그 해변이 훤히 내려다보이는 홍콩 컨트리클럽 잔디밭에서 별이 빛나는 밤하늘 아래 열렸다.

결혼식 몇 달 전, 결혼식 장소를 의논하다가 내가 농담삼아 말했다. "당신이 나한테 청혼한 그 해변에서 결혼하면 멋지지 않을까요?"

우리는 잠깐 그 아이디어를 가지고 이런저런 공상을 해보다가 이내 접어버렸다. 결혼식에 온 여자 하객들이 모래 속에 스틸레토 구두가 푹푹 빠져서 고역일 거라는 생각이 들었기 때문이다. 그런데 그때, 딥워터 베이의 한쪽 끝에 있는 바위들 위편으로 홍콩 컨트리클럽이란 데가 있다는 생각이 났다. 그 건물 앞마당에는 잔디가 넉넉하게 펼쳐져 있어서 대니가 청혼한 곳이 바로 코앞에 내려다보였던 것이다. 우리는 바로 그 순간 그곳이 결혼식 장소로 안성맞춤이라고 입을 모았다.

컨트리클럽에서의 저녁은 아름다웠다. 셰나이(인도 결혼식 음악)가 밤공기 속으로 아련하게 흩어지고 선선한 산들바람이 불어왔다. 마흐라지가 산스크리트 어로 결혼 서약서를 읊는 동안 대니와 나는 손을 잡고 성화 주변을 일곱 번 돌며 결혼 서약을 마쳤다. 셰르바니(인도의 남성 결혼식 예복) 차림에 터번까지 쓰고 내 옆에 서 있는 대니는 멋진 왕자님 같았다. 나는 엄마가 골라준 청동색 레이스 사리를 입고, 사리 끝단은 머리 위에서 느슨하게 흘러내리도록 매달았다. 머리카락 사이에 끼워 넣은 재스민 꽃이 사리 천 사이로 보이도록 장식하고, 손과 발에는 헤나로 정교한 페이즐리 꽃무늬를 그려 넣었다. 이 모든 것이 인도 신부들이 하는 전통적인 장식이었다.

대니와 함께 성화 주변을 도는 동안 나는 자꾸 우리 식구들 얼굴을 보게 되었다. 엄마와 오빠 모두 아버지가 이 특별한 저녁을 함께했다면 얼마나 좋았을까 생각하며 마음 아파한다는 게 느껴졌다.

성화를 도는 의식으로 결혼식이 끝나자 음식과 술, 음악과 춤이 있는 성대한 파티가 이어졌다. 잔치가 모두 끝나고 나서 대니와 나는 신혼 첫날밤을 치르기 위해 호텔로 들어왔다. 나는 지쳐 있었지만 흥분은 가시지 않았다. 이 남자가 내 남은 인생을 함께할 사람이라는 걸 알 수 있었다. 그렇게 영원히 행복하게 살 거라 믿었다……

5

두려움이라는 병

대니와 나는 알콩달콩 신혼 생활을 꾸려나갔다. 아버지 회사에서 나온 대니는 한 다국적 기관의 홍보 및 세일즈 분야에서 새 일을 시작했고, 우리는 그가 총각 때부터 살던 홍콩 중심부의 작은 집에서 나와 한적한 교외에 있는 예쁜 아파트로 이사를 했다. 강아지를 한 마리 입양해 코스모라고 이름도 지어주었다.

내가 결혼하고 얼마 지나지 않아 오빠는 홍콩을 떠나 인도에서 사업을 하기로 마음먹었다. 홍콩에 심한 불경기가 찾아왔고, 이참에 인도에서 기회를 엿보자는 뜻이었다. 그래서 오빠와 새언니 모나, 갓난쟁이 아들 샨이 모두 함께 인도로 이사를 갔고, 곧바로 엄마도 오빠네를 따라갔다. 나는 식구들과 아예 다른 나라에서 떨어져 살았던 적이 없어서 식구들이 모두 못 견디게 그리웠다.

설상가상으로 불경기 속에서 판매량이 급속하게 떨어지면서 나는 다니던 프랑스계 회사에서 일자리까지 잃었다. 실직으로 나는 타격을 크게 받았다. 너무 갑작스런 일인데다 가족도 전부 홍콩을 떠나 외로웠던 까닭에 더 스트레스를 받았다. 그 무렵 나는 또 주변의 인도 사람들과 또래 친구들에게 왜 아이를 안 갖느냐는 압박을 자주 받았다. 비록 신혼이긴 했지만 나는 일하고 여행하며 세계 곳곳을 돌아다니는 게 훨씬 더 재미있었는데 말이다.

그렇게 힘든 시기를 보내다 마침내 이주 정착을 돕는 서비스 회사에서 프리랜서로 일하게 되었다. 내가 하는 일은 홍콩에 일하러 온 외국인들이 홍콩 사회에 잘 적응할 수 있도록 이런저런 것들을 도와주는 것이었다. 종일 출근해야 하는 일이 아니라서 자유시간이 많아 좋았다.

나는 아직 아이를 가질 준비가 되어 있지 않다고 느꼈다. 하지만 우리 문화에서는 결혼을 하면 당장 아기를 갖겠거니 하고 기대를 했다. 주변 사람들의 기대와 내 진짜 속마음이 달라서 자주 버거웠고, 친구들과 함께 있을 때는 그들과 같은 것을 바라지 않는 내가 좀 이상한 사람인 듯한 기분이 들기도 했다. 특히 아이를 늦게 갖고 싶어하는 내 태도가 문제가 되었다.

우리 문화권 사람들한테는 여자로서 아기를 밸 수 있는 생체 시계가 날마다 흘러가고 있는데 어떻게 할 거냐는 이야기를 줄곧 들었다. 그럴수록 내 안에 자리 잡고 있는 두려움은 더 커져만 갔다. 내가 여자라서 골칫거리가 되면 어쩌나 하는 어릴 적 걱정에서부터 나는 어디에도 맞지 않는 잘못된 존재라는 불안감까지 모두가 오래 묵은 두려움들이었다. 이런 생각이 들었다. '하지만 정말로 아이를 원한다면 언제든 입양할 수도 있는 거잖아! 세상에는 버려져서 집이 필요한 아이들이 얼마나 많은데? 게다가 생체 시계 같은 것까지 걱정하면서 어떻게 살아!'

대니와 나는 실제로 이 문제를 두고 진지하게 이야기를 했다. 그리고 둘 다 입양이 훨씬 좋은 생각 같다고 의견을 모았다. 그러자 내가 몸에 종속된 노예로 살아야 한다는 압박감이 말끔히 해소되었다. 그러나 우리 문화권 사람들에게 이런 이야기를 할 때마다 돌아오는 대답은 늘 부정적이었다. 가장 많이 들었던 대답은 이랬다. "너 혹시 아이 못 갖는 거 아니니? 어머, 안됐다."

또 한 번 내 안에서 "표준에 부합되지 않는다"는 오래된 두려움이 고개를 들었다. 하지만 아이 문제에 쏠린 내 마음은 생각보다 빨리 정리되었다.

2001년 여름, 절친한 친구 소니가 암 진단을 받았다. 그 소식은 너무도 큰 충격이었다. 어느 날 갑자기 숨을 쉬기가 힘들어서 병원에 가 검진을 해보니 흉곽에 커다란 종양이 자라 폐를 압박하고 있다는 진단을 받았다고 했다. 내 친구에게 이런 일이 생기다니

도저히 믿기지 않았다. 젊고 생기 넘치고 튼튼했으며 즐기는 것도 많은 친구였다. 그녀는 그날로 당장 입원해서 종양 제거 수술을 받았고, 이후 방사선 치료와 항암 치료를 받았다.

그런데 소니가 암 진단을 받고 두세 달 뒤에 대니의 매부가 사망 위험이 큰 악성 암에 걸렸다는 소식이 들려왔다.

대니의 매부와 내 친구는 모두 나와 비슷한 나잇대였기에 이 소식을 듣자 내 안에는 깊은 두려움이 스며들었다. 나는 암과 그 원인에 대해서 닥치는 대로 자료를 모으기 시작했다. 처음에는 돕고 싶은 마음에서 시작한 거였다. 소니가 병을 이겨나가는 데 옆에서 지켜주고 힘이 되고 싶었다. 하지만 이 병에 대한 자료들을 읽으면 읽을수록 나는 잠재적으로 암을 일으킬 수 있는 모든 것들이 점점 더 두려워졌다. 농약, 전자레인지, 방부제, 유전자 조작 식품, 햇빛, 공기 오염, 플라스틱 용기, 휴대전화 등 거의 모든 게 암을 유발하는 것 같았다. 나의 이런 태도는 점점 심해졌고 결국 그 두려움을 내 몸으로 직접 살아내게 되는 날이 왔다.

2002년 4월 26일은 대니도 나도 결코 잊지 못할 날이다. 대니와 나는 마치 죽음의 집으로 들어가듯 내키지 않는 걸음으로 진료실로 들어갔다. 두려움이 엄습했다. 곧 충격적인 소식을 듣게 될 거라고 사방에서 소리치는 듯했다. 모두 한 주의 일과를 마치고 사랑하는 이들과 함께 보낼 주말을 기다리는 금요일 오후였다. 우리는 그 황금 같은 시간을 만끽하러 일터에서 빠져나온 사람들 사이를 헤치며 걸어갔다. 다들 즐거워 보였다. 우리만 빼고는. 항구 너머로 넘어가는 해가 하늘을 주홍색으로 물들이며 이 생기 넘치는 도시의 유리 마천루 위로 눈부신 빛을 쏟아내고 있었지만, 우리에게는 그런 걸 감상할 겨를이 없었다. 오늘 우리는 지난번 받은 건강 검진의 결과를 듣기로 되어 있었다.

며칠 전 내 쇄골 바로 위 왼쪽 어깨에서 덩어리가 만져졌다. 순간 나는 그 사실을 거부했다. 아니, 혹이나 큰 종기일 뿐이라고, 그래야만 한다고 억지를 부렸다. 하지만 내 마음 한편에서는 어두운 목소리가, 악운의 예언자가 끊임없이 속삭였다. 분명 뭔가 있을 거라고.

지난 몇 달 동안 나는 암 진단을 받고 병원에서 죽어가는 내 친구 소니를 찾아가 눈물을 쏟아내고 오고는 했다. 나는 공포와 슬픔 속에서 친구의 몸을 바라보았다. 친구의 몸은 길들여지기를 거부하는 야수에게 날마다 조금씩 먹혀 들어가고 있었다. 가장 진보했다는 의학 기술도 친구의 몸을 잠식해 가기는 마찬가지인 것 같았다. 그런 무서운 일이 내게도 생기면 어쩌나 하는 생각 따윈 떠올리기조차 싫었다. 그러던 차에 내 목 아랫부분에서 혹이 만져졌으니, 그런 일이 내게도 일어날 수 있다는 사실을 받아들이고 검사를 받아보지 않을 도리가 없었다. 조직 검사를 받았고, 그날이 바로 그 결과를 보러 가는 날이었다.

의사는 매우 친절하고 평온하게 그 소식을 전해주었다. “림프종이네요. 림프계에 생기는 일종의 암입니다.” 하지만 의사 입에서 ‘암’이라는 말이 떨어지는 그 순간부터 나는 다른 말이 하나도 들리지 않았다. 의사가 하는 말은 마치 물속에서 말하는 것처럼 웅웅거릴 뿐이었다. 난 흐려진 눈으로 진료실 창밖 풍경만 멍하게 바라보았다. 바깥에서는 아무 일도 일어나지 않았다. 해는 천천히 항구 너머로 사라지며 하루의 마감을 알리고 있었고, 마천루들은 은은하게 주황색, 갈색의 빛을 내뿜고 있었다. 사람들은 웃고 떠들면서 행복한 금요일 저녁을 만끽하러 어디론가 향하고 있었다. 하지만 내 몸 안에서 무슨 일이 일어나고 있는지 알게 된 순간 내게 세상은 전혀 다른 것이 되었다.

의사는 유감스러워하면서 내가 선택할 수 있는 방법들을 일러주었다. “제가 끝까지 함께하겠습니다.” 의사는 힘주어 말했다. “어떤 치료를 받기로 결정하시든 제가 함께할게요. 하지만 먼저 월요일 아침에 MRI 검사를 꼭 예약해서 받으세요. 그래야 암의 ‘병기病期’를 정확히 알 수 있어요. 암이 어느 단계까지 진행되었는지 말이죠. MRI 검사를 마치고 나면 진료실로 오십시오. 그때 정확한 결과를 알려드리겠습니다.”

의사는 또렷또렷 말했지만 내 귀에는 어디 먼 데서 울리는 소리 같기만 했다. 될 수 있는 대로 주말에 편안히 쉬고 즐겁게 지내라는 의사의 조언도 내 귀에는 하나도 들어오지 않았다.

말할 수 없는 공포가 이성의 목소리와 격렬하게 부딪혔다. 대니나 나나 아무 생각도 할 수 없었다. 아니, 생각하기를 거부했다는 게 맞겠다. 우리는 암에 대해, 가능한 치료법에 대해, 죽음에 대해 생각하고 싶지 않았다. 아무 문제 없던 삶을 도로 가져다놓고 어디로든 도망쳐 버리고 싶었다. 사실상 우리는 치료법에 대해 깊이 생각할 수가 없었다. 그럴 여력이 없었다. 그건 생각만 해도 겁나는 일이었고, 내 머릿속은 혼란 속에서 빙글빙글 돌고 있었다. 월요일 아침까지는 우리가 결정을 내려야 할 게 아무것도 없다고 의사가 말했으니 그나마 다행이었다. MRI 검사를 받고 결과가 나와야지만 치료법에 대해 자세하게 이야기할 수 있다고 했다.

나는 마음속에 떠오르는 수많은 의문들로 넋이 나간 듯했는데, 대니는 동요되는 빛 없이 일단은 나가서 데이트를 하면서 이 모든 걸 잊자고 했다. 그래서 나는 집에 도착해 내가 제일 좋아하는 붉은 산호색 드레스를 찾아 입었다. 내가 멋지게 치장을 마치자 대니는 내 어깨에 팔을 두르며 말했다. "겁내지 마. 내가 언제나 옆에 있을 거니까."

그날 저녁, 우리는 그렇게 도망을 쳤다. 적어도 잠시 동안은.

우리는 홍콩 섬 남부의 스탠리 베이 해안 도로에 면해 있는, 내가 제일 좋아하는 야외 레스토랑에서 별빛을 조명삼아 저녁을 먹었다. 보름달이 눈부시게 빛났고, 부드러운 바닷바람이 살랑이며 불어왔다. 테이블마다 돌아다니며 세레나데를 연주하는 마리아치

악단의 연주 소리가 저 아래 바다에서 들려오는 부드러운 파도 소리와 섞여 환상적인 조화를 이루었다. 우리는 더욱 완벽한 밤을 만들기 위해 밴드에게 팁을 두둑이 얹어주면서 오래도록 우리 테이블 앞에서 연주해 달라고 부탁했다. 악단의 음악과 와인이 넘쳐흐르는 가운데 우리는 이 식당 바깥의 세상일은 까맣게 잊어버렸다.

다음날 아침, 나는 대니의 품속에서 웅크린 채 깨어났다. 대니를 바싹 끌어안고 세상을 잊어버리니 참으로 좋았다. 지난밤에 진료실에 갔던 일이 그저 한 편의 악몽이었으면 참 좋겠다 싶었다. 그러나 이내 현실이 그 불쾌한 고개를 쳐들었다. 난 변함없이 암 환자였고, 그 사실에서 달아날 수 없었다. 어떻게 자기 몸에게서 달아날 수 있단 말인가?

고통 앞에서 우리가 머릿속으로 짜내는 전략이란 참으로 간사했다. 토요일 아침에서 오후로 넘어가자 나는 암 진단 사실을 아무에게도 알리고 싶지 않아졌다. 아무도 모른다면 이런저런 대처를 할 일도 없을 것이다. 내 몸에서는 안 될지 몰라도 내 머릿속에서는 도피가 가능할 것 같았다.

"가족들에게 알려야 해, 자기." 대니가 이성적으로 말했다.

"알아, 하지만 그러면 일이 엄청나게 커질 거야. 식구들한테 알리기 전에 평화롭고 한적하게 하루만 더 보내면 안 될까?" 나는 협상을 하고 싶었다.

하지만 그날 오후, 엄마가 조직 검사 결과에 대해 왜 말이 없냐고 전화로 물어왔다. 대니가 엄마에게 암 소식을 전했고, 엄마는 그 길로 홍콩행 비행기 표를 예약했다. 오빠도 전화를 해 나를 보러 이리 오기로 했다고 했다.

식구들이 모든 걸 너무 심각하게 받아들이지 않았으면 싶었다. 이렇게 일이 커지는 것은 정말이지 원치 않았다. 이렇게 되니 내 상황이 더욱 실감이 났다! 식구들의 애정 어린 반응을 대하자 괴물 같은 현실을 직면하지 않을 수 없었다. 암 진단을 받았다는 사실을 피해갈 방법은 어디에도 없었다.

대니와 나는 월요일에 다시 병원에 갔다. 이번에는 가능한 치료법을 놓고 자세히 이야기하기 위해서였다. 의사가 친절한 얼굴로 좀 전에 마친 MRI 검사 결과를 살펴보고 있었다.

"2A 단계네요." 의사가 부드럽게 말했다.

"그게 무슨 뜻인가요?" 대니가 물었다.

"그러니까 암세포가 가슴과 팔 아래 부위로 퍼졌지만, 하체까지는 침투하지 않았다는 말입니다." 의사의 목소리는 침착했다. "이제 환자분에게 가능한 치료법을 살펴볼까요? 제가 보기에는 항암치료와 방사선 치료를 병행하는 것이 좋겠습니다."

"항암 치료는 안 받을래요!" 나는 방 안이 다 울리도록 큰소리로 말했다.

"하지만 여보, 우리에게 가능한 방법은 다 해보는 게 좋지 않겠어?" 대니가 놀라서 물었다. 나는 결연한 얼굴로 대니 쪽으로 돌아앉았다.

"소니가 항암 치료를 받으면서 어떻게 되었는지 몰라? 당신 매부는 어떻고?"

이런 대화는 하고 싶지 않았다. 예전의 우리로 돌아가고 싶었다. 나는 모든 생각을 떨쳐버리고 싶어서 두 손에 얼굴을 파묻었다.

"정말로 내가 그런 모습으로 죽기를 바라는 거야?" 내 목소리에 들어 있는 공포가 내게도 느껴졌다. "소니와 당신 매부를 봐. 그렇게 그냥 하루하루 버티고 있잖아…… 그것도 극심한 고통 속에서. 나는 그런 처지가 되느니 그냥 지금 죽고 말겠어."

"무슨 말인지 알아." 대니가 의사의 책상 위에 힘없이 올려놓은 내 차가운 손을 부드러운 손으로 감싸주었다. "하지만 난 당신을 잃고 싶지 않아. 다른 방법이 없잖아?"

우리는 결혼 6년째였다. 앞으로 같이 살면서 이루기로 한 꿈이나 같이 가보고 싶은 곳, 하고 싶은 것들이 정말 많았다. 그러나 산산조각 나버린 북극의 빙하처럼 우리의 꿈도 눈앞에서 조각조각 부서져버리는 것 같았다.

두려움을 떨쳐내려고 나는 대니에게 힘주어 말했다. "다른 방법이 있을 거야." 나는 의사를 보면서 동의를 구했다. "저는 항암 치료 말고 암을 고치는 다른 방법이 있다고 확신해요."

그날부터 대니와 나의 기나긴 여행이 시작되었다. 우리는 우리 삶을 잠식하기 시작한 이 병마와 싸워 이기겠노라고 결연히 다짐했다. 마치 끝도 없이 펼쳐진 길에 오른 고대 신화 속의 영웅들 같았다. 처음부터 우리의 여행은 희망과 기대, 공포, 급기야 분노에 이르기까지 온갖 감정이 교차하는 롤러코스터 같았다.

진단을 받기 전부터 내가 인생에서 가장 두려워한 것이 바로 암에 걸리는 것이었다. 그것은 유독 내 주변 사람들에게 빈번히 나타나는 듯했다. 암이라는 질병이 내 절친한 친구와 대니 매부의 삶을 잠식해 가는 모습을 지켜보던 와중에 암 진단을 받으니 내가 목격한 것들이 더욱 실감이 났다. 나는 곧 나으리라 여겼던 지인들의 몸이 항암 치료를 받으면서 서서히 망가져가는 것을 무력하게 지켜보아야만 했다. 그리고 이제 그 일이 우리의 삶까지 침범해 들어온 것이다. 암은 우리의 세상을 송두리째 앗아가며 그 손길이 닿는 모든 것을 초토화시키고 있었다.

병상에 있는 사랑하는 이들을 생각하니 걷잡을 수 없는 분노와 공포가 몰려왔다. 암에 대한 두려움은 이제 나를 단단히 붙들고 놔주지 않을 기세였다. 거세게 휘두르는 그 주먹질에 나는 속수무책으로 나가떨어졌다. 항암 치료의 결과를 잘 알기에 두려움은 더 크게 나를 엄습했다. 내 온몸의 근육이 단단히 보호 자세를 취하고는 생명을 꽉 움켜쥐고 있는 것 같았다.

진단을 받기 전 몇 달 동안 나는 소니의 건강이 급속하게 나빠지는 것을 지켜보았다. 그동안 나는 놀러 다니거나 즐겁게 지낼 때에도 늘 기분이 좋지 않았다. 친구가 병상에서 그토록 고통스러워하는데 나만 신나게 산다는 게 좀 잘못된 것 같았다. 소니의 건강이 계속 악화되자 나는 삶에서 즐거움을 누리기가 더욱 어려워졌고 죄책감에서 벗어날 수가 없었다.

그리고 그 암이라는 병이 이제 나에게 닥치자 하루가 다르게 병들어 가는 친구를 바라보기가 더 어려워졌고 친구와 같이 보내는 시간도 점점 줄어들었다. 소니를 보면 긍정적이거나 낙천적인 태도를 취할 수가 없었다. 소니뿐 아니라 내 자신의 상태에 대해서도 이는 마찬가지였다. 급기야 우리 둘이 전처럼 같이 있는 것이 서로에게 도움이 되지 않는다는 생각까지 들었다. 친구의 몸이 암으로 어떻게 변해 가는지 지켜본다는 것은 정말 두려운 일이었고, 항암 치료의 결과를 눈으로 확인하는 것도 무서웠다. 똑같은 운명이 내 앞에도 펼쳐져 있을지 모른다는 생각에 겁이 덜컥 나며 마음이 약해졌다. 나로서는 감당하기에 너무 벅찬 일이었다.

소니의 동생에게 전화를 받은 날, 그러니까 내 가장 가까운 친구의 힘겨운 싸움이 끝났다는 전화를 받은 날, 나는 그만 무너져 내리고 말았다. 울음이 터져 나왔다. 결국 소니가 우리 곁을 떠난 것이었다. 슬픔을 가눌 수 없었고, 소니가 더 이상 곁에 없다는 사실에 너무 가슴이 아팠지만, 그래도 친구가 이제 더는 아프지 않을 테니 마음 한편에서는 위안이 되기도 했다.

소니의 장례식은 영원히 잊을 수 없을 기억으로 내 가슴속에 새겨졌다. 사랑하는 딸을 잃은 소니 부모님의 허탈한 얼굴, 사랑하는 동생을 잃은 오빠와 사랑하는 언니를 잃은 동생의 충격에 빠진 얼굴, 상실감에 빠진 소니 남편의 무력한 모습 등이 지금도 눈에 선하다. 하지만 무엇보다도 잊히지 않는 것은 눈물로 얼룩진 순진무구한 아이들의 얼굴이었다. 엄마가 누운 관이 화장터의 불길 속으로 들어갈 때 공포에 휩싸이던 그 얼굴들. 그 기억은 마지막 날까지 내 머릿속에 남아 있을 것 같았다. 그리고 그날부터 내 현실에 대한 복잡다단한 감정에는 '분노'라는 것까지 더해졌다.

설상가상으로 소니의 장례식이 있은 지 얼마 뒤 대니의 매부 역시 병마와의 싸움을 마쳤다는 소식을 들었다. 그 역시 젊디젊은 아내와 어린 두 아이들을 두고 떠났다.

나는 삶이라는 이 잔인한 농담에 분노가 일었다. 이것이 다 무엇을 뜻하는지 도무지 납득할 수 없었다. 마치 짧은 생을 살다가 고통에서 뭔가를 배우고 이제 드디어 뭐가 뭔지 알 때가 되자 나무 상자 안에 담겨 불구덩이 속으로 던져지는 것, 그게 바로 인생인 것 같았다. 그런 순간이 그토록 빨리 와서는 안 되는 것이었다. 모든 것이 무의미해 보였다. 아무런 뜻도 없었다.

6

구원을 찾아서

분노, 공포, 좌절, 두려움, 절망……

소니가 죽은 뒤 내 마음속을 메운 감정들이었다. 아침부터 밤까지 내 상황을 놓고 질문하고 따지고 분노하고 절망하는 나는 매일 초고속으로 달리는 롤러코스터를 타고 있는 듯했다. 나뿐 아니라 가족을 생각하면 감정의 격랑은 더욱 심해졌다. 식구들이 내 죽음을 감당해야 한다는 사실을 떠올리는 것조차 겁이 났다.

나는 점점 커지는 두려움과 절망 속에서 결국 동양 의학을 비롯해 전인全人 건강에 관한 것이라면 무엇이건 닥치는 대로 모아들이기 시작했다. 자연 치유 요법 전문가들을 찾고 그 밖에도 여러 가지 치료법을 시도했다. 최면 요법도 해보았고, 명상과 기도, 만트라 암송도 했으며, 중국 한방 치료도 받았다. 결국 나는 프리랜서로 하던 일을 그만두고, 아유르베다 치료를 받기 위해 인도로 갔다. 대니는 일 때문에 홍콩에 남아 있어야 했지만, 그 대신 인도에 두 번이나 와서 2주씩 나와 같이 있었다. 우리는 거의 매일 통화하면서 내 건강 상태가 어떤지 계속 이야기를 했다.

나는 아버지가 돌아가신 곳, 푸나로 갔다. 거기서 한 선생님께 요가와 아유르베다를 깊이 있게 배웠다. 인도에서 총 여섯 달 정도 머물렀는데, 거기 있는 동안 드디어 건강이 회복되는 것을 느꼈다. 요가 선생님은 나에게 식이 요법을 아주 철저히 시켰다. 나는 선생님이 엄선한 채식 식단을 정확하게 지켰고, 한방 치료도 거르지 않았다. 해 뜰 때와 해 질 때 요가하는 것도 하루도 빼먹지 않았다.

그렇게 몇 달이 지나자 스스로 느끼기에도 건강이 훨씬 좋아진 것 같았다. 요가 선생님은 아주 훌륭한 스승이었는데, 그는 내가 암 환자라는 생각 자체를 하지 않았다. 병원에서 림프종 진단을 받았다고 하자 그는 이렇게 대답했다. "암이란 그저 단어일 뿐이네. 두려움을 만들어내는 단어 말이지. 그런 단어는 잊어버리고 그저 자네 몸의 균형을 맞추는 일에만 집중하시게. 만병은 다만 균형이 깨진 데서 오는 증상일 뿐이야. 몸 전체가 균형을 이루고 있으면 어떤 질병도 남아 있을 수가 없어."

나는 요가 스승의 가르침을 받는 시간이 참 즐거웠고, 스승은 암에 대한 두려움을 내려놓을 수 있도록 도와주었다. 여섯 달이 되어갈 무렵 스승은 내가 다 나은 것 같다고 확신했다. 그리고 실제로도 그랬다. 드디어 돌파구를 찾아낸 것처럼 승리감에 차올랐다. 얼른 집으로 돌아가서 대니와 함께하고 싶었다. 대니가 못 견디게 그리웠다. 대니에게 해줄 이야기가 너무나도 많았다.

홍콩 집으로 돌아왔을 때 처음에는 모두들 내가 정말 좋아 보인다고 입을 모았다. 나는 몸이나 마음이나 분명 전보다 훨씬 좋아져 있었다. 하지만 내 기쁨은 오래 가지 못했다. 머잖아 사람들은 내가 인도에서 무엇을 했는지, 그리고 어떻게 나았는지 물어보기 시작했는데, 내가 받은 아유르베다 요법에 대해 말해주자 대부분 두려움이 섞인 부정적인 반응들을 보였다. 그들은 진심으로 나를 챙겨주고 내 건강을 걱정해 주는 이들로 좋은 의도로 질문을 던진 것이었다. 그런 그들이 내 선택에 회의적인 반응을 보이니, 내게는 참으로 큰 타격이었다. 대다수의 사람들이 암은 그렇게 해서 나을 수 없다고 말했다. 그들에게 내 생각을 피력하기는 했지만, 그러면서 다시금 내 마음속에는 의심과 두려움이 찾아들기 시작했다.

지금 생각해 보면 그런 일이 벌어지기 시작했을 때 나는 다시 인도로 돌아가 건강을 회복했어야 했다. 하지만 그때 나는 이미 내가 택한 치료법에 대한 회의적인 반응에 영향을 받기 시작했고,

그래서 그대로 홍콩에 남고 말았다.

그 대신 나는 중국 한의학을 배우기 시작했다. 그것이 홍콩에서는 흔히 쓰는 치료법이었기 때문이다. 하지만 중국 한의학은 아유르베다와는 상충되는 점이 너무 많았고 나는 몹시 혼란스러웠다. 가령 아유르베다에서는 채식을 권하지만, 중국 한의학에서는 고기, 특히 돼지고기를 먹을 것을 권장한다. 인도 의학에서 돼지고기나 쇠고기 같은 육류는 몸에 가장 안 좋은 음식으로 분류되는데 말이다.

당혹스러워진 나는 급기야 서양 자연 요법에까지 관심을 돌렸다. 하지만 이것은 혼란만 가중시켰고, 나아가 두려움까지 더욱 키워놓았다. 모든 요법들이 서로 다른 말을 하고 있었다. 서양 자연 요법에서는 설탕과 유제품은 절대로 피해야 할 음식이었다. 그런 것이 사실 암세포를 키우는 음식이라고 했다. 내가 찾아본 서양 자연 요법 자료에서는 설탕은 돌연변이 세포를 키운다고 되어 있었다. 하지만 아유르베다에서 유제품은 반드시 먹어야 할 필수 식품이었다. 설탕과 단 음식도 식품 균형을 맞추기 위해서 일정 부분은 필요하다고 했다. 혀의 미각 기관은 다양하므로 그것들의 균형을 맞추는 게 좋다는 것이었다.

음식에 지나치게 스트레스를 받게 된 나머지 나는 무엇이 됐든 먹는 것 자체가 무서워지고 말았다. 여러 치유 요법들이 서로 다른 말을 하면서 각자가 진실이라고 주장하고 있었기 때문에 나한테 좋은 게 무엇이고 좋지 않은 건 무엇인지 알 수가 없었다. 이런 혼란은 이미 커져 있던 두려움을 더욱 더 키워줄 뿐이었다. 공포가 한 번 더 나를 엄습하자 내 건강은 눈에 띌 정도로 빠르게 악화되었다.

나는 혼자 있는 시간이 점점 많아졌고, 아주 가까운 사람들만 만났다. 진실을 보고 싶지 않았고 현실을 외면하고 싶었다. 사람들이 나를 쳐다보거나 대하는 방식을 견딜 수가 없었다. 사람들은 건강이 악화된 나를 마치 자기와는 다른 사람처럼, 정상이 아닌 사람처럼 보고 동정하면서 지나칠 정도로 배려해 주었는데 그런 것들이 모두 싫었다. 또 우리 문화권의 사람들이 이 모든 것을 업보라고 생각하는 것도 정말 불편했다. 내가 전생에 잘못을 해서 이런 벌을 받는다는 것이었다. 나 역시 업보를 믿었기에 내가 정말로 이런 일을 겪을 만큼 뭔가 잘못한 것처럼 느껴졌다. 마치 내가 심판이라도 받는 것 같았다. 그런 생각을 하면 더욱더 힘이 빠졌다.

'정말 내가 전생에 저지른 일 때문에 이런 벌을 받는 거라면 이 생에서 어떻게 이걸 바꿀 수 있단 말인가? 지금 내가 할 수 있는 게 무엇이란 말인가?' 이런 생각들이 들면서 내 상황이 더욱 절망스러웠다.

속으로 이런 고통을 겪으면서도 나는 겉으로는 이를 감쪽같이 숨겼다. 나는 큰소리로 웃고 즐거워하고 잡담도 했다. 그러고 싶지 않을 때조차도 그렇게 했다. 내 병 때문에 다른 사람들이 신경을 쓰거나 걱정하게 만들고 싶지 않았다. 나로 인해 다른 사람들이 언짢거나 불편한 일은 없기를 바랐다. 그래서 계속 다른 이들의 감정과 욕구를 내 감정보다 우선시했다. 결국 많은 이들은 내가 '용감'하다고 감탄했고, 이렇게 의연하게 병에 대처하는 모습을 보니 존경스럽다고도 했다. 또한 많은, 아주 많은 이들이 내가 늘 긍정적이고 행복하다며 놀라워했다. 하지만 내가 속으로 어떻게 느끼는지는 전혀 몰랐다.

정말 내 기분이 어떤지, 사람을 만나는 것이 나에게 얼마나 힘든 일인지 아는 사람은 대니뿐이었다. 대니는 점차로 사람들로부터 나를 보호하는 역할을 맡기 시작했다. 나는 다른 사람들 앞에서는 늘 행복하고 긍정적인 척 연기를 해야 한다고 느꼈다. 누구도 나 때문에 기분이 안 좋아지거나 걱정스러워하는 걸 바라지 않았기 때문이다. 그러다 보니 점점 더 힘들어지면서 결국에는 전화도 받기 싫은 지경이 되었다. 병에 대해서 말하고 싶지 않았고, 누구에게서든 내 몸 상태와 관련해 이러쿵저러쿵 조언을 받고 싶지도 않았다. 나를 생각해 주는 사람들이 끝도 없이 물어보는 엇비슷한 질문들에 일일이 대답하는 것도 지겨웠다.

나는 외출을 삼가고 안전하게 집 안에만 틀어박혀 있었다. 기분이 좋지 않은 것도 좋지 않은 것이었지만 겉모습 역시 한눈에 봐도 환자 같아졌기 때문이다. 숨 쉬는 것도 힘들어졌다. 팔다리는 가시처럼 가늘어졌고, 급기야 고개를 들고 있기도 어려워졌다. 이런 모습을 보고 사람들이 던지는 시선이나 하는 말들도 몹시 거슬렸다. 사람들이 불쾌해서나 나를 무시해서 그렇게 보는 것이 아니라는 것은 알고 있었다. 아마도 호기심이나 일종의 동정심이었을 것이다. 나를 바라보다가 나와 눈이 마주치면 사람들은 즉각 눈을 돌려버렸다. 그들이 불편해한다는 것이 느껴졌다. 나는 그 표정 뒤에 숨은 감정을 잘 알았다. 예전에 아픈 이들을 바라볼 때 나도 그렇게 느꼈기 때문이다. 그들은 날 동정했다. 나는 곧 나를 보거나 나와 이야기하는 사람들은 으레 그렇게 느낄 거라고 받아들이기 시작했다. 그리고 내가 사람들을 그토록 불편하게 만든다는 사실에 나 스스로도 내가 불쌍하게 여겨졌다. 이쯤 되자 나는 사람들이 많은 곳에 나갈 생각을 아예 접고 말았다.

나는 곧 두려움과 절망이라는 내가 만든 새장 안에 갇히고 말았다. 그렇게 내 삶의 반경은 더욱더 작아졌다. 시간은 마치 미끄러운 내리막길 위를 내리달리듯 그렇게 흘러갔다. 내게는 암에 걸리지 않은 사람이면 누구든 행운아 같았다. 내 눈에 띄는 건강한 사람들은 전부 부러웠다. 그들이 어떤 삶을 살고 있는지는 상관없었다. 그들은 나처럼 끊임없이 내 몸을 강탈하는 악마와 함께 살고 있지는 않으니 말이다. 그 악마는 이제 내 정신과 삶마저 송두리째 점령해 버리고 말았다.

매일 아침 나는 한 줄기 희망을 가지고 깨어났다. '오늘은 뭔가 변화가 있을지도 몰라.' 하지만 매일 저녁은 익숙한 절망감으로 끝이 났고, 매일 밤은 그 전날 밤보다 훨씬 깊은 패배감을 곱씹어야 했다.

나는 환멸에 빠져 내가 대체 무엇을 지키려고 이렇게 힘들게 싸우고 있는지 의구심이 들기 시작했다. 결국 이 모든 게 다 무슨 소용이란 말인가? 괴로웠고 두려웠으며 더 이상 이 상태를 지속하는 데서 아무런 의미를 찾을 수 없었다. 나는 점점 지쳐가고 있었다. 나는 포기를 시작하고 있었다. 이 병마와의 싸움에서 패배했음을 인정할 준비를 하고 있었다.

그즈음 나는 수혈과 여타 치료를 받으러 통원 치료를 하고 있었다. 집에 있을 때는 대부분 잠을 자거나 쉬면서 보냈다. 30분만 움직여도 금세 지치고 숨이 가빠왔기 때문에 오랫동안 외출을 하거나 밖을 걸어 다니기가 불가능했다. 눈에 띄게 몸무게가 줄었고 끝없이 미열이 지속되었다.

"이런 단계에서도 상태가 호전될 수 있다고 보시나요?" 어느 날 여느 때처럼 MRI 검사를 마쳤을 때 내가 의사에게 물었다.

의사는 내 시선을 피하며 대답했다. "옷 입는 거 도와드릴 수 있도록 간호사를 들여보내겠습니다." 의사는 내게 해주지 않은 대답을 대니에게만 따로 들려주었다.

"이제는 저희가 할 수 있는 일이 별로 없습니다." 대니를 밖으로 불러내 단 둘만 있게 되자 의사는 대니의 눈을 똑바로 바라보며 말했다. "이제 잘 살아야 한 3개월 남았습니다. 방금 MRI 검사 결과를 보니 종양이 크기도 커지고 수도 많아졌어요. 암이 림프계 전체에 급속도로 퍼지고 있습니다. 항암 치료를 하기에도 너무 늦었어요. 이 단계에선 몸이 항암 치료의 독성을 견뎌내지 못합니다. 몸이 너무 약해져서 이제는 어떤 치료를 해도 몸에 충격만 더하고 마지막을 앞당길 뿐이에요. 정말 죄송합니다."

대니는 의사가 한 말을 내게 비밀로 하고 담담하게 행동했지만(의사의 말은 몇 달이 지나고서야 내게 전해졌다), 나는 뭔가 안 좋은 일이 벌어지고 있다는 것을 느낄 수 있었다. 대니는 이미 직장에 잘 나가지 않고 있었는데, 의사와 면담을 한 그날부터는 아예 출근을 하지 않았다. 내 곁에서 한시도 떠나 있지 않으려고 하는 사람 같았다.

어느 날 내가 물었다. "나 죽게 될까?"

"우리 모두 언젠가는 죽어." 대니가 대답했다.

"그건 나도 알아, 바보야. 내 말은 지금 말이야. 암 때문에. 나 죽으면 어떡할 거야?"

"그럼 내가 당신을 쫓아가서 도로 데려올 거야." 침대에 누워 있는 내 머리를 쓰다듬으며 대니가 조용하게 대답했다.

이것이 의사와의 면담 후 6주 뒤에 나눈 대화였다. 이제 나는 숨 쉬는 것도 무척 힘들어졌고, 산소통은 한시도 떼어놓을 수 없게 되었다. 똑바로 누워 있을 수도 없어서 늘 베개 따위를 괴어 상체를 올리고 있어야 했다. 그렇지 않으면 폐에 고여 있던 액체가 넘어와서 숨을 쉴 수 없었기 때문이다. 똑바로 누우려고 하면 숨이 막혀 호흡이 곤란해졌다. 그래서 침대에서 자세를 바꾸는 건 아예 불가능한 일이 되었다. 피부가 짓무르면서 몸 전체에 궤양이 퍼졌다. 피부는 내 몸에 침투해 오는 온갖 종류의 독소에 속수무책으로 개방되어 그 독소들을 전부 받아들이고 있었다.

땀에 흠뻑 젖어 잠에서 깨어나는 밤이 허다했다. 식은땀은 림프종의 대표적인 증상이었다. 개미가 온몸을 기어 다니기라도 하는 듯 온몸의 살갗이 간지러운 것도 자주 나타나는 증상이었다. 어느 날 밤은 가려움이 너무 심해서 마구 긁어댔는데도 가라앉지 않았다. 불에 타는 듯한 내 피부를 진정시키기 위해 대니가 냉동실에서 얼음을 꺼내 얼음주머니를 만들어서 온몸을 문질러주었다. 오래 걸리기는 했지만 그런 뒤에야 가려움증이 가라앉았다.

대니와 나는 거의 대부분의 밤을 뜬눈으로 보냈다. 그즈음 나는 대니에게 모든 걸 맡기고 있었다. 대니는 나에게 무엇이 필요한지를 나보다 먼저 알았다. 궤양의 상처를 소독해 주고 머리를 감겨주었다. 그가 나를 간호하면서 자기 시간을 다 보낸다는 것에 죄스런 마음이 들었지만, 나는 그가 결코 의무감이나 도리, 책임감 때문에 그렇게 하는 게 아니라는 것을 알고 있었다. 그의 모든 행위는 나에 대한 순전한 사랑에서 나오는 것이었다.

소화 기관이 영양분을 더 이상 흡수하지 못하게 되면서 나는 영양실조가 되어갔다. 대니는 내가 제일 좋아하던 초콜릿을 사다 주었고, 엄마는 조금이라도 더 먹이려고 내가 가장 좋아하던 음식을 만들어왔지만 조금도 식욕이 동하지 않았다. 어렵사리 목구멍으로 넘긴다고 해도 몸에서는 아무것도 받아들이지 못했다. 결국 근육에 힘이 빠져서 걸을 수조차 없는 지경이 되었다. 휠체어를 타야지만 움직일 수 있었다. 몸은 살아남기 위해 살 속에 있는 단백질을 소비하기 시작했고, 결국 나는 포스터에 나올 법한, 기아가 극심한 나라의 아이 같은 모습이 되었다. 나는 살아있는 해골이 되었고, 머리통이 100킬로그램짜리 바벨이라도 되는 듯 무겁게 느껴져서 베개에서 고개를 들 수조차 없었다.

그때도 여전히 통원 치료를 받으러 병원에 다녔지만, 병원에 갈 때마다 나는 될 수 있는 한 빨리 거기서 나와 집으로 가고 싶었다. 그곳은 차갑고 냉랭하고 암울했다. 거기 있으면 이미 아픈 것보다도 더 아플 것 같았다. 그래서 우리는 낮 동안 집에서 나를 돌봐줄 간호사를 따로 고용했다.

엄마와 대니는 내 곁에서 한시도 떠나지 않았다. 대니는 나와 함께 밤을 꼬박 새곤 했다. 그는 내가 숨을 잘 쉬고 있는지 계속 확인하면서 만에 하나 내가 마지막 숨을 쉴 경우를 대비해 늘 곁에 있었다. 나는 기침을 하느라 잠을 이루지 못하는 밤이 많았기 때문에, 대니가 옆에서 위안을 주는 게 얼마나 고마웠는지 모른다. 그러나 그가 얼마나 고통스러운지 잘 알고 있었기 때문에 그런 상황이 지속되는 게 몹시 힘들었다. 그 와중에도 나는 겉으로는 씩씩한 모습을 보이면서, 모두에게 아프지 않다고, 훨씬 좋아졌다고 애써 강조하곤 했다. 속으로는 전혀 그렇지 않으면서도 말이다!

나는 또 비통해하는 엄마의 마음도 알고 있었다. 자식이 자기보다 앞서 가는 걸 가만히 지켜볼 수 있는 엄마는 없을 것이다. 하물며 자식이 서서히 고통스럽게 스러져가는 걸 봐야 하는 그 심정은 어떠하랴.

2006년 2월 1일 아침, 나는 평소보다 기분이 한결 좋았다. 주변에 있는 것들이 눈에 선명하게 들어왔다. 하늘은 보통 때보다 더 파랬고, 온 세상이 아름다운 장소처럼 느껴졌다. 여전히 휠체어 신세를 지고 있고, 산소통을 단짝 친구처럼 데리고 다녔지만, 병원에서 집으로 돌아오는 길에는 이제 모든 걸 내려놓아도 좋겠다는 기분이, 모든 게 잘되고 있다는 기분이 들었다.

'내가 없어도 세상이 멈추지는 않을 거야. 내가 걱정할 게 하나도 없어. 왜 그런지는 모르겠지만 정말 기분이 좋네. 이렇게 기분이 좋기는 정말 오랜만이야.' 그때 이렇게 생각했던 것이 지금도 기억난다.

몸이 아프고 숨 쉬기가 힘들어서 나는 침대에 누웠다. 온몸이 아픈데 잠을 이루지 못했기에 간호사는 퇴근 전 내가 쉴 수 있도록 모르핀 주사를 놔주고 갔다. 그런데 뭔가가 달랐다. 뭔가 굉장히 편안하고, 그동안 살기 위해 단단히 그러쥐고 있던 손아귀를 펼 수 있을 것 같았다. 그동안은 늘 벼랑 끝에 매달려 있는 기분이었다. 나는 떨어지지 않으려 안간힘을 쓰면서, 지는 싸움임에도 악착같이 매달려 있었다. 그런데 이제 그동안 그토록 꽉 붙들고 있던 모든 것을 놓아버려도 될 것 같았다. 그러면서 나는 깊은 잠에 빠져들었다.

다음날인 2월 2일 아침, 나는 눈을 뜨지 않았다. 내 얼굴은 형용할 수 없을 정도로 부어 있었다. 팔과 다리, 손발도 그랬다. 대니가 나를 한번 보더니 의사에게 전화를 했고, 의사는 나를 당장 큰 병원으로 데려가라고 지시했다.

암과의 싸움이 이제 막 끝나려 하고 있었다.

2부

죽음으로 떠난 여행

7

세상 저편으로 가다

정신없이 병원으로 실려 가는 동안 주위가 초현실적이고 몽환적으로 보이기 시작하면서 나는 점점 더 의식에서 멀어져 어디론가 빠져들어 가고 있다는 느낌이 들었다. 병원에 도착했을 때는 이미 혼수 상태에 빠져 있었다. 의사들은 내 생존 가능성에 회의적이었다. 그들은 내 상태를 보고 하나같이 침통해했다. 내가 실려 간 병원은 그동안 치료를 받으러 다니던 곳이 아니었다. 그동안 다녔던 병원은 모든 시설을 갖춘 큰 병원이 아니라 규모가 작은 동네 병원이었다. 그 병원은 주치의에게 진찰을 받기에는 적합한 곳이었지만, 지금 같은 응급 상황에 대처할 만한 시설은 없었다. 조그만 동네 병원에서 진료를 받고 싶다고 한 것은 전적으로 내 선택이었다. 그쪽이 덜 무서웠기 때문이다. 큰 병원은 진저리가 나도록 싫었다. 그런 곳에서 내가 아는 이들을 두 명이나 보냈기에 겁이 났다. 바로 내 가장 친한 친구와 대니의 매부가 규모가 큰 암 전문 병원에서 죽었던 것이다.

그러나 내가 혼수 상태에 빠진 그날 아침, 대니가 늘 다니던 병원에 전화를 하자 주치의는 홍콩에서 가장 크고 시설이 좋은 병원으로 나를 데려가라고 했다. 그곳 의사에게 말해서 전문의들로 팀을 꾸려 나를 기다리도록 할 거라고 했다. 그래서 나는 처음으로 이 낯선 곳으로 실려 가 역시나 낯선 전문 의료진에게 진찰을 받게 되었다.

나를 본 순간 암 전문의가 큰 충격을 받았다는 게 얼굴에 확연히 드러났다.

"아내분의 심장은 아직 뛰고 있을지 모르지만, 죄송합니다. 부인은 이미 이 세상 분이 아닙니다. 목숨을 구하기에는 너무 늦었어요." 의사가 대니에게 말했다.

'의사가 지금 누구 얘기를 하는 걸까? 나는 속으로 생각했다. 난 평생 살아오면서 이처럼 행복한 적이 없었는데! 그리고 엄마와 대니는 왜 저렇게 당황해하고 겁에 질려 있는 거지? 엄마, 울지 마세요. 왜 그래요, 무슨 일이에요? 저 때문에 우시는 거예요? 울지 말아요! 난 정말 너무 좋아요, 엄마. 진짜라고요!' 나는 큰소리로 외치고 있다고 생각했지만, 내 입 밖으로는 아무 소리도 나오지 않았다. 내 목소리가 사라지고 없었다.

나는 엄마를 안아주고 싶었다. 안심시켜 주고, 나는 정말 괜찮다고 말해주고 싶었다. 그런데 왜 그렇게 할 수 없는 건지 도무지 이해가 되지 않았다. 왜 내 몸이 말을 듣지 않는 걸까? 사랑하는 엄마와 남편을 안아주고 싶은데, 왜 나는 죽은 듯이 축 늘어져 있기만 한 거지? 난 정말 괜찮고 더 이상 아프지 않다고 알려주고 싶은데……

상황이 심각했기 때문에 의사는 즉시 다른 선임 의사를 불러 도움을 청했다. 죽음에 근접한 이 임사臨死 상태에서 나는 주변에서 돌아가는 모든 상황이 보통의 신체 상태에 있을 때보다 훨씬 더 정확하게 인식되었다. 내 몸의 오감을 전혀 사용하지 않았지만 모든 것을 정확하게, 신체 기관을 이용할 때보다 훨씬 더 정확하게 알 수 있었다. 마치 전혀 다른 종류의 인식 기관이 작동하는 것 같았고, 그것은 '인식'의 차원을 넘어서 지금 벌어지고 있는 모든 일을 한 눈에 다 파악하는 것 같았다. 내가 그 모든 것에 천천히 '통합되는' 느낌이었다.

선임 의사는 전신 MRI 촬영을 위해 즉시 나를 방사선실로 데려가라고 지시했다. 나는 여전히 목 뒤에 베개를 괴어 상체를 세운 채로 침대에 누워 있는 내 모습을 바라보았다. 요 며칠간 집에서 하고 있던 모습 그대로였다. 앞서도 이야기했듯이 폐에 액체가 가득 차서 머리를 바로 누이면 숨을 쉴 수가 없기 때문이었다.

나는 그때도 휴대용 산소통을 달고 있었는데 의료진은 방사선실에 도착하자 산소 마스크를 떼어내고 나를 들어올려 MRI 기계에 눕혔다. 불과 몇 초 만에 나는 호흡이 막혀 기침을 하고 입 밖으로 물을 내뱉기 시작했다.

"안 돼요, 산소통을 빼면 안 됩니다. 절대 똑바로 눕히면 안 돼요! 부탁합니다. 숨을 못 쉬잖아요! 질식하겠어요! 그렇게 하면 제 아내가 죽는다고요!" 대니의 절규하는 목소리가 들렸다.

"이렇게 할 수밖에 없습니다." 방사선 기사 한 명이 설명했다. "걱정하지 마세요. 최대한 조심해서 하겠습니다. 한 번에 30초 정도는 산소통 없이도 버티실 수 있을 거예요."

방사선 기사는 30~40초마다 MRI 검사 통에서 나를 빼내어 얼굴에 산소 마스크를 씌웠다가 다시 마스크를 떼어내고 MRI 검사 통으로 집어넣기를 반복했다. 결과적으로 검사 한 번을 마치는 데 평소보다 시간이 배로 들었다. 검사가 끝나자 그들은 나를 중환자실로 데려갔다.

의료진은 절대 포기하면 안 된다는 대니의 완강함에 못 이겨 할 수 있는 응급 조치를 모두 했다. 재깍거리며 시간이 흐르는 동안 나는 중환자실에 누워 있었고, 의료진은 바늘과 튜브로 온갖 조치를 취했으며, 가족들은 속수무책으로 바라보고만 있었다.

그러고 나자 내 침대 주변으로 두꺼운 커튼이 둘러쳐지면서 나는 양옆의 환자들과 분리되었다. 대니와 엄마도 커튼이 만든 벽 바깥에 있었다.

나는 간호사들이 종종걸음으로 다니면서 이제 거의 죽음에 다다른 내 몸에 병원의 산소 탱크와 여타 다른 기계들을 연결하려고 준비하는 모습을 볼 수 있었다. 영양실조 상태가 심각했기 때문에 여러 가지 수액과 포도당을 내 몸에 주입해야 했다. 침대 위쪽으로는 모니터가 하나 있었는데, 간호사들은 내 혈압과 심장 박동을 재기 위해 모니터를 내 몸에 연결하기 시작했다. 음식을 흘려보내는 관이 콧구멍으로 들어와 목구멍을 타고 내려가서는 위 속으로 들어갔다. 그렇게 해서 음식을 곧바로 위에 집어넣을 수 있었다. 인공 호흡 장치를 통해서는 코로 산소가 주입되었다. 간호사들은 음식 관을 위까지 집어넣는 데 애를 먹었는데, 결국 내 목구멍에 스프레이를 뿌려 근육을 마비시킨 다음에야 관을 한결 쉽게 집어넣을 수 있었다.

어떤 사람들이 언제 나에게 와서 무엇을 하고 갔는지 나는 모두 알고 있었다. 비록 육신의 눈은 감겨 있었지만 나는 시시각각으로 주변은 물론 멀리에서 일어나는 일까지도 하나하나 정확하게 인지하고 있었다. 그 인지 능력이 얼마나 날카로운지 내가 의식 상태에서 신체 감각을 사용할 때와는 비할 수 없을 정도였다. 모든 것이 그냥 느껴지고 이해되는 듯했다. 내 주변에서 벌어지는 일뿐만 아니라 모든 사람이 어떻게 느끼는지까지도 파악되었다.

마치 내가 모두가 되어 그들의 눈으로 보고 느끼는 것 같았다. 그들의 두려움과 절망, 내 상황에 대한 체념 등이 다 느껴졌다.

'대니와 엄마가 너무 슬퍼하고 무서워하는 것 같네. 내가 이제는 아프지 않다는 걸 안다면 좋겠는데. 말해줄 수 있다면 좋겠어. 엄마, 제발 울지 마세요! 저는 정말 좋아요! 저 여기 있어요. 지금 엄마 옆에 있다고요!'

주변에서 무슨 일이 벌어지고 있는지를 나는 빠짐없이 알 수 있었다. 모든 것이 동시에 일어나고 있는 것 같았지만, 내가 마음을 모으면 그것이 무엇이든 그 순간에 선명해졌다.

"혈관을 찾을 수가 없어요!" 한 간호사가 담당 의사에게 필사적으로 외치는 소리가 들렸다. 목소리에 두려움이 묻어 있었다. "혈관이 완전히 수축되었어요. 아이고, 이 팔 좀 봐! 살이 하나도 없어요. 한동안 영양분을 하나도 받아들이지 못한 모양이에요." 그때의 그 남자 목소리를 나는 지금도 선명하게 기억한다. 남자 간호사였던 것이다.

'목소리가 아주 절망적이네.' 나는 생각했다. '나를 포기하려고 하고 있구나. 그를 원망하지 않아.'

"폐에 수액이 가득 찼네요. 수액 때문에 익사하겠어요. 폐에서 수액을 빼내야겠습니다. 그러면 적어도 숨은 좀 편하게 쉴 겁니다." 이번엔 아까 불려온 선임 의사였다. 나는 그들이 미동도 하지 않는 내 몸 앞에서 포기하지 않고 노력하는 모습을 지켜보았다.

내가 그 순간 느끼고 있는 것들을 담기에는 터무니없이 작아 보이는 한 형체를 앞에 두고서.

의료진은 아주 신속하게 움직이며 모든 일을 긴박하게 처리하고 있었지만, 암묵적으로는 상황이 절망적임을 받아들이는 분위기가 느껴졌다. 내 운명을 바꾸기에는 너무 늦었다는 사실을 모두 인정하는 듯했다. 나는 세부적인 것들을 하나하나 아주 미세한 부분까지 감지할 수 있었다. 그러나 신체적으로는 아무것도 느껴지지 않았다. 아무것도, 그러니까 전에는 결코 맛본 적 없는 엄청난 자유와 해방감을 빼고는 아무것도 느껴지지가 않았다.

'우와, 놀랍다! 진짜 자유롭고 가벼워! 무슨 일이 벌어진 거지? 이렇게 기분 좋은 건 처음이야! 고무관도 없고 휠체어도 없잖아. 아무런 도움 없이도 자유롭게 돌아다닐 수 있고! 숨 쉬는 게 더 이상 힘들지 않아. 정말 놀랍다!'

병원 침대에 누워 있는, 생명이 없어 보이는 내 몸에는 아무런 집착도 느껴지지 않았다. 그 몸이 내 것이 아닌 것 같았다. 내가 지금 겪고 있는 것을 담기에는 너무도 작고 보잘것없어 보였다. 나는 자유로웠고 해방되었으며 참으로 아름다워 보였다. 그 모든 고통과 아픔과 슬픔, 괴로움이 말끔히 사라지고 없었다! 그 무엇도 거칠 것 없이 완전하게 자유로웠고, 일찍이 한 번도 느껴본 적 없는 기분 속에 있었다. 단 한 번도!

지난 4년간 암이 점령했던 몸이라는 감옥에 갇혀 있다가 마침내 풀려난 기분이었다. 처음으로 자유를 맛보고 있었다! 나는 무게 없음을 느끼기 시작했고, 내가 언제 어디에든 있을 수 있다는 사실을 자각하기 시작했다. 이것이 특별한 일처럼 느껴지지도 않았다. 마치 처음부터 그랬던 것 같았다. 원래 모든 것을 이렇게 지각하는 게 당연했다는 듯 말이다. 중환자실 바깥, 10여 미터는 족히 떨어진 복도에서 남편과 의사가 이야기하고 있는 것을 내가 인지하고 있는데도 그것조차 전혀 이상하게 여겨지지 않았다.

"부인을 위해 저희가 할 수 있는 게 없습니다, 무르자니 씨. 장기가 이미 모두 멈췄습니다. 레몬만 한 종양들이 림프계에 전부 퍼졌어요. 두개골 바닥에서부터 복부 아래쪽까지 꽉 찼어요. 폐뿐 아니라 뇌에도 수액이 가득 찼습니다. 피부가 짓물러서 궤양도 심하고요. 그 안에 독소가 들어 있어요. 이런 상태로는 오늘 밤도 넘기기 힘듭니다." 의사가 대니에게 말했다. 이 의사는 한 번도 본 적이 없는 사람이었다.

나는 비통해하는 대니의 얼굴을 지켜보았다. 그에게 소리치고 싶었다. '나 괜찮아, 여보. 나는 정말 좋아! 걱정하지 마. 의사 말 듣지 마. 저 사람들이 하는 말은 사실이 아니야!' 하지만 말할 수 없었다. 내 입 밖으로는 한 마디도 나오지 않았다. 대니는 내 말을 들을 수 없었다.

"아내를 잃고 싶지 않습니다. 저는 아직 준비가 안 됐어요." 대니가 말했다.

나는 내 몸에는 아무런 집착도 느끼지 않았지만, 저 움직임 없는 형체를 둘러싸고 벌어지는 드라마에는 깊은 감정적 끌림을 느꼈다. 무엇보다도 나를 잃을 거라는 생각에 깊이 절망하는 대니를 위로해 주고 싶었다.

'여보, 내 말 들을 수 있어? 제발 들어봐! 내가 멀쩡하다는 걸 알려주고 싶어!'

하지만 주변에서 벌어지는 드라마에 감정적으로 집착하는 그 순간, 아직 펼쳐지고 있는 더 큰 그림이 있고 더 원대한 계획이 있다는 듯 내가 움직여 뒤로 물러선다는 걸 느꼈다. 모든 것이 완벽하며 계획에 따라 진행되고 있다는 깨달음이 들자 그 상황에 대한 감정적인 집착이 거두어지는 것이 느껴졌다.

주변 환경으로부터 감정이 거두어지자, 내가 점점 확장되어 모든 공간을 꽉 채우더니 마침내 나와 다른 모든 것 사이에 아무런 분리가 없는 지경까지 넓어졌다는 것을 알 수 있었다. 나는 모든 것을, 모든 사람을 아우르고 있었다. 아니 내가 곧 그들이 '되었다.' 나는 가족과 의사들 사이에 오가는 대화를 토씨 하나 빠뜨리지 않고 완벽하게 인지할 수 있었다. 그들이 물리적으로는 병실 바깥 꽤 먼 곳에 떨어져 있었는데도 말이다. 대니의 겁먹은 표정이 보였고 그의 두려움도 느낄 수 있었다. 마치 그 순간 내가 그가 된 것 같았다.

동시에 전에 한마디 언질을 들은 것도 없는데, 아눕 오빠가 수

천 마일 떨어진 데서부터 걱정스런 얼굴로 나를 보러 오고 있다는 걸 알 수 있었다. 오빠의 수심에 찬 얼굴을 보니 나는 또 한 번 물질 세계의 감정적 드라마 안으로 끌려 들어간다는 느낌이 들었다.

'오 이런, 오빠잖아! 비행기를 타고 오네. 왜 저렇게 불안해 보이는 거지? 나를 보러 홍콩에 오고 있는 건가?'

나는 조금이라도 빨리 나를 보고 싶어하는 오빠의 긴박한 마음에 대한 그때의 '느낌'을 지금도 기억한다. 오빠를 향해서 강렬한 감정이 솟구쳤다.

'아, 불쌍한 아눕 오빠. 나를 걱정하고 있어. 내가 죽기 전에 여기 도착하고 싶어하는구나. 걱정 마, 오빠. 내가 여기서 기다리고 있을게. 서두를 필요 없어! 나 이제 안 아파, 사랑하는 오빠!'

나는 팔을 뻗어 오빠를 안아주면서 괜찮다고 안심시키고 싶었지만, 왜 오빠에게 팔이 닿지 않는지 도무지 이해가 되지 않았다.

'오빠, 나 여기 있는데!'

오빠가 도착하기 전에 내 육체가 죽지 않았으면 하고 생각했던 게 기억난다. 만일 내가 죽은 뒤에 도착하면 오빠 기분이 어떨지 잘 알 수 있었고, 오빠가 그런 일을 겪지 않기를 바랐다.

하지만 오빠에 대한 사랑이 커지고 오빠가 여동생의 죽음이라는 고통을 경험하지 않았으면 좋겠다는 생각에 압도되는 순간, 나는 내가 다시 한 번 뒤로 움직여 물러난다는 기분을 느꼈다. 나는 벌어지고 있는 상황에 내 감정이 압도될 때마다 번번이 내 자신이 확장되는 것을 알았고, 그러면서 모든 집착으로부터 풀려나는 걸 느꼈다. 나는 한 번 더 아주 커다란 태피스트리가 펼쳐지고 있다는 안도감에 편안해졌다. 그 태피스트리 안에서는 모든 것이 원대한 계획에 따라 정확하게 펼쳐지고 있었다.

더 멀리 확장되어 갈수록 나는 내가 이 경이로운 상태에 있다는 사실에 점점 더 익숙해졌다. 사실상 그게 특이한 것이라는 인식조차 없어졌다. 이제 모든 게 더할 나위 없이 자연스러워졌다. 나에게 행해지는 치료 과정 역시 여전히 세세하게 모두 인식하고 있었다. 바깥세상에서는 내가 혼수 상태에 빠져 있는 것으로 보였겠지만 말이다.

나는 내가 물리적 환경에서 떨어져 나와 계속해서 멀리, 더 멀리 확장되어 가는 것을 느꼈다. 더 이상 시간과 공간의 제약을 받지 않고 계속 넓어져서 훨씬 더 넓은 의식을 갖게 되는 것 같았다. 나는 전에 육체적 삶에서는 한 번도 경험해 보지 못한 자유와 해방감을 느꼈다. 이것은 기쁨에 더해, 환희와 행복감이 무한히 솟아오르는 감정이라고밖에는 설명하지 못하겠다. 병들고 죽어가는 내 몸에서 풀려났다는 기쁨, 병이 내게 준 그 모든 고통에서 풀려났다는, 환희에 넘치는 해방감이었다.

이 다른 세상으로 더 깊이 빠져들고 바깥쪽으로 더 넓어져가면서 모두이자 모든 것이 되어가는 동안 나는 사랑하는 사람들과 주변 환경에 대한 감정적 집착이 점점 떨어져나가는 것을 느꼈다. 오로지 장대하고 영광스러운, 무조건적 사랑이라고밖에 표현할 수 없는 무엇이 나를 둘러쌌고 내가 계속해서 모든 걸 놓아가는 동안 나를 꽉 감싸주었다. '조건 없는 사랑unconditional love'이라는 말은 사실 이 느낌을 결코 온전하게 표현하지 못한다. 이 표현은 너무 남용되어 그 진정한 의미를 잃어버렸기 때문이다. 하지만 그토록 오랫동안 끌어왔던 육체와의 싸움이 마침내 나를 거머쥐던 손아귀를 풀었고, 그렇게 나는 이 아름다운 자유를 경험하고 있었다.

이는 내가 '물리적으로' 어디 다른 데로 갔다는 느낌이 아니었다. 내가 '깨어났다awakened'고 표현하는 게 더 맞겠다. 아마도 악몽에서 마침내 깨어난 것이리라. 내 영혼은 마침내 자신의 장엄한 진짜 모습을 깨닫고 있었다! 그리고 그렇게 함으로써 내 영혼은 이 몸과 물리적 세상을 넘어 멀리 확장해 나아갔다. 영혼은 바깥으로 더 멀리 멀리 뻗어 나아가더니 마침내 모든 존재를 아우르는 것은 물론 이 시공간을 넘어 또 다른 영역으로까지 확장되었고 동시에 그것을 포함했다.

사랑과 기쁨, 황홀경, 경외감이 내 안으로 나를 뚫고 쏟아져 들어왔고, 나는 그 안에 잠겨버렸다. 나는 가히 내 상상을 뛰어넘는 거대한 사랑에 집어삼켜지고 둘러싸였다. 그 어느 때보다도 자유로웠고 진짜로 살아있다는 느낌이 들었다. 앞서 표현했듯이 물리적으로는 불가능했던 것들을 나는 갑자기 '알게' 되었다. 가령 내 침대에서 한참 떨어진 곳에서 가족과 의료진이 나누는 대화를 모두 알 수 있듯이.

이런 놀라운 감각은 그 영역에서만 가능한 것으로, 그것을 적절히 표현할 말은 없다. 완전하고 순전하며 조건 없는 '사랑'의 그 느낌은 내가 전에 알던 그 어떤 것과도 같지 않았다. 아무런 자격도 요구하지 않고 아무런 판단도 하지 않는 절대적인 사랑…… 그것은 전혀, 그 어떤 차별도 두지 않았다. 내가 그 사랑을 받기 위해 아무것도 할 필요가 없고, 그것을 얻기 위해 내 자신을 증명해 보일 필요도 없는 듯했다.

놀랍게도 나는 10년 전에 돌아가신 아버지가 거기 계신다는 것을 느낄 수 있었다. 아버지가 나와 함께 있다는 것을 느끼자 이루 말할 수 없는 평안이 밀려왔다.

'아빠, 여기 계셨군요! 정말 믿을 수가 없네요!'

이런 것을 말로 표현한 것은 아니다. 그저 그렇게 '생각'을 했을 뿐이다. 실제로는 말을 넘어서 감정을 느꼈다고 하는 게 더 정확할 것이다. 왜냐하면 그 세상에서는 감정 말고는 무엇으로도 소통할 방법이 없기 때문이다.

'그래, 아빠 여기 있다, 사랑하는 딸아. 나는 늘 여기 있었어. 너와 우리 식구 모두를 보면서 말이야!' 아버지가 나에게 전하는 메시지가 들려왔다. 여기서도 말은 전혀 쓰이지 않았다. 그저 감정만

이 있었다. 그러나 나는 아주 선명하게 이해했다.

그러고 나자 3년 전 암으로 떠나보낸 내 가장 친한 친구 소니의 존재도 느낄 수 있었다. 아버지와 친구의 존재가 따뜻하게 안아주듯 나를 감쌌을 때의 그 느낌은 흥분감이라고밖에 표현하지 못하겠다. 그들이 곁에 있다는 것에 흥분을 느꼈고, 그리고 안도감이 밀려들었다. 내가 그들의 존재를 알아채기 오래 전, 병마와 힘겹게 싸우는 동안에도 내내 그들이 내 곁에 있었음을 나는 '알' 수 있었다.

나는 또 내 주위로 다른 존재들이 있다는 것도 느낄 수 있었다. 누군지는 알아볼 수 없었지만, 그들이 나를 아주 많이 사랑하고 나를 보호하고 있다는 걸 알 수 있었다. 나는 그들이 언제나 거기 있었다는 것을, 내가 의식하지 못할 때에도 내게 아주 많은 사랑을 쏟아부으며 거기 있었다는 것을 깨달았다.

다시 소니의 본질essence과 연결되자 나는 지극한 평안함을 느꼈다. 소니가 먼저 간 뒤로 무척이나 그리웠기 때문이다. 그녀에게서 내게 오는, 그리고 내게서 그녀에게로 가는 조건 없는 사랑 말고는 아무것도 느껴지지 않았다. 그런 사랑을 경험하고 있던 바로 그때, 내 본질이 소니의 본질과 하나로 합쳐져 내가 곧 소니가 '된' 것 같았다. 나는 소니가 여기저기 어디에나 있다는 것을 알 수 있었다. 소니는 자기가 사랑하는 이들을 위해 어느 때든 어느 장소에든 있을 수 있었다.

나는 더 이상 오감을 사용하지 않았음에도 인식 능력은 제한이 없었다. 마치 우리가 갖고 있는 보통의 감각보다 훨씬 고양된 새로운 감각이 생겨나기라도 한 것 같았다. 나는 주변에서 일어나는 일을 360도 시야각으로 완벽하게 인식하고 있었다. 이 모든 말이 놀랍게 들리겠지만, 그때는 그것이 정상적으로 느껴졌다. 이제는 오히려 몸 안에 있는 게 답답하게 느껴진다.

그 세상에서는 시간도 다르게 느껴졌는데, 나는 모든 순간을 한꺼번에 느꼈다. 나와 관계된 '모든 것', 즉 과거와 현재, 미래를 동시에 알 수 있었다. 여러 삶들이 동시에 일어나는 게 어떤 것인지 알 수 있었다. 한 전생에서는 내게 남동생이 있었는데 내가 그를 돌보고 있었다. 이 동생의 본질은 아눕 오빠의 본질과 같았다. 그 삶에서는 그가 내 오빠가 아닌 동생이었던 것이다. 지금의 아눕 오빠를 동생으로 삼아 살고 있는 그 생의 배경은 발달하지 않은 시골 지역이었고, 시대와 위치는 내가 모르는 곳이었다. 우리는 가구라곤 별로 없는 진흙 오두막에서 살고 있었는데, 부모님이 밭에 일하러 나가 있는 동안 내가 아눕을 돌보고 있었다.

나는 먹을 것은 충분한지, 외부의 위험한 것들로부터는 안전한지 등을 확인하면서 동생을 돌보는 누나의 감정을 경험하는 동안, 그것이 '전생'의 삶으로 느껴지지 않았다. 그 삶이 비록 역사 속의 한 장면같이 보이기는 했지만, 느껴지기로는 바로 지금 여기에서 일어나는 일 같았다.

시간은 우리가 여기서 경험하는 것처럼 직선으로 흐르지 않았다. 우리의 현세적 마음earthly minds이 우리에게 일어나는 일들을 연속적인 장면들로 바꾸어놓았을 뿐, 실제로는 우리가 몸을 통해 표현하지 않을 때는 과거든 현재든 미래든 모든 것이 동시에 일어나고 있는 것 같았다.

시간의 모든 지점들을 동시에 인식할 수 있다는 것이 그 세상에서는 자명했지만, 그 기억을 환기해 지금 글로 쓰자니 혼란스러운 게 사실이다. 시간이 직선적이지 않다면 장면의 연속이라는 개념이 모호해질 텐데, 이런 말이 선뜻 이해되기는 어려울 것이다.

우리의 오감은 어느 순간이든 시간 속의 한 지점에만 집중하도록 우리를 제한하는 것 같다. 그러고는 시간의 이 특정 지점들을 하나로 꿰어서 직선적 시간 현실이라는 망상을 만들어내는 것 같다. 우리의 신체성physicality 또한 주변 공간에 대한 우리의 인식을 제한한다. 그리하여 우리의 눈과 귀로 보고 들을 수 있는 것 혹은 만지고 냄새 맡고 맛볼 수 있는 것에만 우리를 묶어놓는다. 그러나 몸이라는 한계가 없을 때 나는 나와 연관된 모든 시간과 공간의 지점들을 한꺼번에 이해했다.

그 확장된 영역에서 고양된 나의 의식 상태는 아무리 설명하려고 해도 말로 설명하기가 어렵다. 그 모든 게 얼마나 선명했는지 놀라울 정도인데도 말이다.

'우주가 이런 것이구나!' 나는 생각했다. '이제야 알겠어. 왜 내가 암에 걸렸는지 알겠어!' 나는 그 순간의 경이로움에 완전히 사로잡혀 처음엔 내가 병에 걸린 원인을 차분히 생각하기 어려웠지만, 이내 그 원인을 자세히 살펴보게 되었다. 나는 또 내가 애초에 왜 이 생으로 들어왔는지 알 것 같았다. 바로 내 진정한 목적을 말이다.

'왜 갑자기 이 모든 걸 이해하게 된 거지?' 나는 궁금했다. '이런 사실을 누가 알려주는 걸까? 신인가? 크리슈나? 부처? 예수?' 그때 갑자기 신이란 '존재a being'가 아니라 '존재의 상태a state of being'라는 깨달음이 왔다. 그리고 내가 지금 바로 그 '상태'에 있었다.

나는 지금껏 내가 알아온 모든 것들이 복잡하게 얽히고설켜 내 삶을 이루었음을 알았다. 내 경험이란 저 커다랗고 복잡다단한 색과 모양으로 된 무한한 태피스트리에 수놓아진 한 가닥 실과도 같았다. 갖가지 다른 색깔의 실들은 내가 맺고 있던 관계들, 나와 연이 닿은 온갖 삶들이었다. 우리 엄마를 나타내는 실, 아빠와 오빠, 남편, 그 밖에 내 삶에 들어온 이들을 제각각 나타내는 실들이 모두 다 있었다. 그들이 나와 긍정적인 관계에 있든 부정적인 관계에 있든 상관없이 말이다.

'오, 이럴 수가. 빌리라는 실도 있네. 초등학교 때 나를 괴롭혔던 아이!'

각각의 모든 만남이 얽혀서 그때까지의 내 인생이라는 그림을 만들고 있었다. 나는 그 그림 속의 한 가닥 실에 지나지 않았지만, 또한 완성된 전체 그림에 없어서는 안 될 필수 요소였다.

이것을 알았을 때 나는 내 자신에게, 내가 만난 모든 이에게, 그리고 삶 자체에게 언제나 내 고유한 본질을 표현해야 할 의무가 있다는 것을 깨달았다. 다른 누군가가 혹은 무언가가 되려는 노력은 나를 더 나은 존재로 만들어주지 않았다. 오히려 진정한 내 자신을 앗아가기만 했다! 그럴수록 다른 이들이 내 진정한 모습을 경험하지 못하도록 가로막을 뿐이었고, 내가 그들과 진정으로 만나지 못하게 만들 뿐이었다. 진정한 내 자신이 되지 않는 것은 또한 내가 여기에 와서 되고자 하고 표현하고자 하는 존재의 모습을 이 우주로부터 빼앗는 것이었다.

그 명징한 상태 속에서 나는 나라는 존재가 내가 늘 생각하던 그 모습이 아니라는 것도 알게 되었다. '여기 이렇게 몸도, 인종도, 문화도, 종교도, 신념도 없이 내가 있어. 하지만 난 여전히 이렇게 존재해! 그렇다면 나는 뭐지? 나는 누구지? 분명 어떤 식으로도 내가 줄어들거나 작아지지 않았어. 오히려 나는 이렇게 크고 이렇게 힘 있고 또 이렇게 모든 걸 아우르는 존재였던 적이 없어. 우와, 정말 이런 식으로는 단 한 번도 느껴본 적이 없어!'

거기에 내가 있었다. 몸이나 다른 어떤 물리적 특징도 없이 말이다. 그러나 내 순수한 본질은 여전히 존재했고, 내 전체 자아에서 '조금도' 덜어내진 요소는 없었다. 아니, 내 물리적 존재보다 훨씬 더 크고 훨씬 더 강렬하며 훨씬 더 넓어졌다고 느껴졌다. 사실상 장엄했다는 표현이 옳겠다. 나는 언제나 존재해 왔고, 앞으로도 언제나, 시작도 끝도 없이, 영원히 존재하리라는 느낌이 들었다. 내가 그저 장엄할 뿐이라는 앎이 나를 가득 채웠다!

'내가 이렇다는 걸 어떻게 전에는 까마득히 몰랐을 수가 있지?' 나는 몹시도 궁금했다.

그때까지의 내 삶의 총합인 거대한 태피스트리를 보면서 나는 무엇이 오늘의 내 삶의 모습을 낳았는지 정확하게 알 수 있었다.

'내가 걸어온 삶의 길을 봐! 왜 난 늘 내게 그리도 가혹했을까? 왜 늘 스스로를 그토록 혼내기만 했을까? 왜 항상 자신을 그렇게 냉대했을까? 왜 내 편을 들어주지 않았을까? 내 영혼의 아름다움을 세상에 내보이지 않았을까?'

'왜 늘 다른 사람들을 기쁘게 해주려고만 하고 내 스스로 생각할 수 있는 힘과 창조적인 능력을 억누르기만 했을까? 싫을 때도 좋다고 하면서 번번이 내 자신을 배신했었어! 그냥 내가 되는 대신 늘 다른 사람의 인정을 구하면서 스스로를 모독했었지! 왜 나의 아름다운 가슴을 따르지 않고 나의 진실을 말하지 않았을까?'

'우리는 왜 몸을 입고 사는 동안에는 이것을 깨닫지 못할까? 자신에게 그토록 가혹할 필요가 없다는 것을 나는 어쩌면 그리도 몰랐을까?'

나는 여전히 조건 없는 사랑과 수용의 바다에 온전히 잠겨 있었다. 새로워진 눈으로 자신을 볼 수 있었고, 내가 이 우주의 아름다운 존재라는 사실을 알 수 있었다. 존재한다는 사실 자체만으로 나는 판단이 아니라 부드러운 사랑을 받을 만하다는 것을 깨달았다. 특별히 무언가를 할 필요가 없었다. 더도 말고 덜도 말고 그저 내가 존재한다는 이유만으로 나는 사랑받아 마땅한 존재였다.

이것은 그야말로 놀라운 깨달음이었다. 나는 늘 노력을 해야만 사랑받을 수 있다고 생각했다. 사랑을 받기 위해서는 그럴 만한 가치가 있든지 사랑받을 만한 뭔가를 해야 한다고 믿었기에, 그럴 필요가 없다는 것을 깨달았을 때 나는 몹시 놀랐다. 내가 아무 조건 없이 사랑받고 있다니. 그저 내가 존재한다는 이유 단 하나만으로……

이 확장된, 장엄한 본질이 실제의 나라는 사실을 깨달았을 때 나는 상상할 수 없을 정도로 명징한 상태가 되었다. 그것이 바로 내 존재의 진실이었다. 내가 자아[self]의 새로운 패러다임을 들여다보고 있다는 것, 내 의식이 수정처럼 투명하게 빛나고 있다는 것을 나는 아주 분명하게 이해했다. 눈앞에서 펼쳐지고 있는 이 장관을 가로막을 수 있는 것은 아무것도 없었다.

나는 우리 모두가 연결되어 있다는 것을 깨달았다. 모든 사람과 살아있는 존재들만이 아니라, 밖으로 넓어지고 넓어져 우주 안의 '모든 것'에 이르기까지 다 하나로 엮여 있는 통합체였다. 모든 사람과 동물, 식물, 곤충, 산과 바다, 무생물, 우주까지…… 나는 전체 우주가 살아있으며, 모든 생명과 자연이 다 의식을 지니고 있다는 것을 깨달았다. 모든 것이 무한한 전체infinite Whole에 속해 있는 것이다. 나는 전체 생명과 떼려야 뗄 수 없이 복잡하게 얽혀 있었다. 우리는 모두 그 통합체의 일면들이다. 우리는 '모두' 하나이며, 우리 각자는 집단적 전체에 영향을 주고 있다.

나는 대니의 삶과 목적이 내 삶과 불가분으로 연결되어 있다는 것을, 내가 죽으면 그 역시 곧 나를 따라 죽게 되리라는 것을 알 수 있었다. 하지만 그런 일이 일어난다고 해도 모든 것은 더 큰 그림 속에서 여전히 완벽하리라는 것 역시 알 수 있었다.

나는 또 예전에 믿었던 것처럼 암이 내 잘못에 대한 처벌도 아니요, 내가 한 어떤 행위의 결과로 암이라는 악업惡業을 경험하고 있는 것도 아니라는 걸 알 수 있었다. 매순간 속에 무한한 가능성이 들어 있고, 시간의 한 지점이란 내가 그때까지 해온 모든 결정과 선택, 생각 들의 정점頂点과도 같은 것이었다. 내 수많은 두려움, 그리고 나의 엄청난 힘이 바로 이 병으로 표현된 것이었다.

8

무한하고 환상적인 어떤 것

이 책이 비록 내가 겪은 임사 체험을 나누기 위한 것이기는 하지만, 내 안으로 밀려들어 온 그 깊고 광대한 앎을 근사하게나마 설명할 수 있는 말을 찾을 수가 없다. 가장 좋은 표현 방법은 비유와 은유를 쓰는 것이 아닌가 싶다. 부디 그런 식으로라도 내가 전달하려는 이야기의 핵심이 전해질 수 있다면 좋겠다.

거대하고 깜깜한 창고를 한번 상상해 보자. 그곳에 살고 있는 당신이 앞을 볼 때 의지할 거라곤 손전등 하나뿐이다. 당신이 이 거대한 공간 안에 있는 것에 대해 아는 것이라고는 그 작은 손전등 불빛에 비추어지는 것들뿐이다. 뭔가를 찾는다고 할 때 당신은 그것을 발견할 수도 있고 발견하지 못할 수도 있지만, 발견하지 못했다고 해서 그것이 그 안에 없는 것은 아니다. 당신이 찾는 그것은 창고 안에 있다. 다만 당신이 그것에 불빛을 비추지 않았을 뿐이다. 설령 손전등을 비추어보았다 하더라도 당신이 보고 있는 물건이 정확히 무엇인지 알아보지 못할 수도 있다. 꽤 분명하게 알아차릴 경우도 있겠지만, 무엇인지 명확하지 않아 알쏭달쏭할 경우도 많을 것이다. 당신은 오로지 손전등으로 비추는 것만 볼 수 있고, 이미 알고 있는 것만 그게 무언지 인지할 수 있다.

물리적 세계에서의 삶이 바로 이와 같다. 우리는 특정 시점時點에 감각을 집중하는 것만 알 수 있고, 또 이미 친숙한 것만 이해할 수 있다.

그런데 어느 날 누군가 그곳의 전등 스위치를 툭 켰다고 상상해 보자. 눈부신 빛과 소리, 색깔 들이 갑자기 쏟아져 들어오면서 당신은 처음으로 창고 전체의 모습을 보게 된다. 그것은 당신이 상상한 어떤 모습과도 다르다. 눈을 뜰 수 없을 만큼 눈부시고 휘황찬란한 빛이 번쩍거리면서 빨갛고 노랗고 파랗고 푸른 불꽃을 뿜어낸다. 전에는 한 번도 본 적이 없고 무슨 색인지 알 수도 없는 색깔들이 눈에 들어온다. 결코 들어본 적 없는, 환상적이고 변화무쌍하며 가슴 벅찬 선율의 음악이 공간을 가득 채우고 있다.

체리색, 레몬색, 주홍색, 포도색, 연보라색, 금색의 오색찬란한 조명들이 번쩍거리며 빛을 발한다. 전기 장난감들이 트랙을 따라

위아래로 달리고, 선반에는 일일이 말로 다 표현할 수 없는 색색의 상자와 꾸러미, 종이와 연필, 물감과 잉크, 음식, 수십 가지 색깔의 사탕이 든 상자, 기포가 솟아오르는 소다수 병, 상상할 수 있는 온갖 종류의 초콜릿, 세계 각지에서 온 샴페인과 와인이 그득 들어차 있다. 별안간 불꽃놀이 폭죽이 별 모양으로 터지고, 온갖 꽃들이 활짝 벌어지며, 불꽃이 폭포처럼 쏟아져 내리면서 생생한 빛의 잔치가 벌어진다.

주변에서 일어나는 일들이 얼마나 복잡하고 깊고 넓게 벌어지는지 당신을 압도해 버릴 지경이다. 이 공간의 끝이 도무지 보이지 않거니와 당신의 감각과 감정을 흥분시키는 이 찬란한 빛들의 향연만으로도 놀라운데 이게 전부가 아니다. 당신은 자신이 이 힘차고 무한하며 말할 수 없이 환상적인 무엇인가의 일부라는 느낌을 강하게 받는다. 나아가 보이고 들리는 것을 넘어 당신이 지금 펼쳐지고 있는 이 거대한 태피스트리의 일부라는 사실도 분명하게 느낀다.

과거에 현실이라고 생각했던 것이 사실은 당신을 둘러싼 이 광대한 경이 속의 한 점에 지나지 않음을 알게 된다. 각기 다른 부분들이 서로 관련되어 있으며, 서로 맞물려 있고, 모든 것이 완벽하게 어우러져 있다는 것을 이해하게 된다. 전에는 상상도 못했던, 색깔과 소리, 질감이 저렇게 화려하고 눈부신 것들이 창고 안에 얼마나 많이 있는지를 깨닫게 된다. 그 상상도 못했던 것들이 당신이 익히 알고 있던 것들과 함께 이렇게 존재하고 있다. 전부터 알던 것들도 이제 전혀 새로운 의미를 갖게 되어 그들 또한 완전히 새롭게, 아주 초현실적으로 보인다.

설령 다시 스위치를 끈다고 해도 당신이 경험한 이 새로운 앎, 그 명징함과 놀라움, 아름다움, 엄청난 활기는 그 무엇도 도로 앗아가지 못한다. 창고 안에 이 모든 것들이 존재한다는 것을 한번 알게 된 이상, 그 앎은 무슨 수로도 되돌릴 수 없다. 거기에 무엇이 있는지, 어떻게 하면 그것에 닿을 수 있는지, 무엇이 가능한지를 당신은 이제 그 작은 손전등 하나에 의지하던 때에 비하면 아주 분명하게 알고 있다. 그리고 그 눈부시도록 투명한 순간에 경험한 모든 것들에 대한 경이감이 당신에게 남아 있다. 이제 삶은 전혀 다른 의미를 갖게 되고, 이 자각으로부터 앞으로 이어질 새로운 경험들이 만들어진다.

다른 세상에 가 있는 동안 나는 모든 것을 꿰고 있는 그 의식을 즐기고 또 탐험하면서 새로이 얻은 앎들을 되새겼다. 그러면서 내가 선택을 할 수 있다는 것을 알게 되었다.

나는 또 한 번 아버지의 존재가 나를 감싸주는 듯한, 편안한 느낌을 강하게 받았다. 마치 아버지가 날 안아주는 것 같았다.

'아빠, 저 이제야 집에 온 것 같아요! 여기 있는 게 정말 좋아요. 삶은 너무나 고통스러웠어요!' 내가 아버지에게 말했다.

'넌 언제나 집에 있단다, 아가.' 아버지가 내게 힘주어 말했다. '넌 늘 집에 있었고, 앞으로도 언제나 그럴 거야. 그걸 꼭 기억했으면 좋겠구나.'

자라면서는 아버지와 그렇게 가깝다고 느낀 적이 많지 않았는데, 지금 아버지에게서 뿜어져 나오는 것은 오직 아름답고 조건 없는 사랑뿐이었다. 몸을 입고 아버지와 같이 사는 동안에는 인도 문화의 규범에 나를 순응시키려는 아버지 때문에 실망스러운 적이 많았다. 아버지는 나를 젊은 나이에 결혼시키려 했고, 번번이 아버지 말을 어긴다며 나를 무슨 사회 부적응자처럼 대하기도 했다. 그러나 이곳에서는 어떤 물리적 제약이나 문화적 기대치 같은 구속 없이 오로지 순수한 사랑만을 아버지한테서 받는다는 느낌이었다.

몸을 입고 사는 동안 아버지가 내게 강제했던 문화적 압박은 모두 사라지고 없었다. 그것들은 육체적 존재일 때의 모습에 지나지 않았다. 죽음 이후에 그런 것들은 하나도 문제되지 않았다. 그런 가치관들은 사후의 생으로 이어지지 않았다. 남은 것은 오직 아버지와 나 사이의 연결, 그리고 서로에 대한 조건 없는 사랑뿐이었다. 그래서 생전 처음으로 나는 아버지와 함께 있는 것이 따뜻하고 편안하다는 걸 실감했다. 정말 놀라웠다. 이제야 마침내 집에 온 것 같았다!

아버지와의 대화는 말로 이루어지지 않았지만, 우리는 완전히 하나가 되어 서로를 이해했다. 아버지의 말을 그저 '이해'하는 것이 아니라, 내가 아버지가 '되는' 것 같았다. 나는 아버지가 돌아가신 후로도 내내 우리 가족과 함께 있었다는 것을 알 수 있었다. 엄마에게 힘을 주었고, 엄마를 지켜보며 함께 있었으며, 내 결혼식 때도 나와 함께 있었다. 내가 병에 걸렸을 때도 내 곁에 있었다.

나는 아버지의 본질과 내가 한층 직접적으로 소통하고 있음을 알게 되었다. '사랑하는 딸아, 네가 아직은 집에 올 때가 아니라는 것을 알았으면 좋겠구나. 하지만 나와 같이 집으로 갈지 네 몸으로 돌아갈지는 여전히 네가 선택할 몫이란다.'

'하지만 내 몸은 암이 퍼져 너무 아프고 기력도 없고 완전히 만신창이인 걸요!' 아버지 말에 내 안에서 툭 튀어나온 반응이었다. '뭣 때문에 내가 저 몸으로 돌아가고 싶겠어요? 고통밖에 없는데요. 나만이 아니라 엄마와 대니한테도요! 돌아가야 할 이유를 전혀 모르겠어요.'

그 조건 없는 사랑의 상태가 말할 수 없이 황홀해서이기도 했지만, 나는 몸으로 돌아간다는 생각은 떠올리기도 싫었다. 지금 있는 곳에 영원토록 머물고 싶었다.

그 다음 순간에 일어난 일은 너무 놀라운 것이라 쉽게 설명할 수 있을지 모르겠다. 우선, 내가 어느 쪽으로든 의식을 주면 그와 관련한 모든 것이 내 눈앞에 나타났다. 그 다음으로, 시간이라는 것이 전적으로 무의미해 보였다. 시간은 마치 존재하지 않는 것인

양 고려할 요소조차 되지 않았다.

그때까지는 의사들이 내 장기를 다시 살리려고 갖가지 검사를 했고, 검사 보고서도 이미 씌어 있었다. 하지만 그쪽 세상에서는 그 검사와 보고서의 결과가 내 결정에 달려 있는 것 같았다. 몸으로 돌아가 계속 살아갈지 아니면 죽음으로의 여행을 계속할지는 내가 정하는 것이었다. 내가 죽음을 선택한다면 검사 결과는 '장기부전으로 인한 사망'이 될 것이요, 몸으로 돌아가는 쪽을 택하면 장기들이 기능을 되찾았다는 검사 결과가 나오게 될 터였다.

그 순간에 나는 돌아가고 싶지 않다고 마음을 정했다. 그러자 내 몸이 죽어가는 것이 의식되었고, 의사들이 식구들에게 장기부전으로 인해 사망했다고 설명하며 내 죽음을 알리는 것이 보였다.

바로 그때 아버지가 말했다. '네가 올 수 있는 데까지 최대한 온 것 같구나, 아가. 더 가면 이제는 돌아가지 못한다.'

나는 비록 물리적인 형태는 아니었지만 내 앞에 어떤 경계가 있음을 인식했다. 말하자면 에너지 차원에서 표시된 투명 문턱 같은 것이었다. 그 경계를 넘어가면 다시는 돌아올 수 없다는 걸 알 수 있었다. 물리적 세계와의 모든 연결이 영원히 끊어지는 것이었다. 그러면 내가 본 광경대로, 우리 가족은 내가 말기 림프종에 따른 장기부전으로 사망했다는 통보를 받을 것이다.

조건 없는 사랑 속에 내가 받아들여지는 느낌은 참으로 놀라운 것이었고, 나는 이 문턱을 넘어 그 사랑을 영원히 느끼고만 싶었다. 그것은 마치 모든 살아있는 존재와 창조물의 순수한 본질 안에, 그 하나임[oneness] 속에 감싸여 있는 느낌이었다. 아무런 고통도, 괴로움도, 드라마도, 에고도 없었다.

나는 내 사망 소식에 우리 가족이 보일 반응 쪽으로 의식을 돌렸다. 대니가 내 힘없는 손을 꽉 쥔 채 생기 없는 내 가슴에 고개를 묻고 있는 것이 보였다. 그의 몸은 슬픔을 가누지 못하고 깊은 흐느낌으로 흔들리고 있었다. 엄마는 백짓장처럼 하얗게 질려 믿을 수 없다는 듯이 나를 내려다보며 서 있었다. 막 도착한 아눕 오빠는 시간을 맞추어 오지 못했다는 사실에 망연자실해 했다.

내 육체와 우리 가족에게 벌어지고 있는 일들에 끌려 들어가는 찰나, 나는 또다시 감정으로부터 물러서는 나를 발견했다. 다시 한 번 나는 더 커다란 이야기가 펼쳐지고 있는 느낌에 휩싸였다. 내가 돌아가지 않기로 선택한다고 해도 모든 것은 더 커다란 삶의 태피스트리 안에서 정확히 계획대로 진행될 것이었다.

죽음으로의 여행을 계속하겠다고 결정을 내린 그 순간, 나는 새로운 차원의 진실을 알게 되었다.

진정한 내가 누구인지 깨달았고 내 참자아의 장엄함을 맛보았기 때문에 만일 삶으로 돌아가는 선택을 한다면 내 몸은 삽시간에 나으리란 걸 알게 된 것이다. 몇 달 혹은 몇 주가 아니라 며칠 만에 낫게 되리란 사실을! 내가 몸으로 돌아가는 쪽을 택하면 의사들은 내 몸에서 암의 흔적조차 발견하지 못하리라는 것을 분명히 '알' 수 있었다!

'어떻게 그럴 수 있지?' 나는 이 새로운 사실에 깜짝 놀랐다. 그리고 이유가 무엇인지 알고 싶었다.

그리고 바로 그때 나는 내 몸이 내 내면 상태의 반영에 불과함을 이해하게 되었다. 만일 나의 내적 자아가 자신의 광대함을, 만유All-that-is와 연결되어 있음을 인식하고 있다면, 내 몸은 곧 그것을 반영하여 삽시간에 치유될 것이었다.

언제라도 내가 선택할 수 있기는 했지만, 나는 여기에 뭔가가 더 있다는 걸 느낄 수 있었다. '아직 다 이루지 못한 목적 같은 게 있는 것 같아. 그런데 그게 뭐지? 어떻게 그 목적을 찾을 수 있지?'

나는 내가 무엇을 해야 하는지를 알기 위해 밖으로 나가 찾아다닐 필요가 없다는 걸 곧 알았다. 그것은 내 앞에 펼쳐질 것이었다. 그 일은 많은 사람들을 돕는 것과 연관이 있었다. 수천 명, 아니 수만 명의 사람들을. 어쩌면 그들에게 메시지를 전하는 게 내 일인지도 몰랐다. 하지만 나는 어떤 것도 찾아다닐 필요가 없었다. 어떻게 하면 그 일을 이룰 수 있을지 방법을 알려고 애쓸 필요도 없었다. 나는 그저 그 일이 펼쳐지게끔 허용하기만 하면 되었다.

이런 허용의 상태에 이르기 위해 내가 해야 할 일은 단 하나, 오직 '내 자신이 되는 것'뿐이었다! 나는 깨달았다. 지금까지 그 지난한 삶 동안에 내가 해야 할 일은 기실 단 하나뿐이었다는 것을. 그것은 바로 내가 결함이 있다는 그 어떤 느낌이나 판단 없이 그저 내가 되는 것이었다. 동시에 우리의 본질은, 그 핵심이 순수한 사랑으로 되어 있다는 것을 나는 알게 되었다. 우리는 순수한 사랑이다. 우리 한 사람 한 사람 모두가. 우리가 전체에서 왔고 또 전체로 돌아가는 존재라면 어떻게 그렇지 않을 수 있겠는가? 나는 이를 깨닫게 되면 자기 자신이 되는 것을 결코 두려워하지 않게 된다는 것을 알 수 있었다. 그러니 사랑이 되는 것과 본연의 자기 모습이 되는 것은 하나이며 같은 것이다!

이 진실을 알게 되었을 때 나는 마치 번개를 맞은 느낌이었다. 그저 내 본모습인 사랑이 됨으로써, 나는 내 자신과 다른 이들을 치유할 수 있음을 깨달았다. 전에는 결코 납득할 수 없었지만 이제는 너무도 분명했다. 우리 모두가 하나이고 같은 전체의 일면들이라면, 그리고 그 전체가 조건 없는 사랑이라면 당연히 본래 우리도 사랑일 수밖에 없는 것이다! 나는 그것이 진실로 삶의 유일한 목적이라는 것을 깨달았다. 자기 자신이 되는 것, 자신의 진실대로 사는 것, 본디 제 모습인 사랑이 되는 것……

내가 새롭게 알게 된 이 진실을 확증해 주기라도 하듯, 아버지와 친구 소니가 내게 다가와 말하는 것이 느껴졌다. '이제 진짜 네가 누구인지 알았으니, 돌아가 두려움 없이 네 삶을 살려무나!'

9

기적이 일어나다

내가 병원에 실려와 혼수 상태로 누워 있을 때, 아눕 오빠는 아직 내 소식을 듣기도 전인데도 이미 뭔가 잘못되었음을 감지했다. 인도 푸나에 살고 있던 오빠는 왠지 느낌이 좋지 않아 홍콩행 비행기를 예약하려고 항공사에 전화를 했다. 상황이 긴박하다는 느낌에 오빠는 바로 그날 출발하는 비행기 표를 끊으려고 했다. 그러나 항공사에서는 그날 푸나에서 출발하는 홍콩행 비행기는 예약이 완료되어 자리가 없고, 다만 뭄바이에서 출발하는 비행기에 딱 한 좌석만 남았다고 알려주었다. 오빠는 그 표를 샀고, 홍콩행 비행기를 타기 위해 차로 네 시간을 달려 뭄바이까지 갔다.

대니가 내 상태를 알리고 최대한 빨리 홍콩으로 와달라고 말하기 위해 푸나의 오빠 집으로 전화를 걸었을 때 전화를 받은 것은 새언니 모나였다. 새언니는 아눕 오빠가 이미 출발했다고 전했다.

불교 신자인 새언니는 내 상태가 위독하다는 이야기를 듣자마자 급하게 기도 모임을 꾸려서 동료 불자들과 함께 내 치유를 위해 기도했다.

한편 여기 홍콩에서는 엄마가 병원 복도를 오가면서 나를 살려달라고 시바 신께 기도했다. 무얼 더 어떻게 해야 할지 알 수 없어 답답했던 엄마는 절박한 심정으로 힌두교 사원으로 갔다. 내가 어렸을 적 부모님 손을 잡고 갔던 바로 그곳이었다. 엄마는 입구의 널찍한 계단과 안뜰을 지나 사원 안으로 들어섰다. 사원 안에는 실물 크기의 커다란 크리슈나 상과 시바 상, 가네샤 상이 밝은 색으로 장식된 앞쪽 벽을 따라 받침대 위에 나란히 세워져 있었다. 엄마는 머리에 천을 두르고 신상 앞에 고개를 숙이고 앉아, 신들께 심정을 털어놓으면서 위안을 구했다.

동시에 독실한 가톨릭 신자로 우리 가족과 친하게 지내던 린다라는 친구도 성당에서 기도 모임을 꾸렸다. 린다는 내가 지금 어떤 상황인지 신부에게 전하고 나를 위해 기도해 달라고 청했다.

내가 혼수 상태에서 코와 입, 팔에 고무관을 달고 침대에 누워 있는 내내 대니는 내 곁을 지키면서 자기가 곁에 있으니 걱정하지 말라고, 그리고 부디 돌아오라고 속삭였다.

"우리 함께할 것들이 아직 많아, 여보." 나는 대니가 속삭이는 소리를 들었다. "제발, 제발 돌아와. 언제까지나 내가 여기서 기다릴게. 평생이 걸린다고 해도 괜찮아."

대니는 밤에도 내 침상의 계기판과 모니터를 바라보며 꼬박 밤을 새웠다. 혹시라도 내가 마지막 숨을 내쉴 때 그 순간을 놓치지 않으려고, 그리고 내가 돌아오기만을 바라면서 그렇게 기다렸다.

'여보, 사랑하는 대니. 내가 당신을 얼마나 사랑하는지 당신이 언제나 잊지 않았으면 좋겠어.' 나는 그에게 말해주고 싶었다. '제발 내 걱정은 하지 마. 나는 잘 있어. 내가 지금 아는 걸 당신한테도 알려줄 수만 있다면! 당신이 손을 붙잡고 있는 저 몸, 저건 진짜 내가 아니야. 우리는 언제나 함께할 거야. 시간과 공간을 넘어서 언제 어디서나 연결되어 있어. 무엇도 우리를 갈라놓지 못해. 내 몸이 죽는다 해도 우리는 절대로 떨어지는 게 아니야. 모든 건 지금 모습 그대로 완벽해, 여보. 난 이제 그걸 알아. 그리고 당신도 알게 되면 좋겠어.'

새벽 4시경이었다. 내 몸이 갑자기 숨을 헐떡이기 시작했다. 호흡이 곤란해 질식할 것 같은 상태였다. 대니는 이제 마지막 순간이 왔다는 생각에 새파랗게 질려 비상 호출기를 눌렀다. 간호사들이 달려와서 나를 보더니 마지막 숨을 내쉬는 것 같다며 의사를 불렀다. 그러고는 나를 돌려 눕히고 등을 두드리기 시작했다.

20분 정도 지나 의사가 도착했다. 의사는 대니에게 내 폐에 수액이 가득 차서 내가 질식 상태에 있다고 말했다. 그러고는 간호사에게 흉수 제거 장치를 가져오라고 지시했다. 간호사가 긴 바늘이 달린 투명한 비닐백처럼 생긴 것을 가져왔고, 의사는 그 장치 끝에 달린 바늘을 내 등에 찌르더니 폐까지 깊숙이 밀어 넣었다. 그러자 수액이 바늘을 통해 투명한 봉지 안으로 들어왔다. 이를 서너 차례 반복하더니 봉지에 1리터 정도 액체가 차자 바늘을 내 몸에서 빼냈다. 나는 여전히 내 몸을 볼 수 있었는데, 몸은 이제 한결 편하게 숨을 쉬고 있었다.

대니는 오전 내내 내 침상을 떠나지 않았고 오후에도 내 손을 꼭 붙잡은 채 머리맡 계기판과 모니터만 바라보고 있었다.

그날 오후 홍콩에 도착한 오빠가 공항에 내리자마자 휴대전화로 대니에게 전화를 걸었다.

대니가 오빠에게 말했다. "짐 놓으러 집에 들를 시간이 없어요. 택시 타고 바로 병원으로 오세요. 우리한테 시간이 얼마나 있는지 모르겠어요." 오빠는 짐을 모두 들고 바로 병원으로 왔다.

오후 4시경, 서서히 눈을 뜨자 흐릿하지만 사위四圍가 눈에 들어왔다. 내 곁에 서 있는 사람의 윤곽이 간신히 보였다. 대니였다. 그리고 그의 목소리가 들렸다. "깨어났어요!"

정말 행복해하는 목소리였다. 혼수 상태에 들어간 지 약 30시간 만인 2월 3일 오후였다.

그때 오빠의 목소리도 들려왔다. 내가 웃음을 지어 보이려 한다는 게 느껴졌다.

"그래, 내 동생! 잘 돌아왔다!" 오빠의 목소리에 기쁨이 가득했다.

"안 늦고 왔네!" 내가 간신히 외쳤다. "맞춰서 올 줄 알았어. 비행기에서 내리는 거 봤거든."

오빠는 조금 당황스러워하는 얼굴이었지만 그냥 들어 넘겨버렸다. 가족 모두 내가 돌아와서 마냥 행복해했다. 엄마도 곁에서 웃으며 내 손을 잡고 있었다. 나는 내가 혼수 상태에 있었다는 사실을 미처 깨닫지 못했으므로 혼란스러웠다. 무슨 일이 벌어진 건지 아직 잘 이해가 되지 않았다. 아니, 내가 더 이상 저쪽 세상에 있지 않다는 게 납득되지 않았다.

시야가 점점 선명해지면서 가족들을 좀 더 쉽게 알아볼 수 있었다. 오빠의 여행 가방이 오빠 바로 뒤쪽 벽에 세워져 있는 것도 보였다.

병실로 들어와 내가 깨어난 걸 보고 의사는 무척 놀라워했다. "정말 축하합니다! 우리 모두 얼마나 걱정했는지 몰라요!"

"안녕하세요. 다시 보니 반갑네요. 찬 선생님." 내가 겨우 몸을 가누면서 대답했다.

"저를 어떻게 알아보세요?" 놀란 기색이 역력한 얼굴로 의사가 물었다.

"봤으니까요. 새벽에 제 폐에서 흉수를 빼내주신 분 아니에요?

제가 숨을 못 쉬었잖아요."

의사가 깜짝 놀라서 말했다. "네, 그렇죠. 그런데 환자분은 내내 혼수 상태에 있었잖아요. 눈도 못 뜨고 있었고요!" 의사는 의아해 했지만 이내 말을 바꾸었다. "아무튼 정말로 반갑습니다! 다시 못 깨어나실 줄 알았는데, 온 가족에게 이렇게 좋은 소식을 전하게 되었네요. 간과 콩팥 기능을 검사해 본 결과가 지금 막 나왔습니다. 기능이 정상으로 돌아오고 있네요." 의사는 무척 기뻐하는 얼굴이었다.

"네, 저는 장기가 정상으로 돌아올 거라는 걸 알고 있었어요." 나는 좀 혼란스러워서 얼버무리듯 말했다.

"그걸 어떻게 아시겠어요." 닥터 찬이 인내심 있게 나를 다독였다. "이건 전혀 예상치 못한 결과입니다. 아무튼 이제는 좀 쉬세요." 그는 의사로서 필요한 지시를 하고 병실을 나갔다.

가족들은 모두 얼굴이 환해져 있었다. 내가 본 그 어느 때보다도 신나고 즐거워 보였다. 그러곤 병실을 나서는 의사를 붙잡고는 좋은 결과를 알려줘 정말 고맙다며 연신 감사를 표했다.

닥터 찬이 병실에서 나가자 내가 대니에게 물었다. "저 의사는 내가 자기를 알아보니까 왜 저렇게 놀라지? 저 사람이 나를 진료하는 걸 나도 봤어. 내 장기가 다 멈췄다고 당신에게 말한 의사가 저 사람 아니야? 가망이 없다면서 몇 시간 못 살 거라고 했잖아?"

"그걸 어떻게 들었어?" 대니가 물었다. "병실 안에서는 그런 말을 안 했는걸. 우리는 복도에서 이야기했어. 여기서 한 10미터는 족히 떨어져 있었을 거야!"

"내가 어떻게 들었는지는 모르겠어. 그리고 왜 그런지 이유는 모르지만, 내 장기 검사의 결과도 의사가 들어오기 전에 이미 알고 있었어." 내가 말했다.

나는 여전히 탈진 상태였지만, 확실히 내 안에서 무슨 일이 일어났다는 게 점점 분명해졌다.

이후 며칠 동안 나는 내가 다른 세상에서 겪은 일을 식구들에게 차근차근 들려주었고, 내가 혼수 상태에 있는 동안 일어났던 일들도 상당 부분 설명해 주었다. 나는 놀라워하는 식구들에게 내가 본 일들을 거의 그대로 이야기해 주었다. 내 옆에서 오고간 대화들, 병실 바깥이나 복도에서, 병원 대기실에서 오갔던 대화까지도 모두 옮겼다. 내가 받은 여러 가지 처치들도 설명할 수 있었고, 나를 진료한 의사와 간호사들도 모두 알아보았다. 주변 사람들은 하나같이 놀라움을 금치 못했다.

나는 식구들과 담당 의사에게 내가 한밤중에 호흡 곤란이 온 것, 폐 속에 꽉 찬 수액 때문에 질식 상태가 된 것, 남편이 비상 호출기를 누른 것 따위를 설명했다. 간호사들이 도착해서 의사를 급히 부른 것, 모두들 내가 마지막 숨을 내쉬고 있다고 여기던 찰나에 의사가 병실에 나타난 것도 설명했다. 이런 일들이 몇시에 벌어졌는지부터 시작해 아주 자세한 부분까지 속속들이 설명하자 모두들 소스라치게 놀랐다.

심지어 나는 병원에 막 실려와 누워 있을 때 당황스러워하던 간호사까지도 알아보았다. 나는 가족들에게 말했다. "저 사람이 그 간호사잖아. 내 혈관이 다 수축되었다고 말했던 그 사람. 내 팔다리에 살이 하나도 없이 뼈만 남았다고 노래를 하다시피 했어. 혈관을 찾을 수 없는데 정맥주사를 어떻게 놓느냐고 아주 난감해했지. 저 사람 목소리는 내 혈관을 찾는 것 자체가 쓸데없는 일이라는 투였어!"

오빠는 이 사실에 화가 나서 나중에 그 간호사를 호되게 꾸짖었다고 털어놓았다. "당신이 혈관을 못 찾겠다면서 투덜거린 것을 내 동생이 다 들었어요. 당신이 내 동생을 포기하려 했다는 걸 다 알았다는 말입니다."

"제 말을 들으실 수 있을 거라고는 생각도 못했어요! 혼수 상태에 계셨잖아요!" 간호사는 놀라움을 넘어 충격을 받았다. 그러고는 자신이 경솔했다면서 내게 깊이 사과했다.

의사들은 혼수 상태에서 깨어난 지 이틀 만에 내 장기가 기적적으로 회복되었다고 알려주었다. 독소가 쌓여 부어올랐던 팔다리도 붓기가 대부분 빠졌다. 나는 더할 나위 없이 긍정적이고 낙천적인 기분이 들었고, 그래서 의사들에게 혼자서 먹을 수 있으니 코에 연결된 영양관을 빼달라고 요청했다. 내 담당 의사는 영양실조 상태가 너무 심각하고 몸이 영양분을 잘 흡수하지 못해서 안 된다며 펄쩍 뛰었지만 나는 음식을 먹을 준비가 되었다고 고집을 부렸다. 더군다나 장기들도 모두 회복되었으니 말이다. 의사는 만일 내가 제대로 먹지 못하면 그날로 다시 관을 연결할 거라면서 마지못해 동의해 주었다.

영양관은 내 몸에 연결된 장치들 중에서 가장 고약한 것이었다. 관을 코로 집어넣어 기관지 뒤쪽으로 해서 위까지 삽입했는데 이 관을 타고 액상 단백질이 위장으로 곧바로 주입되었다. 이 관 때문에 목구멍이 바싹 말라 딱딱해졌고 콧구멍이 간질거리고 불편했다. 한시라도 빨리 이 관을 빼버리고 싶어 참을 수 없었다.

의사는 관을 제거한 뒤 가족들에게 지금 내 상태에서 가장 적합한 음식은 아마 아이스크림 정도일 거라고 했다. 목구멍의 상처도 달래주고 힘들여 씹을 필요가 없이 소화도 잘될 거라고 했다. 이 말에 나는 눈이 번쩍 뜨였다. 대니는 그 길로 나가서 내가 가장 좋아하는 초콜릿 아이스크림을 커다란 통째로 사왔다.

여러 가지 일반적인 검사를 한 다른 의사도 결과를 보고 놀라움을 감추지 못했다. "종양이 눈에 띄게 작아졌어요. 아니 굉장히 작아졌군요. 불과 사흘 만에 말이에요! 임파선의 부종도 거의 절반 정도로 줄어들었고요!" 의사는 믿을 수 없다는 듯 큰소리로 외쳤다.

그 다음날은 기쁘게도 산소통까지 떼어냈다. 검사 결과 내가 기계의 도움 없이 숨 쉬고 있다는 게 확인되어 기계를 제거한 것이다. 나는 침대에서 상체를 일으키고 앉을 수도 있었다. 머리를 오래 들고 있기에는 아직 힘이 부쳐 목 뒤에 베개를 대고 있어야 하기는 했지만 말이다. 나는 여전히 기분이 몹시 고양되어 있었다. 식구들과 이야기하는 게 좋았고, 특히 오빠 얼굴을 보고 그동안 지낸 이야기를 듣는 게 무척이나 좋았다.

나는 내 아이팟으로 음악이 듣고 싶어져 대니에게 아이팟을 병원에 가져다달라고 부탁했다. 아직도 내 몸에 연결된 고무관과 선들이 아주 많았고 목에 커다랗게 피부 궤양도 생겨 있어서 이어폰을 꽂기는 힘들었다. 그래서 대니는 아이팟에 조그만 스피커를 연결해서 내 침대 맡에 놓아주었다. 그렇게 나는 음악을 들을 수 있었다.

비록 내 근육은 춤은 고사하고 침대에서 일어날 힘도 없었지만, 기분만큼은 황홀하다 싶을 정도로 좋았고, 그래서인지 계속해서 박자가 빠른 노래들을 듣고 싶었다. 머릿속에서 나는 행복에 겨워 춤을 추고 있었고, 음악은 내가 이런 도취 상태를 유지하도록 도와주었다. 그 당시 나는 내가 왜 그렇게 기분이 좋은지 그 이유를 완전히 알지는 못했다. 그냥 뭔가를 '알게 된' 듯한 느낌뿐이었다.

나는 어린아이가 된 기분이었다. 음악이 듣고 싶었고, 아이스크림이 먹고 싶었고, 식구들과 이야기하고 싶었고, 그리고 계속 웃고 행복해했다. 침대에서 일어나거나 돌아다닐 수는 없었지만, 모든 게 내가 전에 겪어본 적 없는 모습으로 새롭고 완벽해 보였다.

나는 그때까지 중환자실에 있었는데, 급기야 의사들은 내가 다른 중환자들에게 방해가 된다고 여기기에 이르렀다! 다른 중환자들 가족이 내 침대 커튼 뒤에서 들려오는 음악 소리와 웃음소리, 이야기 소리에 불평을 하기 시작한 것이다.

"환자분을 어떻게 봐야 할지 모르겠네요!" 닥터 찬이 아침 회진을 하러 와서 말했다. "환자분 파일에다 대체 뭐라고 써야 하죠? 환자분 같은 경우는 정말로 있을 수 없는 일이에요!"

결국 깨어난 지 닷새째 되는 날 나는 일반실로 옮겨졌다. 거기서는 마음껏 음악도 들을 수 있고 웃을 수도 있었다!

나한테 어떤 일이 있었는지 천천히, 아주 천천히 이해되기 시작했다. 내 정신은 또렷했고 어떤 일이 일어났는지 자세한 부분까지 모두 기억했기에, 나는 아주 사소한 것에도 그만 울고 싶어졌다. 저쪽 세상의 아름다움과 자유를 남겨두고 떠나왔다는 슬픔이 희미하게 남아 있었다. 동시에 이곳으로 돌아와 가족들을 다시 만나고 행복해할 수 있는 것이 감사하기도 했다. 아쉬움과 기쁨의 눈물이 동시에 흘렀다.

전에는 한 번도 경험한 적이 없는 느낌이었는데, 모두와, 그러니까 우리 식구만이 아니라 간호사와 의사, 내 병실에 들어오는 청소부까지 모든 사람과 연결되어 있다는 느낌이 들었다. 나를 위해 뭔가를 해주거나 어떤 식으로든 나를 보살펴주는 한 사람 한 사람에게 사랑이 솟구쳐 올랐다. 이것은 내가 알고 있는 그런 종류의 사랑이 아니었다. 아주 깊은 차원에서 그들 모두에게 연결되어 있는 것 같았고, 그들이 느끼고 생각하는 걸 다 알고 있다는 기분이 들었다. 마치 우리가 같은 마음을 갖고 있는 것처럼.

창가에 내 침대가 있었는데, 일반실로 옮긴 직후 한 간호사가 창밖을 볼 수 있게 상체를 일으켜주겠다고 했다. 나는 한동안 바깥세상을 못 봤다는 생각이 나서 기대감에 들떴다. “물론이죠, 정말 보고 싶어요!”

간호사의 도움으로 일어나 앉아 창밖을 내다본 순간 내 눈에 눈물이 차올랐다. 울음이 터져 나오는 걸 참을 수 없었다. 병원이 어릴 적 살던 동네인 해피 밸리에서 불과 몇 블록 떨어진 곳에 있다는 것을 그때까지 까마득히 몰랐던 것이다.

앞서도 말했듯이 이 병원은 내가 지난 몇 년간 치료를 받고 수혈을 받던 그 작은 병원이 아니었다. 내가 이 종합 병원에 발을 들여놓은 것은 혼수 상태에 빠진 그날이 처음이었다.

그렇게 내가 거기 있었다. 어린 시절 창밖으로 내려다보던 똑같은 풍경을 내려다보면서…… 병원 건물 앞쪽으로 경마장 트랙이 보였다. 아퐁과 같이 타고 다녔던 전찻길도 있었다. 물기 어린 눈으로 내 어린 시절의 풍경을 내려다보면서, 나는 내가 원을 한 바퀴 다 돌았다는 느낌이 들었다.

'세상에, 이럴 수가, 정말 믿을 수 없어.' 나는 놀라움 속에서 생각했다. '어렸을 적 그대로인 저 전차와 공원, 건물들 좀 봐. 이 얼마나 분명한 메시지인가 말이야? 내가 또 한 번의 기회를 얻은 거라는! 새롭게 시작하는 거야.'

눈에 익은 풍경이었고 익숙한 곳이었지만 이제 세계는 전혀 새로운 모습이었다. 모든 게 처음 보는 것인 양 아주 신선하고 선명하고 아름다워 보였다. 색깔은 내가 전에 알고 있던 것보다 훨씬 더 선명했다. 나는 모든 것을 태어나 처음 보는 사람처럼 하나하나 눈여겨 들여다보았다. 주변 건물을 둘러보니 내가 어렸을 때 살았던 저층 아파트도 있었고, 어렸을 적 자주 가던 길가의 공원도 있었다. 전차가 굴러갔고, 차들이 지나쳐갔다. 길에는 개를 데리고 걸어가는 사람도 있고, 용무가 있는 것인지 바삐 걸어가는 사람도 있었다. 다시 아이로 돌아간 듯 모든 것이 새로운 눈으로 보였다. 더없이 평범했지만 그처럼 완벽하게 아름다운 광경은 참으로 오랫동안 못 본 것 같았다. 아니 한 번도 보지 못한 듯했다.

10

병이 나았다는 증거

일반 병실로 옮겨온 뒤로는 근육에 힘을 키우기 위해 물리 치료를 받기 시작했다. 침대에서 내려와 병실 안을 걸어 다닐 수 있게 된 첫날, 나는 간호사의 부축을 받아 화장실에 갔다. 거울에 비친 해골 같은 내 모습을 보았을 때 내 가슴은 무너져 내렸다. 혼수 상태에서 깨어난 뒤 낙심한 적은 그때가 처음이었다.

나는 간호사에게 혼자 있게 잠시만 자리를 비워달라고 부탁했다. 거울 속의 나를 물끄러미 바라보았다. 저 안에서 나를 보고 있는 사람이 마치 모르는 사람 같았다. 누구인지 알아볼 수가 없었다. 머리카락은 뭉텅이로 빠져 있고 퀭한 눈은 아주 커다래 보였다. 솟아오른 광대뼈, 오른쪽 귀 아래로 상처를 덮으려고 덕지덕지 붙여놓은 반창고…… 내 모습을 바라보며 얼어붙은 듯 그대로 서 있다가 이내 울음을 터뜨렸다.

망가진 내 모습에 허망해서 운 것이 아니었다. 내 육체의 외모가 어떻든 그것은 그 순간에 전혀 중요하지 않았다. 나는 단지 누구라도 그런 상태에 놓인 사람을 보면 느낄 법한 그런 큰 슬픔을 느꼈던 것이다. 깊은 공감이 스며든 슬픔이었다. 거울 속의 그 모습에서, 그 얼굴과 눈빛에서 나를 그 지경에까지 이르게 한 기나긴 고통을 보았다.

'어떻게 내가 저토록 깊은 고통을 겪게 내버려둘 수 있었을까? 어떻게 나 스스로에게 저렇게 지독한 아픔을 줄 수 있었을까?' 나는 몹시도 마음이 아팠다.

그랬다. 내게 저런 짓을 한 것은 바로 나였다. 나는 거울에 손을 뻗어 눈물어린 그 얼굴을 쓰다듬으며 약속했다. 두 번 다시는 나를 저토록 아프게 만들지 않으리라고.

의사들은 내가 나아가는 모습에 관심이 많았다. 이 병원에 들어왔을 때의 내 상태를 생각한다면 그럴 법도 했다. 그들에게는 어떤 강도와 비율로 항암 치료를 해야 하는지가 일대 관심사였다. 항암 치료, 한때 내가 그토록 두려워하던 것이었다.

나는 간호사들이 항암 치료를 위해 병실로 들어오는 모습을 지켜보았다. 그들은 정맥 주사 스탠드에 약물 주머니들을 매달아 가지고 들어왔다. 약물 주머니에는 각각 새빨갛고 커다란 글자로 '독성 물질'이라고 적혀 있었다. 그것이 내 정맥으로 직접 투여되는 것이었다. 간호사들은 그 위험한 화학 물질이 행여나 피부에 닿을까 마스크를 쓰고 라텍스 장갑을 착용하고 있었다. 그런데 이상하게도 이번에는 그 약물이 내 혈관 속으로 직접 투여된다는 사실이 순순히 받아들여졌다.

나는 항암 치료가 필요 없다는 것을 알고 있었다. 의사들이 그 약물을 내게 투여하는 것은 날 위해서가 아니라 그들 자신을 위해서였다. 난 내가 무엇에도 스러지지 않는다는 것을 이미 알고 있었다. 무엇도 나를 망가뜨릴 수 없었고, 그건 내 혈관 속으로 직접 들어오는 독극물이라 해도 마찬가지였다. 그렇게 오랫동안 나를 두려움에 떨게 만들던 것이었는데! 그러나 신기하게도 나는 누구나 겪게 마련이라는 항암 치료의 일반적인 부작용도 겪지 않았다. 의료진은 내가 치료에 동반되는 구역질을 하지 않는 것에 매우 신기해했다.

나는 일종의 승리감을 느꼈다. 그 무엇에 대해서도 전혀, 아무런 두려움도 느끼지 않았다. 죽는 것도, 암도, 항암 치료도 두렵지 않았다. 그리하여 나를 망가뜨렸던 건 바로 '두려움'이었다는 것을 나 스스로에게 증명할 수 있었다. 만일 저세상에서의 경험을 하기 전에 이런 일이 일어났다면, 약물 봉지에 빨간색으로 커다랗게 쓰인 '독성 물질'이라는 글자를 보는 것만으로도, 게다가 접촉을 피하기 위해 온갖 보호 장비로 무장한 간호사들까지 옆에 있었으니, 내 혈관에는 이미 나를 죽이기에 충분한 두려움이 주입되고도 남았을 것이다. 그 심리적 효과만으로도 내 삶은 벌써 끝났을 것이다. 내가 전에 머리끝에서 발끝까지 얼마나 두려움으로 가득 차 있었는지 이제 실감이 되었다.

하지만 이제 그 무엇도 나를 해칠 수 없었다. 저편에서 이리로 돌아오겠다고 선택을 하고 온 만큼 물리적 세계에서 어떤 일이 일어나든 하나도 중요하지 않았다. 의사들은 내 현재 상태가 어떤지 좀 더 정확히 알기 위해 여러 가지 검사를 하고 싶어했다. 그래야 그에 따라 약물의 양을 조절할 수 있었기 때문이다. 나는 내키지는 않았지만 결국 동의해 주었다. 우선은 내가 나았다는 증거가 필요한 것은 내가 아니라 그들이라는 것을 알았기 때문이다. 하지만 또 어떤 결과가 나올지 이미 알고 있었기 때문이기도 했다. 내가 맞다는 걸 증명해 보여주면 나 스스로 뿌듯하고 승리감이 들겠다 싶었다.

그러나 의사들은 아직은 내 몸이 너무 쇠약해서 수많은 검사들을 버텨내지 못할 거라고 생각했고, 그래서 내가 기운을 더 회복할 때까지 2~3주 동안 검사를 미루기로 결정했다. 당시 나는 몸무게가 40킬로그램도 채 되지 않았으므로 검사를 받기 전에 영양 수치부터 높여야 했다. 내가 받을 검사 중에는 경미한 수술이 필요한 것도 있었는데, 회복에 추가적으로 필요한 조처들은 이미 고갈된 내 체력에 자칫하면 부담을 줄 수도 있었다.

피부 곳곳에 난 상처들이 커다랗게 벌어져 있어서 간호사들은 매일 상처를 소독하고 약을 발라주었다. 상처가 워낙 넓고 깊어서 의사들은 별도의 조처를 하지 않으면 자연스레 아물지 않을 거라고 판단했다. 그 정도로 심각한 상처를 회복하기에는 내 몸이 아직 영양도 근력도 부족했다. 결국 피부 이식 수술이 필요하다는 결정이 났고, 피부 이식 담당 의사가 와서 내 상황을 살펴보았다.

피부 이식 담당의는 내 피부 궤양이 너무 심각해 자연적으로 회복될 수 없다고 결론을 내렸다. 특히 상처 회복에 필요한 영양소가 내 몸에 너무 부족하다고 했다. 그러나 피부 이식 수술을 견디기에는 내 체력이 너무 약해 어느 정도 체력이 회복될 때까지는 간호사들이 계속 상처를 소독하고 치료해 주는 수밖에 없다고 판단을 내렸다. 나는 여전히 근육도 약하고 뼈에 붙은 살도 없다시피 했던 것이다.

중환자실에서 나온 지 엿새쯤 지나자 조금씩 힘이 생겼고, 눕기 전에 잠깐씩은 병원 복도를 걸어 다닐 수도 있었다. 의사들이 내가 견딜 수 있을 거라고 판단한 첫 번째 검사는 골수 조직 검사였다. 이는 두꺼운 바늘을 척추 아랫부분에 집어넣어 뼈에서 골수를 뽑아내는 아주 고통스러운 검사다.

진행암 상태의 림프종의 경우 골수에까지 암이 전이되는 경우가 흔하기 때문에, 의사들은 이 검사를 해보면 내 상태를 확실히 알 수 있을 거라고 기대했다. 그들은 이 검사 결과를 보고 내게 어떤 약물을 얼마나 투여할지 결정할 참이었다.

결과가 나왔던 날을 지금도 기억한다. 의사가 병원 의료진 전체를 데리고 내 병실로 들어왔다. 모두들 심각한 얼굴이었다. "골수 조직 검사 결과가 나왔습니다. 그런데 문제가 좀 생겼어요."

며칠 만에 처음으로 나는 약간 불안을 느꼈다. "왜요? 문제가 뭐죠?"

그때 온 가족이 함께 있었는데, 가족들 역시 모두 걱정스러운 얼굴이 되었다.

"골수 조직 검사 결과 암이 전혀 발견되지 않았어요." 의사가 말했다.

"그런데 뭐가 문제라는 거죠?" 대니가 물었다. "그러니까 골수에 암세포가 없다는 뜻 아닌가요?"

"아뇨, 그건 불가능해요." 의사가 말했다. "몸에 분명히 암세포가 있을 겁니다. 그렇게 빨리 사라질 수가 없거든요. 꼭 찾아야 합니다. 암세포가 다른 데 어디 있는지 찾을 때까지 이건 심각한 문제입니다. 어떤 약을 투여해야 할지 결정을 할 수가 없으니까요."

의사들은 내 골수 조직 검사 견본을 홍콩에서 가장 큰 병리 검사실로 보냈다. 나흘 뒤, 검사 결과는 여전히 음성으로 돌아왔다.

암은 흔적도 없었다. 그 소식을 듣고 나는 승리했다는 느낌을 감출 수 없었다.

그러자 의사들은 이대로 물러설 수 없다는 듯 림프샘 조직 검사를 하겠다고 했다. 처음에 내 새로워진 자아는 순순히 응할 수 없다면서 이렇게 말하고 싶어했다. "아니요. 더 이상의 검사는 없습니다. 이건 내 몸이니까요. 그리고 내 몸에서 암세포는 하나도 찾을 수 없으리라는 걸 난 이미 알고 있으니까요!"

하지만 의사들은 불과 며칠 전 이 병원에 들어올 때 내 상태가 어땠는지를 식구들에게 상기시키면서 계속 검사를 권했고, 결국 나는 뜻대로 하라고 내버려두기로 했다. 그들이 아무것도 찾아내지 못하리라는 걸 이미 알고 있었기 때문이다. 나는 또 그들이 내게 어떤 검사를 강요하든 나로서는 승리감만 배가되리라는 것도 알 수 있었다.

나는 의사에게도 그대로 말했다. "필요한 대로 하세요. 하지만 이 모든 건 오로지 의사 선생님에게 확신이 필요해서라는 것만은 알아두세요. 전 이미 결과를 알고 있으니까요!"

그들은 림프샘 검사를 하는 데 필요한 체력을 비축하도록 며칠 말미를 주었다. 이번 검사에는 경미한 수술 절차도 들어 있었다. 수술 직전에 그들은 나를 방사선실로 보냈다. 방사선 기사는 초음파 장치로 가장 커다란 림프샘을 찾아내 내 피부에 표시를 해야 했다. 의사가 조직 검사를 위해 절개할 수 있도록 말이다.

방사선실 침상에 누워 있는데 내가 이 병원에 들어온 첫날 스캔받은 결과지가 라이트 박스 위에 꽂혀 있는 것이 눈에 들어왔다. 온통 종양투성이였다. 방사선 기사는 목 쪽으로 임파선 부종과 종양이 많이 찍혀 있는 스캔 결과지를 보더니 내 목 뒷부분을 따라 두개골 하단부까지 초음파 기계를 돌렸다. 목 옆쪽으로도 기계를 돌렸고, 마지막으로 목 앞면을 아래위로 스캔했다. 나는 그의 얼굴에 나타나는 혼란과 당황스러움을 보았다.

그는 라이트 박스에 걸린 결과지를 다시 가서 확인하더니 내가 누운 침상으로 돌아왔다. 팔 밑으로 초음파를 쐬어도 되겠냐고 묻기에 그러라고 했다. 하지만 팔 아랫부분을 검사해 본 뒤에도 여전히 당황스런 얼굴이었다. 그 뒤에는 가슴과 등, 복부까지 모두 스캔했다.

"무슨 이상이 있나요?" 내가 물었다.

"너무 혼란스러운데요." 그가 말했다.

"왜요? 뭐가 잘못됐어요?" 나는 무슨 일이 벌어지고 있는지 어렴풋이 감이 왔다.

"잠깐만 실례하겠습니다."

그는 그리 먼 데 있지 않은 전화기로 가서 내 담당의에게 전화를 걸었다.

"이해가 안 돼요. 불과 2주 전만 해도 이 환자의 림프계에 종양이 가득했거든요. 그런데 지금은 암 소견이 있다고 할 만한 림프샘이 하나도 없어요." 그의 목소리가 들렸다.

내 얼굴에 미소가 번졌다. 그가 돌아왔을 때 내가 일어나 말했다. "기사님 말이 맞아요. 그러니까 저 이제 가도 되죠?"

"아뇨, 아직은 안 됩니다." 그가 말했다. "담당 선생님이 조직 검사를 할 림프샘을 꼭 찾아야 한다고 하세요. 암이 몸에서 그렇게 갑자기 자취를 감출 수는 없다면서요. 암은 그렇게 그냥 하루아침에 사라져버릴 수 있는 게 아니에요. 그러니까 검사하기 쉬운 부위로 림프샘을 찾겠습니다. 목 같은 데로 말이지요."

그는 부어오르지도 않은 내 목에 림프샘 표시를 했다. 수술 날짜가 잡혔고, 의사는 내 목 왼편을 조그맣게 절개해서 림프샘을 채취했다.

수술이 국소 마취로 이루어졌기에 내 의식은 완전히 깨어 있었다. 의사가 림프샘을 잘라낼 때 목에서 느껴지던 불쾌한 감각이 정말 싫었다. 의사가 상처를 봉합할 때 나던 단백질 타는 냄새가 아직도 기억난다. 원하는 대로 하라고 내버려둔 게 별로 좋은 생각이 아니었다고 속으로 생각했다!

그러나 다시 한 번 검사 결과는 암의 흔적도 찾아볼 수 없다고 말해주었다.

이렇게 되자 나는 계속되는 검사와 약물 치료를 정말이지 거부하고 싶어졌다. 마음 깊은 곳에서는 한 치의 의심도 없이 내가 다 나았다는 걸 알았기 때문이다. 그런데다 나는 병원 안에 갇혀 있는 게 견딜 수 없이 답답해지기 시작했다. 밖으로 나가 다시 세상을 맛보고 싶었다. 내가 다 나았다는 것을 알게 된 후로는 더욱 그랬다. 하지만 의사들은 검사와 약물이 더 필요하다면서 나를 저지했다. 그들은 내가 입원하던 날 어땠는지를 떠올려보라고 했다.

"내 몸에 암세포가 전혀 없다면서 왜 여기 있어야 하죠?" 내가 물었다.

"암세포를 찾지 못했다고 해서 암세포가 없는 건 아닙니다. 잊지 마세요. 몇 주 전 여기 들어올 때만 해도 말기암 환자셨어요!" 그들의 대답이었다.

하지만 마지막으로 전신 PET 촬영(양전자 단층 촬영)을 한 후, 그래도 암세포가 없다는 결과가 나오자 그날로 내 치료는 끝이 났다. 거기에 의료진이 한 번 더 놀랄 일이 있었으니 내 목의 상처들을 봉합하려고 날짜를 잡아놓은 피부 이식 수술이 필요 없어진 것이었다. 피부 궤양이 저절로 나았기 때문이다.

2006년 3월 9일, 입원한 지 5주 만에 나는 드디어 집에 갈 수 있게 되었다. 계단을 오르내릴 때 도움이 조금 필요할 뿐 그 외에는 아무 보조 기구 없이 걸을 수 있었다. 하지만 내가 행복에 도취된 상태에 있었기에, 의사들은 내 퇴원 통지서에 커다란 글씨로 이렇게 써주었다. "안정을 위하여 퇴원해도 좋음. 적어도 6주간 쇼핑이나 파티 금지!"

하지만 그렇게 고분고분할 내가 아니었다. 불과 일주일 뒤인 3월 16일이 내 생일이었기에 나는 내가 제일 좋아하는 음식점 '지미의 키친'에 가서 식구들과 같이 저녁을 먹으며 내 새로운 삶을 축하했다. 그 다음 주인 3월 26일에는 친구 결혼식에도 참석했다. 내가 얼마나 아팠는지를 잘 알고 있던 친구들은 깜짝 놀랐다. 내가 흥에 겨워 춤을 추고 샴페인을 마셨던 것이다. 난 그 어느 때보다도 잘 알고 있었다. 삶은 그저 기쁘고 자유롭게 살기 위한 것이란 걸.

11

"절대 살아날 수 없는 거였어요!"

암에서 깨끗이 나은 지 몇 주가 지난 뒤에도, 나는 내게 일어난 그 모든 일을 이해해 보려고 여전히 궁리중에 있었다. 퇴원한 뒤 나를 처음 보는 사람들은 하나같이 충격에 입을 다물지 못했는데, 어느덧 그런 반응에도 익숙해져 가고 있었다.

비록 내 면전에 대고 말하는 이는 아무도 없었지만, 사람들은 대부분 마지막으로 나를 봤을 때 내가 죽을 거라고 생각했다. 그들은 나를 다시 볼 거라고는 예상하지 못했다. 어떤 이들은 내가 그토록 짧은 시간에 건강해진 것을 보고 애써 놀라움을 감추기도 했지만, 개중에는 대놓고 아주 놀라워하는 사람들도 있었다.

"어머, 세상에, 아니타 맞아요?" 내 요가 선생님은 내가 6개월 만에 처음 요가원에 모습을 보이자 벌어진 입을 다물지 못했다. "정말 놀라워요! 좋아지고 있다는 소식은 들었는데 이렇게 건강해졌을 줄은 상상도 못했어요!"

아미라는 내가 몇 년간 다녔던 요가 학원의 선생님이다. 홍콩의 중심가인 빅토리아 지역이 내려다보이는 곳에서 아름다운 요가원을 운영하는 사랑스러운 여인이었다. 아미라는 내가 아프다는 것을 알고 있었고, 내가 몸이 점점 약해져 요가 동작을 취하기 힘들어지자 다른 동작은 하지 말고 오직 송장 자세만 하고 있으라고 특별히 신경을 써주기도 했다.(송장 자세는 요가 동작 중에서 마치 잠든 것처럼 바닥에 누워서 완전한 이완 상태에 드는 자세다.) 송장 자세 말고는 어떤 요가 동작도 하기 어려워졌을 때에도 나는 아미라의 요가 수업에 계속 참석했다. 그곳의 좋은 에너지를 받는 것이 정말 좋았기 때문이다.

마침내 외출이 어려워지고 간병인의 보살핌 속에서 종일 휠체어와 휴대용 산소통에 의지하는 처지가 되었을 때에야 비로소 아미라의 요가 수업에 나가기를 포기했다.

그래서 혼자서 외출할 수 있을 정도로 기력이 회복되면 제일 먼저 하고 싶었던 것이 수업 중간에 저벅저벅 걸어 들어가 아미라를 놀래주는 것이었다. 실제로 아미라는 깜짝 놀랐다! 아미라는 수업의 수강생들에게 나를 소개했다. 그중에는 나를 모르는 이도 있었지만, 나를 기억하는 이들은 하나같이 충격을 받았다. 한 여자는 내가 마지막 수업에 참석했을 때 얼마나 아파했는지 기억하고 있다면서 눈물을 감추지 못했다. 그 여자는 다시는 나를 볼 수 없을 거라고 생각했다고 했다. 그런데 내가 나타난 것이다. 그녀가 할 수 있는 말은 "이건 오직 기적"이라는 말뿐이었다.

만나는 이들은 누구나 내게 무슨 일이 벌어진 건지 알고 싶어 했다. 어떻게 그렇게 빨리 완쾌될 수 있단 말인가? 하지만 그걸 설명하기란 참으로 어려웠고, 사실 나 스스로도 어떻게 그렇게 된 건지 완전히 이해하지는 못했다. 내가 겪은 일을 다른 사람들이 이해하도록 설명할 수 있는 방법을 도무지 찾을 수 없었다. 그런 경험을 설명할 수 있는 말은 존재하지 않는 것 같았다. 특히 영어로는 말이다.

그러던 어느 날 아눕 오빠가 이메일을 보내왔는데, 임사 체험NDE(near-death experience)과 관련된 웹사이트라면서 한 인터넷 사이트를 소개해 주었다. 오빠는 나와 비슷한 경험을 한 사람들이 있는지 찾아보다가 임사체험연구소NDERF(Near Death Experience Research Foundation)라는 곳의 웹사이트(www.nderf.org)를 알게 되었다고 했다. 오빠는 사람들이 이 웹사이트에 올려놓은 경험담이 내가 한 경험과 사뭇 비슷하다면서 한번 둘러보라고 했다.

나는 임사 체험에 대해 아는 게 별로 없었다. 그런 것이 있다는 소리는 들어보았고, 텔레비전에서 다큐멘터리 등으로 한두 번 본 적은 있었지만, 그런 경험을 했다는 사람은 본 적이 없었다. 물론 내가 직접 그런 경험을 하게 되리라고는 꿈에도 상상하지 못했다!

오빠가 알려준 웹사이트의 글들을 읽어 내려가는데 그만 소름이 돋았다. 내가 겪은 것과 아주 비슷한 이야기들이 많았다. 나처럼 병을 앓았던 경우는 없었지만, 저세상에서 경험한 것들은 매우 비슷했다. 많은 이들이 확장되는 느낌, 명징함, 우리 모두가 연결되어 있다는 하나됨의 느낌 등을 이야기했다. 아무런 판단도 받지 않는, 지극히 크고 조건 없는 사랑만을 느꼈다는 이야기도 있었다. 먼저 떠나보낸 사랑하는 사람들, 혹은 그들을 좋아했던 사람들을 만났다고도 했다. 그리고 우주적 차원의 이해와 지식을 얻었다고도 했다. 나는 다른 사람들도 그 수용되고 통합되는 느낌을 경험했다는 사실, 또 우리 모두가 똑같이 보살핌받고 있다는 앎을 얻었다는 사실에 크게 놀랐다. 많은 이들이 임사 체험 뒤 자신의 경험을 다른 이들과 나누었고, 돌아온 목적이 있다고 느끼고 있었다. 내가 느낀 것과 정확히 똑같았다!

몇 개의 글을 읽은 뒤 나는 웹사이트에 이런 배너가 떠 있는 것을 보았다. "당신도 임사 체험을 경험했나요? 그 경험을 사람들과 나누고 싶다면, 여기를 클릭하세요!" 그래서 나는 클릭했다. 길고 아주 자세히 써 넣을 수 있도록 된 양식이 떴고, 나는 그것을 채워나가기 시작했다. 내 경험을 그렇게 글로 적어본 적은 없었다.

그저 가까운 친구와 가족에게 말로 설명했을 뿐 그렇게 자세하게 파헤치면서 써보기는 그때가 처음이었다.

내 상황을 잘 모르는 이들에게 내 경험을 오롯이 털어놓기가 처음이었기 때문에, 나는 내가 말하고 싶은 바를 아주 명확하고 조리 있게 기술하고 싶었다. 거기에 나와 있는 질문들 역시 내 체험을 전에는 미처 생각지 못했던 방식으로 생각해 보게끔 도와주었다. 나는 암에 걸렸던 것, 저쪽 세상으로 넘어가서 경험한 것, 돌아와서의 경험, 암이 아주 빠르게 사라진 것 등을 아주 자세하게 적었다. 양식에 맞추어 모두 작성하고 기타 난에 추가 사항까지 적고 난 뒤 '전송' 버튼을 눌렀다. 메시지가 떴다. "소중한 경험을 보내주셔서 고맙습니다. 당신의 경험담이 우리 사이트에 게재될지 여부는 3주 안에 알려드리겠습니다."

이미 밤이 늦은 시간이었으므로, 나는 답장이 오려면 좀 기다려야겠구나 생각하면서 자러 갔다. 그러나 반갑게도 다음날 아침, 제프리 롱Jeffrey Long 박사라는 사람에게서 벌써 메시지가 와 있었다.

롱 박사는 자신이 암 전문의이자 임사체험연구소 사이트의 운영자라고 소개하면서 내 경험담을 아주 흥미롭게 읽었다고 소감을 밝혔다. 자신이 읽어본 경험담 중 가장 특이하다면서 내게 몇 가지 추가 질문을 하고 싶다고 했다. 특히 내 의학적 상태에 관해 궁금한 것이 많으며, 어떻게 그렇게 빨리 나을 수 있었는지가 무척 궁금하다고 했다. 그는 내가 경험한 것들을 명료하게 잘 적어주어 도움이 되었다며, 언제 암 진단을 받았는지, 얼마나 앓았고 임사 체험 후 얼마 만에 암이 나았는지 등 내 암에 대해 더 자세하게 알고 싶다고 했다.

나는 그의 질문에 최대한 자세하게 답변했고, 그는 거의 곧바로 답장을 보내왔다. 답장에서는 그가 꽤 들떠 있다는 게 느껴졌다. 그는 내 답변에 무척 기쁘다면서 내 경험담을 자기 사이트에 보내줘 고맙다고 했다. 그러면서 내 이야기가 전 세계의 수많은 이들에게 영감을 줄 거라고 말했다. 그 뒤 그는 내 이야기를 임사체험연구소 사이트에 올렸다. 추가 질문에 대한 내 답변도 같이 올라갔다. 그것은 지금도 원본 그대로 그 사이트 자료실에 게재되어 있다.

롱 박사는 내가 보낸 글들을 받는 족족 출력해서 읽고 또 읽는다는 사실을 나는 나중에 알게 되었다. 사이트에 올라온 글 중에 내 이야기처럼 놀라운 것은 여지껏 없었던 것이다.

그와 비슷한 시기에《홀리스틱 홍콩Holistic Hong Kong》이라는 잡지를 발행하는 내 친구 피터 로이드Peter Lloyd도 내게 일어난 일을 어떻게 알았는지 놀랍다면서 내 이야기를 잡지에 실어도 되겠냐고 물어왔다. 그래서 나는 임사체험연구소 사이트에 보냈던 글을 그대로 그에게도 보냈고, 그는 다음 호에 내 이야기를 실었다.

몇 주 뒤인 2006년 여름, 나는 미국의 또 다른 암 전문의로부터 연락을 받았다. 피터 코Peter Ko라는 의사였는데, 개인적으로 암의 자연 치유에 관해 연구하고 있다고 했다. 그는 3주 사이에 각기 다른 두 사람한테서 내 경험담을 이메일로 전해 받았다고 했다. 하나는 임사체험연구소에 올라와 있는 글이고, 다른 하나는《홀리스틱 홍콩》에 실린 글이었단다. 처음 임사체험연구소에 실린 글을 이메일로 받았을 때는 글이 꽤 길어 읽지 않고 있다가 잊어버렸다고 했다. 사람들로부터 어떤 기사를 읽어보라는 내용의 이메일을 워낙 많이 받았기 때문이었다. 그런데 두 번째로《홀리스틱 홍콩》에 실린 글을 이메일로 받았을 때는, 분명 관심이 있을 테니 꼭 읽어보라는 메시지도 있고 해서 글을 읽게 되었다고 했다.

내 이야기를 읽고 관심이 크게 동한 코 박사는 내 친구 피터 로이드에게 연락을 해서 내게 연락할 방법을 물어보았다. 웹사이트에는 그저 '아니타 M의 임사 체험 이야기'라고만 적혀 있었기 때문이었다. 피터가 코 박사와 나를 이메일로 연결해 주었고, 코 박사는 나와 연결이 되자마자 물어볼 게 많으니 전화를 해도 되겠느냐고 물었다.

우리는 몇 시간 동안 전화 통화를 했다. 나는 그에게 내 경험을 자세하게 설명해 주었고, 특히 병의 상태와 관련된 이야기를 많이 들려주었다. 내 병력이 적힌 서류들을 팩스로 보내주기도 했다. 그중에는 내가 입원한 날인 2월 2일에 작성된 의사의 소견서도 포함되어 있었다. 그 소견서에는 병 상태와 예후가 적혀 있었는데, "림프종, 4B단계"라는 게 당시 의사의 진단이었다.

내가 보내준 서류를 읽고 나서 그가 처음 했던 말은 이랬다. "이거 아무리 봐도 살아날 수가 없는 거였는데요!"

코 박사는 내 사례에 크게 흥미를 보이면서, 자기가 직접 홍콩으로 건너와 내가 임사 체험을 한 병원에서 내 진료 기록을 살펴보고 싶다고 했다.

내가 그를 만난 것은 10월 중순이었다. 우리는 내가 임사 체험을 했던 병원 로비에 앉아 인사와 함께 이런저런 이야기를 나누었다. 그는 내가 경험한 것을 최대한 자세히 알고 싶다면서 여러 가지를 물었다. 그러고 나서 우리는 행정실로 가 내 진료 기록을 요청했다. 병원에서는 두께가 7~8센티미터는 족히 될 법한 커다란 파일을 우리에게 내주었다. 우리는 그 파일을 가지고 구내식당으로 갔다. 코 박사는 파일을 한 장 한 장 자세히 살펴보았고 필요한 서류는 복사도 했다.

나는 롱 박사와 코 박사, 이 두 명의 암 전문의를 만나게 돼 무척 흥분되고 설레었다. 둘 다 내 체험에 관심이 아주 컸다. 사람들을 돕는다는 더 큰 목적이 있어서 내가 돌아왔다는 느낌에 확신이 들었다. 내가 이 모든 일을 겪은 게 어쩌면 다른 이들에게 도움이 될지도 모른다니 감사하고 기뻤다.

코 박사는 내가 겪은 일을 대중 앞에서 이야기할 수 있겠는지 물었다. 그는 자기가 원래 의심이 많은 사람인데 내 병원 기록을 살펴보니 흥분을 감출 수 없었다면서 내 사례를 곧바로 연구에 활용하고 싶다고 했다. 그는 홍콩에 있는 동안 회의를 열어 최근의 연구 결과를 의료계 종사자들과 나눌 생각인데 내가 거기서 강연을 해주기를 바랐다. 그는 내 사례를 홍콩의 일부 의사들에게 이미 언급했고, 내 이야기의 배경이라든지 내가 기존의 관행적인 치료를 받고 싶어하지 않았다는 이야기도 이미 해두었다고 했다.

코 박사는 의료계 사람들이 내가 내 관점에서 이야기하는 것을 듣는 게 중요하다고 생각했다. 그는 암이 그 정도로 진전된 상태에서 이렇게 깨끗이 치유된 경우는 한 번도 본 적이 없다고 했다. 더욱이 그토록 빠른 시간 안에 말이다. 그는 사람들이 바로 그 점을 꼭 알아야 할 것 같다고 했다. 나는 이 부탁을 받고 몹시 흥분되었고, 내게 일어난 일을 어서 빨리 사람들에게 말해주고 싶었다. 그래서 강연을 승낙했다.

코 박사는 또 내 주치의였던 브라이언 워커 박사와도 연락을 취했다. 워커 박사는 내 건강 회복 소식에 본인도 깜짝 놀랐다고 했다. 워커 박사 역시 그렇게 심하게 진행된 암이 그토록 빨리 낫는 것을 본 적이 없다고 했다. 코 박사는 몇 년간 내 암의 진행 상태를 관찰해 온 워커 박사에게 한참 동안 이야기를 들었고, 워커 박사는 코 박사가 찾아낸 자료들을 상당 부분 확증해 주었다. 코 박사는 또 지역 신문에 연락해서 기자가 회의에 참석해 내 이야기를 듣고 신문에 보도할 수 있도록 조처하기까지 했다.

다음은 코 박사가 내 병원 기록을 낱낱이 검토한 뒤 작성한 요약문에서 발췌한 것이다. 그는 이 보고서를 회의에 참석한 언론과 의료계에 이메일로 보낸 바 있다. 그의 허락을 받아 그 일부를 이 책에 싣는다. 보고서는 암 전문의의 관점에서 내 이야기를 상술한 것으로 내 개인적 경험이 거짓이 아님을 확증해 주고 있다.

아니타의 이야기에 제가 빠져들었듯이 여러분도 그러하기를 바랍니다…… 아니타와의 만남은 저에게는 새로운 눈을 뜨게 해준 놀라운 경험이었습니다! 지난달 홍콩에 왔을 때 저는 그저 아니타의 진료 기록을 면밀히 살펴보고 아니타의 이야기가 사실인지 확인해 보자는 마음이었습니다. 세부 사항의 사실 여부를 확인한 것도 큰 수확이었지만, 저는 사실 아니타의 놀라운 이야기에 점점 더 매료되었습니다…… 특히 아니타가 전하고자 하는 메시지가 감동적이었습니다! 일반인에게는 자세한 의료적 사실이 다소 장황하게 느껴질지 모르겠지만, 여러분에게 참고 자료로서 제시하고 싶습니다. 아니타의 병이 얼마나 심각했는지, 그리고 얼마나 극적으로 회복되었는지를 분명히 볼 수 있도록 말입니다. 약간의 개인적 관찰을 덧붙인 이 세부 자료가 아니타의 이야기에 더욱 확고한 근거가 되기를 희망합니다.

1. 아니타의 암에 대한 시간대별 설명…… 2002년 봄, 아니타는 왼쪽 쇄골 바로 위에서 단단히 부어오른 혹을 발견했습니다. 의사가 보

기에 이는 분명 심각한 징후였습니다. 그해 4월 조직 검사를 실시했고, 그 결과 호지킨 림프종이라는 진단을 받았습니다. '병기'는 2A기(초중기/증상 없음)로 진단받았습니다. 아니타가 병원의 관행적인 치료를 꺼려하면서 여러 가지 대체 의학적 접근을 시도했다는 것은 모두 아실 겁니다. 아니타의 병은 그해 하반기까지 서서히 진행되었습니다. 2005년, 일상 생활이 심각하게 저해를 받을 정도로 건강이 악화되었습니다. 암세포는 림프샘을 중심으로 점점 퍼졌고, 크기도 더 커졌습니다. 또한 식은땀과 발열, 피부 가려움증 등 이른바 'B 증상'이 나타나기 시작했습니다. 모두 병세가 악화되고 있다는 표지였습니다. 또 가슴 양쪽에서 흉수(폐에 액체가 고이는 것)가 발생하기 시작해 2005년에는 흉수로 인해 호흡 곤란이 왔습니다. 이에 따라 '흉수 제거' 작업을 여러 차례 시도했습니다. 2005년 성탄절에는 상태가 빠른 속도로 악화되었습니다…… 목과 흉벽의 질병이 피부로 스며들어 커다란 감염성 궤양이 생겼으며 아물지 않았습니다. 음식 섭취와 영양 흡수가 불가능해짐에 따라 몸무게가 줄었고, 피로가 눈에 띄게 심해졌으며, 근육은 힘을 잃어갔습니다…… 그리고 신장이 기능을 못하기 시작했습니다.

2006년 2월 2일 아침, 아니타는 침대에서 일어날 수 없었습니다. 얼굴 전체와 목, 왼쪽 팔이 풍선처럼 부어올랐습니다. 눈은 너무 부어서 뜨지 못할 정도였습니다…… 이는 림프샘이 비대해지고 서로 엉키면서 머리와 목 부분의 정맥이 기능을 멈춘 탓이었습니다. 양쪽 폐 모두에서 흉수 과다가 발생해 호흡이 곤란할 정도가 되었습니다. 당황한 남편과 어머니는 의사에게 연락했고, 담당 의사는 당장 가까운 병원으로 아니타를 옮기라고 했습니다. 인근 병원에 도착했을 때 암 전문의는 아니타의 모습과 상태에 충격을 받았습니다. 상황이 심각했으므로 선임 의사를 불렀고, 자문 의사들이 몇 명 더 모여 여러 장기가 기능을 멈춘 이 상황에 어떻게 대처할지 논의했습니다. 의료적 개입 없이는 살아날 가능성이 없다는 게 중론이었습니다. 당시 아니타의 여러 장기가 기능을 멈춘 상태라는 점을 감안할 때 항암 치료가 독성이 매우 강한 것이긴 했지만, 유일한 방법은 그것뿐이었습니다. 그날 밤 아니타는 MRI 촬영과 CT 촬영을 여러 차례 받았고, 폐에서 2리터의 흉수를 빼냈으며, 3+7 항암 화학 요법(7일간 약물을 주입하는 사이클을 8회 반복하는 요법을 말하며, 각 사이클을 마치는 데는 3주가 걸린다)부터 조처를 받은 뒤 중환자실로 옮겨졌습니다. 그리고 이때 아니타는 현재 임사 체험으로 설명한 경험 속으로 빠져들었습니다.

2. 임사 체험 후의 극적인 회복…… 2월 3일 저녁, 아니타는 혼수 상태에서 깨어나 상체를 일으키고 앉아 식구들에게 본인은 괜찮다고 말했습니다. 아니타는 의사와 허물없이 대화를 주고받았으며, 심지어 그 의사를 알아보기까지 해서 의사를 당황하게 했습니다.

2월 4일, 아니타는 코에 연결된 영양관을 제거해 달라고 요청했으며, 체중을 회복하는 데 필요한 음식을 가져다주면 먹을 수 있다고 장담했습니다. 또 집에 있는 아이팟을 가져다달라고 부탁하기도 했습니다.

2월 5일, 아니타는 진찰을 하러 온 의사들에게 "파티를 함께하겠냐?"고 물으면서 인사했습니다. 의사들은 결국 2월 6일, 아니타를 중환자실에서 일반실로 옮기는 데 동의했습니다.

그 당시 아니타의 목과 얼굴 부종은 상당히 완화된 상태였습니다. 림프종의 지나친 비대 증상도 가라앉기 시작해서 처음으로 고개를 들 수 있게 되었습니다. 1사이클의 약물 치료는 2월 중순에 완료되었습니다. 심각한 피부 궤양으로 성형 수술이 예정되어 있었습니다.

a. 우선 목 부분의 림프샘 조직 검사가 예정되어 있었고,

b. 목과 겨드랑이의 커다란 피부 궤양에 피부 이식 수술이 예정되어 있었습니다. 담당의는 검사 결과 병리 증상을 보이는 림프샘이 발견되지 않자 조직 검사에 앞서 초음파 검사 일정을 잡았습니다. 동시에 피부 이식 수술도 진행할 예정이었습니다.

세 차례의 초음파 검사를 실시했지만, 병리 증상을 보이는 림프샘을 하나도 찾아내지 못했습니다. 2월 27일, 담당의는 결국 목 부분 조직 검사를 실시했습니다.…… 그리고 암의 흔적을 조금도 발견하지 못했습니다. 피부 궤양은 자연적으로 치유되어 이식 수술이 필요 없게 되었습니다.

3월 9일, 의사들은 결국 아니타를 퇴원시키는 데 동의했습니다. 항암 치료 2사이클에 해당하던 때였습니다. 아니타는 3월 16일, 가족들과 함께 '지미의 키친'이라는 음식점에서 자신의 생일 축하 파티를 열었고, 3월 26일에는 결혼식에 참석해 춤을 추고 샴페인을 마셨습니다…… 그런 뒤 항암 치료 3사이클에 접어들었습니다. 의사들은 사이클을 6회 반복 후(7월 24일) CT 촬영과 PET 촬영을 해보기로 결정한 상태였습니다…… 병원에서는 아니타에게 건강 증명서를 발부했고, 그로써 2회 사이클을 다 채우지 못한 채 항암 치료는 중단되었습니다.

아니타의 회복은 분명 '기적적'입니다. 제 경험과 여러 동료들의 의견을 종합해 볼 때 저는 아니타의 놀라운 회복이 항암 치료 때문이라고는 말하지 못하겠습니다. 암세포의 양태에 대해 제가 알고 있는 바에 따르면, 무엇인가(비물리적인…… 정보라고나 할까요?)가 변이 유전자의 활동을 중단시켰거나, 변이 유전자에 세포 자살 신호를 보낸 것이 아닌가 추측합니다. 정확한 메커니즘을 알지 못하는 것은 우리 모두 마찬가지입니다만, 이 회복이 항암 화학 요법으로 인한 것이 아니라는 것은 분명해 보입니다.

아니타와의 만남은 제가 이 현상에 대해, 또 진정한 우리 본연의 모습에 대해 더 깊이 알 수 있도록 물꼬를 터준 시작점이 아닌가 합니다!

회의에는 의료계 전문가들, 특히 지역 의과대학 부속병원의 암 전문 교수들이 많이 참석했다. 나와 코 박사, 그 외 여러 교수들이 초대한 사람들도 많이 왔다. 그 뒤로 코 박사와 워커 박사, 그리고 나는 라디오 방송에서 인터뷰 섭외를 여러 차례 받았다.(신문 기사와 라디오 인터뷰는 지금 내 웹사이트 www.anitamoorjani.com에서 열람할 수 있다.)

여러 차례 회의에 참석하고 홍콩대학교 의료진들을 만나면서 나는 행동 연구 분야의 자문위원으로 초대되었고, 암과 죽음의 심층 심리에 대해 교수들 앞에서 강연하고 자문도 할 기회를 많이 얻었다. 이 주제에 관해 교수나 학생들을 상대로 한 강연 요청이 꾸준히 들어왔는데, 강연은 매우 즐거운 경험이었다.

코 박사는 내 진료 기록에서 찾아낸 것들에 자신이 궁금해 하는 질문을 덧붙여 보고서로 만들었고, 그것을 전 세계의 암 연구소에 보냈다. 지금까지 그의 질문에 응답이 온 곳은 한 군데도 없으며, 이처럼 극적인 회복을 보인 사례는 전 세계 어떤 연구소에서도 보고된 적이 없다고 한다.

아래는 코 박사나 나한테 아직도 미스터리로 남아 있는 몇몇 해명되지 않은 현상 중 일부이다.

—진료 기록에 따르면 내 장기는 병원에 입원했을 때 이미 기능을 멈춘 상태였다. 그러나 어떤 이유 때문인지 다시 기능을 시

작했다. 코 박사는 무엇이 장기를 회복시켰는지 그 원인에 깊은 관심을 두고 연구하고 있다. 그는 또한 당시 담당의가 "환자 가족에게 알려드렸습니다"라고 언급한 사실을 지적했다. 박사는 이를 담당 의사가 가족들에게 내가 죽음에 임박했음을 공지한 표현이라고 해석했다.

—진료 기록에 따르면 레몬 크기의 종양들이 두개골 하단부터 목 전체, 겨드랑이와 가슴, 복부 전체에 이르기까지 두루 퍼져 있었다고 보고되어 있다. 그러나 불과 며칠 뒤 종양은 크기가 최소 70퍼센트까지 줄어들었다. 코 박사는 장기가 기능을 멈춘 상태에서 어떻게 수십억 개의 암세포가 그렇게 빨리 몸에서 사라질 수 있었는지에 큰 관심을 보이고 있다.

—나는 피부 궤양이 심각했고, 내 진료 기록에는 내 몸에 피부 회복에 필요한 영양소가 부족하므로 피부 이식 수술이 필요하다고 기록되어 있다. 나는 입원시 영양실조가 극심한 상태였고 근육 역시 근력을 이미 소진한 상태였다. 의사의 기록에는 내가 체력을 회복하면 피부 이식 수술을 실시할 예정이었다고 적혀 있다. 그러나 상처는 의료진이 수술을 준비하기도 한참 전에 자연적으로 완치되었다.

대략 이 정도가 코 박사 외 전문가들이 그 자연 치유에 대해 알고 싶어하는 주된 질문, 즉 "몸이 죽음에서 치유 쪽으로 선회되도록 스위치를 누른 것은 과연 무엇인가?" 하는 것이다.

내 입장에서 보자면, 나는 답을 알고 있다…… 하지만 그 답은 의학계에서 찾아질 수 있는 것은 아니다.

12

새로운 눈, 새로운 삶

퇴원 후 첫 두세 달은 행복에 도취된 사람처럼 보냈다. 그 행복감은 영원히 계속될 것 같았다. 모든 것들이, 모든 사람들이 아름다워 보였고, 아주 평범해 보이는 사물과 사건에서도 마법과 경이가 보였다. 가령 우리 집 거실의 가구는 수년을 나와 함께했기에 어떤 식으로 봐도 특별할 데가 없는 물건이었다. 그런데 집으로 돌아온 뒤부터 전에는 결코 눈에 들어오지 않던 나무 세공의 아름다움이 보였고 그 가구를 만드는 데 들였을 장인의 정성도 느낄 수 있었다. 다시 차를 몰 수 있다는 사실에 경이를 느끼기도 했다.(암에 걸린 이후 마지막 8개월간은 아예 운전을 할 수 없었다.) 내 손과

눈, 다리를 써서 길에서 차를 움직일 능력이 내게 있다는 데에 감탄이 절로 나왔다. 사람의 몸과 삶 자체에 경탄했다.

몇 달이 지나면서 나는 내 삶을 가지고 다시 뭔가를 해야겠다는 느낌이 들었다. 하지만 내가 무엇을 하고 싶은지 생각만 해도 막막했다. 이 퍼즐 조각들을 어디서부터 맞추어야 할지 알 수 없었다. 세상은 내가 떠날 때와 같은 곳이 아니었다. 나는 지난 4년을 병과 싸우면서 보냈다. 그동안 내 관심은 오로지 병에만 있었고, 암에 대해 알 수 있는 거라면 뭐든지 읽고 공부하고 배우면서 보냈다. 내 인생 전체의 목표가 암과 암 치료를 중심으로 돌아갔다. 어떻게 보면 나는 삶 자체가 아니라, 암에 걸린 사람이 되는 데서 내 정체성을 찾았던 것이다. 그런데 이제 그것이 사라져버렸다. 남은 인생은 무엇을 하며 보내야 하나?

암 진단을 받기 전에 나는 지독하다 싶을 정도로 독립적인 성격이었다. 하지만 병을 앓는 동안은 대니와 다른 가족들에게 완전히 의존해야 했다. 이제 병이 나아 내 두 발로 설 수 있게 되자, 가족들은 모두 자기 역할로 돌아갔다. 대니는 직장으로 돌아갔고, 엄마와 오빠는 인도로 갔다. 그리고 혼자 남은 나는 이제 무엇을 하고 싶은지 생각하고 있었다.

전에 일하던 프리랜서 일을 다시 하는 것은 상상도 할 수 없었다. 암 진단을 받고 나서 곧바로 일을 관뒀고 후임자를 만나 인수인계까지 했다. 지난 4년 동안 오로지 암과 씨름하느라 어떤 일도 하지 않았다. 다시 직장에 들어간다는 게 몹시 낯선 일로만 느껴졌다. 그리고 무엇보다 '내'가 달라졌다는 걸 깨달았다.

나는 주변 사람 누구와도 어울릴 수 있을 것 같지 않았다. 더 정확히 말하면 다른 이들이 나와 어울릴 수가 없을 것 같았다. 직장으로 돌아간다고 해도 내가 무엇을 하고 싶은지 잘 알 수 없었다. 더 이상 아무것도 옳게 느껴지지 않았다. 이 행성의 사람들과 그들의 가치관에 나는 들어맞지 않는다고 느껴졌다. 내게 중요한 것이 바뀌었고, 이제 더는 직장에 출근하고, 누군가에게 보고하고, 그저 돈을 벌기 위해 일을 하는 것에는 아무런 흥미도 생기지 않았다. 사람들과 관계를 쌓는 것도, 일 끝나고 친구들을 만나 스트레스를 푸는 것도, 아침저녁 만원 버스를 타는 것도, 도시의 여느 직장으로 출퇴근하는 것도 도무지 관심이 가지 않았다. 임사 체험 이후 처음으로 당황스러운 기분이 들었다. 그리고 외로웠다.

나는 일상적인 대화에 끼는 것이 점점 더 어려웠다. 주의 집중 능력이 줄어든 것 같았고, 심지어 내 마음은 친구들과 이야기를 하는 도중에도 숱하게 곁가지로 새기 일쑤였다. 정치와 뉴스 따위 세상에서 벌어지는 일에 완전히 흥미를 잃었고, 친구들이 하는 일에도 마찬가지였다. 하지만 해변에 앉아 아이스크림콘을 먹으면서 수평선 너머로 해가 지는 모습을 바라볼 때에는 얼어붙은 듯 집중할 수 있었다. 이 세상이 얼마나 아름다운지 생전 처음 경험하는 것 같았다. 발가락 사이로, 발바닥 아래로 젖은 모래를 느끼면서 주홍빛 저녁노을이 수면 위로 퍼져나가는 모습을 보는데 그 아름다움은 그전 어떤 때와도 다르게 내 마음을 경이로 가득 채웠다. 입안에서 살살 녹는 벨기에 초콜릿 아이스크림의 감칠맛이 혀끝으로 느껴질 땐 난생 처음 아이스크림을 먹어보는 기분이었다!

모든 것 속에서, 온갖 동물과 곤충에게서도 나는 신성神性을 보았다. 자연에 대한 관심이 전에 비할 수 없이 커졌다. 하다못해 내 주위를 윙윙 거리는 모기 한 마리도 죽일 수 없었다. 그들도 생명이었고, 그런 만큼 존중받아 마땅했다. 그들 역시 목적이 있었다. 그 목적이 무엇인지는 내가 모르지만 그들도 목적이 있다고 생각되었다. 내가 그러하듯이 말이다.

매일 아침 새롭게 세상을 탐험하고 싶다는 마음으로 잠에서 깼다. 매일이 신선한 모험이었다. 걸어 다니고 운전하고 새로운 것을 발견하고 언덕과 모래사장에 앉아 있고 싶었다. 그저 이 삶을 흠뻑 받아들이고 싶었다! 도시의 풍경들에 깊이 매료되었고, 모든 게 처음 보는 것인 양 새롭게 다가왔다. 시장을 구경했고, 도시의 경관들이나 네온 불빛이 반짝이는 마천루의 아름다운 스카이라인들을 감상했고, 무척이나 편리한 대중 교통 시스템에는 감탄을 금하지 못했다. 홍콩의 섬들을 연결하는 수상 다리들도 놀랍기 그지없었다. 이 모든 것에 나는 경탄하고 또 경탄했다.

날마다 놀라움을 맛보는 나는 갓 태어난 기분이었다. 마치 2006

년 2월 3일에 어른의 몸으로 세상에 다시 태어난 것 같았다.

동시에 나는 점심을 먹거나 커피를 한 잔 하기 위해 옛날 친구들을 다시 만났을 때 그들과 다시 친해질 수 없다는 걸 알게 되었다. 모두들 그동안 내가 어떻게 지냈는지 몹시 궁금해 했지만, 대부분은 이 경험이 나를 얼마나 깊게 바꾸어놓았는지 이해하지 못했다. 사람들을 만나야 하는 상황이 되면 불안하고 초조해하는 나를 발견했다. 오랫동안 가만히 앉아 있을 수가 없었고, 일상의 그렇고 그런 대화에 낄 수 없었다.

사람들은 삶의 마술을 보는 능력을 잃어버린 것 같았다. 주변을 보며 경탄하고 열광하는 나를 그들은 이해하지 못했다. 주변뿐 아니라 그저 살아있다는 것 자체도 경탄과 열광의 대상이었는데 말이다. 그들은 일상에 사로잡힌 것 같았고 그들의 마음은 다음에 뭘 해야 하는지에만 가 있었다. 임사 체험을 하기 전 바로 내 모습이었다. 모두들 뭔가를 하는 데에 사로잡혀서 그저 순간에 머문다는 게 어떤 것인지 기억하지 못했다.

그러나 무엇보다 분명한 것은 어떤 놀라운 일이 이제 막 펼쳐지려 하고 있고 내가 그 언저리에 와 있다는 기분이었다. 내가 지금까지 겪은 모든 경험에는 더 큰 목적이 있는 것 같았다. 하지만 마음속으로 이처럼 흥분되고 뭔가 커다란 모험이 펼쳐지기 직전에 와 있다는 느낌이 들었지만, 그 일이 펼쳐지게 하려고 내가 무엇을 '해야' 한다거나 '애써야' 한다는 느낌은 여전히 들지 않았다.

난 그저 내 자신이면 되었다. 두려움 없이! 그것은 곧 내가 사랑의 도구가 되게끔 나를 허락하는 것이었다. 나는 이것이 이 지구를 위해서나 우리 자신을 위해서나 우리 각자가 할 수 있는 혹은 될 수 있는 최고의 일이란 걸 알 수 있었다.

이것을 깨달은 이후로 더 이상은 이른바 문제라는 것들이 그렇게 크게 보이지 않았다. 사람들은 삶을, 그리고 자기 문제를 너무 심각하게 받아들이고 있는 것 같았다. 내가 전에 그랬듯이 말이다. 예전에 나는 내 드라마는 물론 다른 사람들의 드라마에도 끌려들어 갔다. 하지만 임사 체험을 하고 나서는 그저 살아있다는 것, 여기서 나를 표현할 기회를 한 번 더 얻었다는 것만으로도 행복했다. 이제 더는 이 위대한 모험의 단 1분도 허비하고 싶지 않았다. 될 수 있는 한 가장 많이 '내'가 되고 싶었고, 살아있는 이 기분 좋은 순간을 조금도 놓치지 않고 음미하며 즐기고 싶었다!

정말이지 그 온갖 잡다한 세상사, 미래나 돈, 직장, 집, 집안일 걱정 따위에 빠져들고 싶지 않았다. 이런 것들이 사소해 보였다. 특히 내 앞에 어떤 과정이 펼쳐지고 있는 중이라고 확신했기에 더욱 그랬다.

웃고 즐거워하는 게 더 중요해 보였다. 나는 전에 없이 새로운 가벼움을 느꼈고, 쉽게 웃었다. 나처럼 쉽게 웃는 이들과 함께 있으면 또 그렇게 즐거웠다.

병이나 정치, 죽음 등에 대한 이야기가 나오면 대화에 참여하는 것 자체가 불가능했다. 임사 체험 이후로 그런 것들에 대한 내 관점은 아주 근본적으로 달라져 있었던 것이다. 판단하고 구별하는 내 능력이 '손상되었다'는 것을 깨닫기 시작했다. 나는 더 이상 좋은 것과 나쁜 것, 옳은 것과 그른 것 사이에 뚜렷한 선을 그을 수 없었다. 임사 체험을 하는 동안 나는 그 어떤 것으로도 판단받지 않았다. 오직 연민compassion만 있을 뿐이었고, 그 사랑에는 아무런 조건도 없었다. 내 자신과 주변 모두에게도 나는 아직 그렇게 느끼고 있었다.

그래서 나는 세상의 모든 희생자는 물론 모든 범죄자와 테러범에게도 연민 이외에는 어떤 것도 느낄 수 없었다. 나는 사람들이 그런 행동을 하는 것은 그들 안에 혼란과 좌절, 고통과 자기 증오가 가득 차 있기 때문임을 난생 처음으로 이해하게 되었다. 스스로를 충분히 누리고 행복해하는 사람은 결코 그런 행동을 하지 않는다! 자기를 사랑하는 사람들은 함께 있으면 즐겁고 남들에게 조건 없이 사랑을 줄 뿐이다. 그와 같은 범죄를 저지르는 사람은 (감정적으로) 병들어 있어야만 했다. 사실 이는 암에 걸린 것과 상당히 비슷했다.

그러나 나는 이처럼 특별한 형태의 '정신적' 암을 앓고 있는 사람들이 현실적으로 어떠한 도움도 받지 못한 채 사회에서 멸시당하고 있다는 걸 알게 되었다. 이는 그들의 상황을 더욱 악화시킬 뿐이었다. 이런 식으로 그들을 대함으로써 우리는 사회 안에 '암'

을 더욱 키울 뿐이었다. 내 눈에 우리는 정신적 치유든 육체적 치유든 치유를 장려하는 사회를 만들지 못하고 있었다.

이 모든 것은 내가 더 이상 세상을 '우리'와 '그들'의 관점으로, 즉 피해자와 가해자의 관점으로 볼 수 없게 되었음을 뜻했다. '그들'은 없었다. 오직 '우리'만 있을 뿐이었다. 우리 모두는 하나이며, 우리 스스로가 창조한 산물이자, 우리가 하는 모든 생각과 행동과 믿음의 산물이었다. 가해자들조차도 그들 자신의 자기 증오와 고통의 희생자들이었다.

나는 더 이상 죽음도 다른 이들이 보는 식으로 바라보지 않았다. 그래서 누군가 세상을 떠났을 때 애도하기가 몹시 힘들어졌다. 물론 가까운 누군가가 이 세상을 떠나면 슬펐다. 그들이 그리웠기 때문이다. 하지만 더 이상 죽음을 애도하지는 않았다. 그들이 다른 영역으로 넘어갔다는 걸 알고 있었고, 또 그들이 행복하리라는 것도 알았으니까! 거기서는 슬퍼한다는 게 불가능하다. 동시에 나는 그들의 죽음조차도 완벽하다는 것을 알고 있었다. 모든 것은 더 큰 태피스트리 안에서 일어나도록 되어 있는 그대로 전개되리란 걸 난 알고 있었다.

내 관점이 이렇게 근본적으로 바뀌었기에 내 의견을 밖으로 표현하기가 조심스러웠다. 오해받고 싶지 않았기 때문이다. 죽음 뒤에 심판이 없다는 말, 심지어 극악무도한 테러범에게도 심판이 없다는 말이 사람들한테 납득되기 어렵다는 것을 나는 알고 있었다.

그런 사람들에게도 나는 오직 연민만을 느꼈고, 그들이 완전히 이해되었다. 그들이 왜 그렇게 행동했는지가 분명히 느껴졌다. 더 현세적이고 현실적인 차원에서, 내게 옳다고 느껴지지 않는 종교적 교리나 문화적 도그마를 따르지 않았다 해서 사후에 어떤 심판을 받게 되지 않는다는 것 또한 나는 알았다.

그래서 나는 대니와 함께 있을 때를 제외하고는 점점 혼자 있는 시간을 좋아하게 되었다. 대니와는 같이 있어도 안전했다. 나는 그가 나를 판단하지 않는다는 걸 알고 있었다. 내 남편은 이 여정 전체를 나와 함께했고, 나를 이해하는 몇 안 되는 사람 중 하나였다. 그는 내 감정과 생각을 끝까지 들어주었고, 내가 이 모든 새로운 감정들을 이해할 수 있게 도와주었다.

나는 내게 일어난 일, 내가 경험한 것을 이해하고 풀어서 이야기할 필요성을 계속 느꼈고, 그러자 대니는 글을 써서 감정을 쏟아내 보는 것이 어떻겠냐고 제안했다. 나는 글을 쓰기 시작했고, 일단 쓰기 시작하자 계속 써내려갔다. 인터넷 게시판과 블로그에 글을 썼는데, 그것은 내가 이 새로운 세상을 헤쳐 나가는 데 있어 치유 효과가 아주 컸다.

13

내 길을 찾다

나는 이제 내 주변 사람들 누구도 갖고 있지 않은 혹은 생각조차 하지 못하는 삶의 관점을 갖게 되었다. 그리고 이제 더는 무엇도 두렵지 않았다. 병도 나이 듦도 죽음도 돈이 부족해지는 것도 그 무엇도 무섭지 않았다. 죽음이 더 이상 공포가 아닐 때 두려워할 것은 별로 없다. 죽음이야말로 늘 최악의 시나리오로 여겨지지 않는가. 죽음이 겁나지 않는다면 그 밖에 두려워할 것이 뭐가 더 남겠나?

나는 다시 일상으로 돌아가기가 힘들다는 것을 알게 되었다. 이 세상은 아직도 내게 실재처럼 보이지 않았다. 저쪽 세상이 더 진짜 같았다. 앞에서도 말했지만, 사람들이 모든 것을 너무 심각하게 받아들이는 것도 불편했다. 예를 들어 모두들 돈과 경제적인 문제로 지독하게 스트레스를 받고 있었다. 즐기고 감사할 만한 다른 아름다운 것들이 무척이나 많은데도 말이다. 그러면서 단지 돈을 위해 다른 모든 것—사랑, 관계, 재능, 창조성, 개성 등등—은 깡그리 무시하고 있는 것이 이해되지 않았다. 즐겁지도 않은 일을 하느라 그토록 많은 시간을 보낸다는 것도 이해가 되지 않았다. 삶을 바라보는 그들의 방식이 내게는 틀려도 한참 틀려 보였다. 중요한 것과 가치 있는 것이 잘못 정해져 있었고, 모든 것이 본말이 전도되어 있었다. 나도 예전에는 그랬을 거라는 생각이 들었지만, 그래도 내가 그때로 돌아가는 것은 상상할 수 없었다.

'단지 돈 때문에 즐겁지도 않은 일을 다시는 하지 않을 거야. 직업을 보는 관점도 그렇고, 아무튼 전반적인 행위의 기준이 이제는 아주 달라졌어. 이곳에서의 내 삶과 시간은 내게 그보다 훨씬 소중해.' 나는 이렇게 생각하고 있었다.

대니 역시 내가 암을 앓고 죽음의 문턱까지 갔다 온 것을 지켜보는 강렬한 경험을 한 뒤로 자신도 모든 게 전과 같지 않다는 것을 느꼈다. 그는 내가 병을 앓기 전에 다국적 기관의 세일즈와 마케팅 분야에서 일하면서 아시아 쪽의 유통 업무를 담당하고 있었다. 나와 함께 그 모든 일을 겪고 이제 일터로 돌아가 보니 그 일이 더 이상 즐겁지도 않고 단조롭게 느껴졌다고 한다. 대니와 나는 훌쩍 자라 있었고 변해 있었다. 아주 많은 것을 배웠던 것이다!

대니는 늘 자기 사업을 꾸리는 게 꿈이었는데, 나는 대니에게 바로 지금이 그때인 것 같다고 말해주었다. 나는 꿈을 삶으로 살아보라고 용기를 주었다. 임사 체험 전이었다면 아마 겁이 나서 그렇게 격려하지 못했을 것이다. 사업을 꾸리는 건 큰 모험이라고만 생각했을 것이다. 만일 실패라도 한다면 어떻게 먹고살 거냐며 걱정했을 것이다.

하지만 내 관점은 달라져 있었다. 후회스러운 삶을 살지 않는 것은 물론이요 자신의 꿈을 이루는 것이 훨씬 중요해 보였다. 그래서 대니에게 늘 바라왔던 대로 학생과 기업을 상대로 진로 평가 도구를 개발하고 제공하는 사업체를 직접 꾸려보라고 격려했다.

일이 진행되면서 다른 사람 밑에서 일하기를 관두고 직접 회사를 차리기가 한결 쉽게 이루어졌다. 대니가 나를 간호하느라 오래 자리를 비운 탓에 복직이 어려워진 것이다. 예전 같았으면 아마 이런 상황에 무척 화를 냈을 것이다. 하지만 임사 체험을 겪고 나서 보니 이 일은 우주가 우리를 위해 일하고 있음을 보여주는 또 다른 방식이었다. 더 재미있는 일을 할 기회였으니 말이다!

이 새로운 모험을 하기 위해 우리는 생활 규모를 대폭 줄여야 했다. 더 작은 집으로 이사를 했고 생활비도 많이 줄였다. 홍콩의 북적거리는 도시에서 한참 떨어진 아주 소박한 동네, 중국 국경에 가까운 외진 마을에 집을 구했다. 그곳에는 아는 사람들이 거의 없어서 우리는 삶을 전반적으로 재정비할 수 있었다. 예전 생활에 비하면 엄청난 변화였다. 삶을 새롭게 다시 시작하는 기분이었다. 새로운 시작이었다.

과거 같았으면 대니가 일자리를 잃은 것이나 생활 규모를 극적으로 줄여 시골로 이사를 온 것을 부정적으로 여기거나 불행한 일로 보았을 것이다. 안전이 위협받는다고 느꼈을 테니 두려움도 컸을 것이다. 하지만 "돌아가 두려움 없이 네 삶을 살아라!"라는 말이 머릿속에서 늘 울려 퍼지고 있었기 때문에, 나는 모든 것이 잘될 거라는 생각이 들었다. 우리는 모두 하나이고, 가장 중심에서 우리의 본질은 사랑이며, 우리는 장엄한 존재라는 등의 많은 메시지를 임사 체험 때 받았지만, 그중에서도 "돌아가 두려움 없이 네 삶을 살아라!"라는 메시지야말로 내 안에서 가장 강력하게 계속해서 울려 퍼지던 메시지였다. 그것은 친구 소니와 아버지가 공통적으로 내게 해주려는 말 같았고, 그래서 머릿속에서 이 말이 들릴 때면 나는 어떤 때는 아버지의 목소리를, 어떤 때는 소니의 목소리를 듣는 것 같았다. 지금의 경우엔 벌어지는 모든 일이 앞으로 펼쳐질 더 큰 모험의 일부인 것으로 보였다. 그래서 나는 오로지 삶을 깨끗한 도화지에서 새로 시작하는 기분밖에 들지 않았다.

임사 체험 덕분에 나는 현실을 바깥에서 보지 않고 내면에서 보는 관점을 갖게 되었다. 그러니까 이전에는 외부 세계를 진짜라 여기며 그 한계 안에 머물러야 한다고 생각했다. 이것은 지금 대부분의 사람들이 갖고 있는 관점일 것이다. 이런 관점을 갖는 동안 나는 내 힘을 바깥세상에 내주었고, 나를 통제하는 힘은 외부에서 일어나는 사건들에 있었다. 내 행동과 기분, 생각을 외부 사건이 통제했다. 감정적인 반응이나 느낌은 실체가 없었으므로 진짜라고 여기지 않았다. 감정이나 느낌은 그저 외부 사건에 대한 반응일 뿐이라고 생각했다. 그런 관점을 지녔을 때 나는 내 삶을 만들어가는 창조자가 아니라 상황의 희생자였다. 병조차도 어느 날 우연히 내게 '닥친' 외부 사건이었다.

하지만 임사 체험 후 나는 내 자신을 더 커다란 전체를 이루고 있는 신성한 일부라고 보게 되었다. 나뿐 아니라 전체 우주 안의 모든 것, 과거에 존재했던 것이나 앞으로 존재할 모든 것도 마찬가지로 그 안에 들어 있었다. 이 모든 것들이 서로 연결되어 있었다. 나는 내가 이 우주의 중심에 있다는 것을 깨달았고, 우리는 모두 각자의 시각으로 표현하고 있다는 것을 알게 되었다. 그것은 우리가 저마다 이 거대한 우주 그물의 중심에 있기 때문이었다.

시간이 지나고 대니와 함께 새로운 삶을 꾸려나가면서 나는 이 진실을 훨씬 더 구체적으로 이해하게 되었다. 모든 것이 상호 연관이라는 그물망 속에 존재하고 우리가 그 모든 것에 접근할 수 있는 것은 사실이지만, 시간 속 특정 지점에서 내 세계는 그때까지의 모든 생각과 느낌, 경험, 관계, 감정, 사건이 합쳐져서 만들어낸 태피스트리이다. 내 태피스트리 안으로 들어오기 전까지는 그 어떤 것도 내게 존재하는 것이 아니다. 그리고 나는 내 경험과 의식을 확장함으로써 내 세계를 늘릴 수도 있고, 제한함으로써 그것을 축소할 수도 있다. 내 시야 안으로 무엇을 들일지에 대해서 우리는 이렇게 어느 정도 선택권을 갖고 있는 것 같다.

무엇인가가 내 의식 속으로 들어올 때 그것은 내 태피스트리의 일부가 된다. 창고의 비유로 말하자면 내가 거기에 손전등을 비추는 것이다. 그럴 때 그것이 내 신념 체계의 일부가 되고 나의 진실이 된다.

나는 내 삶의 목적이 나의 태피스트리를 넓히고 내 삶 속으로 더 많은 경험, 더 멋진 경험이 흘러 들어오게 허용하는 것임을 알았다. 그래서 전에는 한계라고 받아들였던 모든 영역에서 가능한 것의 범위를 늘려보고자 했다. 나는 우리 모두가 참이라고 여기고 있지만 사실은 그저 사회적으로 그렇게 결정한 데 불과한 신념 체계들에 의문을 던지기 시작했다. 전에는 부정적이거나 불가능하다고 판단했던 것들을 가만히 살펴보았다. 특히 마음속에 두려움이나 부적절하다는 감정을 일으키는 신념들을 눈여겨 살폈다.

나는 나에게 물어보았다. '왜 내가 이것을 믿을까? 그저 문화적으로 사회적으로 만들어낸 조건일 뿐이지 않은가? 전에는 내가 그 적용을 받았을지 모르지만, 지금도 그것이 내게 참인가? 자라면서 그렇게 생각하도록 주입받고 배운 것들을 그저 계속 믿고 있

는 건 아닌가?'

때론 그게 참인 경우도 있었지만, 많은 경우 대답은 단연코 '참이 아니다'였다.

나는 어려서부터 여자는 순종적이어야 한다고 배우며 컸다. 자기 의견을 분명히 밝힌다거나 단호하게 군다거나 목소리를 높이는 여자들에게는 늘 모종의 판단이 뒤따랐다. 여자의 가장 주된 역할은 남편을 잘 받드는 아내, 아이를 잘 기르는 어머니였기 때문이다. 나는 이 기준에는 결코 부합하지 못했다.

나는 평생을 그런 기대에 못 미치는 자신을 재단하고 질책하면서 살아왔다. 나는 늘 부적합한 존재라는 기분이 들었다. 하지만 임사 체험 이후에는 이러한 모든 것들이 사회적으로 정한 거짓 기준이라는 사실을 알게 되었다.

나는 또 내가 그다지 영적靈的이지 못하며, 따라서 그 방면에서 더 열심히 노력해야 한다고 생각했다. 하지만 어떤 행동을 하고 무엇을 믿든 우리는 모두 영적인 존재라는 것을 나중에 알게 되었다. 우리는 영적인 존재가 아닌 다른 무엇이 될 수 없다. 바로 영적인 존재, 그것이 우리의 본래 모습이기 때문이다. 우리가 그 사실을 늘 자각하고 있지 못할 뿐이다.

진정한 기쁨과 행복이란 오직 자신을 사랑함으로써만, 자기 안으로 들어가 자신의 가슴을 따름으로써만, 그리고 자기에게 기쁨을 주는 일을 함으로써만 얻어진다는 것을 나는 알게 되었다. 삶이 목적이 없는 것 같고 길을 잃은 듯한 기분이 들 때(지금도 자주 그런 기분이 든다), 그것은 바로 내가 자신에 대한 감각을 잃어버렸다는 뜻이라는 것도 알게 되었다. 내 본연의 모습에, 내가 이곳에 와 있는 목적에 연결되어 있지 않은 것이다. 이런 일은 내가 내면의 목소리를 들어주지 않을 때, 텔레비전 광고나 신문, 대형 제약회사, 친구들, 문화적·사회적 신념 같은 외부 원천에 내 힘을 내어줄 때 일어나곤 했다.

과거에 내가 길을 잃었다고 느꼈을 때 가장 먼저 한 일은 답을 찾으러 '바깥'으로 나가는 것이었다. 책을 찾았고, 선생과 구루를 찾았다. 그들이 영원한 미제未濟의 해결책을 들려주지 않을까 기대했다. 처음 암 진단을 받았을 때도 꼭 그랬다. 하지만 뭘 어떻게 해야 할지 더 알 수 없었다. 내 자신의 힘을 자꾸만 바깥의 누군가에게 줘버리고 있었기 때문이다.

안으로부터 보는 관점inside-out view을 갖는다는 건 내 내면의 안내자를 온전히 신뢰할 수 있다는 뜻이다. 그것은 마치 내가 어떻게 느끼느냐에 따라 온 우주가 영향을 받는 것과 같다. 다시 말하면 내가 이 우주 그물의 중심에 있기 때문에, 전체the Whole가 나로부터 영향을 받는 것이다. 그러기에 내가 행복하면 우주도 행복하다. 내가 나를 사랑하면 다른 이들도 전부 나를 사랑하게 된다. 내가 평화로우면 모든 창조물이 평화롭다. 바로 이런 식인 것이다.

지금은 상황이 어려워지면 그 상황을 물리적으로 바꾸려고 하는 대신(임사 체험을 겪기 전에는 그랬다) 내 내면 세계를 들여다본다. 스트레스를 받거나 불안하거나 불만스럽거나 할 때면 나는 내면으로 들어가서 그 느낌을 먼저 들여다본다. 그리고 혼자 앉아 있는다든지, 자연 속을 걷는다든지, 음악을 듣는다든지 하면서 고요하고 차분한 중심으로 들어간다. 나는 그렇게 할 때 외부 세계 또한 바뀐다는 것을, 그리고 내가 실제로 어떤 행동도 하지 않았는데 많은 장애물들이 그냥 사라져버리는 것을 경험했다.

'중심으로 들어간다'는 것은 우주 그물의 중심에 있는 나를 느낀다는 뜻이다. 바로 내 위치를 '알아차리는' 것이다. 이 중심이 곧 우리 모두가 존재하고 있는 유일한 장소이며, 그러니만큼 이 중심 자리를 가슴으로부터 '느끼는' 것이 중요하다.

하지만 나는 때때로 우주 안의 이 중심 자리를 잊어버리곤 했다. 물질 세계에서 벌어지는 온갖 드라마와 모순, 불안과 고통에 사로잡혀 내 자신을 확장되고 장엄하며 무한한 존재로 볼 수 없었다. 그것이 우리 모두의 참모습인데도 말이다.

감사하게도 임사 체험 경험을 통해 나는 우리가 절대로 중심에서 분리될 수 없다는 사실을 깨달았다. 우리는 다만 잠시 그 사실을 잊어버리고 중심으로부터 오는 기쁨과 평화를 느끼지 못할 뿐이다. 우리는 분리라는 환상에 사로잡혀서 행복과 슬픔이 빛과 어둠처럼, 음과 양처럼 맞물려 있다는 것을 보지 못한다. 그러나 떨어져 있다는 우리의 느낌은 한갓 이원성duality이라는 환상에 지나지 않는다. 이 이원성의 환상 때문에 일견 분리되어 보이는 것들이 하나임oneness을 보기가 어려워진다. 하지만 중심에 닿아 있다는 것은 이를 꿰뚫어본다는 것이며, 그리하여 '만유의 중심', 바로 '하나임의 중심'에 있는 우리의 무한한 자리를 다시 한 번 '느낀다'는 것이다.

내게는 늘 우리 모두가 우주와 하나라는 직관적 앎이 있었다. 따라서 물리적으로 몸을 입고 있는 동안에도 나는 내가 의식을 하든 못하든 우주라는 거대한 그물의 중심에 '있는' 것이다! 이는 내가 곧 장엄한 존재이며 무한에 연결된 존재임을 깨닫는 것과 같다.

몇 달이 흐르고 다시 몇 해가 지나면서 나는 이 모든 깨달음을 실생활에 더욱 잘 적용할 수 있게 되었다. 할 일이 많거나 일에서 스트레스를 받을 때 중심을 느끼기 위해 잠시 짬을 내려고 하면 종종 사람들로부터 시간 낭비하는 것 아니냐는 소리를 듣기도 했다. 하지만 문제를 물리적 차원에서만 풀려고 할 때 오히려 해결이 더 더뎌진다는 것을 나는 알고 있었다. 지금도 그런 식으로 문제를 풀려고 하면 훨씬 일이 더디게 풀리고, 좌절감과 스트레스만 더 쌓이는 걸 느낀다.

주변 사람들이 어떻게 생각하든 개의치 않고 시간을 내서 나의 중심을 다시금 확인하고 나면, 그래서 내가 전체와 연결되어 있음을 알아차리고 차분하고 행복해진 기분이 든 순간에 보면 힘들게 하던 문제들이 상당 부분 사라져 있는 것을 알 수 있었다. 그런 과정을 통해서 나는 아주 명료해졌으며, 그렇게 중심에 머물러 있는 것만으로도 남아 있던 많은 문제들은 저절로 사라져버렸다. 나는 이것이 삶의 문제를 푸는 데 있어 그저 외적인 차원에서 접근하는 것보다 훨씬 더 효과적인 방법임을 깨달았다. 바로 이것이 내가 임사 체험을 통해서 얻은 직접적인 결과였다. 그리고 이는 내가 거대한 우주 태피스트리의 일부이며 그것의 중심에 있다는 것, 나의 내면으로 들어감으로써 전체 우주와 연결될 수 있다는 것을 안 데 따른 것이었다.

임사 체험 이후 내가 외적으로 필요로 하는 것들도 상당히 바뀌었다. 이제는 최고의 기분을 느끼려면 자연에, 특히 바다에 가까이 있어야 했다. 퇴원 후 초기에 바다를 보며 경이로움을 느끼던 때처럼, 파도를 바라보며 바다 소리를 들으면 임사 체험 때와 같은 상태에 즉시 연결될 수 있다는 걸 알았다.

나는 가족이나 가까운 친구들이 각자의 방식으로 변화해 가는 모습도 기쁨 속에서 지켜보았다. 이상하게 들릴지 모르지만, 임사 체험 이후 많은 사람들이 나와 함께 있으면 에너지가 변하는 것을 느낀다고 했다. 이런 이야기를 공적인 자리에서는 거의 하지 않는데, 나는 그런 일들이 그들 내면에서 비롯되는 것이라고 믿기 때문이다. 나는 그저 그들이 경험할 준비가 되어 있는 것을 그들에게 되비쳐줄 뿐이리라.

내 경험 덕분에 나는 우리 '모두'가 다른 이의 치유를 돕는 것은 물론 스스로를 치유할 능력도 갖고 있다고 분명하게 믿게 되었다. 우리가 내면의 무한한 장소에 연결되면—그 안에서는 우리가 곧 전체다—병은 몸 안에 남아 있을 수 없다. 우리는 모두 연결되어 있으므로, 만약 한 사람이 행복하면 그 행복이 다른 이들에게가 닿아 그들을 고양시키고 그들이 회복되도록 돕지 않을 수가 없다. 우리가 다른 사람들을 치유할 때 우리는 또한 우리 자신과 이 행성도 치유하는 것이다. 분리란 존재하지 않는다. 그것은 그저 우리 머릿속에만 있을 뿐이다.

내 삶에는 힘든 때가 있는가 하면 순조로울 때도 있고, 때로 중심에 연결되어 있기 위해 무진 애를 써야 하는 때도 있다. 집안일을 하고 각종 고지서를 처리하는 등의 일상의 일들을 처리해야 하는데, 임사 체험 이후로는 그런 자잘한 일들에 집중하기가 무척 어려웠다. 그러나 그런 때에도 나는 우주 안에서 내 자리를 찾는 일에서 결코 멀어지지 않는다. 또한 내 영혼에 새겨진 그 말—돌아가 두려움 없이 네 삶을 살아라!—을 느껴보는 일도 게을리 하지 않는다.

나는 새로운 친구가 몇 명 생기기는 했지만—특히 내 경험을 나 스스로 이해하고 소화하도록 크게 도와준 친구들—옛날 친구들 대부분과는 다시 가까워지기가 힘들 것 같다. 옛날처럼 사교적으로 되지도 않거니와 전에 했던 일들도 더 이상 즐겁지가 않다. 전에는 친구가 참 많았는데 지금은 겨우 몇 명하고만 내 개인적인 삶을 공유한다. 그중 대다수는 임사 체험 그룹을 통해 최근 몇 년 사이에 만난 사람들이며, 그 가운데서도 나름대로 나와 비슷한 경험을 한 몇 명과는 아주 가깝게 지낸다.

내 가족, 그러니까 남편과 엄마, 오빠와는 여전히 아주 가깝다. 그들은 내가 병을 앓으며 힘든 시기를 보낼 때 늘 내 곁을 지켜준 이들로, 나는 그들과 아주 가깝게 연결되어 있다고 느낀다. 다른 사람들과 그 정도로 가까워지기는 아마 어려울 것이다.

나는 일부러 외톨이가 되려고 하는 것은 아니다. 여전히 사람들을 만나려 하고, 사람들이 자신들의 의문점을 더 잘 이해하게끔 도와주는 일이 정말 즐겁다. 그래서 이렇게 글도 쓰고 있고 또 문화 트레이너로 활동도 하는 것이다. 다음 장에서 보겠지만 나를 허용하고 그저 내 자신이 되는 것이야말로 이 커다란 모험의 여정에서 나에게 엄청난 영향을 미쳤다.

14

병의 치유는 마침표가 아닌 시작

지금 당신이 손에 들고 있는 책은 내가 '허용하기allowing'를 실천했을 때 생긴 일의 증거라고 할 만한 것이다. 이 책이 세상에 나오기 위해 일어날 수밖에 없었던 일련의 동시성synchronicity 사건들을 소개할까 한다.

임사 체험과 그에 이은 치유를 경험한 직후 나는 행복에 도취되어 있었고, 내가 알게 된 것들을 지붕 위에 올라가서라도 외치고 싶은 심정이었다. 내게 일어난 일을 모두가 알기를 바랐고, 내가 느끼는 것을 사람들도 느끼기를 바랐다. 그러나 동시에 내 경험을 많은 이들에게 공개하는 것이나, 내 이야기를 책으로 내고 관심을 끌기 위해 공공연한 행동을 취하는 것은 겁이 났다. 내 이야기를 공개했을 때 일어날 법한 관심과 그에 따를 거라고 예상되는 면밀한 조사 같은 것에 대처할 준비가 전혀 되어 있지 않았다.

그러나 삶이라는 원에서 음은 늘 양과 맞물려 있는 법, 내 경험이 어떻게 받아들여질지 사뭇 걱정이 되면서도 내 안의 무엇인가는 여전히 더 많은 사람들에게 내 이야기를 들려줘야 한다고 말하고 있었다. 내 경험을 이야기하고 싶은 마음과 뒤로 물러서고 싶은 마음이 둘 다 있었다. 알맞은 때가 되면—그리고 나 스스로 준비가 되었다는 느낌이 들면—많은 이들의 관심을 받고 대중에 노출되는 방법이 내가 임사 체험 때 경험했던 것처럼 저절로 편안하게 펼쳐지리라고 생각했다.

앞에서 말했듯이 그동안 나는 임사 체험 때 받은 메시지를 열심히 따랐다. 늘 스스로에게 진실했으며, 내가 가장 행복할 수 있는 방식으로 지냈다. 내가 말해야 하는 것을 들을 준비가 된 혹은 들을 필요가 있는 사람들이 나를 찾아낼 거라는 확신이 들었다. 내 메시지가 제 힘으로 얼마나 멀리 퍼져 나갈지에 대해서 나는 모든 가능성을 열어두고 있었다. 기본적으로 나는 이 문제에 관한 한 늘 허용의 상태에 있었다. 앞으로 펼쳐질 일에 대하여 나 스스로 아무런 준비도 하지 않은 채……

2011년 3월, 나는 아랍에미리트연방에 있었다. 어릴 적 친구인

수니타가 거기서 전인 치료 센터를 개업해서 그 친구를 보러 간 것이었다. 수니타는 두바이로 나를 초대하면서 내 이야기를 거기 모인 청중들에게 들려달라고 했다. 나는 느낌이 아주 좋았고, 일은 무척 순조롭게 진행되었다. 내가 어떻게 받아들여질지 알 수 없었지만, 나로서는 기분 좋은 놀라움이 아닐 수 없었다. 실제로 이 강연을 기점으로 내 마음속에는 변화가 생겼다. 마음이 열렸고, 드디어 내 이야기를 더 넓은 세상에 공개해도 좋겠다는 느낌이 들었다.

임사 체험 후 처음으로 나는 내가 말하고 있는 공간 안에서 뭔가 변화가 일어난다는 느낌을 받았다. 그 변화는 그곳에 있던 모든 사람에게 영향을 미친 것이기도 했지만, 동시에 내 안에서 일어난 것이기도 했다. 내 앞에서 치유가 일어나는 데 경이를 느꼈다. 사람들은 내 경험에서 자기에게 필요한 것을 얻고 있었고, 뭔가가 아주 강력하게 일어나고 있다는 걸 느꼈다.

내가 경험한 것을 다른 사람들도 알 필요가 있다는 걸 나는 다시 한 번 인정하게 되었다! 망설이는 동안 내가 연결을 잃어가기 시작했음을, 그 '진짜 내'가 흐르도록 두지 않았음을 깨달았다. 또다시 두려움과 공포 때문에 진짜 내 모습을 숨기고 있었던 것이다. 그리고 바로 두바이의 강연장에서 장엄하고 광대한 자신과의 연결을 회복했다고 느꼈다. 그제야 삶이 어떤 숙제를 내주든 받아들일 준비가 된 것 같았다. 나는 그 방에서, 내 경험을 세상에 들려주지 못하게 가로막던 모든 억압을 내려놓았다. 내 경험을 들려줌으로써 내가 어떤 것을 되받게 될지 전혀 알지 못했음에도 말이다. 나는 미지의 것을 기꺼이 받아들이고 불확실성을 신뢰하기로 했다.

나는 그때까지 임사 체험은 내게만 일어난 특별한 일이라고 생각했고, 그 경험을 다른 이들과 나누라는 메시지를 가지고 돌아왔음에도 치유의 유익은 주로 '나'하고만 관련 있다고 생각을 했었다. 내 이야기를 나누기가 두려웠던 이유가 바로 그것이었다. 나의 경험에서 다른 사람들이 어떤 유익을 얻을지 잘 상상이 되지 않았던 것이다. 그러나 그날 그 방에서 무엇인가가 바뀌었다. 사람들의 반응을 보면서, 그리고 그곳에서 일어난 변화를 보면서 나는 불현듯 깨달았다. 암을 앓은 것도, 병이 나은 것도 사실은 '이 지구를 위한' 것이었음을 말이다. 우리 모두가 하나라면 내게 일어나는 모든 일은 다른 사람들에게도 일어나는 것이다. 그리고 나를 '위하여' 일어나는 모든 일도 이 우주 전체를 '위하여' 일어나는 것이다. 나는 내가 아팠던 이유, 그리고 돌아오기로 선택한 이유가 다른 사람들에게 치유의 도구로 쓰이기 위해서라는 것을 이해하게 되었다. 그 치유는 비단 육체적 치유만이 아니라 더 중요하게는 감정적 치유이기도 했다. 우리의 감정은 사실상 이 물리적 현실을 이끌어가는 동력이기 때문이다.

예전에 나는 암에서 나은 것이 내 여행의 정점이자 완성이라고 생각했다. 그것이 내 인생에서 일어난 모든 일의 절정이자 내 이야기의 마침표인 것 같았다. 그러나 두바이에서 나는 내가 병에서 회복된 것은 시작에 지나지 않는다는 것을 깨달았다. 그것은 앞으로 펼쳐질 더 커다란 일의 서막이었고, 내가 할 일은 그저 모호한 미래 속으로 발을 내딛는 것뿐이었다.

다시 한 번 나는 내가 그 무엇도 할 필요가 없다는 것을 알았다. 일이 벌어지도록 나를 '허용하기'만 하면 모든 것은 그저 펼쳐질 것이었다. 그리고 그 순간 나는 생각했다. '좋아요! 앞으로 저를 위해 무엇을 준비해 놓으셨든, 저는 열려 있습니다! 이제 알겠어요!'

3월 16일, 나는 여전히 두바이에 있었다. 아침에 눈을 떠서 친구들과 가족들에게 생일 축하 메시지가 왔겠구나 기대하면서 전자 우편함을 열었다. 그런데 놀랍게도 헤이하우스 출판사의 편집자로부터 메시지가 와 있었다. "웨인 다이어 씨가 당신의 임사 체험 글을 읽고 당신 팬이 되셨답니다. 혹시 임사 체험에 대하여 책을 쓸 생각이 있다면 저희가 집필과 출판을 돕고 싶습니다."

이 메일을 읽는 동안 빰을 타고 흘러내리는 눈물을 주체할 수가 없었다. 얼마나 완벽한, 얼마나 멋진 깜짝 생일 선물인가! 전날의 내 느낌이 맞았다고 이보다 더 확실히 증명해 줄 수 있는 게 있을까!

나는 이미 책을 쓰고 있었고, 어떻게 출판할지에 대한 생각도 조금씩 해보던 터였다. 그러나 대형 출판사는 엄두도 내지 못했고, 내 능력으로는 일을 성사시키기가 역부족인 듯했다. 그리고 바로 그 전날까지도 나는 더 큰 세상에 손을 뻗칠 어떤 준비도 되어 있지 않았다.

사실, 그간 많은 이들이 내게 임사 체험에 대해 책을 쓰지 않느냐고 물어왔었다. 그렇다고 대답하면 출판사를 찾았냐는 질문이 되돌아왔고, 내 대답은 아직 찾지 못했다는 것이었다. 그러면 십중팔구 반응이 이랬다. "당신 이야기가 놀랍기는 하지만 요새는 출판사에 원고 넣기가 정말 어렵다고 하더라고요. 이런 부류의 영적인 내용의 원고들이 워낙 많아서 출판사들이 아마 쳐다보지도 않을 거예요. 계속 거절당할 수도 있으니 각오를 단단히 하세요."

또 이런 말도 들었다. "출판사에서 원고에 관심 갖게 하려면 저작권 에이전트가 필요할 거예요. 저작권 에이전시를 통해서 들어오지 않은 원고는 아예 거들떠도 안 본다고 하던데요?" 그런가 하면 "자비 출판을 하세요. 그게 훨씬 쉬울 거예요!"라고 말하는 이도 있었다.

이들 모두에게 나는 매번 대답했다. "출판사를 찾아가서 문을 두드릴 계획은 정말 없어요. 사람들에게 내 책 봐달라고 애걸할 생각도 없고요. 내 이야기는 때가 되면 알아서 퍼져나갈 거예요. 대중에게 알려질 이야기라면, 그런 일이 벌어지도록 우주가 도울 거예요."

앞서도 말했듯이, 임사 체험 후 나는 뭔가 커다란 것이 다가오고 있음을 감지하고 있었다. 내 인생이 아무런 방향성도 없이 부유하고 있는 듯한 순간에도, 나는 인도를 받으며 이끌려지고 있다고 느꼈다. 나는 임사 체험 동안 내가 느낀 것을 여전히 신뢰했고, 만사가 순조롭게, 되어야 할 바대로 되어가리라는 것을 알았다. 헤이하우스에서 온 이메일은 내 느낌이 틀림없다는 것을 확실히 해주었다.

두말할 필요 없이 나는 흥분에 들떠 답장을 썼다. "물론이죠, 그렇고말고요!" 심지어 편집자에게 이메일을 받은 날이 내 생일이라고, 얼마나 멋진 생일 선물인지 모른다는 말까지 전했다!

며칠 뒤, 홍콩 집으로 돌아와서 나는 오랜 친구 베로니카 리에게 메일을 받았다. 웨인 다이어의 '헤이하우스 라디오 쇼'를 듣는데 그가 내 임사 체험 이야기를 하더라는 것이었다. 베로니카는 웨인 다이어가 몇 주 동안 연이어 내 이야기를 하고 있으니 헤이하우스 라디오 웹사이트에 들어가서 지난 방송을 들어보라고 했다. 맙소사! 정말로 웨인이 내 이야기를 몇 주째 하고 있었다! 그렇게 많은 청취자들을 상대로 그가 내 이야기를 하는 걸 듣고 있자니 표현할 수 없는 전율이 일었다.

그러고 얼마 뒤, 나는 웨인을 놀래주고 싶어서 그가 하는 생방송 라디오 쇼에 전화를 걸기로 했다. 청취자들의 전화를 받고 질문에 답을 해주는 코너였다. 홍콩에서는 시차 때문에 새벽 4시에야 그의 방송을 들을 수 있었다. 나는 3시 반에 일어나서 라디오를 켜고 전화 다이얼을 누르기 시작했다. 처음 몇 번 걸었을 때는 통화중이라 연결이 되지 않았다. 그러나 반갑게도 마침내 전화가 연결되었다. 아직 4시가 되지 않은 때였다.

전화를 받은 이가 내 이름과 사는 지역을 물었다. 대답을 하고 나는 잠시 수화기를 내려놓았다. 드디어 라디오 쇼가 시작되었다. 시그널 멘트가 모두 끝나고 프로듀서 다이앤 레이의 목소리가 들렸다. "어머, 이것 좀 봐요. 홍콩에서 전화가 와 있군요. 그 전화를 먼저 받아볼까요?" 그 말을 들었을 때 내 가슴은 두방망이질 쳤다.(나중에 알게 된 것인데 웨인의 라디오 쇼에 전화 연결이 되기는 여간 어려운 일이 아니라고 한다.)

내가 입을 열기도 전에 웨인이 말했다. "세상에, 누가 전화했는지 벌써 알겠어요! 제가 생각하는 그분이 맞나요?"

"안녕하세요, 아니타예요." 내가 대답했다.

"세상에, 아니타군요! 임사 체험을 한 그 아니타군요! 내 라디오 쇼에서 통화를 하게 되다니 정말 감격스러워요!" 그가 소리쳤다. "다이앤, 다른 전화는 모두 다음 기회로 미뤄주시면 어떨까요? 남은 시간 동안 계속 아니타와 이야기하고 싶어요!" 그러더니 그는 방송으로 내 이야기를 해줄 수 있겠느냐고 물었다.

라디오 쇼가 끝나고 웨인은 내게 전화를 끊지 말아달라고 부탁했다. 우리는 한동안 더 이야기를 나누었고, 그는 혹시 내가 쓰는 책의 추천사를 쓰게 허락해 준다면 영광일 거라고 말했다.

나는 속으로 생각했다. '허락을 하라고요? 지금 농담하시나요? 저야말로 영광이죠!'

웨인은 인터넷에 올라온 내 임사 체험 이야기를 모두 출력해서 읽었다고 덧붙였다. 21쪽이나 되는 긴 글을 말이다. 40부를 출력해서 아는 사람들에게 전부 나누어주었으며, 자기 어머니에게도 그 인쇄물을 드렸다는데 어머니는 그 글을 읽고 상당히 마음이 편해지셨다고 했다. 그는 또 내 글을 자신의 최근작 《소망한 대로 이루어진다》에서도 여러 차례 인용했다고 했다.

내 머릿속에서는 오직 이런 말만 떠올랐다. '이게 꿈이야 생시야? 웨인 다이어가 최근 저서에서 내 이야기를 인용했다고?'

우리는 연락처를 교환했고, 웨인은 언제라도 전화 주면 반가울 거라고 말했다.

나는 기쁨을 가눌 수 없었다! 이후 며칠간은 구름 위를 걷는 기분으로 보냈다. 계속 흥분되고 떨려서 먹지도 자지도 못했다. 어떤 큰 일이 벌어지기 직전에 와 있는 기분이었다. 이것은 내가 정신을 똑바로 차리고 지낼 수 있는지, 오로지 내 자신이 되는 것, 흐름을 즐기는 것, 허용하는 것 외에 아무것도 하지 않을 수 있는지 그 능력을 시험해 보는 기회가 될 것 같았다.

그 후 몇 주 동안 나는 웨인 다이어와 여러 차례 전화 통화를 하면서 책의 내용과 방향에 대해 의논했다. 그는 자신이 쓴 아름다운 추천사를 읽어주었는데, 다시 한 번 내 눈에 눈물이 맺혔다. 이런 일이 일어날 때 나는 조금 뭉클해진다. 특히 임사 체험에서 얻은 비전이 내 눈앞에서 펼쳐지는 것을 보노라면 더욱 그렇다.

이야기를 나누다가 웨인이 이런 말을 했다. 처음 내 이야기를 읽고 그저 헤이하우스 출판사에 나를 수소문해 보라고만 한 게 아니었단다. 무슨 일이 있어도 나를 찾아야 한다고, 혹시 내가 책을 쓰고 있다면 출판은 반드시 헤이하우스에서 해야 한다고 말했다는 것이다!

상상할 수 있겠지만, 나는 이 말에 정신이 다 나가고 말았다. 나는 어떻게 내 이야기를 알게 되었냐고 물었다. 그는 뉴욕에 사는 미라 켈리라는 여성을 통해 나에 대해 들었다고 했다. 나중에 그는 그녀를 내게 소개해 주었다. 미라와 나는 이메일을 주고받고 전화로도 이야기를 나눴는데, 웨인이 내 임사 체험에 대해 알기까지 작지만 놀라운 일들이 알맞은 때에 얼마나 정확하게 일어났었는지 미라에게 들을 수 있었다. 웨인은 원래 인터넷 서핑도 하지 않고 긴 글을 컴퓨터로 오랫동안 읽는 것도 좋아하지 않아, 우연히라도 내 이야기를 접할 일은 없었다.

어떻게 모든 일이 꼬리에 꼬리를 물고 벌어졌는지 미라의 말로 직접 들어보자.

2011년 1월 11일, 친구와 이야기를 하다가 웨인 다이어가 유럽에서 '기적 체험'이라는 제목으로 워크숍을 열 거라는 이야기를 들었어요. 직관적으로 '기적'이라는 단어가 내 마음에 꽂혔지요. 웨인이 백혈병을 앓고 있다는 걸 알고 있었는데, 그 단어를 듣는 순간 어쩐지 그가 이미 기적을 만날 준비가 되어 있다는 생각이 들었지요.

처음에는 웨인에게 연락을 해봐야겠다고 생각만 하고 넘겼지만, 웨인과 꼭 이야기를 해보는 게 좋겠다는 느낌이 떠나질 않고 오히려 갈수록 더 커지더군요. 만일 내가 신의 손에 쥐어진 도구가 되게끔 되어 있다면, 일어날 필요가 있는 기적이라면 뭐든 일어나도록 신께 나를 맡겨야 한다는 생각이 들더군요. 그래서 며칠 뒤 웨인에게 편지를 썼어요.

한 달 뒤 그가 내게 전화를 했는데 나는 편지에 대해서는 까마득히 잊고 있었지요. 짧게 이야기를 나누고 막 통화를 끝내려던 참이었는데, 내가 웨인의 작별 인사를 중간에 끊고 말했지요. 나도 내가 놀라웠어요. 그에게 보내주고 싶은 뭔가가 있다고 말을 했거든요. 꼭 읽어봤으면 한다면서요. 한순간도 머뭇거림 없이 그가 팩스 번호를 알려주더군요.

그 '뭔가'가 바로 아니타의 임사 체험 수기였어요. 영적인 주제들을 가지고 이메일을 주고받는 사람들이 있는데 그 중 한 명이 바로 전날 보내준 것이었죠. 그 글을 보내준 사람은 글의 내용 중에서 모든 시간이 동시에 존재한다는 부분을 강조해서 보냈는데, 그 부분에 마음이 끌리더군요. 전생 탐구 작업을 하는 게 내 일이거든요. 그리고 아니타의 글을 읽으면서 나는 내 영혼이 진정한 전율 속으로 빠져드는 듯한 신비스런 감각을 느꼈었지요.

웨인과 전화를 끊고 나서 또다시 '왜'라는 의문이 들었어요. '왜 그렇게 아니타의 이야기를 웨인에게 알려주고 싶었던 걸까?'

당시 내가 생각해 낼 수 있는 유일한 대답은, 아니타의 이야기가 내가 믿는 것과 내가 사람들에게 줄 수 있는 것을 더없이 완벽하게 묘사하고 있다는 것이었어요. 웨인에게 아니타의 수기를 보내주면서 나는 이렇게 썼지요. "당신이 지금 바로 병에서 나을 수 있다는 걸 알고 있어요. 그런 가능성은 분명 존재하지요. 만일 자신이 완벽히 건강하다고 인식하는 쪽을 선택한다면 저도 그 믿음이 현실이 되도록 돕겠습니다." 아니타가 참으로 간단하면서도 아름다운 말로 표현한 것을 내가 이야기하자고 했더라면 훨씬 긴 설명이 필요했을 거예요.

이제 난 내가 왜 그렇게 웨인에게 아니타 이야기를 전해주고 싶었는지 두 번째 이유를 알고 있어요. 아니타의 영감 넘치는 이야기를 지구 전체에 전하는 과정에 나 역시 일부분으로 참여하고 있었던 거예요. 시간이 한 치의 오차도 없이 아주 잘 맞아 떨어진 거지요. 만일 내가 아니타의 수기가 담긴 이메일을 조금만 더 일찍 받았더라도 그 생각이 그 순간에 떠오르지는 않았을 거예요. 그랬다면 웨인에게 알려줄 수도 없었겠죠. 그 이메일이 조금만 늦게 도착했더라도 지금처럼 많은 이들에게 알려질 수 없었을 테고요. 이 모든 일이 한꺼번에 일어난 이 동시성이라는 사건은 그저 마법과도 같아서, 모든 일이 한꺼번에, 영원의 한 순간에 일어난다는 사실을 다시 한 번 상기하게 됩니다. 아니타가 임사 체험중에 알게 되었다는 것처럼요.

웨인과 나는 전생前生 작업을 하기로 약속을 잡았고, 내가 하와이 마우이로 가서 그를 만났어요. 4월 15일, 웨인의 집에 갔을 때 그는 전화를 하고 있더군요. 전화를 끊고 그가 그러는 거에요. 헤이하우스 출판사와 이야기를 했는데 그곳에서 아니타의 책을 출판하기로 했다고요. 나는 열광하는 그의 모습을 보면서 그가 자신에게 일어날 기적 역시 받아들일 준비가 되었다는 걸 느낄 수 있었지요. 그의 전생 작업은 매우 강력했어요. 그가 백혈병에서 나았다는 걸 그도 믿고 나도 믿고 있습니다.

내게 아니타의 이야기가 담긴 이메일을 다시 찾아보니 내가 모르는 사람에게서 온 것이더군요. 오지기안 줄케필이라는 루마니아 콘스탄차에 사는 한 엔지니어였어요. 그 사람에게 연락해서 이처럼 놀라운 우연의 일치들 속에서 그가 어떤 역할을 했는지 말해주었는데, 그는 자기가 아니타의 임사 체험 이야기를 어디서 찾았는지는 기억이 안 나지만 알려줘서 고맙고 매우 기쁘다는 답장을 보내왔어요. 그 사람은 이 일을 통해 스스로는 인식하지 못해도 우리 각자가 행동하고 말하는 것이 서로에게 끊임없이 영향을 준다는 사실을 더욱 확실히 알게 되었다고 하더군요. 그는 이런 말로 이메일을 마무리했어요. "비록 처음에는 잘 납득이 되지 않아도 삶의 순간순간에 정말 행복하고 긍정적인 태도를 가지는 게 중요하다"고요. 미소를 짓지 않을 수 없었죠.

그리고 며칠 전, 아니타 무르자니라는 여성의 놀라운 인터뷰 동영상을 보라는 이메일을 받았어요. 임사 체험을 하고 나서 기적적으로 암을 이긴 여자라면서요. 감동의 물결이 밀려왔지요. 아니타의 이 강력한 사랑의 메시지가 수많은 이들에게 영향을 주고 그들을 북돋우도록 웨인과 내가 힘을 합쳐 도우면 좋겠다고 말했던 게 생각이 났거든요. 그 이메일을 받는 순간 원圓이 완성되었다는 걸 분명히 알 수 있었지요. 동시에 아니타의 말은 웨인의 치유에도 한몫을 했고요.

성령Spirit이 나를 통해 일하시도록 그분께 나를 맡김으로써 나는 신의 손에 쥐어진 도구가 되었답니다. 제가 결코 상상하지 못했던 방식으로요.

미라의 이야기는 우리 모두가, 그러니까 한 사람 한 사람이 무한한 우주에서 각기 다르면서도 하나도 빠질 수 없는 각각의 부분들이라는 사실을 한 번 더 깨닫게 해준다. 우리 각자는 지구를 치유하는 쪽으로 끊임없이 일하고 있는 더 커다란 태피스트리의 부분들이다. 우리의 유일한 의무는 늘 자기 자신에게 진실해지는 것, 그리고 허용하는 것뿐이다.

내 인생의 궤적을 되돌아보면 그 여정의 모든 단계들이—임사 체험 전과 후, 내가 긍정적으로 보았던 사건들과 부정적으로 보았던 사건들 모두—궁극적으로 내게 유익했고, 현재 내가 있는 곳으로 나를 이끌었음이 더할 나위 없이 명백하다. 또 하나 아주 분명한 것은 우주는 내가 준비되어 있는 것만을 내가 준비된 '때'에만 준다는 것이다. 대중 앞에 나서는 것에 대한 내 두려움은 그 과정을 더디게 만들었고, 그 불안이 사라지자 나는 즉시 헤이하우스의 이메일을 통해 우주로부터의 확인을 받았다. 나는 내 인생으로 들이고 싶은 것이 흘러들도록 그저 허용할 뿐이다. 혹은 허용하지 않을 수도 있고!

지금 당신이 읽고 있는 책은 나에게는 이러한 사실에 대한 가장 최근의 증거에 지나지 않는다. 내가 자라난 환경, 내가 내 자신을 바라보던 방식, 내 인생에서 일어난 일들을 경험하면서 내가 보인 반응 등 이 모든 것이 없었다면 나는 아마 암에 걸리지도 않았을 것이다. 그리고 암에 걸리지 않았다면 임사 체험도 없었을 것이고, 그렇다면 세상에 나눌 특별한 비전도 갖지 못했을 것이다. 이 단계들 중 어느 하나라도 빠졌다면 결과는 지금과 매우 달랐을 것이다. 치유되기 위해서 혹은 삶에서 멋진 목표를 갖기 위해서 반드시 임사 체험이라는 극한의 상태를 경험해야 하는 것은 결코 아니라고 믿지만, 개인적으로 내가 걸어온 인생의 길이 지금의 이 지점으로 나를 이끌었다는 걸 나는 잘 알고 있다. 모든 것은 우리가 준비되었을 때에만 일어난다.

나는 이제 내가 중심에 닿아 있을 때—우주의 심장에 있는 내 자리를 깨닫고 나의 장엄함을 '느끼며', 만유에 내가 연결되어 있다는 것을 '느낄' 때—시간과 공간은 무의미해진다는 것을 아주 깊은 차원에서 실감한다. 깊은 잠에 빠져서 아주 복잡한 꿈을 꾸고 있는데 꿈속에서 초인종이 울리거나 전화벨이 울리는 소리를 듣고 불현듯 깨어났더니 '실제로' 초인종이나 전화벨이 울리고 있던 것을 경험한 적이 있다면 당신은 무시간성timelessness을 경험한 것이다. 초인종이나 전화기가 당신이 깨어나기 불과 몇 초 전에 울리기 시작했을지라도 꿈이라는 전체 드라마는 마치 그 마지막 순간을 중심으로 펼쳐진 것처럼 느껴질 것이다.

"당신이 모든 것과 하나"라는 것을 진실로 깨달을 때 삶 역시도 바로 이와 같다는 걸 당신은 알게 된다. 그때 시간과 공간은 의미를 잃게 된다. 예컨대 나는 헤이하우스로부터 내게 딱 알맞은 그 순간에 정확히 이메일을 받았다. 그러나 전체 드라마는 웨인 다이어 쪽에서도 펼쳐지고 있었다. 그가 내 글을 받게 되면서 말이다!

또한 나는 임사 체험 이후에 모든 것이 한결 쉬워졌다는 말도 하고 싶다. 더 이상은 죽음이나 암, 사고같이 나를 겁주던 것들이 두렵지 않다. 내 관심은 오로지 더 큰 세상으로 나를 확장시켜 나아가는 것뿐이다! 나는 내 무한한 자아의 지혜를 신뢰하게 되었다. 나는 안다, 내가—다른 모든 이들과 마찬가지로—강력하고 장엄하며 조건 없이 사랑받고 또 사랑하는 힘이라는 것을.

이 에너지가 나를 통해 흐르고 나를 감싸며 나와 떼려야 뗄 수 없이 밀접하게 붙어 있다. 사실 그 에너지는 본연의 나이다. 그 에너지를 믿는 것이 곧 나를 믿는 것이다. 그 에너지가 나를 이끌고 보호하도록, 내 궁극의 행복과 안녕을 위해 필요한 모든 것을 내게 주도록 하기 위해서는 그저 내가 나이기만 하면 된다. 나는 오직 내 자신인 장엄한 사랑이 되기만 하면 된다. 그리고 내 삶 속의 사건과 조건이 나에게 최고의 유익함을 주는 쪽으로 펼쳐지게끔 나를 허용하기만 하면 된다. 나는 그 사실을 이미 '알고' 있다.

나는 내가 미리 예상한 결과대로 되느냐에 상관없이 모든 것이 좋다는 것을 믿는다. 내가 내 자신이 될 때, 나의 그 독특하면서도 완전한 장엄함이 내 자신과 모두에게 가장 유익한 방향으로 나를 데리고 간다. 그러니 내가 내 자신이 되는 것 말고는 할 일이 없다. 그때 아무런 노력을 기울이지 않아도 진실로 나에게 속한 모든 것이 가장 마술적인 방식으로, 상상도 못한 놀라운 방식으로 내 삶 안으로 들어온다. 내 본연의 모습인 힘과 사랑을 날마다 보여주면서.

3부

내가 알게 된 것들

15

내가 암에 걸리고 또 나은 이유

내가 사람들에게 임사 체험 이야기를 할 때 가장 많이 받는 질문이 있는데, 그 질문에 대해서는 임사 체험중에 아주 분명하게 답을 얻었다. 그 질문이란 "도대체 무엇 때문에 암에 걸렸느냐"는 것이다. 많은 사람들이 이 질문의 답을 몹시 궁금해 하는 것도 이해가 간다!

하지만 이에 대해 이야기하기 전에, 이 주제와 관련해 오해의 소지가 있는 부분을 먼저 짚고 넘어가야겠다. 내가 하는 말이 암이나 다른 병에 걸린 사람들 혹은 아직 병에서 낫지 않은 사람들이 병이 나은 사람들보다 어떤 식으로든 '못하다'는 식으로 들린다면 이는 경계할 일이다. 그것은 전혀 그렇지가 않다!

또한 내가 하는 말이 너무 단순하게 들려서 좌절감을 갖게 할 수도 있다. 특히 본인이나 아는 사람이 병으로 고통받고 있을 경우에는 더욱 그럴 수 있다. 이것이야말로 언어가 가진 한계이다. 말이란 때로 이로움보다는 해악을 더 끼친다. 지금 내가 말하고 싶은 것은, 암에 걸린 사람이나 아직 병이 낫지 않은 사람 역시 완벽하게 장엄한 존재라는 것이다. 그들이 병을 앓는 이유 역시 그들의 개인적 여정 안에 들어 있으며, 아마도 그들의 개인적인 목적들과 관련이 있을 것이다. 나는 이제 내 병이 내가 여기에 존재하는 이유의 하나였다는 걸 알고 있으며, 내가 살기를 택했든 죽기를 택했든 간에 내 장엄함은 조금도 손상되지 않는다는 것 역시 잘 알고 있다.

치유에 대해서 내가 하는 말에 동의하지 않는 이들도 있을 것이다. 그러나 그 역시 전혀 문제될 것 없다. 나는 다만 내 말이 누군가에게 도움이 되기를 바라는 마음에서 그때 내 안에서 일어났다고 느낀 것들을 표현할 뿐이다.

앞서 말했듯이 사람들이 가장 많이 물어보는 질문은 왜 내가 암에 걸린 것 같으냐는 것이다. 그 대답은 한 단어로 요약할 수 있다. 바로 '두려움'이라는.

무엇이 두려웠던가? 그저 모든 것이 다 두려웠다. 실패할까봐,

누가 날 싫어할까봐, 사람들을 실망시킬까봐, 착한 사람이 못 될까봐. 또 병도 두려웠다. 그 중에서도 특히 암이 두려웠고, 암 치료법도 두려웠다. 사는 것도 무서웠고, 죽는 것도 무서웠다.

두려움은 눈에 잘 띄지 않는다. 그래서 내가 알지 못하는 새 어느 틈엔가 나를 점령해 버릴 수 있다. 돌아보면 우리는 대부분 아주 어렸을 때부터 두려움을 갖도록 길러지는 것 같다. 태어날 때는 그렇게 두려움 속에서 태어나지 않는데 말이다.

나는 "우리는 이미, 우리가 얻으려고 평생을 들여 노력하는 바로 그것"이라고 믿는다. 다만 그 사실을 모르고 있을 뿐이다! 우리는 이생에 들어올 때 이미 우리가 장엄한 존재임을 알고 있었다. 이유는 모르지만 커가면서 세상이 그 장엄함을 서서히 파괴해 가는 것 같다.

이는 처음에는 매우 미묘하게 시작된다. 내가 남들과 다르다는 이유로—인종이 달라서, 키가 너무 커서, 키가 너무 작아서, 너무 뚱뚱해서, 너무 말라서 등등—누가 날 좋아하지 않으면 어쩌나, 마음에 들어하지 않으면 어쩌나 하는 따위의 작은 불안에서 시작한다. 우리는 기준에 부합한 사람이 되기를 몹시 바란다. 나는 진정한 내 모습대로 하고 살라고, 스스로에게 진실하라고 격려받아 본 적이 한 번도 없다. 남들과 달라도 괜찮다고 누가 날 안심시켜 준 적도 없었다. 내가 기억하는 것은 머릿속에서 끊임없이 들려오던 작고 신경 쓰이는 거절의 목소리뿐이다.

나는 남을 즐겁게 해주는 사람이었고, 원인을 알지도 못한 채 거절받는 것이 두려웠다. 사람들이 나를 나쁘게 생각하는 일을 피하기 위해 갖은 애를 썼고, 그러느라 아주 오랫동안 내 자신을 잃고 살았다. 진정한 내 자신과 진짜 내가 원하는 것에서는 완전히 떨어져 있었다. 내 모든 언행은 오로지 남들에게 칭찬받기 위한 것이었다. 나만 빼고 모두에게서 말이다. 사실 암에 걸렸을 때까지도 누가 내게 인생에서 뭘 원하느냐고 물었다면 나는 잘 모르겠다고 대답했을 것이다. 문화적 기대치에 속박되어 남들이 기대하는 사람이 되고자 애쓰느라 정작 나에게 중요한 게 뭔지는 몰랐다.

제일 친한 친구 소니에 이어 남편의 매부까지 암 진단을 받은 뒤로는 암에 대한 두려움이 더 깊어지기 시작했다. 그들에게 별안간 암이 닥쳤다면 내게도 그런 일이 일어나지 말란 법은 없을 거라고 생각했고, 암을 예방하는 데 도움이 된다는 것은 모조리 실천하기 시작했다. 하지만 암 예방법에 대해 읽으면 읽을수록 암을 두려워해야 할 이유는 더 늘어만 갔다. 내 눈에는 모든 것이 암을 유발하는 것같이 보였다. 자료를 읽어보니 주변 환경과 음식물에 들어 있는 병원균이 암을 유발할 수도 있었다. 전자레인지, 플라스틱 용기에 담긴 음식, 방부제가 들어간 음식, 휴대폰까지…… 모든 것이 암을 유발하는 것 같았다. 그 목록은 끝이 없었다.

암 자체도 무서웠지만 암 치료법, 즉 항암 치료도 무서웠다. 더욱이 소니가 항암 치료를 받다가 죽었기 때문에 내 두려움은 더욱

켰다. 나는 점점 죽는 것도 사는 것도 무서워지기 시작했다. 내가 만든 두려움이라는 감옥 안에 갇힌 꼴이 되었다. 내게 세상은 무서운 곳이었고, 삶의 반경은 점점 더 좁아졌다. 그리고 바로 그때 나는 암 진단을 받았다.

겉으로 보기에는 내가 암이라는 병마와 열심히 싸우는 것 같았지만, 사실 암 진단은 내게 사형 선고나 진배없었다. 내가 할 수 있는 일은 그게 뭐든 가리지 않고 했지만, 마음 깊은 곳에는 모두 소용없을 거라는 믿음이 똬리를 틀고 있었다. 그리고 나는 죽는 게 정말이지 무서웠다.

연구자들이 계속해서 "암 치료법을 찾고 있다"고 말한다는 건 내게는 아직 암에는 해결책이 없다는 말로 들렸다. 적어도 기존 의학계에서는 이것을 기정사실로 받아들이는 것 같았다. 전문가들이 아직은 해결책이 없다고 인정하는데도 기존의 암 치료법 외에는 방법이 없다고 하니 가슴속 깊은 데서부터 두려움이 증폭되었다. '암'이라는 단어만도 무서운데, 기존 의학의 결점들까지 알게 되니 내가 죽을 거라는 느낌은 더욱 강해졌다.

나는 여전히 내가 할 수 있는 것은 전부 다 시도해 보고 있었지만, 병은 계속 진행되고 갈수록 더욱 악화되는 것만 같았다. 아는 이들이 하나같이 우려를 표했지만, 나는 대체 의학 치료법을 선택했다. 기존의 서양 의학 치료법으로는 처음부터 죽음을 피할 수 없을 것 같았다. 나는 서양 의학 외에 아는 방법은 죄다 시도해 보았고, 앞서 말했듯이 직장을 관두고 4년 동안 오로지 암 치료에만 매달렸다.

나는 신앙 요법faith healing, 기도, 명상, 에너지 치료 등을 시도했다. 암에 대한 책은 손에 닿는 대로 모두 읽었고, 암과 관련된 정보는 아주 작은 것이라도 모으고 익혔다. 용서 치료forgiveness therapy를 받으면서 내가 아는 모두를 용서하기도 했다. 모두를 용서하고 또 용서했다. 인도와 중국을 다니면서 불교 승려와 인도 요기, 또 깨달았다는 스승들을 만났다. 그들의 도움을 받아 치유에 이르는 답을 찾기를 바랐다. 비건vegan(고기는 물론 달걀과 우유도 먹지 않는 엄격한 채식주의자—옮긴이)이 되고, 산꼭대기에서 명상을 하고, 요가를 하고, 아유르베다 요법을 받고, 차크라를 정화하고, 중국 한의학 치료를 받고, 기 치료pranic healing를 받고, 기공氣功 수련을 했다.

그러나 이 모든 노력에도 암은 더욱 악화되기만 했다. 마음속은 일대 혼란이 일었다. 온갖 치료법들 속에서 나는 갈수록 혼미해져 갔다. 살기 위해서 무엇도 마다하지 않았지만 건강은 계속 나빠지기만 했다. 결국 내 몸은 영양분을 흡수하지 못했고, 근력이 모두 소진돼 더는 걷지도 못하는 지경이 되었다. 이제 휠체어를 타지 않으면 움직일 수도 없었다. 머리는 마치 커다란 볼링공이 목에 매달려 있는 듯한 모습이었고, 옆에 휴대용 산소통을 두지 않으면 숨조차 쉬기 어려웠다. 내가 잠들면 남편은 내가 숨을 잘 쉬고 있는지 확인하려고 뜬눈으로 밤을 지새웠다. 엄마는 스스로 몸을 건사할 수 없는 나를 위해 모든 수발을 들어주었다. 우리 모두에게 너무 힘든 시간이었고, 나는 내 고통에 더해 식구들의 고통까지 느껴야 했다.

건강이 계속 악화되면서 하루하루 겪은 공포가 얼마나 심했는지는 지금도 다 설명할 수 없을 정도이다. 나는 손가락 힘만으로 벼랑 끝에 매달리듯 안간힘을 다해 삶에 매달렸다. 영적 치유를 한다는 그룹에 참석해서는 이것이 내가 선택한 일이라는 소리까지 들었다. 세상은 환상이라는 말도 들었다.

나는 더욱 좌절하고 겁이 나서 속으로 물었다. '왜 내가 이것을 선택했단 말인가? 어떻게 하면 다른 것을 선택할 수 있을까? 이 현실이 환상이라는데 왜 이토록 진짜 같은 걸까? 신이 모든 기도를 듣고 있다면 왜 내 기도는 들어주지 않는 걸까?' 나는 용서하고 정화하고 치유하고 기도하고 명상을 하는 등 내가 할 수 있는 모든 것을 정말 열심히 하고 있었다. 그런데도 왜 내게 이런 일이 일어나고 있는 건지 도저히 이해할 수 없었다.

하지만 너무 힘들어서 더 이상 매달려 있을 수 없다고 느꼈을 때 나는 마침내 손을 놓아버렸다. 마음속에서 완전히 포기해 버린 것이다. 4년이 넘는 암과의 사투로 나는 만신창이가 되었고, 이제는 힘이 없어 더는 계속할 수가 없었다. 마침내 나는 항복했다. 나는 지쳐 있었다. 다음 단계는 죽음이라는 것을 알았고, 마침내 죽음을 반갑게 맞이하는 지점에 이르렀다. 무엇이든 지금보다는 나을 것이었다.

바로 그때 혼수 상태로 들어갔고, 장기가 기능을 멈추기 시작했다. 그 무엇도 지금 식구들과 내가 겪고 있는 것보다 더 나쁘지는 않으리란 걸 알았다. 그래서 나는 죽음 속으로 나를 내던졌다.

몸이 기능을 멈추고 다른 세상을 경험하면서 나는 내 자신의 장엄함을 볼 수 있었다. 두려움으로 일그러진 모습이라곤 전혀 없었다. 나는 내가 더 커다란 힘 앞에 다가서 있음을 알아차렸다.

육체적 삶에 대한 집착을 내려놓고 나서 내가 다른 세상으로 들어가기 위해 특별히 해야 할 것은 아무것도 없었다. 기도나 찬송, 만트라 암송, 용서, 그 밖에 다른 무엇도 필요 없었다. 다른 세상으로 옮겨감은 '아무것도' 하지 않는 쪽에 더 가까웠다. 나는 딱히 누구에게랄 것도 없이 이렇게 말하는 듯한 기분이 들었다. "좋아요, 이제 더는 내가 할 수 있는 게 없어요. 항복입니다. 날 데려가세요. 당신이 하고 싶은 대로 하세요. 마음대로 하세요."

다른 세상에서 그렇게 명징한 상태에 있는 동안, 나는 내가 순전히 두려움 때문에 죽어가고 있다는 것을 직감적으로 이해했다. 나는 걱정에 사로잡혀서 내 진정한 모습을 표현하지 못하고 있었다. 암은 처벌도, 그 비슷한 무엇도 아니라는 것을 알 수 있었다. 암은 그저 내 자신의 에너지였다. 내 에너지가 두려움 때문에 내 본연의 장엄한 힘으로 표현되지 못하자 암으로 표현된 것이었다.

그 광대무변의 상태에서 나는 내가 평생 자신을 얼마나 가혹하게 대했고 얼마나 심하게 판단했는지 깨달았다. 나를 벌주는 이는 따로 없었다. 내가 용서하지 못한 것은 다른 누가 아니라 바로 '나'였음을 나는 마침내 이해했다. 나를 판단한 사람, 내가 저버린 사람, 내가 충분히 사랑하지 못한 사람은 다름 아닌 바로 '나'였다. 다른 누구와도 관계가 없었다. 내가 마치 우주의 아름다운 아이처럼 보였다. 내가 존재한다는 사실 자체만으로도 나는 조건 없는 사랑을 받을 자격이 있었다. 이 사랑을 받기 위해 내가 뭔가를 '할' 필요가 전혀 없다는 것을 깨달았다. 기도도 간청도 그 밖에 어떤 것도 할 필요가 없었다. 나는 내가 나를 한 번도 사랑해주지 않았고, 내 자신을 가치 있게 여기지 않았으며, 내 영혼이 얼마나 아름다운지 알아봐 주지도 않았음을 깨달았다. 조건 없는 장엄함이 언제나 내 곁에 있었는데도, 육체적 삶이 그것을 가려버린 것 같았다. 아니 지워 없애버린 것 같았다.

그것을 이해하자 나는 더 이상 아무것도 두려워할 게 없다는 것을 깨달았다. 내가 지금 무엇에 가 닿아 있는지가 보였다. 그것은 나뿐 아니라 모두가 닿아 있는 원천이었다. 그래서 나는 아주 중대한 선택을 했다. 돌아가자고. 깨어 있는 상태에서 내린 이 결정이야말로 나를 이곳으로 돌아오게 만든 유일한, 그리고 가장 강력한 추동력이었다. 몸을 입은 채로 다시 깨어났을 때 나는 내 몸의 세포 하나하나가 여기로 돌아오기로 한 내 결정에 반응하는 것을 느꼈다. 그래서 나는 내가 말끔히 나을 거라는 것을 알 수 있었다.

병원에 누워 있는 몸속으로 돌아왔을 때, 나는 숱한 검사와 약물 처치가 결국은 내 주변 사람들을 안심시키기 위한 것임을 이해했다. 그 과정은 몹시 고통스러웠지만 나는 아무 문제도 없을 거라는 걸 알았다. 내 장엄하고 무한한 자아가 삶을 계속하면서 이 몸을 통해 스스로를 표현하겠다고 결정했기에, 이 세상의 그 무엇도 그 결정을 흔들 수 없었다.

나는 내 마음가짐이나 생각을 바꾸어서 병이 나은 것이 아니라는 점을 분명히 하고 싶다. 내가 마침내 병이 나은 이유는 내 진정한 영혼이 안에서부터 빛을 발하도록 내 스스로 허용했기 때문이다. 긍정적인 생각 같은 것이 병을 낫게 했냐고 묻는 이들이 많지만, 대답은 '아니오'이다. 임사 체험 동안 내 상태는 마음을 넘어서 있는 상태였고, 내가 치유된 것은 내 파괴적인 생각들을 다른 생각으로 고쳤기 때문이 아니라 그런 생각들이 그저 말끔히 사라져버렸기 때문이다. 나는 생각thinking의 상태에 있었던 게 아니라 '존재being'의 상태에 있었다. 그것은 순수 의식pure consciousness이었다. 바로 내가 장엄함이라고 부르는 것! 이 하나임Oneness의 상태는 이원성을 뛰어넘는다. 나는 진정한 내 자신에 연결될 수 있었다. 영원하고 무한한, 전체를 아우르는 나의 일부와. 이는 마음이 물질보다 우위에 있다는 식의 이야기와는 전혀 다른 것이다.

나는 우리가 모종의 방식으로 '믿으면' 질병을 없앨 수 있다거나 이상적인 삶을 살 수 있다는 주장에 동의하지 않는다. 이것은 때로 지나치게 단순화한 주장일 수 있다. 그것보다 나는 자기 자각self-awareness에 더 주목하는 편이다. 자기 자각은 믿음과는 다르다. 더 이상 자기에게 들어맞지 않는 믿음을 고수하는 것은 자기를 이원성 상태에 가두는 것이고, 스스로를 끊임없는 판단 상태에 놓는 것이다. 자기가 찬성하는 것은 '좋거나' '긍정적'인 것이고, 자기가 신봉하지 않는 것은 그렇지 않은 것이 되기 때문이다.

이럴 때 다른 이들이 내 믿음에 동의하지 않으면 무슨 수를 써서라도 내 믿음을 지켜내려 하기 십상이다. 내 믿음을 방어하는 데 많은 에너지를 쏟은 경우 쉽사리 그것을 놓으려 하지도 않는다. 내게 더는 들어맞지 않는 생각일지라도 말이다. 그때부터는 내가 어떤 믿음을 갖고 있는 게 아니라 그 믿음이 나를 가지는 상태가 된다.

이와 달리 자각 상태에 있다는 것은 아무런 판단 없이 그저 무엇이 존재하고 무엇이 가능한지 알아차린다는 뜻이다. 알아차리는 데에는 방어가 필요하지 않다. 알아차림 상태는 점점 더 커나갈 수 있고 모든 것을 아우를 수 있으며, 그 결과 우리를 하나임의 상태에 더 가까워지게 해준다. 바로 여기서 기적이 일어나는 것이다. 반면 믿음이란 우리가 믿는 것만을 허용하고 그 밖의 모든 것은 제외해 버린다.

분명히 말하건대 내 병을 낫게 한 것은 나의 믿음이 아니었다. 임사 체험은 순수한 알아차림의 상태였고, 전에 가졌던 모든 주의와 신조가 완전히 중지된 상태였다. 바로 이 상태가 내 몸을 스스로 '재건'하게 한 것이다. 다른 말로 하면 내가 낫기 위해서는 믿음을 완전히 버려야 했다.

살고 싶다는 강한 바람을 완전히 놓아버린 그 순간 나는 죽음을 경험했다. 그리고 죽음 속에서 나는 아직 때가 아님을 깨달았다. 내가 원하는 것을 기꺼이 놓아버렸을 때 나는 진실로 나에게 속한 것을 받았다. 언제나 후자가 훨씬 더 좋은 선물임을 나는 이제 안다.

임사 체험 후 나는 강한 주의주장과는 잘 맞지 않는다는 것을 알게 되었다. 구체적인 신념에 따라 행동해야 할 때 내 경험은 제한된다. 그것은 오직 내가 아는 세계 안에만 나를 잡아두는데, 내 지식이란 결국 제한된 것이기 때문이다. 내가 알고 있는 것에만 스스로를 국한한다면 나는 내 잠재력과 내 삶 속으로 들어올 수 있는 가능성을 막아버리는 셈이 된다. 그러나 내 앎이 불완전하다는 것을 인정한다면, 그리고 불확실성에 편안해질 수 있다면, 이때 나는 무한한 가능성의 세계에 가 닿을 수 있다.

임사 체험 후 내가 알게 된 것이 또 있다. 바로 놓아버릴 수 있을 때, 믿는 것은 물론 믿지 않는 것까지 내려놓을 수 있을 때 내가 가장 강한 힘을 갖게 된다는 것이다. 또 내면 깊은 곳에서 명징성과 동시성을 경험할 수 있을 때 나는 가장 큰 힘을 가지는 것 같다. 확실성을 '필요'로 한다는 사실 자체가 더 넓은 차원의 깨달음을 경험하는 데 걸림돌이 된다. 반대로 믿음이나 결과에 대한 집착을 전부 내려놓는 과정은 정화와 치유를 가져다준다. 진정한 치유가 일어나려면 치유되어야 한다는 필요성을 내려놓고 그저 삶이라는 흐름을 즐기고 신뢰해야 한다는 것이 내가 깨달은 내용이다.

내가 단지 이 몸이 아니라 그보다 훨씬 큰 존재임을 깨닫는 것, 내가 무한히 큰 존재임을 깨닫는 것이 나에게는 아주 중요했다. 다시 한 번 강조하고 싶다. 병은 우리가 뭔가를 잘못해서 걸리는 게 아니다! 그렇게 생각한다면 지금 아픈 이들에게는 더할 수 없는 좌절감을 줄 것이다. 그러나 분명히 말하건대, 우리의 몸은 우리의 의식 상태를 따라간다. 우리 아이들이나 동물, 주변 환경도 마찬가지다. 우리의 의식은 우리가 생각하는 것보다 훨씬 더 강력한 방식으로 지구의 조건들을 바꿀 수 있다. 그 이유는 바로 우리 모두가 연결되어 있기 때문이다. 이 점은 아무리 여러 번 말해도 지나치지 않다!

내가 생각할 때 깨어 있는 의식 상태가 되기 위한 첫걸음은, 자연은 모든 것이 그저 존재하기만을 바란다는 점을 이해하는 것이다. 이는 우리 몸과 주변 환경을 바꾸려 하는 대신 그저 그것들을 알아차리고 그 본질을 존중할 수 있어야 한다는 것을 의미한다. 여기에는 자기 자신도 포함된다. 우리는 우주가 우리를 바꾸려 하는 대신 그저 존재하기만을 바란다는 그 장엄함을 이해해야 한다. 우리는 완벽하기를 바라는 다른 사람의 기대에 맞춰 살려고 애쓰지 않아도 되고, 비참하게 실패했을 경우라도 자신이 부적합한 존재라고 느낄 필요도 없다.

삶이 나에게 그저 존재하기를 바라는 대로 내 자신을 맡길 때 나는 가장 강한 존재가 된다. 암의 경우에도 내 쪽에서 의식적으로 뭔가 하려는 행동을 일절 멈추고 생명의 힘에 모든 걸 넘겨주었을 때 비로소 치유되었듯이 말이다. 다시 말하면 나는 삶에 '맞서' 저항할 때가 아니라 삶과 '함께' 나아갈 때 가장 강한 존재인 것이다.

나는 이 모든 것을 경험해 보았기에 치유에 대해 거리낌 없이 말할 수 있다. 그저 믿고 내려놓기만 하면 된다고 말할 수 있다. 하지만 정말 힘든 시기를 겪고 있는 사람이라면 이 말을 실천하기가 어렵다고 느낄 것이다. 혹은 어디서부터 시작해야 할지 모를 수도 있다. 그러나 답은 보기보다 훨씬 간단하다. 그것은 아마 우리 시대에 가장 깊숙이 숨겨진 비밀인 것 같다. 답은 바로 '자기를 사랑하는 것'이다. 이 말에 당신은 어쩌면 얼굴을 찌푸릴 수도 있고 지겹다는 표정을 지을 수도 있다. 그러나 나는 자기 자신과 깊은 사랑을 나누는 것이 얼마나 중요한 일인지는 백 번 천 번 말해도 부족하다고 생각한다.

나는 '단 한 번도' 스스로를 소중히 여기라고 격려받아 본 적이 없고, 실제로 자신을 소중히 여겨본 적도 없었던 것 같다. 그런 일은 대개 이기적인 것으로 여겨졌다. 하지만 나를 사랑하는 것이 내 치유의 핵심이었음을 나는 임사 체험을 통해 깨달았다.

삶이라는 태피스트리 안에서 우리는 모두 연결되어 있다. 우리는 각자 진정한 자기 자신이 되도록 서로 돕고 있다는 점에서 주위 사람들에게 선물과 같다. 그렇게 함께 완벽한 그림을 만들어 나아가고 있는 것이다. 임사 체험 상태에 있을 때 이 모든 것이 나에게 아주 명료해졌다. '내가 되는 것'이 바로 '사랑이 되는 것'임을 이해했기 때문이다. 이것이 바로 나를 살린 가르침이다.

우리 대부분은 여전히 사랑을 받으려면 열심히 노력해야 한다고 믿는데, 그것은 우리가 아직 이원성 안에서 살고 있다는 뜻이다. 사랑을 주는 사람이 있고 사랑을 받는 사람이 있다고 생각하는 것이다. 우리가 곧 사랑이라는 것을 깨달으면 이 이원성을 뛰어넘을 수 있다. 너와 나 사이에는 그 어떤 분리도 없다는 것을 이해하는 것이다. 또 내가 사랑이라는 걸 안다면 상대방 또한 사랑이라는 것을 알게 된다. 내가 소중하다면 나는 자동적으로 상대방도 똑같이 소중하다고 느낀다!

나는 임사 체험 상태에 있을 때 온 우주는 조건 없는 사랑으로 이루어져 있으며, 나는 그 사랑의 표현이라는 것을 깨달았다. 모든 원자와 분자, 쿼크, 테트라쿼크는 전부 사랑으로 만들어졌다. 나는 도무지 다른 무엇이 될 수 없다. 이것이 내 본질이요, 온 우주의 본성이기 때문이다. 부정적으로 보이는 것조차도 모두 무한하고 조건 없는 사랑의 스펙트럼의 일부이다. 사실, 우주의 생명력 에너지가 곧 사랑이며, 나는 그 우주 에너지로 이루어져 있다! 이것을 깨달으니 내가 가치 있어지기 위해 다른 누군가가 되려고 애쓸 필요가 없다는 말이 이해가 되었다. 나는 이미 내가 되려고 하는 그 모든 것이니 말이다.

마찬가지로, 우리가 곧 사랑이라는 것을 안다면 우리는 다른 사람을 사랑하려고 애쓸 필요도 없다. 그 대신 그저 자신에게 진실하기만 하면 된다. 그렇게 우리는 사랑 에너지의 도구가 되며, 그렇게 우리가 만나는 모든 이들의 마음을 움직일 수 있다.

'사랑이 되는 것'은 또한 내 영혼을 보살피는 것과 내 욕구를 돌봐주는 것, 또 나를 소홀히 대하지 않는 것이 얼마나 중요한지를 아는 것이다. 이것을 안다면 늘 자신에게 진실하게 되고, 자신을 더없이 존중하며 친절하게 대하게 된다. 또한 불완전함, 실수라고 해석될 수 있는 것들도 아무런 판단 없이, 오직 조건 없는 사랑을 익히고 경험할 기회로만 보게 된다.

사람들은 내게 자기 사랑이 너무 지나친 게 아니냐고 반문한다.

그들은 자기를 사랑한다는 것이 이기적이 되는 것, 자기 중심적이 되는 것과 어떻게 다르냐고 묻는다. 내게는 그런 구분 자체가 아예 불가능하다. 경계선은 없다. 이기심은 자기 사랑이 '없는' 데서 나오는 것이기 때문이다. 우리 행성은 우리 인간들처럼 바로 이 자기 사랑의 부재로 고통받고 있다. 이에 더해 불안과 판단, 조건화로 고통은 더욱 가중된다. 누군가를 진정으로 조건 없이 사랑하려면 내가 내 자신을 그렇게 사랑해야만 한다. 내게 없는 것을 줄 수는 없다. 내 자신보다 더 중요한 다른 것이 있다고 말하는 것은 진실이 아니다. 그저 그렇게 연기하고 있다는 말일 뿐이다.

'사랑이 될' 때 나는 메마르게 되는 법이 없으며, 사랑받는다고 느끼기 위해서 혹은 나의 장엄함을 다른 이들과 나누기 위해서 사람들이 특정한 방식으로 행동해 주었으면 하는 마음도 일어나지 않는다. 그들은 내가 내 자신에게 진실한 결과로 자동적으로 나의 사랑을 받는다. 또 내가 나를 판단하지 않을 때 나는 다른 이도 판단하지 않는다.

이것을 알게 되면서 나는 힘든 상황에 처했을 때 자신을 너무 심하게 대하지 않는 것이 중요하다는 걸 깨닫게 되었다. 문제는 겉에 드러난 갈등 때문에 생긴 것이 아닐 때들이 있다. 사실 문제란 내가 내 자신에게 내리는 판단이다. 자신에게 가장 악독한 적이 되기를 그만두고 자기를 더욱 사랑해 주기 시작할 때 주변 세계와의 마찰도 자동으로 점점 더 줄게 되어 있다. 그와 함께 나는 더 부드러워지고 수용적이 된다.

각자의 장엄함을 깨달을 때 우리는 다른 사람을 통제해야 할 필요가 없게 되고, 자신도 남에게 통제당하도록 내버려두지 않는다. 내 무한한 자아 안에서 깨어났을 때, 나는 단지 내가 곧 사랑이라는 것을 그리고 늘 사랑이었다는 것을 깨닫는 것만으로도 삶이 얼마나 극적으로 달라질 수 있는지를 알고 놀랐다. 나는 사랑받기 위해 뭔가를 할 필요가 없다. 이것을 이해하면 바로 내 생명력 에너지와 같은 방향으로 흘러가게 된다. 그 반면 사랑인 것처럼 '연기'하는 것은 그와는 반대 방향으로 나아가는 것이다.

내가 곧 사랑임을 이해하는 것이야말로 내가 배운 가장 중요한 가르침이었다. 그것을 통해 나는 모든 두려움을 놓아버릴 수 있었다. 그리고 이것이 바로 내가 살아나게 된 유일한 이유이다.

16

무한한 자아와 우주 에너지

임사 체험을 하는 동안 나는 내가 온 우주에 연결되어 있으며 모든 것이 이 우주 안에 담겨 있다는 느낌을 받았다. 또 우주가 살아있고 역동적이며 의식이 있는 것 같았다. 나는 내가 몸을 통해 표현하는 모든 생각과 감정, 행동이 그 전체에 영향을 준다는 것을 깨달았다. 사실 '하나임'의 세계에서는 전체 우주가 '나'의 연장延長인 것처럼 느껴졌다. 이 깨달음은 당연히 세상을 보는 내 눈을 완전히 바꿔놓았다. 우리는 이 세상을, 그리고 그 속에서 살아가는 우리의 삶을 다 같이 공동 창조하고 있다. 바로 우리 감정과 생각, 행동을 통해서.

언어는 우리의 오감五感으로 인식되지 않는 어떤 것을 표현하기에는 적합한 도구가 아니라서, 임사 체험 동안 일어난 일을 표현할 적절한 말을 찾기가 무척 어렵다. 하지만 이 장에서 나는 이 세상에 대한 나의 감각과 우리가 살아가는 방식, 더 나은 모습으로 세상이 바뀌고 있다는 것 등에 대해 최대한 분명하게 설명해 보려고 한다.

우선 임사 체험이 내가 겪은 그 어떤 사건과도 같지 않다는 것을 말해두어야겠다. 그것은 정확한 시작과 끝이 있는 게 아니었다. 한번 열렸지만 결코 닫히지 않는 문과 같다고나 할까? 이 경험으로 시작된 깨달음은 지금도 계속 진행되면서 더욱 깊어지고 있고, 그로 인해 열린 새로운 가능성은 지금도 끝없이 펼쳐지고 있다.

언어란 이런 현상을 표현하기에는 참으로 부족한 도구이기에 그저 독자의 마음속에 적절한 감정을 불러일으킬 수 있으면 좋겠다는 마음으로 글을 쓴다. 이렇게 글을 쓴 뒤에도 내 깨달음은 계속해서 커지고 넓어질 것이다. 문자적으로만 받아들여지는 말 혹은 궁극적 진리라고 여겨지는 말은 낡은 주의주장을 고수하도록 만들면서 우리를 거기에 가두고 제한할 수 있다. 하지만 나는 이제 안다. 내게 필요한 것은 모두 이미 내 안에 있으며, 나에게 참이라고 여겨지는 것에 나를 열어놓기만 하면 언제든 내게 필요한 것이 주어진다는 것을. 이는 당신에게도 마찬가지다.

아마도 내가 자란 문화 탓이겠지만 임사 체험 이전에 나는 삶의 목적이 열반에 이르는 것이라고 생각했다. 다시 말해 삶과 죽음이라는 윤회의 수레바퀴에서 벗어나 더는 이 물질 세계 속으로 태어날 필요가 없게 되는 것이다. 만일 내가 서구 문화의 품속에서만 자랐다면 아마 천국에 가는 것이 삶의 목적이었을 것이다. 이처럼 사후의 완전한 세계를 구하는 삶의 방식은 문화에 상관없이 상당히 비슷한 것 같다.

그러나 임사 체험 후에 내 생각은 달라졌다. 현재의 차원을 넘어서도 여전히 삶이 계속되리라는 것을 알고 있고, 따라서 더 이상 육체적 죽음이 두렵지도 않지만, 그래도 나는 내가 지금 있는 곳 외의 다른 어디에 있고 싶은 마음이 없다. 신기하게도 나는 다른 세계에 관심을 두기보다 지금 이 순간 속에서 삶의 완벽함을 보는 데 더 집중하게 되었다.

이는 주로는, 한 단계 한 단계 나아가면서 생의 진보를 이룬다는 전통적인 윤회관이 임사 체험 이후 내게 설득력을 잃었기 때문이다. 나는 시간이 직선으로 흐르지 않는다는 것을 알게 되었다. 시간이 직선으로 흐른다고 느끼는 것은 단지 우리가 육체와 마음이라는 필터를 쓰고 있기 때문이다. 이 같은 감각에 의한 제한이 사라진 상태에서 보면 모든 순간은 동시에 존재한다. 나는 윤회 개념이란 한갓 해석에 불과하다고 생각한다. 모든 것이 한꺼번에 일어나고 있다는 것을 우리가 지적으로 이해하기 위해 만들어낸 하나의 해석 방식인 것이다.

우리는 "시간이 흐른다"고 생각하지만, 임사 체험에서 시간은 그저 '존재'할 뿐이며 우리가 그 사이를 관통해 지나가고 있다고 느껴졌다. 이는 모든 시간의 지점들이 동시에 존재하며, 저쪽 세상에서 우리는 더 빨리 갈 수도 있고 느리게 갈 수도 있으며, 심지어 뒤로 가거나 옆으로 갈 수도 있다는 뜻이다.

하지만 물리적 차원에서는 감각 기관이 우리를 제한한다. 눈은 이 순간에 보이는 것만 보고, 귀는 지금 들리는 것만 듣는다. 마음은 오직 한 순간에만 존재할 뿐이나, 나중에 그 순간들을 한 줄로 엮어서 직선적 시간의 진행을 만들어낸다. 하지만 몸에서 빠져나가면 우리는 시각이나 청각, 촉각, 미각, 후각 같은 것이 아닌 자각[awareness]의 상태에서 모든 시간과 공간을 넘나든다. 우리는 순수 의식이다.

나는 이것을 임사 체험 상태에 있을 때 경험했다. 나는 나를 보기 위해 오빠가 비행기를 타고 오는 것을 알아차렸고, 의사들이 병실 밖 복도에서 대화를 나누는 것도 볼 수 있었다. 내 미래 삶의 순간들이 어떻게 펼쳐지는지도 상당 부분 알 수 있었고, 나아가 내가 이 세계로 돌아와서 살지 않을 경우엔 어떤 일이 벌어질지도 알 수 있었다. 이로써 시간과 공간과 물질이 우리가 흔히 생각하는 방식으로 존재하는 건 아니라는 것을 알게 되었다. 임사 체험을 하는 동안 나는 내가 가고자 하는 어떤 시간대에도 의식을 집중할 수 있었다.

이런 이유로 나는 어떤 사람이 '전생'으로 해석됨직한 뭔가를 언뜻 보았다고 할 때 그들이 실제로 본 것은 '평행' 존재 혹은 '동시' 존재였다고 믿는다. 모든 시간은 동시에 존재하기 때문이다. 또한 우리가 모두 연결되어 있으니만큼 다른 이들의 현실을 얼핏 본 것이 내 현재 순간 속으로 스며들어 내 의식을 이루는 것도 가능하다. 그들의 현실이 마치 기억처럼 우리의 의식 안으로 들어오는 것이다.

이처럼 새로운 관점을 갖게 되면서 나는 윤회는 물론 시간조차도 우리가 배워서 알고 있는 대로 존재하는 게 아니라면 우리가 정말로 집중하고 염원할 것이 무엇일지 궁금해졌다. 우리가 삶의 목적으로 삼은 것이 다 틀렸다는 말인가? 천국이나 열반은 실제로 우리가 육체를 입고 사는 '여기'에 있는 것이요 사후의 '저기'에 있는 것이 아니란 말인가?

나는 우리가 몸을 입고 이 세상에 태어나기로 선택하는 것은 사랑과 열정, 그 밖에 수많은 인간 감정을 표현하기 위해서라는 걸 알게 되었다. 그런 감정들은 순수 의식이나 '하나임' 상태에서는 경험할 수 없는 것들이다. 만약 이 행성에서의 삶이 카메라가 돌아가는 무대의 공연과 같고, 우리가 원해서 이 공연에 참여하고 있는 것이라면 어떻겠는가?

우리의 이 현실은 표현의 무대이다. 사후의 삶에 필요한 경험을 익히거나 쌓기 위해 우리가 여기에 와 있는 것 같지는 않다. 그런 건 별 의미가 있어 보이지도 않는다. 사후에는 그런 배움과 경험 따위가 전혀 필요하지 않기 때문이다. 그보다 우리는 이 물리적 우주와 그 안에서의 우리 삶을 경험하고 펼치기 위해 여기에 와 있다. 내가 돌아오기로 결정한 것 역시 여기에서의 삶이야말로 지금 순간 나에게 가장 가치 있는 상태라는 것을 깨달았기 때문이었다. 열반을 경험하기 위해 죽을 때까지 기다릴 필요가 없다. 우리의 진정한 장엄함은 바로 지금 이 순간에 존재한다!

이 주제에 관하여 인간이 그토록 난감해하고 두려워하는 이유는 우리가 사후 세계와 신이라는 개념을 인간의 관점에서 만들어 냈기 때문이다. 우리는 이 개념들에 우리가 가진 물리적 속성을 부여하고 우리가 취약하게 여기는 가짜 가치를 덧씌운다. 두려움, 징벌, 심판, 처벌과 같은 가짜 가치들 말이다. 그러고는 우리가 만들어낸 것들에 우리의 온 힘을 투사한다.

하지만 모든 시간과 경험은 바로 지금 존재하고, 우리는 그저 우리의 장엄함을 표현하면서 이 물리적 세상 속을 지나가고 있을 뿐이라면, 우리는 아무것도 두려워할 것이 없다. 앞으로 무엇이 닥쳐올지 불안 속에서 살 필요가 없다. 우리는 우리가 이미 그 일부로 있는 에너지를 인식하고 삶의 측면들 하나하나에서 '사랑이 될' 수 있다.

답을 찾아 계속 우리 바깥을 헤매고 다니는 것은 참 안타까운 일이다. 우리는 종교와 의학, 과학적 연구, 책, 다른 사람들을 찾아 다니며 답을 구하고 있다. 우리는 진실이 저기 바깥에, 손에 잡히지 않은 채로 있다고 생각한다. 그러나 그럴수록 우리는 더 길을 잃고 헤맬 뿐이다. 진정한 자신으로부터 더욱 멀어지기 때문이다. 온 우주가 우리 안에 있다. 내 답은 내 안에 있고, 당신의 답 역시 당신 안에 있다. 바깥에서 일어나는 것처럼 보이는 모든 것은 내 안의 무엇인가를 일깨우기 위하여, 일깨워서 나를 확장시키고 진정한 자신으로 돌아가게 만들기 위하여 일어나고 있는 것이다.

나는 '상위 자아higher self'나 '영혼soul', '영spirit'이라는 말 대신 '무한한 자아infinite self'라는 말을 더 자주 쓴다. 좀 더 분명히 설명하자면 '무한한 자아'란 임사 체험을 하는 동안 내가 단지 내 몸에 국한된 존재가 아니라고 깨달은 나—내가 세상 모든 것들과 하나라고 느꼈던 그 나—의 일부를 가리키는 것이다. 나는 순수 의식과 하나가 돼 무한하고 장엄한 존재로 있었으며, 내가 왜 시간의 이 지점에 이 몸을 가지고 이 삶 속에 있는지를 분명히 느끼고 있었다. 이 나는 또한 분리라는 환상이 외부와의 지나친 동일시 때문에 만들어졌다는 걸 이해하는 나의 일부이기도 하다.

나는 우리가 육체를 떠날 때 우리의 무한한 자아들이 모두 연결된다고 믿는다. 순수 의식 상태에서 우리는 모두 하나이다. 많은 이들이 강렬한 영적 경험을 하는 중에 혹은 자연 속에서 이러한 합일을 느낀다. 동물들과 어떤 작업을 할 때나 반려 동물을 키울 때도 우리는 이것을 느낀다. 우리는 때로 동시성을 경험하기도 하고 초감각적 지각extrasensory perception(ESP)이나 이와 비슷한 현상을 경험하기도 하는데, 이는 우리가 모든 창조물과 하나인 데서 나오는 결과이다. 하지만 대부분의 사람들은 이를 의식하지 못하므로 이런 일이 그렇게 자주 일어나지는 않는다.

진실로 나는 내 몸이 아니고, 내 민족이나 종교, 여타 신념 체계도 아니며, 다른 누군가도 아니다. 진정한 나는 무한하며 더없이 강력하다. 어떤 식으로건 깨지지도 손상되지도 않는, 완전하고 완벽한 실체이다. 무한한 나 안에는 내가 살아가는 데 필요한 것들이 모두 들어 있다. 나는 곧 우주 에너지와 하나이기 때문이다. 사실 내가 바로 우주 에너지이다.

임사 체험을 하는 동안 나는 우주 에너지 전체와 하나였기 때문에 나의 거대한 앎awareness 이외에는 아무것도 존재하지 않았다. 마치 내가 전체를 다 망라하고 있는 것 같았다. 그 상태에서는 모든 것이 명료했고 모든 것이 다 파악되었다. 나는 모든 것이 된 것 같았고, 내가 모든 것 안에 존재했다.

내 자신의 장엄함을 보고 우주와 내가 하나이며 같다는 것을 깨닫자 나는 병이 나았다. 나로부터 분리된 외부 창조물이란 존재하지 않는다는 걸 깨닫게 되었다. '외부external'라는 낱말 자체가 분리와 이원성을 나타내기 때문이다. 이 점을 잊지 않고 살아갈 때 우리는 힘차게, 사랑으로, 그리고 용기를 가지고 물리적 세상과 계속 관계를 맺어갈 수 있다.

방금 '우주 에너지Universal energy'라는 용어를 썼지만, 다른 관점에서 이는 '기氣', '프라나prana', '키ki'라고 말할 수도 있다. 이 단어들은 모두 생명력 에너지를 가리키는 것으로, 기는 '기공氣功'이라고 할 때의 중국어 '기'이고, 키는 '레이키Reiki'라고 할 때의 일본어 '키'이다. 한마디로 이것은 모든 살아있는 것들을 관통하여 흐르는 생명의 근원이다. 사실상 온 우주가 이 에너지로 가득 차 있으며 이 에너지로부터 떨어질 수 없다.

기는 아무런 판단도 하지 않고 무엇을 분별하지도 않는다. 그것은 깨달은 현자든 바닷속 말미잘이든 상관없이 똑같이 관통하여 흐른다. 우주 에너지라 할 때 이 기를 떠올리는 게 도움이 될 것이다. 왜냐하면 이 에너지를 다른 말로—예컨대 근원, 하느님, 크리슈나, 부처 등으로—부르기 시작하면, 그 이름 너머를 보기가 어려워질 수 있기 때문이다. 이러한 용어들은 사람에 따라 다른 것을 의미할 수도 있고, 또 무한한 것이 마치 형체를 지닌 듯 오해하게 할 수도 있다. 이름표에 따라 특정한 기대를 갖게 할 수도 있으며, 대부분 그런 기대감이 우리를 이원성 안에 가두어 이 에너지를 마치 우리와 분리된 실체인 양 보게 만든다. 그러나 우주 에너지는 우리의 순수 의식 상태처럼 한계도 없고 형체도 없으며,

그렇기에 우리와 하나가 되어 치유와 마법, 기적을 만들어낼 수 있다.

임사 체험을 하는 동안 나는 우리 모두가 이 우주 에너지에 연결되어 있으며, 우리 모두 그 에너지와 하나임을 강하게 느꼈다. 우리는 누구나 이 장엄하고 신비로운 생명력이 세포 하나하나를 관통해서 흐르도록 하고 있다. 그것은 어떤 외부적 실체가 아니라 존재의 상태, 즉 내부적 현상이다. 그것은 안에도 있고 밖에도 있고 어디에든 있다. 우리가 어떤 인종이고, 무슨 종교를 가졌으며, 어떤 문화와 신념 체계에 속해 있는가는 아무 문제도 안 된다. 그저 살아있기만 하다면 우리는 누구나 이 에너지에 연결되어 있다. 사실상 우리가 바로 이 우주 에너지이다. 우리는 이 에너지에 닿기 위해 그 무엇도 할 필요가 없고 무엇이 될 필요도 없으며 무엇을 증명해 보일 필요도 없다. 우리는 모두 장엄하고 강력한 존재들이며, 누구나 다 이 에너지에 닿아 있다. 이 에너지가 바로 우리이기 때문이다.

이 에너지를 알아차리지 못하게 막는 유일한 장애물은 바로 나의 마음, 즉 나의 생각이다. 특히 자기를 제한하는 생각이다. 앞에서 나는 모든 것을 내려놓았을 때 임사 체험 상태에 들어갔다고 했는데, 그때 내려놓았다는 것은 실제로는 나의 지성intellect을 완전히 놓아버렸다는 뜻이다. 그와 함께 나를 제한하는 믿음들을 모두 내려놓고 우주 에너지가 그 자리를 대신하도록 하였다. 마음이 말끔히 비워지자 수문이 열렸다. 낫기 위해서 우주의 본성을 거스르며 싸우다가, 이제는 '기'가 그 흐름대로 흐르게 내버려둔 것이다.

처음에는 나를 이끄는 것이 무엇인지 분간하기가 힘들 수 있다. 차이는 이렇다. 마음은 '행위함'에 더 관련되고, 영혼은 '존재함'에 더 관련되어 있다는 것이다. 무한한 자아는 우리의 본질이다. 앞장에서 사랑이 되는 것의 중요함을 설명하면서 말했듯이, 그 무한한 자아가 바로 본연의 우리 모습이다. 지성이란 이 삶을 살아가는 데 필요한 도구에 불과하다. 지성은 끼니를 잇고 집세를 내기 위해 얼마나 돈을 벌어야 하는지 계산하는 데 반해, 영혼은 오로지 자기 자신을 표현하고 싶어할 뿐이다.

무한한 자아는 우리의 본능과 직관이 자리한 곳이기도 하다. 집을 사려고 할 때 우리 마음은 특정 지역을 고르고 예산을 짜는 등 선택권을 좁혀나갈 것이다. 그러나 정말 살 곳을 정하는 마지막 결정은 순전히 직감에 따르는 경우가 많다. 우리는 어떤 장소에 대해 왠지 그냥 좋다는 느낌을 받곤 한다. 거기에는 설명할 수 있는 어떤 논리적 이유도 없다. 그것이 바로 무한한 자아가 하는 일이다.

우리는 복잡한 삶을 살아가느라 우리가 우주 에너지에 연결되어 있으며 이런 자연적인 능력을 타고났다는 사실을 자주 잊어버린다. 우리는 자신의 목소리를 듣지 않고 상사나 교사, 친구 같은 외부의 권위에 자기 힘을 내어준다. 감정을 억누르는 것 또한 자기 장엄함을 인식하지 못하게 막는 장애물이다. 감정은 영혼으로 들어가는 입구이기 때문이다. 하지만 우리는 복잡한 존재들이고, 자신의 느낌을 통제하려고 애쓴다.

오랫동안 오직 머리의 소리에만 의존해서 살다보면, 우리는 무한한 자아와의 연결을 잃어버리고, 그 결과 길을 잃었다고 느끼게 된다. 그저 '존재'하기보다 계속해서 뭔가를 '하는' 상태에 있을 때 이런 일이 발생한다. '존재한다'는 것은 영혼의 목소리에 따라 사는 것, 허용의 상태에 있는 것을 뜻한다. 이는 아무런 판단 없이 자기 자신이 되도록 허용하는 것을 말한다. 존재함은 아무것도 하지 않는다는 뜻이 아니다. 지금 순간에 머물면서 감정과 느낌을 따라 행동한다는 것을 말한다. 그 반면 '행위함'은 미래에 초점이 맞추어져 있다. 마음은 특정 결과를 얻기 위해 우리를 여기저기로 데려가며 무슨 일인가를 계속해서 만들어낸다. 지금 내 감정이 어떤지는 상관하지 않는다.

내 행동이 '행위함'에서 나오는지 '존재함'에서 나오는지 보려면 매일매일 결정을 내릴 때 어떤 감정이 뒤따르는지 보기만 하면 된다. 결정의 동기가 두려움인가, 아니면 열정인가? 내가 날마다 하는 모든 행동들이 삶에 대한 열정에서 나온 것이라면 나는 '존재'하는 것이다. 하지만 내 행동이 두려움의 결과라면 나는 '행위하는' 상태에 있다.

우리는 길을 잃었다고 느낄 때 자신이 뭔가를 잘못했다고 생각한다. 일을 바로잡으려면 뭔가를 해야 하거나 얻어야 한다고 생각한다. 그래서 답을 찾아 밖으로 나간다. 다른 이들이 우리의 결점을 고쳐줄 거라는 희망으로 다른 이들을 찾아 나선다. 잠시 동안은 좋아졌다고 느낄지 모르지만, 대개는 얼마 가지 못하고 더욱 비참한 기분이 되고 만다. 하지만 삶이 바라는 대로, 있는 그대로의 내 모습에 진실로 귀 기울이기 시작하면, 그래서 우리를 움직이도록 만드는 감정을 섬세하게 느끼기 시작하면, 우리는 자신의 장엄한 영혼에 연결된다. 이 연결을 허용해 자기 힘을 되찾을 때 우리는 명료해지는 것을 느끼고, 그리하여 삶은 다시 제 궤도에 들어선다.

이처럼 자기 자신으로 '존재하는' 자리에서 살아갈 때, 우리는 외부의 스승이나 선생, 책, 영적인 사상들을 선택해서 배울 수 있다. 다른 누가 내게 없는 힘을 가졌다고 믿는 대신, 자기 내면의 장엄함과 진실을 알아차린다. 사실 자신의 장엄함을 깨닫고 우리의 진정한 본성인 사랑에 따라 살아갈 때, 우리는 동시성에 의해 자기에게 딱 맞는 선생이나 책, 영적인 사상을 끌어당기게 된다. 아주 딱 맞는 때에 말이다!

안타깝게도 자기 자신의 장엄함을 인식하지 못하면 우리는 단순히 길을 잃었다는 느낌을 넘어, 본질적으로는 같지만 훨씬 더 심각한 결과에 이를 수 있다. 임사 체험중에 나는 모든 판단과 증오, 질투, 두려움이 자신의 진정한 위대함을 깨닫지 못한 사람들로부터 나온다는 것을 느꼈다. 자신의 완전함을 인식하지 못할 때 우리는 계속 스스로를 작고 보잘것없다고 느끼며, 그럼으로써 생명력 에너지의 자연스런 흐름을 '거스른다.' 이 생명력 에너지는 바로 우리 자신이고, 따라서 우리는 우리 자신을 거스르는 것이다.

우리가 진정한 자신을 표현하도록 장려받는다면 우리는 모두 각자의 독특함으로 세상을 가득 채우는, 매우 사랑스러운 존재들이 될 것이다. 문제나 갈등은 진정한 우리 자신을 '알지 못하는' 데서, 우리 내면의 아름다움을 보여주지 못하는 데서 나온다. 우리는 무엇이 '완벽한지'에 대해 너무 많은 판단을 해왔고, 이는 의심과 경쟁으로 이어졌다. 우리는 자신이 훌륭하지 않다고 느끼고 계속 뭔가를 해서 보여주려고 한다. 그러나 우리가 각자 자신의 장엄함을 깨닫고 스스로에 대해 좋게 느낀다면, 우리가 나눠야 할 것은 단 하나 바로 우리 각자의 독특한 본성뿐이다. 이러한 독특함은 자신을 잘 돌보고 있음을 보여주는 사랑어린 방식으로 밖으로 표현된다.

세상에서 보이는 문제들은 우리가 다른 이들을 판단하거나 증오하는 데서 나오는 게 아니라 바로 우리 자신을 판단하고 증오하는 데서 나온다. 내가 암에서 나을 수 있었던 가장 큰 이유가 바로 두려움을 깨끗이 씻어내 버린 무조건적인 자기 사랑에 있었듯이, 더 나은 세상을 만드는 핵심 또한 모두가 자기의 참된 가치를 깨닫고 자신을 무조건적으로 사랑하는 데에 있다. 자신에 대한 판단을 멈춘다면 자동으로 다른 사람을 비난할 일도 줄어들 것이다. 우리는 다른 이들의 진정한 완벽함을 알아보기 시작할 것이다. 우주는 우리 안에 들어 있고, 우리가 밖에서 경험하는 것은 오직 우리 내면의 반영일 뿐이다.

나는 중심에서는 진실로 그 누구도 나쁘지 않다고 생각한다. 내가 앓은 암이 내 두려움의 산물이었듯이, 악惡 역시도 단지 우리 두려움이 만들어낸 것일 뿐이다. 장엄함의 눈으로 보자면, 범죄자들도 그들 자신의 제약과 두려움, 고통의 희생양이다. 애초에 자기가 진정 누구인지 알아차렸다면 그들은 어떤 해악도 짓지 않았을 것이다. 마음가짐이 달라진다면, 예컨대 두려움의 상태가 아니라 완전한 신뢰의 상태라면, 아무리 사악한 사람일지라도 삶의 방향이 달라질 것이다. 내 삶이 암이라는 극한의 병에서 정반대 방향으로 선회하였듯이 말이다.

대부분의 사람들이 명료한 자기 자각 상태에서 살지 않기 때문에, 서로 해치는 일을 막으려고 법과 심판, 보상과 처벌 따위를 만들어낸다. 만일 우리가 자신의 장엄함을 깨닫는다면 우리는 더 이상 두려움에 쫓겨 살지 않을 것이다. 법도 감옥도 필요 없을 것이다. 물론 병원도 마찬가지일 것이고.

어느 날 우리 한 사람 한 사람이 모두 자신이 진정 완벽하고 장엄한 존재임을 깨닫는다면, 예를 들어 지구 위의 모든 이들이 영적인 변형을 경험한다면, 밖으로 표현되는 세상도 그 새로운 상태를 그대로 반영해서 바뀌게 될 것이다. 사람들은 스스로에게 더욱 큰 힘을 부여할 것이고, 두려워하거나 경쟁하는 일이 줄어들 것이며, 서로에게 훨씬 더 관대해질 것이다. 범죄율도 극적으로 줄어들 것이다. 스트레스와 두려움이 줄어들기 때문에 우리의 면역 체계는 더욱 강해질 것이며, 따라서 질병이 훨씬 줄 것이다. 더 이상 두려움의 다른 얼굴인 탐욕에 의해 행동하지 않으므로 행동의 우선순위도 바뀔 것이다. 아이들은 '사랑인 상태로' 키워지고, 그래서 더욱 튼튼하고 건강하고 순수해질 것이다. 그들은 이러한 삶의 방식을 적대시하는 곳이 아니라 자연스레 지지하는 행성에서 살게 될 것이다.

이러한 바람을 품어보지만, 그래도 나는 세상은 물론 어느 한 사람도 억지로 변화시킬 필요를 느끼지 않는다. 밖으로 나가 세상을 바꾸는 것은 곧 그들이 틀렸다고 판단한다는 뜻이며, 따라서 내가 그들을 내 바람이나 사상에 부합하도록 고치려 한다는 뜻이다. 그러나 모든 것은 시간의 그 지점에서 응당 그래야 하는 모습으로 존재한다. 나는 내가 할 유일한 일이 그냥 '있는' 것임을 안다. 여기서 내가 할 일은 그저 내 자신으로—즉 나 자신인 사랑의 표현으로—있는 것이며, 내가 이 물리적 차원에서 살아가는 내내 내 안에서 그리고 다른 사람과 주변의 세상 안에서 완벽함을 보는 것뿐이다. 우리 모두가 될 필요가 있는 것은 오로지 이것이 전부이다.

나는 내 가족들이나 그 밖의 사람들이 내 삶에서 하는 역할과 내가 그들의 삶에서 하는 역할을 이해하게 되었다. 내가 스스로에게 진실하지 않으면 내 주변 사람들도 그들 자신으로 존재할 수 없다. 내가 나만의 독특한 자아가 될 때에만 그들도 그들 자신의 무한한 자아 차원에서 나와 만날 수 있다.

이를 자각하고 있는 한은 나는 내가 우주 에너지와 하나임을 느낀다. 우주 에너지는 동시성의 방식으로 경이롭게 펼쳐지면서 내 삶으로 흘러 들어온다. 나는 기운이 빠지는 대신 생기로 가득 채워진다. '행위함'에 의해서 처지는 게 아니라 '존재함'에 의해서 고양되고, 우주 에너지에 '거스르는' 것이 아니라 우주 에너지와 '함께' 간다. 이런 식으로 계속하면 내 삶은 마치 선禪을 수행하는 듯한 삶이 되고, 나는 그 안에 현존하면서 모든 것이 현실 밖으로부터 인도받는 듯한 느낌을 받는다. 언제나 그러기가 쉬운 것은 아니지만, 그것은 확실히 삶을 훨씬 재미있게 만든다! 나는 분명코 아직 길 위를 걷는 중에 있지만, 내가 할 일은 진정 이것밖에는 없다. 내 자신인 사랑이 되는 것, 그저 '내 자신'이 되는 것! 내 외부의 우주는 정확히 그것의 결과일 수밖에 없으며, 더 커다란 차원에서도 이는 마찬가지이다.

우리가 순간순간의 생각과 감정으로 각자의 삶을 창조하는 것처럼, 집단 차원에서도 우리는 그런 식으로 인간으로서 무엇이 가능하고 가능하지 않은지를 결정해 왔다. 마찬가지로 우리는 우리의 도덕과 가치관이 절대적이라고 생각하지만, 사실상 그것은 우리가 오랜 시간에 걸쳐서 참이라고 받아들인 신념 체계와 사고 들의 다발에 지나지 않는다. 그것들은 우리 마음의 구조물이자 우리 문화의 산물이다. 가령 어린 시절 내 사고방식을 형성한, 여자라면 당연히 이러저러해야 한다는 식의 성 역할에 대한 기대처럼 말이다. 나는 그 가치관이 절대적으로 참이라 믿었기에, 그것은 나라는 사람을 형성하는 데 영향을 끼쳤다. 우리가 만들어낸 현실은 전반적으로 우리의 무의식을 반영한다. 모두의 생각과 믿음이 지금과 달랐다면 우리는 지금과는 다른 행성을 만들었을 것이다.

어느 경우든 이 세상은 우리가 현재 고수하는 집단적 생각과 믿음이 쌓여 만들어진 정점이라고 생각한다. 우리는, 개인으로나 집단으로나, 주어진 시점에서 우리가 받아들일 수 있는 속도만큼씩만 넓어지고 있다. 아직 우리에게 범죄자는 가해자다. 그래서 범죄자는 이생에서는 물론이고 사후에라도 그에 상응한 선고를 받아야 마땅하다! 우리는 아직 그들을 두려움의 희생양으로는 보지 못한다. 우리가 다 함께 창조해 낸 현실의 산물이라는 점은 보지 못한다.

가장 못된 사람의 눈을 우리가 각기 들여다보면서 그 안에 비친 자신의 모습을 볼 수 있을 때, 그때 우리는 인류의 진정한 변화를 볼 것이다. 개인적으로 우리는 우리의 집단적인 믿음과 생각을 바탕으로 세워진 현실을 맹목적으로 따르기보다 자신의 진실에 근거해서 자신을 위한 현실을 만들어나갈 수 있다. 개인 차원에서 깨달음을 넓혀갈 때 우리는 우주 차원의 변화에도 영향을 미치게 될 것이다.

우리 한 사람 한 사람은 형형색색의 복잡한 무늬로 짜인 커다란 태피스트리의 한 가닥 실과 같다. 우리는 실 한 가닥에 지나지 않지만 그림이 완성되려면 우리 모두가 꼭 필요하다. 우리는 진정한 자신이 될지 그렇지 않을지 선택하는 것만으로도 다른 이들의 삶에 영향을 끼친다. 다른 사람에 대한 우리의 유일한 의무이자 목적은 바로 우리의 독특함을 표현하는 것이고 다른 이들도 그렇게 하도록 허용하는 것이다.

빛이, 다시 말해 장엄한 우주 에너지가 우리 안에 있고 그것이 또 우리 자신임을 깨달을 때 우리 개개인은 바뀐다. 그것은 우리가 열려 있는, 준비가 된 것이기 때문이다. 그런 식으로 느리지만 깊은 변화가 이 세상에서 일어날 수 있다. 다음 장에서는 이 차원에서 살아간다는 것과 관련해서 내가 알게 된 것들을 더욱 자세히 살펴보려고 한다.

17

허용하는 삶

앞서 말했지만 다시 한 번 말해도 지나치지 않겠다. 나는 지금 내 삶을 두려움이 아닌 기쁨으로 살고 있다. 이것이 임사 체험 이전의 나와 지금의 나 사이의 아주 간단한 차이점이다.

비록 깨닫지조차 못했지만, 지난날 내가 한 것은 오로지 고통을 피하는 것, 아니면 다른 이들을 기쁘게 해주는 것뿐이었다. 나는 뭔가를 하고, 추구하고, 찾아다니고, 손에 넣는 데 사로잡혀 있었다. 내 자신은 가장 나중에 챙겨주는 사람이었다. 내 삶은 두려움에 의해 흘러가고 있었다. 다른 사람들을 기분 상하게 하면 어쩌나, 실패하면 어쩌나, 이기적이란 소리를 들으면 어쩌나, 만족시키지 못하면 어쩌나 하는 두려움들…… 내 머릿속에서 나는 늘 모자란 사람이었다.

임사 체험 후 나는 내가 뭔가를 '이루기' 위해 다시 돌아왔다고 느낀 적이 없다. 나는 단지 '존재하기' 위해 돌아왔다. 그러기에 내가 하는 모든 것은 사랑으로부터 나온다. 나는 더 이상 일을 바르게 해야 한다거나 규칙이나 주의에 따라야 한다면서 걱정하지 않는다. 나는 그저 내 가슴을 따르고, 그렇게 할 때 나는 결코 잘못할 수 없다는 것을 알고 있다. 아이러니하게도 나는 내 옛날 자아가 하던 때보다 훨씬 더 많은 사람들에게 기쁨을 주고 있다. 단지 내가 더 행복해지고 자유로워진 것뿐인데 말이다!

이는 내 건강에도 큰 영향을 끼친다. 내 자신을 무한한 존재로 보게 되면서, 몸은 스스로를 알아서 돌본다. 몸은 내 영혼 안에서 일어나는 일의 반영일 뿐이기 때문이다. 내 자신에 대한 조건 없는 사랑은 나의 에너지를 엄청나게 증가시키고, 우주도 그에 맞춰 움직인다.

외부 세상은 우리가 자신에 대해 느끼는 것을 거울처럼 되비쳐 준다. 자신에 대한 부정적인 판단을 모두 내려놓을 때 우리는 세상이 변형되도록 허용하게 된다. 또 그렇게 될 때 우리는 더욱더 커다란 신뢰를 느낄 수 있다. 신뢰가 깊어질수록 결과를 조정해 보려는 노력도 놓아버리기가 더 쉬워진다. 한때는 믿고 따랐지만 이제는 더 이상 우리를 설득하지 못하는 다른 이들의 원칙이나 신념을 교조적으로 추종하기보다 이 흐름을 따라 움직일 때 우리는 진정한 우리 자신을 더욱 정확하게 현실에 반영할 수 있다.

임사 체험을 하기 전까지 나는 늘 삶의 안내를 받고자 바깥을 찾아 헤맸다. 그것은 동료나 상사에게서 인정을 받는 것이기도 했고, 그저 단순히 다른 이들에게 답을 구하는 것이기도 했다. 나는 다른 이들이 정해주는 의견이나 조언, 가르침과 법을 그것이 좋게 느껴지든 그렇지 않든 상관하지 않고 따랐다. 두려움 때문에 어떤 의식儀式과 가르침을 고수할 때도 있었다. 혹시라도 그들이 맞고, 내가 모르는 걸 그들이 알고 있을지도 몰랐다.

임사 체험중에 나는 이처럼 외부의 온갖 목소리를 듣는 동안 나를 잃어버리고 말았음을 깨달았다. '혹시 몰라서' 뭔가를 한다는 것은 두려움 때문에 그것을 한다는 뜻이다. 이제 나는 어떤 정형화된 방법론이나 질서, 의식儀式, 주의나 신조를 따르지 않는다. 실제로 나에게 가장 근본적인 원칙은 고정불변의 법칙이란 결코 없다는 것이다! 나는 그때그때 옳다고 '느껴지는' 것에—그것이 무엇이든—관심을 기울일 뿐이다. 내게 있어 삶이란 영적인 경험이며, 나는 늘 변화하고 또 진화하고 있다.

우리가 우주의 생명력으로부터 분리될 수 없는 에너지적 존재라면, 우리를 위해 대신 결정을 내려주거나 우리에게 어떻게 에너지를 높이거나 낮추라고 일러줄 어떤 외부 시스템도 필요가 없다.

우리는 모두 독특하기 때문에 그 누구도 무엇이 옳다고 정답을 정해줄 수 없다. 그러나 수많은 조직화된 영성 체계와 종교들은 바로 그렇게 하고 있다. 한번 구조가 세워지면 모두가 그 동일한 교리를 따라야 한다. 그러지 않겠다고 선택하는 이들은 부정적인 판단을 받으며, 조직화된 종교들은 합일을 이루겠다는 목적으로 그들 스스로 세운 규율을 가지고 분열과 분쟁을 만들어낸다. 종교적 길을 따를 때 우리는 두려움 속에서 살거나 다른 이들을 희생양으로 만드는 실수를 저지를 수 있다. 그러나 '개인적인' 영성의 길을 따를 때 우리는 존재 내면에서 울리는 북소리를 따르게 되고, 우리 모두가 그 중심에 있는 무한한 자아와 보조를 함께하게 된다.

조직화된 체계들이 얼마나 거짓되었는지는 여러 문화들을 보면 대번에 분명해진다. 인도와 중국의 영적인 치유 체계는 서로 완전히 모순된다. 힌두교에서는 육식을 죄로 여기는 반면, 중국에서는 오히려 고기를 먹지 않는 것이 건강에 해롭다고 말한다. 또 인도에는 '바스투vastu'라는 중국 풍수지리학과 비슷한 체계가 있는데, 그 내용은 중국의 풍수지리학과는 정반대이다. 나는 권위자들이 서로 상충하는 관점을 지지하는 것을 보고 무척이나 당황스러웠다. 무엇을 택해야 할지 헷갈릴 때 내 선택이 잘못되었으면 어떡하나 하는 불안감 때문에 두려움은 훨씬 커질 수 있다.

결국 나를 내 자신으로 돌려놓은 것은 임사 체험이었다. 나는 '자신만의 길'을 발견하고 따르기 위해 여기 와 있다는 것을 깨닫는 것이야말로 우리에게 가장 중요하다고 믿는다. 당신이 물질적인 삶을 포기하고 20년 동안 산 속에서 명상을 했든, 엄청난 규모의 다국적 기업을 만들어 수천 명의 직원에게 일터를 마련해 주었든, 이런 것은 아무런 상관이 없다. 우리는 절이나 교회에 갈 수도 있지만, 해변에 가만히 앉아 있을 수도 있다. 마가리타 한 잔을 마실 수도 있고, 사랑하는 사람과 아름다운 일몰 풍경을 바라볼 수도 있으며, 아이스크림을 맛있게 먹으면서 공원을 산책할 수도 있다. 궁극적으로 말하면 우리가 어떤 길을 택하든 그 길은 다 우리에게 올바른 길이다. 어떤 길도 다른 길보다 더 영적이거나 덜 영적이지 않다.

나는 제도화된 종교를 반대한다고 말하는 것이 아니다. 다만 종교라는 이름으로 이 세상에서 분열과 분쟁, 살인이 자행될 때는 명분이 뭐든 그 종교에 회의를 느낀다는 말이다. 진정으로 우리는 모두 하나이며, 동일한 전체Whole의 개개 얼굴들일 뿐이다. 인간은 아주 다양하므로 어떤 이들은 제도화된 종교나 영적인 길이 더 잘 맞겠지만, 모든 사람이 다 그런 것은 아니다. 우리가 스스로를 보살피면서 자신의 창조성을 표현하고 살기만 한다면, 그렇게 자신의 장엄함을 확인하면서 살기만 한다면, 그것이 바로 우리가 할 수 있는 최선이다. 어떤 한 가지 길이나 신조만이 참된 길이라고 주장한다면 이는 우리 본연의 모습을, 우리가 이곳에 와서 발현하고자 한 모습을 제한할 뿐이다.

우리는 우리의 장엄함에 연결되기 위해 특별한 의식儀式을 실천하고 교리를 따르는 등 뭔가를 하느라 '애쓸' 필요가 없다. 원한다면, 그렇게 하는 것이 기쁘다면 그렇게 할 수는 있지만 그것이 필수 사항은 아니다. 그저 내면의 안내를 따르는 것만으로도, 과거에 찾던 올바른 방법을 비롯해서 자기에게 꼭 맞는 것을 찾을 수 있다. 자신이나 다른 이들을 판단하지 않고 오직 사랑의 중심에 자기가 있음을 느낄 수 있다면, 우리는 옳은 길 위에 있는 것이다. 그렇게 우리는 무한한 전체 안에서 우리의 진정한 장엄함을 인식한다.

예를 들어 기도는 힘든 시기에 있는 사람들에게 커다란 위안을 줄 수 있으며, 자기를 발견하는 데에도 도움이 된다. 기도를 통해 우리는 모든 짐을 내려놓고 맡길 수 있기 때문에 기도는 평화와 안녕에도 긍정적인 영향을 준다. 결과적으로 기도하는 사람은 훨씬 가볍고 고양된 기분을 느낄 수 있으며, 이는 그 자신만이 아니라 다른 이들에게도 평화를 가져다준다. 우리 모두는 연결되어 있기 때문이다. 아무리 작은 것이라도 자신에게 긍정적인 것을 선물할 때 당신은 그와 똑같은 것을 전체에도 선물한다.

그러나 나는 기도하는 사람이 기도하지 않는 사람보다 중심에 더 연결되어 있다거나 혹은 덜 연결되어 있다고 생각하지 않는다. 우리 모두는 자기 안에 있는 그 무한한 공간을 알아보는 자기만의 방법을 가지고 있으며, 어떤 이들에게는 그것이 기도일 수도 있지만 어떤 이들에게는 그것이 음악이나 미술일 수도 있다. 혹은 자연 속에 있는 것이, 심지어는 지식이나 기술을 추구하는 것이 그런 것일 수도 있다. 열정과 창조성, 그리고 생의 목적을 불러일으키는 것이라면 어떤 것이든 그런 것이 될 수 있다. 다시 말해 자신의 장엄함을 더욱 잘 인식하게 만들어주는 것은 기도 그 자체가 아니다. 그보다는 내부의 자기만의 열정에 연결되고, 선적禪的인 상태가 되며, 삶에 의미와 합일의 느낌을 주는 쪽으로 살기를 선택할 때 우리는 자신의 장엄함을 느낄 수가 있다.

나는 개인적으로 나와 떨어져 있는 외부의 신에게 기도할 필요를 느끼지 못한다. 나는 언제나 단 한 순간도 빠짐없이 나와 우주가 하나라는 것을 알기 때문이다. 따라서 나는 내 삶 자체가 기도라고 느낀다. 명상은 무척 도움이 되는 것 같다. 명상은 마음을 고요히 가라앉혀 주고 온전히 깨어 있도록 도와주기 때문이다. 이때 나는 전체 안에서 내가 모든 것과 연결되어 있다고 느낀다. 어떤 사람들한테는 명상이 이런 고양되는 느낌을 주지 못할 수도 있는데, 그래도 문제될 것은 없다. 각자 자기 안에서 느껴지는 것을 하는 것이 중요하다.

기존 체계를 따라가는 데 별 어려움이 없거나 혹은 재미있다면 그것도 좋다! 하지만 그것이 힘들어지거나 감정이나 생각을 통제하는 수단으로 느껴지기 시작한다면, 그것은 당신에게 잘 맞지 않은 방법일 수 있다. '완전한 허용'의 상태에 있을 때 가장 긍정적인 변화가 일어날 수 있다. 그게 어떤 모습이든 그저 자기 자신이 되라. 살아있는 느낌이 들게 하는 것이라면 무엇이든 받아들여라.

나는 내 자신은 물론 다른 이들을 위해 내가 할 수 있는 최선의 일은 스스로를 고양된 상태로 유지하는 것, 스스로 행복한 느낌이 드는 일을 하는 것이라고 굳게 믿고 있다. 이런 내가 '긍정적인 생각'을 마치 무슨 만병통치약처럼 생각하지는 않는다고 하면 놀랄지도 모르겠다. 모든 생명이 연결되어 있기 때문에 내 기분을 좋게 유지하는 것이 더 큰 영향을 끼치는 건 사실이다. 나 역시도 전체 우주에 대해 그렇게 하고 있다.

하지만 부정적인 생각이 스며드는 것을 알아챘을 때에는 그 생각을 판단 없이 받아들여 그대로 지나가게끔 두는 것이 가장 좋은 것 같다. 느낌을 바꾸려고 자신을 억누르거나 강요한다면, 그럴수록 그 감정은 더욱 강하게 반발한다. 그럴 때 나는 아무 판단도 하지 않고 그저 그 감정이 나를 통해 흘러가게끔 내버려둔다. 그러면 그 생각과 감정은 결국은 지나간다. 따라서 나를 있는 그대로 내버려둘 때 내게 가장 좋은 길이 지극히 자연스러운 방식으로 펼쳐진다.

"부정적인 생각은 부정적인 것을 끌어온다"와 같은 말은 포괄적이긴 하지만 늘 타당한 것 같지는 않다. 이런 말은 힘든 시기를 지나고 있는 이들한테는 더욱 힘든 말이 될 수도 있고, 부정적인 생각 때문에 부정적인 것들을 더 많이 끌어오면 어쩌나 하는 두려움을 불러일으킬 수도 있다. 이런 생각을 무차별적으로 적용하면, 힘든 시기에 처한 것처럼 보이는 사람들은 자기가 뭔가를 잘못해서 그런 일들을 끌어들였다고 생각하기 쉬운데 이는 결코 사실이 아니다. 자신의 부정적인 생각이 그런 좋지 않은 상황을 만들어냈다고 믿기 시작하면, 우리는 자기가 생각하는 것이 혹 부정적인 것을 낳을지도 모른다는 피해망상에 빠지고 말 것이다. 그러나 실제로 부정적인 결과는 우리의 생각보다 감정에 더 관련이 있다. 특히 '자기 자신'에 대해 어떻게 느끼는지가 중요하다.

또 단순히 긍정적인 상태를 유지한다고 해서 꼭 긍정적인 것들을 끌어들이는 것도 아니다. 이는 정말이지 아무리 강조해도 지나치지 않을 텐데, '스스로 자신을 어떻게 느끼는지'가 실제로 삶의 조건을 결정하는 가장 중요한 지표이다! 다시 말하면 스스로에게 진실한 것이 긍정적이 되려고 노력하는 것보다 훨씬 더 중요하다!

나를 화나게 하는 것들에 대해 부정적인 느낌이 들 때 나는 그 느낌을 그대로 허용한다. 감정을 꾹꾹 담아두는 것보다는 그런 감정을 생생히 경험하는 것이 훨씬 낫기 때문이다. 다시 강조하지만, 이것은 지금의 내 느낌에 저항해 싸우는 것이 아니라 그것을 그냥 '허용'한다는 말이다. 판단 없이 허락하는 바로 이 행위가 자기 사랑의 행위이다. 이처럼 스스로를 친절하게 대하는 행위가 거짓으로 긍정적인 척하는 것보다 삶을 훨씬 더 즐겁게 해준다.

정말 즐겁고 쾌활하고 친절한 사람인데 삶은 고전을 면치 못하는 사람이 있다면 우리는 속으로 이렇게 생각할지도 모른다. "거봐. 이게 바로 '긍정적인 사고'가 소용없다는 증거야." 하지만 그건 요점을 잘못 파악한 것이다. 우리는 그 사람의 내면에서 어떤 대화가 오가는지 모른다. 우리는 다른 이들이 날마다 스스로에게 어떤 말을 하며 사는지도 모르고, 그들이 감정적으로 행복한지 어떤지도 모른다. 더 중요한 것은 우리는 그들이 과연 자신을 사랑하고 소중하게 여기는지 어떤지 전혀 모른다는 것이다!

임사 체험에서의 깨달음 덕분에, 나는 내 자신을 판단하지 않는 것, 스스로에게 두려움을 심어주지 않는 것이 얼마나 중요한지 느끼게 되었다. 나는 안전하다는, 나는 무조건적으로 사랑을 받고 또 받아들여진다는 말이 내 안에서 들려올 때, 나는 이 에너지를 바깥으로 퍼뜨리게 되고 그에 따라 내 주변의 세계도 바뀌게 된다. 외부의 삶은 이처럼 내 내면 상태의 반영에 지나지 않는다.

오늘 하루 일진이 사나웠다든가 한 주 내내 일이 잘 안 풀렸다든가 하는 건 중요하지 않다. 그런 때에 내가 '내 자신에 대해 어떻게 느꼈는지'가 더 중요하다. 힘든 시간을 맞고 있다 하더라도 그 과정을 신뢰하는 것, 그래서 불안이나 슬픔, 두려움을 억누르기보다 이 감정들이 지나갈 때까지 있는 그대로 느끼는 걸 겁내지 않는 것이 더 중요하다. 중요한 것은 나를 있는 그대로 받아들이는 것이다. 그렇게 할 때 그런 감정들은 사라지게 마련이고, 그런 감정이 일어나는 횟수도 점점 줄게 되어 있다.

임사 체험 전에 나는 화를 많이 참았다. 화를 내면 내 삶에 부정적인 것을 끌어들일 거라고 믿었기 때문이다. 거기에 다른 이들을 걱정시키고 싶지도 않아서, 내 생각을 통제하려고 애썼고 늘 긍정적이 되어야 한다고 스스로를 다그쳤다. 하지만 이제 나는 안다. 핵심은 내 모습을 있는 그대로 존중하고 늘 내 자신의 진실 안에 머무는 데에 있다는 것을 말이다.

시간은 매순간이 다 다르며, 각각의 순간은 한번 지나고 나면 이 물리적 차원에서 다시는 반복되지 않는다. 나는 이 사실에 편안해지는 법을 배우고, 순간에 사는 법을 익히게 되었다. 될 수 있는 대로 나는 이 순간에서 다음 순간으로 어떤 감정적 짐도 옮기지 않으려고 노력한다. 그러기보다는 매 순간을 새로운 가능성을 지닌 깨끗한 백지로 보려고 한다. 그래서 나는 바로 그 순간에 내 기분을 끌어올려 주는 것, 가장 큰 기쁨과 즐거움을 주는 것을 한다. 그것은 명상일 수도 있지만, 그 순간 내가 하고 싶기만 하다면 그게 쇼핑일 수도 있고 초콜릿을 먹는 것일 수도 있다.

진정한 자기 자신과 더 큰 조화 속에 사는 것은 억지로 긍정적인 생각을 반복하는 것과는 다르다. 그것은 바로 존재하는 것이요, 나를 행복하게 해주는 것, 내 안의 열정을 불러일으켜 최선을 다하게 하는 것, 기분을 좋게 만들어주는 것을 하는 것이다. 그것은 스스로를 조건 없이 사랑한다는 뜻이기도 하다. 우리가 이런 식으로 흘러가면서 삶이 즐거워지고 활기차지는 것을 느낄 때가 바로 우리가 자신의 장엄함에 닿아 있는 때이다. 이 장엄함을 우리 안에서 발견할 수 있을 때 세상의 모든 일은 참으로 흥미진진해지고, 우리는 모든 것이 동시성 속에서 벌어지는 것을 목격하게 된다.

최근 들어 동시성과 끌어당김의 법칙이 큰 주목을 받고 있다. 우리가 어떤 것들을 끌어당기고 있기 때문에 그런 것들이 노력 없이도 제때 나타난다는 생각은 꽤 매력적이다. 하지만 나는 '끌어당긴다attract'는 표현보다는 '허용한다allow'는 표현을 더 좋아한다.

앞서도 말했듯이 우리는 우주와 하나이고, 우리의 목적은 우리의 장엄한 자아가 되는 것이며, 외부 세계는 우리 안에 있는 것의 반영에 지나지 않는다. 내 삶의 큰 위기도 내가 바깥에만 눈길을 두고 남과 나를 비교하며 그에 따른 경쟁심에 시달렸을 때 찾아왔다. 나는 이 세상이 모두가 누릴 만큼 충분하지 않다고 생각했고, 그런 생각은 내 안에 욕심과 경쟁심을 낳았다. 사람들의 독특함과 차이를 받아들이는 대신 다른 이들을 설득해서 내가 하는 대로 믿고 생각하게 만들어야 했다.

이 모든 감정은 우주가 부족하며 제한된 곳이라는 생각에서 나온 것들이었다. 실제로 우주는 무한한데 말이다. 우주는 우리가 커지는 만큼 커지고 넓어지는 만큼 넓어질 수 있다. 우주가 확장되고 허용하는 정도는 우리가 얼마나 원하느냐에 달려 있다. 하지만 그것은 먼저 우리 안에서 이루어져 밖으로 표현되는 것이지 그 반대는 아니다.

내 무한한 자아의 바깥에 아무것도 없다는 것을 깨닫자마자, 나는 내 자신을 '진행중인 완전성'으로 바라볼 수 있었다. 하지만 그 방식은 정적인 것이 아니라 동적인 것이었다. 아름답기 그지없는 장면들이 계속해서 돌아가는 만화경처럼, 완전성의 작업은 잠시도 멈추지 않는다. 내게 있어 이는 여정 안에서, 그리고 일견 실수로 보이는 것 안에서 아름다움을 보는 것을 의미한다. 실수는 또 다른 이해의 차원으로 나를 데려가기 때문이다. 내 목표는 자신을 충분히 신뢰할 수 있을 만큼 스스로에 대해 좋은 느낌을 갖는 것, 그리고 그 상태에서 결과는 신경 쓰지 않는 것이다. 내 자신에게 아무런 잘못된 것도 없다는 걸 알아차리기 시작했을 때 외부 세계 또한 이를 그대로 반영하는 것을 나는 보게 되었다. 나는 나에게 최선의 것들을 끌어당기고 있었지만, 그것은 내가 우주를 위해 최선의 일을 하는 것이기도 했다.

바깥으로 나가 세상을 바꾼다는 생각은 나로서는 따르기 어렵다. 그것은 뭔가가 잘못되었고 바뀔 필요가 있다는 생각에서 나온 것으로, 처음 문제를 일으킨 것과 똑같은 '판단의 에너지'를 더욱더 키울 뿐이다. 그러기보다는 어떤 것이든 믿음이나 생각에 대한 집착을 내려놓을 때 나는 우주 에너지가 나를 통해 흘러갈 수 있도록 내 자신이 더욱 넓어지고 마치 투명해지는 느낌을 받는다.

내가 이런 허용의 상태에 있을 때 훨씬 더 긍정적인 우연의 일치들이 내 삶에서 일어난다.

우리는 언제나 한 치의 오차도 없는 완벽한 결과를 끌어당기며 비슷한 것들을 불러들인다. 그러므로 내가 스스로에게 친절하면 할수록 외부의 일들도 그런 내 태도를 반영해 내게 친절한 모습으로 나타날 것이다. 스스로를 가혹하게 대하거나 판단의 잣대를 들이댄다면 마찬가지로 그에 상응하는 상황들이 펼쳐질 것이다. 우주는 언제나 내 생각이 맞다며 내 편에 서준다. 내가 나에 대해 생각하는 것이 맞다고 말이다!

과거에 나는 내가 뭔가를 해야 하고 손에 넣어야 하고 이루어야 한다고 느끼면서 그것을 '추구하곤' 했다. 하지만 뭔가를 추구하는 행동 그 자체가 바로 두려움에서 나온 것이다. 우리는 우리가 원하는 것을 못 가질까봐 두려워한다. 그래서 이원성 안에 갇히고 만다. 애초부터 좇는 나와 좇을 대상이라는 그 '분리'에 초점이 가 있기 때문이다. 하지만 지금 나는 더 이상 어떤 것도 추구하지 않는다. 그저 '허용할' 뿐이다.

예를 들어 내 삶이 어떤 방향으로 흘러갔으면 좋겠다는 욕구가 강하게 들 때, 만일 내가 그것을 공격적으로 추구한다면 그로 인해 나는 우주 에너지에 맞서 싸우게 될 것이다. 그것을 손에 넣으려고 애를 쓰면 쓸수록 나는 내가 뭔가 잘못하고 있다는 것을 더 많이 알게 된다. 그에 반해 허용하는 것은 힘이 들지 않는다. 허용이란 '놓아버림[release]'에 가깝다. 놓아버린다는 건, 모든 것이 하나이므로 내가 얻고자 하는 그것이 이미 내 것임을 깨달았다는 뜻이기 때문이다.

허용의 과정은 먼저는 신뢰하는 데서, 그 다음은 자기 자신에게 늘 진실해지는 것에서 시작된다. 이렇게 할 때 나는 오직 진실로 내 것인 것을 끌어당기게 되며, 모든 것은 내가 편안하게 느끼는 속도로 일어난다. 나는 걱정되는 것 혹은 내가 부족하거나 필요하다고 느끼는 것만 계속 생각할 수도 있다. 그런 경우에는 내 삶이 내가 경험하고 싶어하는 쪽으로는 흘러가지 않을 것이다. 모든 것은 지금 모습 그대로 있을 것이다. 왜냐하면 나는 새로운 경험을 신뢰하고 허용함으로써 내 의식을 넓히기보다는, 내가 두려워하는 것, 나를 화나게 하는 것, 뭔가 불충분하다는 느낌을 주는 것에 주의를 집중하고 있기 때문이다. 그렇게 나는 얼마나 빨리 걱정들을 놓아버리고 그 과정 속에서 이완되기를 원하느냐에 따라서, 그림을 현실화하는 것을 더 느리게도 할 수 있고 더 빠르게도 할 수 있다. 특정 사고방식이나 결과에 더 집착하면 할수록, 혹은 새로운 모험을 겁내면 겁낼수록, 그 전개는 더욱 느려질 것이다. 내가 과정에 열려 있지 않기 때문이다. 우주 에너지가 나를 통해 자연스럽게 흐르도록 허용하지 않고 있는 것이다.

그렇다고 해서 내가 가만히 앉아 그 모든 선택이나 가능성을 일일이 따진다는 것은 아니다. 매 순간 내가 진실로 하는 것은 그 자리에서 깨어 있는 의식으로 '사는 것'이다. 이것은 외부적으로 일어나는 일이 아니라 내부적으로 일어나는 일이다. 바깥에는 내가 추구해야 할 것도 없고 끌어당겨야 할 것도 없다. 우주가 내 안에 있기 때문에 내가 내 안에서 경험하는 것은 무엇이든 전체에 영향을 미친다.

모든 시간의 태피스트리는 이미 짜여 있고, 따라서 내가 내 삶에서 일어나기를 바랄 수 있는 모든 것은 저 무한한 비물질적 차원에 이미 존재하고 있다. 내가 할 일이라곤 이 무한한 영역으로 흘러들 수 있도록 지구 차원에 있는 내 자아를 확장시키는 것이 전부이다. 그러므로 뭔가 바라는 게 있다면, 밖으로 나가서 구하려고 할 게 아니라 자신의 의식을 확장해 우주 에너지가 여기 내 현실 속으로 흘러들도록 해야 한다.

내가 바라는 걸 애써 추구하면 오히려 분리만 더욱 강화할 뿐이다. 그와 달리 '허용한다'는 것은 우리가 모두 하나이며 모든 것이 연결되어 있고, 따라서 내가 바라는 것이 이미 내게 있음을 안다는 뜻이다.

18

질문과 대답

임사 체험을 하고 난 뒤 나는 세계 곳곳에서 여러 부류의 사람들에게 내 경험에 대해 이야기할 기회가 많아졌다. 다음은 그런 대화에서 나온 질문과 대답을 간추린 것이다.

다른 세상에서 경험한 '조건 없는 사랑'을 어떻게 정의하십니까? 그리고 그것은 우리가 이 물질 세계에서 경험하는 사랑과 어떻게 다른가요?

| 저쪽 세상에서의 사랑은 본질적으로 순수하다는 점에서 이곳의 사랑과 아주 다릅니다. 아무런 계획도 없고, 기대도 없어요. 감

정에서 나오는 것도 아니며, 상대의 행동이나 기분에 따라 다르게 반응하지도 않습니다. 그저 존재할 뿐입니다.

여기 물질 세계에서도 그와 같은 조건 없는 사랑을 되살려낼 수 있다고 보나요?

| 그 중심에서는 우리는 누구나 '이미' 순수하고 조건 없는 사랑입니다. 하지만 여기 물질 세상에서 그것을 표현할 때 우리는 마음이라는 필터를 통해서 거르게 되고, 그래서 그것은 인간의 감정으로 표현됩니다.

프리즘을 '관통'하는 흰빛을 예로 들면 이 점을 잘 비유할 수 있겠네요. 조건 없는 사랑은 순수한 흰빛과 같습니다. 그 빛이 프리즘을 통과하면 굴절이 되면서 무지개 빛깔의 다양한 색깔이 나오지요. 이 여러 가지 색깔은 우리의 감정을 나타냅니다. 기쁨, 사랑, 불안, 질투, 연민, 증오, 공감 등 여러 가지 감정이요.

우리 각자는 프리즘과 같아서 순수한 흰빛(사랑)을 굴절시켜 여러 가지 무지개 색깔로 나타냅니다. 그 모든 색깔(감정)은 전체에 똑같이 필요한 것들입니다. 어떤 색깔에 도덕적 판단을 내리는 사람은 없을 거예요. "어머, 저 색깔은 나빠"라거나 "저 색깔은 사악해"라는 식으로 말하지는 않을 거예요. 하지만 우리는 사람들과 사람들이 나타내는 감정에 대해서는 이렇게 말을 합니다. 어떤 감정은 옳고 어떤 감정은 그르다고 말예요.

자신의 감정을 부정적인 것으로 판단해서 부인하려고 할 때 우리는 바로 자신의 일부분을 억압하는 것입니다. 이러면 우리 안에 장애물이 생겨서 우리의 장엄함을 온전히 표현하지 못하게 됩니다. 그건 마치 색의 스펙트럼에 도덕적 판단을 들이대 그 중 어떤 색을 빼낸다면 빛이 원래와는 다른 것이 되는 것과 같아요.

모든 감정을 다 표현해야 한다는 말은 아니에요. 그저 그 감정이 우리의 일부라는 사실을 받아들여야 한다는 겁니다. 어떤 감정을 부정하는 것은 프리즘에서 어떤 색깔이 굴절되지 못하게 막는 것과 같습니다. 우리 감정의 모든 스펙트럼을 판단 없이 받아들일 수 있을 때에만, 우리는 우리 중심에 있는 조건 없는 사랑의 순수한 본질에 닿을 수 있습니다.

물질 형태를 띠기 전에 우리는 이미 우리 본연의 모습을 완전히 알고 있는 장엄한 존재라는 말씀인가요? 그렇다면 왜 이 세상에 들어올 때 우리의 장엄함이 망가지고 자아 감각은 왜 그토록 손상되는 걸까요?

| 내가 느낀 대로 말씀드리기는 하겠지만, 답이 되기보다는 질문만 더 만들 것 같군요! 내가 보기에 우리는 본연의 우리 모습을 꼭 잊게끔 되어 있는 것도 아니고, 삶이 반드시 그토록 어려워야 할 필요도 없는 것 같습니다. 여기의 삶을 어렵게 만드는 건 바로

우리 자신인 것 같아요. 잘못된 대상을 향한 생각과 믿음으로 말이지요.

내가 저쪽 세상에서 얻은 내면의 이해는 일종의 '인상'의 형태로 온 것이긴 하지만, 굳이 목소리를 입혀본다면 그 상태에서 나는 마음속으로 이렇게 말하고 있었지 않을까 싶네요. '오, 삶은 원래 그렇게 발버둥 쳐야 하는 게 아니었어. 삶이란 즐기면 되는 것, 재미있게 살면 되는 거였어! 이걸 몰랐다니! 아, 그래서 그 모든 어리석은 생각과 자신에 대한 판단, 제한적인 믿음 때문에 내 몸이 암이라는 걸 만들어냈구나. 이 모든 것들이 내 안에 그토록 많은 혼란을 만들어냈던 거야. 세상에, 우리가 여기 온 건 그저 우리 자신을 기분 좋게 느끼고 삶을 기분 좋게 느끼기 위해서라는 걸, 그저 우리를 표현하고 재미있어하기 위해서라는 걸 몰랐다니!'

이제, 이 부분이 좀 어렵긴 한데 한번 설명해 보겠습니다. 그때 이런 의문이 들었어요. '단지 내 장엄함을 깨닫지 못해서 그토록 엄청난 일—말기암 같은 것—이 일어났던 걸까?'

그와 동시에 이런 생각이 들었지요. '아, 알겠다. 그것은 나에게 일어난 것이 아니야. 진실로, 나는 희생양이 아니니까 말이야. 암은 그저 표현되지 못했던 내 힘과 에너지일 뿐이야! 그 에너지가 바깥을 향하지 못하니, 내 몸에 맞서 안으로 향했던 거였어.'

나는 암은 천벌 같은 것이 아니라는 걸 알 수 있었어요. 그것은 암의 모습으로 스스로를 드러낸 나의 생명력에 다름 아니었어요. 그 생명력이 아니타의 장엄하고 강력한 힘으로 표현되도록 내가 허용하지 않았던 거지요. 나는 내가 원한다면 몸으로 다시 돌아올 수도 있고 죽음 쪽으로 계속 갈 수도 있다는 걸 알게 되었어요. 돌아오더라도, 에너지가 더는 전과 같은 방식으로 자기를 표현하지 않고 내 무한한 자아로서 현존할 거라는 것, 따라서 암은 더 이상 없을 거라는 걸 알 수 있었지요.

나는 천국은 정말이지 장소가 아니라 상태라는 것을 이해하고 돌아왔어요. 그래서 그 지복이 여기 지구까지도 나를 따라왔다는 것을 알았지요. 좀 이상하게 들릴지 모르겠지만, 우리의 '진짜 집 true home' 역시 장소가 아니라 존재의 방식이라고 느껴요. 바로 지금, 나는 내가 집에 있다고 느낍니다. 다른 어디로도 가고 싶다는 마음이 없어요. 내게는 이제 여기 있든 다른 세계에 있든 다를 게 전혀 없어요. 모든 건 우리의 더 크고 확장된, 무한하며 장엄한 자아가 경험하는 것의 서로 다른 부분들일 뿐이에요. 우리의 진짜 집은 각자 안에 있고, 어디를 가든 우리와 함께 있습니다.

내가 임사 체험을 직접 겪지 않았기 때문에 드리는 질문입니다만, 지금껏 말씀하신 경이로운 생명의 힘을 신뢰하고 그 신뢰를 유지하는 방법이 있나요?

| 물론이지요. 여러분의 장엄함을 깨닫기 위해서 꼭 임사 체험

을 겪을 필요는 없습니다.

내 경험에 따르면 신뢰를 쌓고 우주의 생명력 에너지와 연결된 느낌을 유지하는 가장 좋은 방법은 바로 내면에 있습니다. 스스로를 사랑하고 믿는 데서부터 시작해요. 자신을 사랑하고 믿을수록 우리는 우주의 태피스트리 안에서 더욱더 중심에 존재한다고 느끼게 됩니다. 우리가 각자 중심에 연결되었다고 더 깊이 느끼면 느낄수록, 서로에게 가 닿기도 더 쉽습니다. 서로가 같은 걸 느끼니까요.

치유되고 회복되는 과정에서 당신의 신념 체계나 신앙은 어떤 역할을 했고, 그 후로 혹시 신념이 바뀌었다면 어떤 게 바뀌었을까요?

| 분명히 말씀드리지만, 내가 치유되는 데는 어떤 신념도 필요하지 않았어요. 그보다는 전에 가지고 있던 신념이나 신조, 교리 따위를 전부 놓아버리자 저절로 몸이 나았다고 말하겠습니다. 내 경우는 임사 체험이 치유의 촉매제가 되었고요.

내 입장은 그렇습니다. 강하게 고수하는 생각은 오히려 역효과를 낳는다는 겁니다. 구체적인 믿음을 갖고 있으면 삶의 경험은 제한됩니다. 그것들이 나를 내가 아는 것에만 가두어두기 때문이지요. 이 세상에 대한 나의 지식도 나의 육체적 감각에 의해 제한을 받잖아요. 반대로, 불확실성을 편안히 받아들인다는 것은 모든

가능성에 나를 열어놓는다는 것입니다. 불명료하기에 무한한 잠재성을 향해 활짝 열려 있을 수 있는 겁니다.

확실성이 필요하다고 주장하는 태도는 기대하지 않은 것을 향한 자신의 잠재성에 족쇄를 채우지요. '나는 모른다' 혹은 '어떤 일이 일어나나 한번 보자'라고 느낄 때 내 확장된 자아는 아주 우연한 일치처럼 또는 정말 터무니없어 보이는 동시성의 형태로 어떤 대답이나 해결책을 가져다주기도 하지요. 불명료함의 영역으로 발을 들여놓을 때 실제로 나는 가장 강력해집니다. 이전에 가졌던 모든 믿음과 불신, 신조와 교리를 놓아버릴 때 무한한 우주는 내 뜻과 하나가 되며, 내 삶에 최선의 결과를 가져다주기 위해 일하게 됩니다. 이것이 내가 내면으로 받은 가장 명료한 메시지입니다. 바로 거기에서 마법이 벌어집니다.

과거의 집착을 모두 내려놓는다는 것은 자유를 기꺼이 받아들인다는 것이며, 내 자신의 신성함과 장엄함에 대한 신뢰를 보여주는 것입니다. 이것 또한 치유의 한 형태입니다. 육체적으로 나아야 한다는 생각을 놓아버리자 삶은 더욱 자유롭고 온전하며 즐거운 것이 되었지요.

근원에 대한 신뢰가 치유의 요인이었다고 보는 겁니까?

| 내 경험에 따르면 나는 근원이 '되었고', 거기에서는 모든 것

이 명료했어요. 내 확장된 자각 외에는 다른 어떤 근원도 없었습니다. 내가 전체를 다 망라하고 있는 것 같았지요. 앞서 언급했듯이 내가 낫기 위해서 뭔가를 믿어야 할 필요는 없었습니다. 그 상태에서는 모든 것이 명료했고 모든 것이 다 알려져 있다는 느낌이었으니까요. 믿음이나 신앙 따위는 '앎' 앞에서 무용지물이었지요. 그건 내가 모든 것이 되는 것과 비슷했어요. 내가 모든 것 안에 존재했고, 모든 것이 내 안에 존재했지요. 나는 영원하고 무한해졌어요.

나는 이 명징함 속으로 깨어났고, 그래서 그냥 이해하게 되었어요. 만일 내가 돌아가기로 선택한다면 몸이 나을 거라는 걸 알 수 있었죠. 내 경험의 본질상 이렇게밖에 말씀드릴 수가 없습니다. 우리 중심에서 우리는 모두 '하나One'라고요. 우리 모두는 일체Unity에서 분리되어 나왔다가 다시 전체Whole로 돌아갑니다. 나는 내 임사체험이 그 '하나임Oneness'의 단면을 살짝 엿본 것이라고 생각해요. 그 '하나임'을 '하느님God'이라고 부를 수도 있겠고, '근원Source'이나 '브라만Brahman', '만유All That Is'라고 부를 수도 있겠지만, 사람들은 저마다 그 의미를 다르게 받아들일 수도 있을 것 같습니다. 나는 신the Divine을 내 자신이나 다른 누구와도 떨어져 있는 분리된 실체로 보지 않습니다. 나에게 신은 분리된 어떤 존재가 아니라 존재의 상태입니다. 신은 이원성을 넘어서 있고, 따라서 나는 내면으로부터 영원히 합일되어 있으며 결코 분리될 수 없습니다. 내 물질적 표현은 이 전체의 한 단면에 지나지 않아요.

우리의 개인적인 의지와 전체의 의지가 연결되어 있는 장소가 있나요? 우리가 자유로이 접근할 수 있는 치유와 힘의 장소 같은 거요.

| 그렇다고 대답해야 할 것 같네요. 누구나 그 치유와 힘의 장소에 자유롭게 접근할 수 있습니다. 우리가 그렇게 하지 못하는 건 우리가 갖고 있는 집단적 신화 때문이라고 생각합니다. 신화란 수세대에 걸쳐 우리 스스로에게 말해온 이야기잖아요. 우리가 그렇게 할 수 없다는 이 믿음의 축적물이 바로 우리가 이 세상에서 인식하는 단절과 불일치를 이토록이나 많이 유발했다고 봅니다. 우리 몸 안에도 마찬가지고요.

신화라는 이 보이지 않는 문화적 요인을 계속 물려주고 받으면서 우리는 스스로를 진실로부터 단절시켜 왔어요. 그 결과 우리가 우주 에너지로부터 분리되어 있다고 굳게 믿게 된 거지요. 우리는 자신의 창조적 중심으로부터 떨어져 계속 이원성에 사로잡혀 있습니다. 이런 신화를 만들어내는 것은 물론 계속해서 이끌고 가는 것도 바로 우리 자신입니다. 우리의 이러한 이야기가 바뀔 때 우리의 물질적 현실도 이 변화를 반영하게 되겠지요.

이런 종류의 치유를 더 자주 보려면 우리는 우리의 집단적 믿음을 한 차원 더 진보시키고 우리 신화를 변형시켜야 합니다. 바로 "우리가 우주 에너지와 하나"임을 깨닫게 해주는 그런 믿음으로 말이지요. 이렇게 될 때 우리는 우리의 창조적 중심에 언제나 연결되어 있다고 느낄 수 있을 것이고, 더욱 긍정적인 에너지를 언제 어디서든 끌어올릴 수 있을 것입니다.

치유는 우리 개인의 창조적 의도가 우주의 생명력 에너지에 일치되도록 힘쓰고, 그리하여 그것을 '하나'로 볼 수 있을 때 일어납니다.

임사 체험 이후에 어떤 식으로든 자유를 느꼈나요? 만약 그랬다면 그 느낌을 어떻게 설명할 수 있을까요?

| 정말로 해방된 느낌이었어요. 임사 체험은 전에 갖고 있던 이념과 믿음, 관념에서 나를 자유롭게 해주었을 뿐 아니라 새로운 믿음이나 관념을 찾아야 한다는 필요성까지도 없애주었어요.

내가 보기에 우리가 이런 신조들을 찾고 또 거기에 매달리는 것은 그것들이 불확실한 상황에서 우리를 안심시켜 주는 면이 있기 때문인 것 같습니다. 그러나 우리는 그것들에 쉽게 의존하게 될 뿐더러, 확실함이 주는 편안함을 누리기 위해 그것들이 참이기를 바라게 되지요. 제한된 현실에 대한 믿음이 깊어지면 깊어질수록 우리는 그 믿음이 지어낸 이야기를 더욱 영속화하게 돼요.

나는 내 경험 덕분에 물리적 확실성이든 심리적 확실성이든 모든 게 확실하기를 바라는 욕구에서 놓여났을 때 느낌이 어떤지를 잠깐이나마 경험할 수 있었습니다. 나는 불명료함 속에서조차 완벽함을 느낄 수가 있었어요. 그런 차원의 정신적 해방감을 유지하는 것이 나에게는 진정한 자유입니다.

혹시 암이 낫지 않는다고 해도 돌아오는 쪽을 선택했을 것 같은가요?

| 내가 아주 명료한 상태에 있었기 때문에, 굳이 돌아와서 아픈 몸을 통해 표현하고 싶어하는 이유가 뭔지 이해한 상태로 돌아오지 않았을까 싶네요. 어쩌면 그런 걸 자각한다는 사실이 나의 내적 고통을 없애거나 줄여주었을지도 모르지요. 육체의 병은 도와주지 못하더라도 말이죠. 아픈 몸으로 살아가기로 했을 때는 그만한 목적 의식이 있었을 겁니다. 나는 육체적 조건과는 상관없이 모두가 나름의 목적을 가지고 있다고 믿어요.

당신은 분명한 목소리로 우리 모두 "본연의 자신이 되자"라는 메시지를 전하고 있어요! 하지만 범죄자나 살인자는 어떤가요? 그들도 그들 본연의 모습을 하고 있는 건가요? 또 하나, 저쪽 세상에서는 어떤 판단도 하지 않는다고 했는데요, 그렇다면 살인자도 벌을 안 받는다는 말이겠네요!

| 저 세상에는 판결 같은 것이 단연코 없습니다. 판결할 게 없

으니까요. 우리는 모두가 순수 의식이에요.

많은 이들이 사후에 어떤 판단도 내려지지 않는다는 말을 듣기 싫어합니다. 사람들은 잘못한 것에 대해 책임을 지게 해야 한다고 생각하는 것이 편한 것 같아요. 그러나 처벌이나 보상, 판단, 판결 따위는 '저기'의 것이 아니라 '여기'의 것이에요. 그게 우리가 법, 규칙, 체계라는 걸 갖고 있는 이유지요.

저쪽 편에서는 우리가 왜 지금 이런 모습으로 있는지, 왜 우리가 이러저러한 일을 했는지가 완전히 명료합니다. 그것들이 삶에서 얼마나 비윤리적이었느냐는 전혀 상관없이요. 다른 이들을 해치는 사람은 단지 그들 자신의 고통 때문에, 제한되고 분리되었다는 느낌 때문에 그렇게 하는 것이라고 봅니다. 강간이나 살인을 하는 자는 자기가 장엄한 존재라는 걸 상상도 하지 못하는 사람들입니다. 그렇게 큰 고통을 다른 이들에게 주려면 그들의 내면은 말할 수 없이 불행할 거라고 저는 생각합니다. 그래서 사실 그들은 가장 깊은 연민이 필요한 이들입니다. 사후에 판단이나 더 극심한 고통이 필요한 게 아니라요.

나는 살인자나 범죄자가 '그들 본연의 모습'을 하고 있다고는 결코 생각하지 않아요. 우리가 길을 잃고 자신이 진정 누구인지를 까마득히 잊어버렸을 때에만 파괴 행위를 하게 된다고 전 생각합니다. 범죄자들은 중심을 잃어버린 사람들입니다. 그들이 다른 이들에게 하는 행위는 실제로는 그들 자신에 대한 마음속의 느낌을 반영한 것일 뿐입니다. 우리는 가해자와 피해자를 '그들'과 '우리'로 나누기 좋아하지만, 어디에도 '그들'은 없습니다. '모두'가 우리니까요!

연쇄 살인범은 병이 든 사람이에요. 암에 걸린 사람처럼요. 현재 우리 사회에 살인자가 더 많아졌다면 그건 그만큼 우리 사회가 병들었다는 뜻입니다. 그들을 가둬두면 일시적으로 살인은 줄겠지요. 그건 마치 암의 증상만 치료하는 것과 같아요. 하지만 사회의 핵심 문제를 변형하고 초월하지 않는다면 문제는 더욱 커질 뿐입니다. 감옥을 더 많이 지어야 할 테고, 사법 체계는 더욱 강화해야겠죠. 가해자들은 자기 환경의 피해자입니다. 아니, 그 이상이죠. 그들은 '전체로서의 우리'가 근저에 갖고 있는 문제들의 물리적 증상이에요.

그들의 행위를 눈감아 주자는 게 아닙니다. 나는 단지 내 자신의 장엄함을 알게 됨으로써 내가 바뀌었다는 말을 하려는 것뿐이에요. 모두가 자신의 진실에 닿을 수 있다면, 그래서 자신의 위대함을 알게 된다면, 남에게 해를 끼치는 쪽을 선택하지는 않으리라고 생각합니다. '하나임'에서 분리되어 있지 않다고 느끼는, 그런 행복하고 사랑받는 사람은 다른 이에게 상처 주는 것은 곧 자기를 상처 주는 것과 똑같다는 것을 압니다.

예컨대 살인자 같은 범죄자도 성인聖人과 똑같은 곳으로 가고, 성인과 똑같이 아무런 판단도 받지 않는다는 말인가요?

| 네, 그게 바로 제 말입니다. 그 상태에서는 그들이 한 온갖 행위가―겉으로 아무리 부정적으로 보일지라도―두려움과 고통, 제한된 관점에서 나왔다는 걸 우리는 알아요. 우리가 어떤 행동을 하거나 어떤 느낌을 받는 건 그것 외에 어떻게 행동하거나 느껴야 할지 모르기 때문인 경우가 많아요. 하지만 일단 저쪽 세상으로 가면 우리가 몸을 입고 있을 때의 물리적 제한들이 우리 앞에 분명해지고, 우리가 왜 그렇게 행동하고 느꼈는지를 이해할 수 있게 되며, 따라서 오직 연민만을 느끼게 됩니다.

우리가 '가해자'라고 딱지 붙인 사람들 또한 그들 자신의 한계와 고통, 두려움의 피해자라고 느껴져요. 이것을 깨달을 때 우리는 모든 사람, 모든 것과 연결되어 있다는 것만 느끼게 됩니다. 나는 저쪽 세상에서 우리가 모두 하나라는 것을 이해했지요. 우리는 모두 똑같습니다.

만일 모두가 이것을 안다면 법이나 감옥이 필요 없을 거예요. 하지만 여기서 우리는 그 사실을 알지 못하고, 그래서 '우리'와 '그들'이라는 관점에서 생각하지요. 그렇게 생각하니까 두려움을 갖고 행동하게 되고요. 판결과 법, 감옥, 처벌이 필요한 것도 그 때문이에요. 지금 이 시점, 이 세상에서는 우리가 자신을 보호하기 위해 그런 것을 필요로 합니다. 하지만 저쪽 세상에서는 처벌 같은 것이 전혀 필요 없어요. 일단 그곳에 가면 우리 모두가 연결되어 있다는 걸 깨닫게 되니까요.

우리가 우리 현실을 만든다면, 사람들이 카르마로 인해 하게 된 행위에 대해서 처벌을 받는다고 보시나요?

| 방금 말했듯이 임사 체험 상태에서 처벌이란 없습니다. 나는 카르마란 인과因果보다는 균형의 개념이라고 봅니다. 예를 들어 나는 '나쁜 카르마'라는 표현은 절대 쓰지 않아요. 그런 것은 없다고 믿으니까요. 나는 그저 삶의 모든 측면은 전체를 만들기 위해 필요한 거라고 봅니다.

나는 또한 우리가 직선적 시간 위에서 여러 생을 연속적으로 살고 있다고도 믿지 않습니다. 많은 이들이 카르마를 그런 식으로 생각하고 있지만요. 나 역시 그렇게 믿도록 배우면서 자랐고요.

하지만 임사 체험 상태에서 나는 모든 생—과거 생, 현재 생, 미래 생, 알고 있는 생, 아직 모르는 생, 또 알 수 없는 생—의 모든 순간은 동시에 존재한다는 것을 깨달았어요. 마치 우리가 시간이라고 알고 있는 것의 바깥에 그 생들이 한꺼번에 존재하는 것처럼 말이지요.

나는 내가 이미 얻고자 노력하는 모든 것임을 알았고, 이는 누구나 마찬가지라고 봅니다. 우리가 긍정적으로나 부정적으로나,

또 좋거나 나쁘다고 보는 모든 것은 그저 완벽한, 균형 잡힌 전체의 일부일 뿐이에요.

사람들이 용서의 중요성에 대해 말을 많이 하는데요, 당신도 저쪽 세상에서 용서를 많이 해야 했나요?

| 임사 체험 상태에서는 모든 것이 아주 분명해지면서 용서라는 개념 자체가 아주 다른 의미를 띱니다. 나는 제가 용서하지 못한 것은 다른 사람이 아니라 바로 '나 자신'이라는 걸 깨달았어요. 거기서는 내가 겉보기에 잘못한 것처럼 보이는 어떤 것에 대해서도 아무런 부정적인 판단도 없었습니다. 내가 모든 것을 왜 그렇게 했는지 이해하는 마음만 있었지요.

나는 또 저 무한한, 판단 없는 세상에서는 내 자신이든 누구든 실제로 용서할 필요가 없다는 걸 깨달았어요. 우리는 모두 우주의 완벽하고 아름다운 아이들이며, 순수한 사랑에서 나온 존재들이지요. 판단이나 비난이 아니라 조건 없는 사랑이 우리의 타고난 권리입니다. 그리고 그 무조건적인 사랑을 얻기 위해 우리가 해야 할 일이라곤 아무것도 없습니다. 이것이 바로 우리의 본래 모습이에요.

용서의 필요성은 대상을 좋거나 나쁘다고 보는 데서 생겨납니다. 하지만 아무런 판단도 없는 곳에서는 우리가 용서를 구할 것이 없어요. 우리가 만들고 있는 우주 태피스트리 안에서는 모든 생각과 말, 행동이 이 무한하고 장엄한 전체를 만드는 데 꼭 필요합니다. 앞서 빛의 스펙트럼 이야기를 하면서도 말했지만, 색의 대비를 주고 존재에 생명을 불어넣기 위해서는 모든 색깔이 필요합니다. 그러니 용서할 것이 무엇이 있겠어요?

여기에서 나는 용서라는 말 대신 공감과 무조건적인 사랑, 연민이라는 말을 쓰고 싶어요. 내 자신을 위해서도, 다른 이들을 위해서도요. 저는 지금 우리 각자가 창조 전체에서 맡고 있는 다면적인 역할에 대해, 용서할 필요성을 만들어내는 판단이 아니라, 사랑과 깊은 존경만을 보낼 따름입니다.

자기 사랑이 지나치게 되면 사람들이 이기적이고 자기 중심적이 되지 않을까요?

| 우리가 각기 무한한 우주의 심장부에 있다는 것을 이해한다면, 우리가 전체의 중심이라는 사실이 무엇보다 중요해집니다. 그리고 자기를 사랑하는 일이 얼마나 값진 일인지를 보게 되지요. 우리는 자기에게 없는 것을 남에게 줄 수 없습니다.

나는 내가 자란 문화에서 다른 이들을 먼저 생각하고 자신은 제일 나중에 생각하라고 혹은 아예 생각하지 말라는 식으로 배웠습니다. 자신을 사랑하라거나 있는 그대로의 나를 소중히 여기라

는 가르침은 받지 못했어요. 결과적으로 나는 다른 이들에게 줄 게 별로 없게 되었죠. 우리는 자기 컵을 자신을 위해 꽉 채웠을 때에만 다른 이들에게도 내어줄 수 있는 겁니다. 커다란 존중과 연민을 가지고서 자신을 장엄한 존재로 받아들이고 조건 없이 사랑할 때에만, 우리는 똑같은 것을 다른 이들에게도 줄 수 있습니다. 먼저 자기를 소중히 여기면, 다른 이들은 불가불 사랑하지 않을 수 없게 됩니다.

이기적인 행동은 자기 사랑이 지나칠 때가 아니라 부족할 때 나옵니다. 그것은 부족한 자기 사랑을 메우려는 보상 심리에서 나오는 것이거든요. 자기를 너무 많이 사랑한다는 것은 있을 수 없습니다. 다른 이들에 대한 진심어린 사랑이 지나치다는 말이 성립할 수 없는 것처럼 말이에요. 우리 세상은 자기 사랑은 몹시 부족한 데 반해 판단과 불안, 두려움과 불신은 너무 많아 고통받고 있습니다. 우리 모두가 스스로를 더 아낀다면, 이 모든 질병들은 사라질 겁니다.

자기 자신에게는 그렇게 느끼지 못하면서 "너를 사랑해"라고 말하는 것은 연기일 뿐입니다. 그건 진짜가 아니에요. 자기를 향한 사랑과 다른 이에 대한 사랑은 똑같은 것입니다. 우리는 모두 하나예요. 모두가 서로 연결되어 있으니까요. 자신의 신성을 자각한다면, 자신의 장엄함을 보는 데, 또 자신이 아무 조건 없이 사랑받을 만한 존재임을 알아차리는 데 도움이 될 겁니다. 일단 이것을 이해하기만 하면 똑같은 것을 다른 이들에게 주는 것은 한결 수월해질 겁니다.

영적 여정에 있는 많은 사람들은 에고가 영적 성장을 방해하기 때문에 에고를 떨쳐버려야 한다고들 생각합니다. 당신은 왜 이런 생각에 동의하지 않나요?

| 당신이 에고를 부정한다면 에고는 당신을 향해 더욱 거세게 돌진해 올 테니까요. 무엇인가를 거부하면 할수록 그것은 살아남기 위해서 더욱 끈질기게 대듭니다. 하지만 당신의 에고를 전적으로 아무런 조건 없이 사랑해 주고, 그것을 이 삶에서 당신이 표현되는 한 모습이라고 받아들인다면, 당신은 더 이상 에고로 인해 골치 아파할 일이 없을 겁니다. 에고는 당신의 성장을 가로막지 않습니다. 오히려 성장의 발판이 되지요.

우리는 모두 에고를 가지고 태어납니다. 에고는 여기에 있는 우리의 자연스런 일부분이에요. 오직 죽음 속에서만 에고가 온전히 사라지지요. 살면서 에고에 저항해 싸운다면 이는 더 많은 자기판단을 만들어낼 뿐입니다. 자신의 에고를 조건 없이 사랑할 수 있을 때에만 우리는 다른 이들의 에고도 받아들일 수 있어요. 그러면 에고라는 게 더 이상 문제가 되지 않습니다. 이때 당신의 겸허함과 장엄함이 진실로 안으로부터 빛나기 시작하지요.

다른 이들을 돕는 것에 대해서 어떻게 생각하나요?

| 남을 돕는 행위가 우리 존재의 중심에서 나올 때 그것은 가장 지고한 형태의 자기 사랑입니다. 남을 도우면서 기쁨을 느낄 때가 바로 이런 경우죠. 마음이 가벼워지고 신이 나기까지 하잖아요! 이것은 돕는 우리와 도움을 받는 상대방 모두를 고양시키고, 상대의 자기 가치를 높이는 데도 기여합니다.

하지만 만일 의무감이나 책임감 때문에 그렇게 한다면, 우리 기분은 무겁고 심각할 것이며 기운도 빠지고 힘이 들 거예요. 이것은 우리에게도 전혀 좋지 않거니와, 도움을 받는 이들에게도 별로 좋지 않습니다. 특히 우리가 의무감에서 하고 있다는 걸 상대방이 안다면 더욱 그렇습니다. 이것은 도움을 받는 이들이 스스로를 작고 무가치하다고 느끼게 만들 수 있어요.

또 하나, 우리 존재의 중심에서 뭔가가 나올 때 그것은 더 이상 어떤 행동이 아닙니다. 그것은 바로 우리 자신이지요. 우리는 그것에 대해 고심할 필요도 없고, 그것을 잘하려고 애쓸 필요도 없습니다. 우리는 이 행성에서 도움을 표현하는 도구가 되는 거예요. 이것이 '도움이 되는' 것과 '도움을 행하는' 것의 차이입니다.

이처럼 내면으로 연결되는 차원은 나와 우주 사이에 분리가 없다는 깨달음에서 옵니다. 내가 전체를 위해서 하는 것이 또한 내 자신을 위해 하는 것이며, 거꾸로도 마찬가지라는 것을 아는 것이지요. 그리고 그런 상태에 있다는 건 정말 기쁘고 재밌는 일이지 않겠어요?

내가 보기에는 사람들이 자기가 본 현실이나 관점이 유일하다고 주장하는 데서 수많은 증오와 다툼, 적대감이 나오는 것 같습니다. 그러나 당신의 경험이나 임사 체험을 한 많은 이들의 이야기를 들어보면 우리가 현실이라 받아들이는 게 뭐랄까 꿈 이상도 이하도 아닌 것 같아요. 그렇다면 본질적으로 사람들은 누구 망상이 가장 그럴듯한가를 두고 그토록 싸우고 있는 셈이잖아요? 이 부분을 좀 자세히 설명해 주실 수 있나요?

| 나는 오직 내 경험을 말씀드릴 수 있을 뿐이에요. 내가 '죽었을 때' 나는 꿈에서 깨어난 기분이었어요. 내가 어떤 장소로 간 것 같은 기분이 아니라요. 눈을 번쩍 뜨고 깨어나서 모든 지각이 깨어난 그런 존재가 된 기분이었지요. 360도로 시야가 다 확보되고, 완전한 '공감각'이 생겼지요. 모든 감각이 동시에 느껴졌다고나 할까요. 나는 나에 관련된 '모든 것'을 보고 듣고 느끼고 알 수 있었어요! 과거와 현재, 미래를 동시에 살고 있었지요. 또 저에 관련된 일들은 벽이 가로막고 있거나 공간이 떨어져 있어도 어떤 일이 벌어지는지 알 수 있었어요. 그랬기 때문에 의사가 하는 말도 들었고, 비행기를 타고 오는 오빠의 모습도 보았던 거죠.

아마 이걸 장님이 처음으로 눈을 떠 세상을 보게 된 것에 비유

할 수 있지 않을까 싶네요. 그 장님이 어디 다른 데를 간 것도 아닌데, 세상의 참모습(그가 생각했던 것과는 정반대되는 모습)을 두 눈으로 명료하게 보게 되었다면 얼마나 놀랐겠어요! 그 사람은 갑자기 색깔이나 그림자 같은 것들을 이해하게 되었겠지요. 이런 건 개념적으로는 이해할 수 없던 것들이잖아요.

그와 비슷하게, 나 역시도 우리 모두가 연결되어 있다는 사실이나, 내가 느끼는 것이 우주에 영향을 미친다는 사실을 알게 되면서 정말 놀랐어요. 전체가 내 안에 있었으니까요. 나의 경우로 말하자면, 내가 행복하면 우주도 행복하답니다. 내가 나를 사랑하면 다른 모든 사람들도 날 사랑하고요.

여기로 돌아온 후 임사 체험 당시의 고양된 감각은 부분적으로 잃어버렸지만, 그때의 이해와 명징함, 사랑의 감정은 여전히 내 안에 있어요. 이 모든 게 내 안에 자리를 굳게 잡은 까닭에 이제 나는 예전에 생각하던 방식으로 돌아갈 수 없어요. 그 장님이 다시 앞이 보이지 않는 상태로 돌아갔다고 생각해 보세요. 비록 볼 수는 없더라도, 그는 자신이 살아가는 이 세상이 매 순간 진짜 어떤 모습을 하고 있는지 알고 있잖아요. 말하자면 지금 내가 그런 기분이라고 보시면 됩니다.

실재하지 않는 이 차원에 대해 말하자면, 나는 우리가 자신이 생각하는 모습대로 각자 자신의 현실을 창조하고 있다고 봅니다. 깨어난 상태에 있었을 때 나는 이 3차원 존재라는 것이 그저 내 생각들의 축적에 불과하다고 느껴졌어요. 저쪽 세상으로 갔을 때 나는 실제로 지금 이 세계보다 훨씬 더 실재감이 느껴지는 세계에서 눈을 떴지요. 그러니까…… 우리가 아침에 꿈에서 깨어났을 때의 기분과 비슷하다고 할까요!

종교에 대해서는 어떻게 생각하세요? 임사 체험 경험을 이야기할 때 종교 이야기는 거의 하지 않은 것 같은데요.

| 그건 죽음이란 게 종교를 넘어서는 것이기 때문에 그렇습니다. 종교는 우리가 이 세상을 살아가는 데나 죽음을 이해하는 데 도움이 되기를 바라는 마음에서 우리 스스로 만든 것이잖아요. 하지만 저쪽 세상을 경험하고 나면 애써 종교—어떤 종교든 상관없이—에 맞춰 살려고 노력하는 일이 줄어드는 것 같아요.

종교에 대해 별로 이야기하지 않는 또 다른 이유는 종교가 이런저런 이름들로 분열되어 있기 때문이에요. 그건 내가 바라는 모습이 전혀 아니거든요. 오히려 난 종교가 서로 품어주기를 바라지요. 나는 우리 모두가 '하나'라는 것을 경험했어요. 우리가 죽으면 모두 같은 장소로 간다는 걸 알아요. 나에게는 당신이 예수를 믿든 부처나 시바, 알라, 그 밖에 어떤 존재를 믿든 아무런 상관이 없어요. 나에게 중요한 것은 바로 지금, 바로 이곳에서 당신이 '스스로에 대해 어떻게 느끼는가'예요. 그것이 당신이 '여기에서' 당

신 삶을 어떻게 살 것인지를 결정하는 것이니까요. 지금 순간 말고 다른 어떤 시간은 없어요. 그러니 당신 자신이 되어 당신만의 진실에 따라 사는 것이 중요하지요. 자신의 장엄함에 따라 살아가는 열정적인 과학자는 한 방 가득 메운 마더 테레사 같은 분들만큼이나 인류에 값진 존재예요.

임사 체험에서 깨달은 바를 말씀하신 것 중 가장 흥미로운 언급 중 한 가지는 그 의미가 심오하고 다면적이며 지대합니다. 나는 지금 우리의 삶이 미래로 펼쳐질 때 우리가 순간순간 내리는 선택들에 의해서 우리의 과거도 충분히 바꿀 수 있다고 한 당신의 주장에 대해 이야기하는 겁니다. 내가 지금 당신의 말을 지나치게 확대 해석한 건가요, 아니면 당신이 말하려는 것과 가까운 건가요?

| 내가 말하고자 하는 바를 아주 정확히 풀어주셨습니다. 나는 지금 순간이 우리가 우리 현실을 창조하기 위해 갖고 있는 유일한 시간이라고 생각합니다. 내가 의도적으로 "우리 미래를 창조한다"라고 말하지 않았다는 걸 주목해 주세요. 나에게 과거와 미래는 가변적인 것으로 느껴집니다. 내가 여기로 돌아올지 말지에 따라 검사 결과가 바뀔 수 있었던 것도 바로 그래서이고요.

그 영향력 때문에 이 언급이 중요하다는 지적에 나도 동의합니다. 나에게 그와 같은 일은 날마다 계속해서 펼쳐지고 있고, 이제

는 임사 체험 자체보다 이 깨달음이 더 중요해졌어요.

임사 체험에 대해 쓴 글에서 당신이 이렇게 말씀하셨죠. "모든 질병은 먼저 에너지 차원에서 시작되고, 그 뒤에 몸으로 드러난다." 어떻게 이런 식으로 일이 일어나는지, 그리고 애초에 무엇이 질병을 일으키는지 혹시 알고 있나요?

| 임사 체험 동안 나는 내 몸이 물질 형태로 존재하지 않는다고 느꼈어요. 나는 그저 순수한 에너지였지요. 아마도 이것을 영혼soul이나 영spirit으로 해석할 수도 있겠죠. 그것은 몸보다 훨씬 컸고, 그래서 내가 '장엄하다'는 표현을 쓰는 거지요. 그 상태에서 내가 정말 그렇게 느꼈거든요. 물질적인 자아가 있다는 건 꼭 나중에 덧붙인 생각인 것만 같았어요. 이 무한한 에너지 덩어리가 진짜 나였고, 몸은 그저 이 생명력의 얼마나 많은 부분이 '들어오는지' 혹은 표현되고 있는지를 보여주는 척도에 지나지 않았지요. 마치 3차원 세상은 다른 차원의 것이고, 내 에너지 덩어리가 실재라고 느껴졌어요.

그래서 나는 사람들이 '높은 진동' 상태에 있다고 할 때 그건 아마도 그들이 자신의 진정한 장엄함이 더 많이 들어오도록 하고 있다는 뜻에서 사람들이 그렇게 말한다고 생각해요. 그래서 그들의 '진동 수'가 정말 높게 나오는 거죠! 그 결과로 그들의 긍정적

인 에너지도 강하고, 물질적인 존재도 강하지요. 하지만 저쪽 세상에서는 누가 더 강하거나 약한 게 없었어요. 모두가 장엄했지요. 그러나 우리가 이 차원에서 이 몸을 통해 얼마나 많이 표현할지는 우리의 선택인 것 같아요.

당신의 치유의 힘이 내면에서 나온 것이지 외부의 근원에서 온 게 아니라는 뜻인가요?

| 내적인 것도 외적인 것도 아니었어요. 혹은 둘 다였다고 말할 수도 있겠군요. 내가 더 이상 이원성의 상태로 나를 표현하지 않게 되자, 나는 안과 밖에 구분이 없다는 걸 깨달았어요. 내가 모든 것의 근원이 되었고, 근원이 내가 되었지요. 하지만 내 치유의 배후에 있었던 게 나냐고—그러니까 에고나 물질적 차원의 나냐고—생각하는지를 묻는 거라면, 아니라고 답하겠어요. 치유는 내 무한한 자아를 통하여 표현하는 데에서, 그리고 내가 근원이나 다른 무엇으로부터도 분리되어 있지 않다는 걸 아는 데서부터 나왔어요.

치유법에는 동양 의학도 있고 서양 의학도 있는데요, 이들 치유법에 대해서는 어떻게 생각하십니까?

많은 치유법들이 있고, 나는 이것들이 다 유용하다고 생각해요. 그리고 치유되기 위해서 꼭 임사 체험을 해야 한다고는 생각하지 않는다는 점을 분명히 해두고 싶어요.

임사 체험을 하기 전 나는 다양한 치유법을 시도해 봤는데 그게 다 두려움 때문에 한 것들이었어요. 치유를 위한 것이었는데도 말이지요. 그런 것을 해보지 않았을 때의 결과가 두려워서 열심히 찾아다닌 거였죠.

하지만 그런 두려움 없이 신뢰를 갖고 치유할 때는 효과를 거둘 가능성이 훨씬 높아집니다. 인도에 잠깐 있을 때는 건강이 무척 좋아졌는데, 거기선 두려움의 분위기에서 벗어나 있어서 그랬던 것 같아요. 암을 전혀 다른 눈으로, 훨씬 긍정적으로 바라보는 문화 속에 있었으니까요. 서구화된 홍콩에서는 내가 만난 거의 모든 사람들이 암을 극도로 두려워했고, 그 두려움이 나한테도 전해졌어요. 하지만 인도에서는 암을 바라보는 관점이 달랐고, 그 덕분에 내게도 희망이 생겼지요. 치유법에 믿음이 실렸고, 그러한 태도가 건강에 미치는 효과를 아주 빨리 느낄 수 있었어요.

인도에 가서 아유르베다 치료를 받았을 때는 암이 낫는 듯하다가 홍콩으로 돌아오자 재발했다고 했는데요. 인도에서는 암이 사라졌다가 홍콩에 오자 재발한 이유가 뭐라고 생각하나요?

| 인도에서 아유르베다 요법이 효과가 있었던 것은 나한테 어떤 갈등도 없었기 때문인 것 같아요. 주변 사람들도 모두 같은 생각을 하고 있었고요. 모두들 내가 받는 요법을 이해하고 납득했지요. 나는 혼란스럽지 않았어요. 처음으로 내가 올바른 길을 택했다는 생각이 들었어요. 거기에 아유르베다 의사들도 그렇고, 내가 머물던 아슈람에서도 그렇고 내가 선택한 이 치유법을 많이 지지해주었지요.

하지만 홍콩으로 돌아오자 선택지가 셀 수도 없이 많았어요. 그것도 여러 문화에서 온 것들이었지요. 거기에 각각의 방법이 서로 모순되기까지 했고요! 내가 한 첫 번째 선택은 기존의 서양 의학으로는 절대 치료하지 않겠다는 것이었어요. 다른 방법으로 마음이 기울지 않았다면 택했을 수도 있었겠죠. 하지만 개인적으로 서양 의학은 내가 제일 택하고 싶지 않은 방법이었어요.

아마 내가 중국에서 태어나 자랐다면 전통 중국 한의학이 나한테 효과가 있었을 거예요. 하지만 그랬다면 아마 애초에 병에도 안 걸렸겠죠! 혹시 중국 문화에서 종종 암은 '서양인의 병'으로 불린다는 걸 아세요? 중국과 일본, 그리고 인도에서도 암 발병률이 서구 나라들보다 훨씬 낮다는 걸 알고 있나요?

어떤 이들은 그게 식습관 때문이라고 하지만, 내가 볼 때 그건 부분적인 이유에 불과해요. 더 중요한 것은 아마도 마음가짐이 아닌가 싶어요. 암에 대한 서구인들의 믿음, 암에 대한 두려움, 끊임

없는 '자각' 캠페인을 보세요! 전통 서양 의학은 암을 추적해 내는 데 초점이 맞추어져 있고, 대부분의 기술도 전반적인 육체의 건강과 균형을 촉진하는 쪽보다는 진단하는 쪽에 방점을 두고 있어요.

경험해 보니 동양과 서양의 암 치유 접근법이 어떻게 다르던가요?

| 양쪽을 왔다 갔다 하다 보니 내 감정 상태도 두려움과 희망 사이를 오락가락하더군요.

서양 의학을 하는 의사들은 암에만 초점을 맞추고 나를 치료했어요. 나는 마치 외부의 어떤 것이 내 몸을 공격해 오기 때문에 그것을 제거하지 않으면 안 된다는 식의 생각이 들었어요. 다시 말하면 암은 적이고, 그래서 공격을 해야 하는 거지요. 그들의 진단은 늘 두려움을 심어주었습니다.

동양 의학을 하는 의사들은(아유르베다 요법과 전통 중국 한의학 둘 다) 나의 건강을 훨씬 전체적인 관점에서 보았어요. 그들은 병을 내 몸이 불균형에서 치유되고자 스스로 노력하는 방식이라고 보았지요. 비단 육체적인 차원에서만이 아니라 감정적이고 정신적인 차원에서까지 말예요. 암은 사실 나를 도와주는 협력자였어요. 이런 방법은 나를 훨씬 더 편안하게 하고 희망도 갖게 해주었지요.

임사 체험 후에 나는 암 자체는 싸워야 할 적도 아니고 질병도 아니라는 걸 더 쉽게 이해하게 됐죠. 암이 나에게 말하려고 하던 것을 나는 알고 있어요. 내 경우에 암은 내 몸이 나를 치유하려고 노력한 하나의 방식이었어요. 암을 전멸시켜야 할 적으로 보아서는 애초 암을 유발했던 근본 문제를 해결할 수가 없었어요. 더 깊은 차원의 어떤 것이 임사 체험 동안 드러났고, 그래서 암세포가 사라지게 된 거지요.

치유법들이 전부 문화적인 토양 위에서 나온 것들이고, 따라서 암에 관한 어떤 치유법이 본질적으로 더 우월하다고 할 수 없다는 말씀 같은데, 제가 맞게 이해한 건가요?

| 네. 내 경험에서 볼 때는 정확히 그렇다고 할 수 있어요. 이 점을 잊지 마세요. 제가 볼 때는 많은 현대의 질병이 사실상 몸으로 표현된 정신적이고 영적인 병입니다. 마음과 영혼을 다루는 치유법은 단순히 신체만 다루는 접근법보다 훨씬 더 큰 효과를 거둘 거예요. 게다가 주변 문화에 의해 온전히 지지받는 방법이라면 그와 같은 뿌리의 힘을 받지 못하는 방법보다 훨씬 더 효과적일 테고요. 특히 그 방법이 환자의 마음가짐과 영적인 태도에 잘 부합한다면 말이지요.

특별한 체험을 한 후로 암과 의학에 대해 어떻게 생각하십니까? 암 치료법을 찾는 데 우리가 근접해 가고 있다고 보나요?

순전히 내 경험 때문에 하는 생각이지만, 나는 내 경우와 같은 특정 암이 마음과 영혼의 병이지 몸의 질병이 아니라고 봅니다. 육체적 표현은 훨씬 더 깊은 차원의 무엇인가가 겉으로 드러난 증상에 지나지 않아요. 이러한 병에 대한 치료가 의학으로 가능하다고 생각하지 않습니다. 과학자들은 온통 소용없는 곳만 들여다보고 있으니까요. 원인이 아니라 증상만 연구하고 있습니다. 그러고는 증상을 숨겨줄 약을 만들어내지요. 그들이 증상은 다룰 수 있을지 모르지만 '치유법'을 찾아낼 거라고는 보지 않습니다.

내가 암을 앓고 임사 체험을 하는 과정에서 이해한 것은, 암과 관련해서 연구할 것들이 아주 많다는 거였어요. 하지만 안타깝게도 내가 볼 때 암의 진짜 원인을 연구하는 사람들 쪽으로는 자금이 거의 지원되는 않는 것 같았어요. 반면에 약품 개발 쪽으로는 수백억 달러가 쓰이고 있지요. 약을 팔아서 돈을 버는 게 쉬울까, 아니면 사람들이 자신의 장엄한 신성을 발견하도록 도와주는 게 더 쉬울까, 가끔 궁금해요.

내 경우에 암은 나의 자기 정체성과 관련이 있었다고 봅니다. 그리고 암은 내 영혼이 자신의 진정한 가치, 즉 자신의 정체성을 잃어버린 데 큰 슬픔을 느끼고 있다는 걸 몸을 통해 보여준 방식이었다고 생각해요. 내가 '정말로' 누구인지 그 진실을 알았다면 나는 암에 걸리지 않았을 거예요!

사후 생을 경험하셨는데 돈에 대해서는 어떻게 생각하세요? 어떤 이들은 돈이 이 세상의 많은 문제와 악을 낳은 원인이라고 생각하는데요.

| 돈 자체는 아무런 힘도 갖고 있지 않아요. 우리가 돈에 힘을 부여하는 것이지요. 이 차원 안에 있는 다른 모든 것에 대해서도 마찬가지입니다. 어떤 것이든 좋게도 나쁘게도 쓰일 수 있어요. 하지만 그 자체로는 모든 게 다 중립적이지요. 우리가 그것에 힘을 주기로 선택하는 겁니다. 우리는 돈이나 종교, 인종 등등에 대해 (긍정적이거나 부정적인) 판단을 내리지요. 그것들에 대한 특정 믿음을 만들어내고 그것들에 감정을 실어요. 그런 뒤 사람들이 더 강력해진다거나 방어하려고 싸우게 하는 상황을 순식간에 만들어 냅니다.

이것이 나쁘다고 말하는 것은 아닙니다. 이는 이 세상에서 살아가는 데 필수적인 부분이기도 하지요. 우리는 이원성으로 이루어진 듯이 보이는 세계에 살고 있으며, 이 세계에서 우리는 어떤 것이 좋다 나쁘다, 긍정적이다 부정적이다 하고 늘 결정하고 있으니까요. 우리는 감정을 가지고 있고, 돈을 포함해 우리가 갖고 있는 온갖 믿음들에 그 감정을 싣습니다. 우리는 돈이 아니었더라도 뭔가 교환할 수 있는 물건이나 체계에도 똑같은 감정을 부여할 수 있었겠죠. 그랬다면 그것이 현재 돈이 갖고 있는 그런 위력을 가졌을 테고요.

하지만 죽음은 이원성을 초월해요. 종교와 인종, 문화, 그 밖에 우리가 갖고 있는 모든 가치와 믿음을 넘어서 있지요. 우리는 그런 것들 가운데 어떤 것이 아닙니다. 단지 시간의 이 지점에서 그것들을 통해 우리를 표현하고 있을 뿐이에요. 우리는 그보다 훨씬, 훨씬 더 거대한 무엇입니다.

병이 낫기를 바라는 많은 이들이 "자기 안의 치유의 힘을 믿어라" "모든 걸 내려놓고 치유가 일어나도록 허용하라" "자기만의 치유의 장소로 가라"와 같은 말을 어떻게 실천해야 하는지 알고 싶어합니다. 이렇게 널리 알려진 문구들을 보통 사람들이 정말 활용할 수가 있는 건가요? 치유를 원하는 사람들은 이런 걸 실행에 옮길 수 있는 방법을 알고 싶어하거든요.

|나는 정형화된 방법론이나 지침 같은 것을 옹호하고 싶은 마음이 전혀 없어요. 내가 만약 그런 걸 옹호한다면 도그마를 하나 더 만들어내는 게 될 텐데, 그런 것에서 벗어나야 한다는 게 사실 내가 하려는 말이거든요. 하지만 마치 무슨 적이라도 되는 양 병이나 증상을 '없애야 할' 어떤 것으로 보지 말라는 말은 하고 싶어요. 이런 태도는 두려움에서 나오는 반응이지요. 내가 이해하기로, 이런 증상이 나타나는 건 몸이 나를 치유하려고 애쓰고 있다는 표시예요. 적대적인 태도로 병을 제거하려고 한다면 나는 결국 그 반대 결과를 낳고 말 겁니다. 내 스스로를 병적인 마음가짐 속에

더욱 깊이 밀어 넣는 것이니까요.

그렇다고 해서 의사를 찾아가지 말라는 뜻은 아닙니다. 나는 단지 질병처럼 몸으로 표현되는 것들을 내가 어떻게 바라보는지 설명하는 것뿐이에요. 요점은 질병에 집착하지 말라는 것, 병을 없애겠다는 일념으로 하루하루를 보내는 일은 없었으면 한다는 겁니다. 병에서 시선을 거두고, 긍정적이고 창조적인 자극을 주는 활동에 전념하는 것이 훨씬 더 생산적이에요.

나 같으면 행복해지려면 내 건강이 어때야만 한다는 강박에서 벗어나, 그저 순간 속에서 기쁨을 만들어내려고 할 거예요. 마치 내가 이미 건강해진 것처럼 말이지요. 현재에 산다는 것은 한 순간에서 다음 순간으로 어떤 감정적인 짐도 지고 가지 않는다는 뜻이에요. 모든 순간은 독특하고 또한 반복될 수 없습니다. 두려움을 지고 가느냐 아니냐, 자기를 계속 질병 상태에 매여 있게 하느냐 아니냐는 우리의 선택에 달려 있습니다.

당신이 꼭 영적인 현자가 되어야 할 필요는 없어요. 그저 매 순간 최고의 것을 이끌어내세요. 매 순간을 최고치로 살고, 당신을 행복하게 만드는 일을 하세요. 당신이 살 날이 한 달이 남았든 백 년이 남았든 말이에요.

듣기에는 참 흥미롭습니다만, 실질적인 조언은 없을까요? 지금은 어떻게 건강을 유지하나요? 어떤 음식을 먹고, 어떤 음식을 피하나요?

| 글쎄요. 임사 체험 이후 식습관이 바뀐 것은 사실이지만, 미안하지만 질문자께서 생각하시는 그런 방식으로 바뀌지는 않았답니다! 전에는 음식에 대해서 편집증적인 게 있었지요. 철저한 채식주의자였어요. 유기농 음식만 먹었고, 마크로비오틱 조리법, 비타민 보조제, 개밀 주스 같은 것에 온통 빠져 있었지요. 암을 앓기 전에 그랬다는 거예요. 전자레인지부터 방부제에 이르기까지 모든 게 암을 유발하는 것 같았죠. 무척 엄격한 건강 식단으로만 먹었는데, 그게 다 두려움 때문이었어요.

이제 나는 입맛이 당기는 것이면 뭐든 먹어요. 초콜릿을 좋아하고, 이따금씩 좋은 와인이나 샴페인도 즐기지요. 무얼 먹든 즐겁고 기쁘면 돼요! 무엇보다도 내가 행복한지가 중요한 것 같아요.

병에 걸릴까 두려워하면서 이른바 '바른' 음식이라는 걸 먹는다면 먹는 게 하나도 재미있지 않겠죠. 오히려 더 불안하지요. 불안해하는 것 자체가 훨씬 많은 문제를 일으켜요. 우리 몸은 우리가 생각하는 것보다 훨씬 더 회복력이 커요. 특히 행복하고 스트레스 상태에 있지 않을 때는요. 나는 건강한 식단으로 먹을 때도 두려움에서가 아니라 사랑에서 그렇게 먹습니다. 이건 삶의 모든 일들에서 내가 택하는 방법이에요. 여러분도 그런 삶의 방식에 한번 초대하고 싶군요.

임사 체험 때 받은 메시지나 가르침 중 모두에게 알려주고 싶은 것이 있나요? 지붕 위라도 올라가 모두가 듣도록 외치고 싶은 메시지가 있다면 무엇일까요?

| 나는 모든 사람이 자기의 '모든' 부분이 장엄하다는 걸 알았으면 좋겠어요. 당신의 에고도, 지성도, 몸도, 영혼도요. 그게 바로 당신이에요. 이 우주가 만든 아름다운 작품이지요. 당신의 모든 면이 완벽합니다. 버려야 할 것도, 용서해야 할 것도, 얻어야 할 것도 없습니다. 당신은 이미 당신이 될 필요가 있는 모든 것이에요. 복잡해 보일지 몰라도 사실은 그렇지 않답니다.

만일 어떤 종교가 자신들이 받드는 신보다 당신이 더 작은 존재라고 느끼게 만든다면, 그건 둘 중 하나예요. 당신이 그 종교를 잘못 해석한 것이거나, 그 종교가 당신에게 진실을 잘못 가르친 것이거나. 또 어떤 스승이나 현자가 당신이 '아직' 깨어나지 못했으며, 깨어나려면 '배우고' '버리고' '내려놓아야' 할 게 더 남아 있다고 느끼게 한다면, 그들 또한 당신이 진정 누구인지를 잘못 가르치고 있는 거예요. 아니면 당신이 그들의 말을 잘못 해석했거나.

가까운 모든 사람들에게 그저 그들 자신이 되라고 일러주세요. 그리고 그들에게 당신은 그들의 있는 모습 그대로를 사랑한다고 말해주세요! 그들도 완벽하고, 당신도 완벽합니다. 사랑하지 않을 것이 하나도 없어요. 대부분의 고통은 '무엇보다 못하다'는 느낌에서 나오지요. 당신은 어떤 것보다도 또 누구보다도 절대 '못하지'

않아요! 당신은 완전합니다.

당신이 배워야 할 것은 '단 하나', 당신은 이미 당신이 찾는 '바로 그것'이라는 겁니다. 당신만의 독특함을 두려움 없이 표현하기만 하면 됩니다. 맘껏이요! 그것이 바로 당신이 지금 이 모습으로 살고 있는 이유이고, 여기 이 물질 세상에 와 있는 이유입니다.

마치는 말

글을 끝맺기 전에 마지막으로 몇 마디를 남기고 싶다. 당신의 힘을 저버리면 안 된다는 것을 늘 기억하라. 당신 자신의 장엄함에 연결되라. 바른 길을 찾는다고 할 때 그 답은 사람마다 다 다르다. 내가 알고 있는 유일한 보편적인 답은 스스로를 조건 없이 사랑하고 두려움 없이 자기 자신이 되는 것이다! 이것이 내가 임사 체험에서 배운 가장 중요한 가르침이다. 그리고 내가 이 사실을 늘 명심하고 있었다면 애초에 암에 걸리지도 않았을 것이라는 게 솔직한 마음이다.

스스로에게 진실할 때 우리는 이 행성을 위한 진실의 도구가 된다. 우리 모두는 연결되어 있으므로 우리는 주변 사람들의 삶에 영향을 주고, 그들은 또 다른 이들에게 영향을 끼치게 되어 있다. 우리의 유일한 임무는 우리 자신인 사랑이 되는 것, 우리의 대답이 우리에게 가장 적절한 방식으로 내면에서 흘러나오게끔 허용하는 것이다.

마지막으로, 즐겁게 지내는 것, 그리고 자신이나 삶을 너무 심각하게 대하지 않는 것이 얼마나 중요한지는 새삼 더 강조할 필요조차 없다. 수많은 영적 전통들이 범하는 커다란 실수 가운데 하나는 우리로 하여금 삶을 너무 심각하게 받아들이도록 한다는 것이다. 내가 어떤 주의主義를 만드는 거라면 아주 질색하는 사람이라는 걸 아시겠지만, 만일 치유에 이르는 영적 길에서 필요한 원칙을 만들어보라고 한다면 첫 번째로 꼽고 싶은 원칙은 단연 날마다 최대한 많이 웃으라는 것이 될 것이다. 자기를 보고 웃어줄 수 있다면 더욱 좋다. 이것이 어떤 형태의 기도나 명상, 찬송, 혹은 식생활 개선보다도 우선이다. 유머와 사랑의 눈으로 보면 일상의 어떤 문제도 결코 심각해 보이지 않을 것이다.

지금과 같은 정보 기술의 시대에 우리는 가히 빛의 속도로 새로운 뉴스들에 노출된다. 우리는 스트레스와 두려움이 가득한 시대에 살고 있고, '저기 바깥'에 있다고 생각하는 모든 것들로부터 스스로를 보호하려고 노력하다 보면 즐겁게 지내는 법이나 우리 내면을 돌봐주는 법을 잊어버리기 십상이다.

우리 삶이 우리의 기도이다. 우리의 삶은 이 우주에게 주는 우리의 선물이다. 그리고 언젠가 우리가 이 세상을 떠날 때 남겨두고 가는 기억들은 우리가 사랑하는 이들에게 주는 우리의 유산이 될 것이다. 행복하게 사는 것, 그 기쁨을 주변에 퍼뜨리는 것은 우리 자신에게 또 우리 주변의 모든 사람들에게 우리가 갚아야 할 빚이다.

우리가 사랑이라는 깨달음과 유머 속에서 살아갈 수 있다면 우리는 이미 게임에서 이긴 것이다. 거기에 맛있는 초콜릿 한 상자를 더한다면 승리는 따놓은 당상이다!

기쁨 가운데, 당신의 장엄함을 깨닫고 또 이 세상 속에서 두려움 없이 당신을 표현하기를.

나마스테!

아니타 무르자니

출간 10주년, 그 이후 이야기

2012년 3월, 《그리고 모든 것이 변했다》가 미국에서 처음 출간된 후 내 삶은 극적으로 바뀌었다. 세계적으로 저명한 작가이자 강연자인 웨인 다이어가 가는 곳마다 청중들에게 나와 내 책 이야기를 했다. 그는 또한 나를 그의 PBS 특별 방송 〈확신의 힘Wishes Fulfilled〉에 초대해 내 이야기를 나눌 수 있게 해주었다. 그 후로 그는 나에게 정기적으로 같이 투어를 다니자고 제안했고, 나더러 남편 대니와 함께 홍콩에서 미국으로 아예 이주해 오라고 은근히 권했다. "미국에는 당신이 필요해요"라고 그는 자주 말했다. "여기서 지낸다면 당신 메시지가 더 멀리까지 퍼질 거예요. 당신은 전 세계에 필요하다고요!"

대니와 나는 2014년 중반, 이사를 하기로 계획했다. 그런데 어머니가 넘어지면서 엉덩이뼈에 골절을 입는 바람에 나는 어머니가 회복될 때까지 석 달을 인도 푸네Pune에 있는 어머니 집에 머물러야 했다. 대니와 나는 2015년 1월에 마침내 미국으로 건너와 남부 캘리포니아에 둥지를 틀었는데, 나는 그곳이 너무너무 마음에 들었다! 웨인 말이 맞았다. 내가 미국으로 이주해 오자마자 〈닥터 오즈Dr. Oz〉 〈앤더슨 쿠퍼의 360도Anderson Cooper 360°〉 〈투데이Today 쇼〉 같은 텔레비전 프로그램에 출연하거나 강연할 기회가 쏟아져 들어왔다. 감히 상상도 하지 못했던 놀라운 기회들이었다. 미국으로 건너오고 7개월 뒤인 그해 8월, 웨인과 나는 함께 호주 투어를 마치고, 멜버른 올랜도 국제공항에서 각자의 비행기에 오를 준비를 하며 작별 인사를 하고 있었다. 웨인과 그의 믿음직스러운 조수(지금은 내 친구가 된) 마야Maya, 그리고 그의 딸 세이지Saje와 스카이Skye는 플로리다로, 대니와 나는 남부 캘리포니아로 가는 길이었다.

"다음 달에 봐요!" 나는 명랑하게 말했다. 우리는 2주간의 지중해 크루즈 워크숍에서 다시 만나기로 되어 있었다. 나는 그 여행을 정말 기대하고 있었는데, 대니와 나에게는 처음 해보는 크루즈 여행이기 때문이었다. 게다가 내 친구이자 멘토인 웨인과 함께 강연을 할 예정이었다. "이리 와봐요." 그가 마치 앞으로 무슨 일이 일어날지 알고 있는 사람처럼 말을 하더니, 두 팔을 활짝 펼쳐 평소보다 나를 더 꽉 안아주었다. "강연, 정말 훌륭했어요! 청중들이 당신을 정말 좋아하더라고요!" 그가 평소보다 유독 더 깊이 마음을 담아 말하는 것이 느껴졌다. "머잖아 나 없이 당신 혼자서 이런 걸 하게 될 거예요. 당신은 준비가 됐어요."

닷새 뒤 마야가 울면서 전화를 했다.

"무슨 일이에요?" 그렇게 묻는데 내 가슴이 철렁 내려앉으며 벌써 최악의 상황이 예상되었다.

"웨인이요," 마야가 말했다. "돌아가셨어요. 주무시다가요. 밤에 주무시다가 돌아가셨어요!"

나는 너무 놀라서 옆에 있던 의자에 털썩 주저앉고 말았다. 난 그를 보낼 준비가 전혀 되어 있지 않았다. 함께 하기로 계획한 행사가 너무 많았고, 같이 할 일과 갈 곳도 아직 너무 많았다. 얼마 안 있어 크루즈 여행도 앞두고 있었고 말이다! 나는 절친한 친구를 잃은 것만이 아니라 마치 자전거 보조 바퀴가 떨어져나간 것 같은 기분이 들었다. 그 후로 몇 달 동안은 세계 곳곳에서 열리는 웨인 추모 행사에서 추모의 말을 전하는 한편, 그를 잃은 충격을 추스르고 이제 모든 걸 혼자서 해보려고 노력하면서 정신없이 보냈다.

웨인이 저쪽 세상으로 건너가 그의 여정을 계속해 나아가며 잘 지내고 있다는 걸 내가 알고 있다는 점에 감사했다. 임사 체험은 나에게 우리가 죽은 뒤에도 계속 존재하며 조건 없는 사랑의 공간 속에서 사랑하는 사람들에게 둘러싸여 있다는 것을 가르쳐주었고, 그래서 웨인의 육신이 곁에 없는 것은 슬프지만 그가 아주 잘 있다는 걸 알고 있었다. 그러나 이제 나는 그가 터준 그 길을 계속 가야 했다. 즉 내 임사 체험에 대해, 내가 저쪽 세상에서 보고 겪은 것에 대해 말을 해야 했다. 나는 누구든 죽지 않고도 이것을 깨달을 수 있으며, 그럼으로써 이 3차원 세상에서도 자신의 삶에 대한 접근법을 바꿀 수 있다는 것을 이야기해 주어야 했다. 그 일을 하는 게 내 다르마임을 나는 알고 있었다. 이게 내 목적이고 내가 여기로 돌아온 이유라는 것을 말이다. 웨인이 내 삶에 나타나 나를 이 다음 단계로 이끌어준 것이 신성의 개입이었다는 것도 나는 알고 있었다.

하지만 그의 죽음 이후 홀로 헤쳐 나가야 했던 처음 몇 년은 비록 여러 면에서 마법적이고 신비롭기도 했지만 힘든 때들이 있었다.

신호들을 알아보기

웨인이 세상을 떠나고 나서 내가 맨 먼저 알아차린 것 하나는 바로 신호sign들이었다. 나는 강연을 하기 전에 매번 그가 나와 소통하고 있다는 것을 느꼈는데, 그가 몸을 벗은 직후 열린 어느 추모식이 그 시작이었다.

첫 번째 공식 추모 행사는 올랜도에서 있었고, 3천 명 가량의 사람들이 모여 있었다. 헤이하우스 출판사의 몇몇 저자들처럼 나도 추모 연설을 해달라는 부탁을 받았다. 나는 유난히 슬펐고, 무슨 말을 해야 할지 약간 겁이 나기도 했다. 연단에 오를 차례가 되기 10분 전쯤, 나는 갑자기 화장실에 가고 싶어져서 관계자에게 화장실이 어디 있는지 물었다. 화장실이 있다고 생각한 쪽으로 걸어가는데 머릿속이 빙글빙글 도는 느낌이 들었다. '세상에, 전 세계 수백만 명의 사람들을 도와준 이 사람에 대해 내가 무슨 말을 한단 말이야? 무슨 말을 해도 충분하지가 않을 거야. 그에 대해서도, 그의 삶에 대해서도 내가 제대로 담아낼 수가 없을 텐데.'

생각에 너무 깊이 잠긴 나머지 내가 방향을 잘못 든 게 틀림없었다. 갑자기 화장실이라고는 찾아볼 수 없는 기다란 강당에 내가 서 있었기 때문이다. 이 강당 뒤쪽으로는 복도가 미로처럼 복잡했다. 길을 잃은 것 같다는 생각에 방향을 바꿔 다른 쪽 복도를 따라 걷는데 가다 보니 문이 하나 나타났다. 그런데 그 문에 걸린 커다란 팻말sign에 "그냥 당신 자신이 되세요!"(Just Be Yourself!)라는 글귀가 씌어 있는 게 아닌가. 우와! 바로 그 순간 나에게 딱 필요한 메시지였다. '고마워요, 웨인!' 나는 하마터면 소리 내 말할 뻔했다.

그리고 물론 그 문을 지나자마자 화장실이 나타났다. 만일 관계자가 알려준 대로 가까운 길로 화장실에 갔더라면 그 팻말은 보지 못했을 것이다.

그 후로 얼마 되지 않아 나는 웨인이 얼마 전 세상을 떠났다는 것을 아직 알지 못하는 청중이 대부분인 자리에서 임사 체험과 사후의 삶에 대해 강연을 했다.

강연을 마치고 건물 앞뜰을 지나 대기실로 걸어가는데, 한 여자가 다가오더니 잠시 이야기를 나눌 수 있겠냐고 물었다. 같이 근처 벤치에 자리를 잡고 앉자 그녀는 자신이 심령술사psychic이며 투시력이 있다고 하면서, 내가 무대에서 강연을 하는 내내 어떤 남자가 영靈의 형태로 한 손을 내 어깨에 올린 채 내 옆에 서 있는 것을 보았다고 했다. 그녀는 내게 내 오른편에 서 있던, 70대 정도로 보이는 키 큰 남자를 알아차렸는지 물었고, 나는 아니라고, 딱히 알아보지 못했다고 대답했다. 그녀는 그 남자가 말하라고 하는 것을 내가 토씨 하나 안 틀리고 그대로 말을 해서 그가 거기 있다는 걸 내가 아는 줄 알았다고 했다.

처음에 난 그게 수호천사나 세상을 떠난 우리 가족 중 한 명일 거라는 생각에 "저희 아버지였을 수도 있겠네요"라고 말했다.

"아뇨, 당신하고는 민족이 달랐어요. 백인이었어요. 키가 크고, 머리카락은 없고요. 당신을 무척 자랑스러워하는 것 같던데요. 당신 머릿속에 아이디어와 생각을 심어주면서 당신을 코치해 주고 있는 게 분명했어요. 당신은 알아차리지 못했더라도 말이죠." 그녀는 설명을 이어갔다. "사랑했던 사람들은 보통 우리가 마지막에 봤던 모습으로 나타나요."

"우와! 그건 웨인 다이어가 틀림없어요!" 내가 말했다.

그녀가 깜짝 놀라서 물었다. "그분 아직 살아계시지 않나요?"

그가 몇 주 전에 세상을 떠났다고 말하자 그녀는 입을 다물지 못했다. 그녀와 이야기를 나누면서, 나는 웨인이 아직 내 주변에서 나를 이끌어주고 있다는 걸 알게 되어 정말 기분이 좋았다! 내게 예정되어 있는 일을 하고 있다는 생각에 마음이 든든해졌다. 바로 내 이야기를 들려주는 것, 사후의 삶에 대해 알게 된 것을 나누는 일 말이다.

몇 달 뒤 나는 콜로라도 레이크우드Lakewood의 마일 하이 교회Mile Hi Church에서 강연을 하게 되었다. 생전에 웨인은 그 교회를 운영하는 사람들에게 나에 대해 언급하면서 연사로 초청해 보라고 말한 적이 있었다. 그리고 나에게는 그들이 나를 초대하거든 수락하라고 했다. 내가 거기서 강연을 하게 되는 날이 오기 전에 웨인이 이미 저쪽 세상으로 건너가 있으리라고는 그도 나도 알지 못했다.

덴버 국제공항에 도착하니 그 교회에 다니는 웬디라는 여성이 마중 나와 있었다. 호텔로 가는 길에 그녀는 웨인에 대해 이런저런 이야기를 하면서 그가 지난 12년 동안 그 교회에서 1년에 최소한 한 번씩, 가끔은 그보다 더 자주 강연을 했었다고 말했다. 강연을 하러 올 때마다 그녀가 공항으로 마중을 나왔고, 그를 호텔로 데려다주는 동안 삶과 영성에 대해 이야기를 나누었다고 했다. 그가 애용하던 호텔은 이번에 내가 묵게 될 그 호텔이었다. 웬디와 나는 웨인을 추억하며 그가 정말 보고 싶다고 입을 모았다.

웬디가 나를 호텔에 내려주고 간 뒤 나는 체크인을 하고 방으로 올라갔다. 그런데 방 안이 엉망진창이었다. 욕실 바닥에 수건이 널브러져 있고, 침대도 정돈되어 있지 않았다. 누가 봐도 마지막 손님이 나간 뒤 청소하지 않은 게 분명했다. 내가 1층 프런트 데스크로 전화를 하자 바로 누군가가 올라왔다. 그가 방을 한번 둘러보더니 연신 사과를 하며 나에게 아래층 식당에 가서 커피와 다과를—물론 무료로—듣고 있으라고 했다. 그사이에 그들은 이게 어떻게 된 일인지 알아보고 나에게 다른 방을 주겠다고 했다.

내가 커피를 마시며 앉아 있는데 우아한 정장 차림의 여자가 다가오더니, 불편을 끼쳐 미안하다며 방을 특실로 업그레이드해서 준비해 놓았다고 했다. 그러면서 어떻게 이런 일이 일어났는지 도무지 모르겠다고 했다. 근무자 명단에는 방 청소가 완료된 것으로 나온다는 거였다.

제일 꼭대기 층의 스위트룸은 코너에 자리하고 있어 도시가 한눈에 다 보이는 아주 멋진 방이었다. 커다란 욕실에는 욕조까지 있었다. 너무도 신이 났는데, 그 순간 이런 생각이 들었다. '아까 그 방은 분명 웨인이 그렇게 엉망으로 만들어놓은 걸 거야. 내가 더 좋은 방에 묵을 수 있게 말이지. 웨인은 내가 여기 와서 강연하기를 정말로 바랐으니까, 자기가 아직 나를 지켜보고 있다는 걸 이런 식으로 알려준 거야.'

다음날 웬디가 나를 교회로 태워 가려고 호텔로 왔다. 나는 차에 타자마자 어제 호텔 방에서 있었던 일과 그 덕분에 특실로 옮겨갔다는 이야기를 전했다. 호텔에서 꼭대기 층 코너의 스위트룸을 주었다고 하자 그녀가 깜짝 놀라며 말했다.

"그 방은 웨인이 '여기 올 때마다 매번' 예약해 주던 방이에요!"

그 후로도 웨인이 저쪽 세상에서 계속 살아있음을 보여주는 일들이 많이 일어났다. 마치 임사 체험중의 경험이 전부 '사실이고 맞다'는 것을 내가 잊지 않기를 바라기라도 하는 듯이.

웨인이 세상을 떠나고 2주 뒤, 나는 웨인의 가까운 친구였다는 밀레나Milena라는 여성에게서 이메일을 한 통 받았다. 그녀는 웨인과 나 사이의 친분을 알고 있었고 나에게 그의 죽음을 어떻게 받아들이고 있는지 물었다. 그리고 도움이 필요하면 얼마든지 돕고 싶다면서, 자신이 하고 있는 에너지 힐링 세션을 무료로 해줄 수도 있다고 했다. 웨인이 나에게 어서 가서 에너지 힐링을 받으라고 옆구리를 쿡쿡 찌르는 것 같았다. 나는 답장을 보내 그녀를 우리 집으로 초대했다. 나는 그녀에게 정말로 아름다운 힐링 세션을 받고 같이 점심을 먹었는데, 그녀가 전에는 그런 일이 한 번도 없었는데 왠지 나에게 연락을 해봐야겠다는 느낌이 자꾸 들었다고 했다. 그렇게 하라는 웨인의 목소리가 들리는 듯했다는 것이다. 마치 웨인이 우리 둘을 만나게 해주고 싶었던 것처럼 말이다.

우리는 계속 연락을 주고받기로 했다. 그 주 후반에 나는 소셜미디어(내가 잘 아는 분야가 아니었다)로 뭔가를 하려다 말고, 갑자기 밀레나에게 도움을 청해야겠다는 마음이 강하게 들었다. "혹시 나를 도와줄 수 있는 사람을 알고 있을까요?" 내가 메시지를 보냈다.

금방 답장이 왔다. "더 찾아볼 것도 없어요! 내가 해줄게요!"

그 다음 주에 밀레나가 새로 맡게 된 이 일로 이야기를 나누려고 우리 집으로 왔다가, 지난주에 우리 집을 나서며 찍은 사진 한 장을 보여주었다. 우리 집은 바다에 바로 면해 있는데, 파도 속에 웨인의 얼굴이 선명하게 들어 있는 게 아닌가! 그뿐만 아니라 시간도 3:33으로 찍혀 있었다. 영성 교사로 헤이하우스에서 책을 낸 카일 그레이Kyle Grey는 숫자 333에 대해 이렇게 말한 바 있다. "수비학에서 333은 '마스터 교사'의 숫자로 알려져 있다.…… 3:33이나 333을 보았다면 그것은 당신이 훌륭한 리더라는 것, 나아가 당신을 앞서간 리더와 교사들이 당신을 응원해 주고 있음을 말해주는 것이다."[1)] 밀레나와 나는 둘 다 이 타임 스탬프를 신호로 받아들였다!

숫자와 관련한 동시성은 이뿐만이 아니었다. 웨인은 평소에 새벽 3시 13분에 자연스럽게 눈이 떠진다고 자주 말하곤 했다. 그런데 밀레나가 내가 소셜 미디어에 올리는 게시글들에서 313이라는 숫자가 얼마나 자주 나타나는지를 보여주는 게 아닌가! 조회 수가 313이거나, '좋아요' 수가 313이거나, 날짜나 시간이 313으로 찍혀 있곤 했다! 그런 일은 계속해서 일어났다.

웨인은 자신이 초등학생일 때, 그의 담임이 교장에게 가서 "웨인은 불온분자"라고 말했다는 이야기를 여러 번 했었다. 또 "그

---

1) Kyle Gray, "The Universe Is Recruiting You! Kyle Gray Explains Angel Numbers and Signs from Above," Heal Your Life, last modified April 11, 2016, https://www.healyourlife.com/the-universe-is-recruiting-you-kyle-gray-explains-angel-numbers-and-signs-from-above.

애는 괴혈병 걸린 코끼리예요!"라고 말하는 것도 들었다고 했다. 그래서 그의 팬들 중에는 애정을 담아 그를 괴혈병 코끼리라고 부르는 이들이 많았다. 그래서인지 의외의 장소에서 우연히 코끼리를 보게 되면 나는 그것을 하나의 신호로 받아들인다.

나는 어떤 상징들을 우리가 사랑하는 사람들이 보낸 신호라고 상정할 경우, 저쪽 세상에 있는 그들이 우리와 소통할 때 활용할 수 있는 통로가 더 많아진다는 걸 알게 되었다. 그렇게 함으로써 우리는 그들이 사용할 수 있는 언어를 더 늘려나가는 것이다. 그래서 내가 웨인이 쓸 수 있도록 상정한 상징들은 연속된 숫자 313, 제왕나비(내게 도움이 필요할 때 자주 나타난다), 그리고 코끼리이다.

밀레나는 지난 6년간 나의 소셜 미디어 매니저로 일해주었을 뿐 아니라 이제는 절친한 친구가 되었는데, 한번은 같이 여행을 하다가 그래피티가 잔뜩 그려진 벽 앞에서 내 사진을 찍어준 적이 있었다. 그녀는 '행운의 부처Good Luck Buddha'라는 글귀가 쓰인 부처 그림 밑에 나를 세우고 사진을 찍었다. 한참 뒤에 그 사진을 보았는데, 우리는 그 벽에 "빛이 되세요!"(Be the Light!)라는 글귀와 함께 커다란 코끼리 그림도 그려져 있었다는 것을 깨달았다. 코끼리 그림이 너무 커서 당시에는 그걸 모르고 그냥 벽의 바탕색 정도로 생각했던 것이다! 재미있게도 웨인은 세상을 떠나기 한 1년 전부터 자신의 강연 자리에서 늘 인디아 아리India Arie의 〈나는 빛I Am Light〉이라는 노래를 불렀다. 그랬으니 이걸 발견하고 우리가 얼마나 놀랍고 반가웠겠는가!

전반적으로 나는 내게 주어진 일을 계속 해나가는 이 여정에서 웨인이 함께해 주고 있음을 아주 강하게 느끼고 있다. 그러나 내 일이 점점 확장되어 감에 따라 나는 이런 신비적인 경험들 사이사이에 끼어 있는 도전 과제들도 숱하게 맞닥뜨리게 되었다.

공감 피로증

혼자서 일을 해나가면서 나는 점점 더 지쳐갔는데 도무지 그 이유를 알 수가 없었다. 나는 내가 하는 이 일을 사랑했다. 세계 곳곳을 다니며 강연하고 사람들을 돕는 일이 정말 좋았다. 그러니 내가 왜 이렇게 기운이 소진되고 번아웃되는 것 같은지 의아할 따름이었다. 특히 내 책《나로 살아가는 기쁨*What If This Is Heaven?*》(한국어판 제목—옮긴이)이 나온 후에는 더 그랬다. 2016년, 내가 대외 활동을 잠시 쉬겠다고 공식적으로 알리고 나자 누군가 내게 편지를 보내왔다. "제가 보기에 당신은 엠패스empath 같아요. 엠패스에 대해 한번 찾아보세요."

나는 엠패스에 대한 이런저런 글들을 찾아 읽었지만 딱히 주의를 기울이게 되지는 않았다. 2017년, 코스타리카에서 샤먼이 주최하는 의식에 참여했다가, 그가 나를 콕 집어 "당신은 달라요!"라고 말하기 전까지는 말이다. 그는 내게 특별한 목적이 있지만, 다른 사람들과 세상의 문제들이 내 에너지를 짓누르고 있다고 말했다. "전에 당신이 그렇게 앓았던 건 당신이 다른 사람들의 에너지를 흡수했기 때문이에요." 그가 말했다. "당신은 당신의 목적을 완수하기 위해 병에서 치유된 겁니다. 당신에게 아직도 남들의 에너지를 떠안는 경향이 있다는 걸 깨달아야 해요. 그걸 멈추지 않으면 당신은 다시 병에 걸릴 수 있어요."

나는 이번에는 귀를 기울였다. 엠패스에 대해 내가 알 수 있는 것을 다 알아야겠다고 작심을 하고는 그 주제의 책들을 탐독하고, 기사와 논문들을 찾아 읽고, 엠패스 테스트도 해보았다. 테스트 결과는 30점 만점 중 29점! 이렇게 찾아보면서 나는 정말 큰 위안을 얻었고, 나 자신을 더 잘 이해할 수 있었다. 모든 게 한결 명확하게 느껴졌다. 내가 하는 일을 계속하려면 내 엠패스 본성을 받아들이고 그것과 함께 나아가야 한다는 것을 알 수 있었다.

주디스 올로프 Judith Orloff 박사가 《나는 초민감자입니다 *The Empath's Survival Guide*》(한국어판 제목—옮긴이)에서 설명한 바에 따르면, 엠패스들은 "극도로 반응적인 신경계를 가지고 있다. 엠패스들은 다른 사람들이 외부 자극을 차단할 때 쓰는 것과 똑같은 필터를 쓰지 않는다. 그 결과 주변의 긍정적인 에너지와 스트레스를 주는 에너지를 모두 흡수한다."[2] 이런 에너지들은 감정적인 것이 될 수도, 신체적인 것이 될 수도, 혹은 둘 모두가 될 수도 있다. 우리는 마치 우리가 그 경험을 하듯이 우리 몸에서 실제로 그런 느낌들을 느낀다. 다시 말해 엠패스는 때때로 다른 이들의 감정을 대신 떠안는다.

엠패스들은 매우 민감한 신경계를 가진 사람들, 즉 초민감인 highly sensitive people(HSPs)으로 분류되는 집단에 속하는 사람들이다. 주변 환경의 아주 민감한 변화까지 알아차리며 주변의 자극에 쉽게 압도당하는 HSP들은 전체 인구의 대략 20퍼센트 정도를 차지하는 것으로 알려져 있다.[3] 엠패스들은 매우 직관적이기 때문에 주변의 에너지를 느낄 뿐 아니라 흡수해 들이기까지 한다. 엠패스는 전체 인구의 1~2퍼센트에 불과한 것으로 알려져 있다.[4] 그러나 내가 감히 비율을 짐작해 보자면 그보다는 훨씬 많을 것이다. 매우 민감하다는 것은 보통 약점으로 여겨지기 때문에, 내가 보기에 많은 이들이 자신의 그런 특성을 묻어두거나 부정하는 것 같다.

나는 언젠가부터 내 강연에 참석하는 청중들에게 자신이 엠패스랑 비슷한 것 같으냐고 질문하기 시작했는데, 놀랍게도 아주 많

---

2) Judith Orloff, *The Empath's Survival Guide: Life Strategies for Sensitive People* (Boulder, CO: Sounds True, 2018), 59.

3) Bianca P. Acevedo et al., "The highly sensitive brain: an fMRI study of sensory processing sensitivity and response to others' emotions," *Brain and Behavior*, no. 4 (June 2014): 580–594. https://doi.org/10.1002/brb3.242.

4) Jamie Ward, Patricia Schnakenberg, and Michael J. Banissy, "The relationship between mirror-touch synaesthesia and empathy: New evidence and a new screening tool," *Cognitive Neuropsychology*, no. 35 (July 2017): 314–332. https://doi.org/10.1080/02643294.2018.1457017.

은 이들이 손을 들었다. 그러면 나는 이렇게 다시 물었다. "여기에 혹시 엠패스가 뭔지 모르는 분들이 계신가요?" 그 질문에 손을 드는 사람들이 있으면 나는 엠패스에 관해 설명했고, 그러면 그들의 얼굴이 환해지곤 했다. 그러고서 자신이 엠패스라고 생각되는 이들은 다시 손을 들어달라고 물으면 청중의 90퍼센트 정도가 손을 들었다. 곧 나는 내가 하는 일이 엠패스들을 끌어당긴다는 것을 알게 되었다!

내가 엠패스에 대해 언급하며, 본인 문제는 모두 제쳐놓고 다른 이들의 문제와 감정을 끌어안는 엠패스들의 성향에 대해 이야기하기 시작하자, 내 말에 공감하는 사람들이 전 세계에서 편지와 이메일, 메시지를 보내왔다. 나는 내가 겪었던 일을 사람들이 겪지 않기를 바랐기에 엠패스에 대해 더 많이 이야기하기 시작했고, 그들이 자기 것을 지나치게 퍼주는 성향이 있을 수 있다는 걸 깨닫도록 엠패스에 관해 가르쳐주기 시작했다.

어떤 이들은 "당신은 꼬리표를 붙이지 말자고 했는데, '엠패스'라는 것도 꼬리표 아닌가요?"라고 묻기도 했다. 내 대답은 이렇다. 뭔가가 당신을 가두거나 제한한다는 느낌을 갖게 한다면 그것은 꼬리표이다. 그러나 그것이 당신을 자유롭게 해주고 스스로를 더 잘 이해하게 도와준다면 그것은 하나의 설명이다.

엠패스들은 자기가 아끼는 사람들의 고통을 대신 떠안는 것, 즉 공감 피로증compassion fatigue을 앓는 경우가 참 많다. 그것은 남을 보살피는 직업을 가진 이들에게서 매우 흔하게 나타나는데, 엠패스와 HSP들은 그런 직업에 자연스레 끌린다. 공감 피로증은 번아웃에 비해 그 증상이 드러나거나 회복되는 데 시간이 덜 걸리긴 하지만, 그렇다 해도 만일 당신이 다른 이들의 느낌을 늘 흡수하고 있다면—직장의 동료들에게서든, 쇼핑중 옆을 지나가는 행인에게서든, 짧게 인사 나눈 이웃에게서든, 심지어 소설 속 인물에게서든—피로는 지속적일 수 있다.

엠패스들이 자기 것을 내주는 성향을 타고나기는 했지만, 다른 이들의 기분을 좋게 만들어주려는 이런 성향은 본인의 기분도 좋게 만들어야 한다는 점 때문에 더 복잡해진다. 그 점이 이해는 된다. 만일 당신에게 다른 누군가의 감정적 고통이나 신체적 고통이 느껴진다면, 당신 입장에서는 그들이 반드시 나아져야'만' 한다. 그래야 '당신'도 더 이상 아프지 않을 테니까 말이다. 그래서 무리를 해서라도 다른 이들의 기분을 좋게 만들어주려고 하면서 우리는 그들의 에너지를 우리 몸 안으로 흡수해 들인다. 그렇게 함으로써 공감 피로증과 번아웃이 발생하며, 그것이 너무 심해질 경우에는 우리가 병을 얻을 수 있다.

나와 함께 일하거나 나에게 자신의 이야기를 들려주는 이들 가운데는 병을 앓고 있는 사람들이 많다. 나는 그들을 정말로 깊이 느끼며, 그들의 고통과 아픔을 끝내주는 것 말고는 아무것도 바라는 게 없다. 그러나 나는 그렇게 할 수 없다. 나는 연민과 공감으로 이들 곁에 있어주는 것과, 그들의 온갖 고통과 두려움, 그들 스스로가 감내해야 하는 질병을 대신 떠안는 것 사이에 선을 긋는 법을 배워야 했다. 나는 내가 하는 일을 계속해 가려면 번아웃(내 경우에는 거절을 못해서 내 기운이 다 고갈되어 버리도록 만들지 않는 것)과 공감 피로증을 방지하는 도구들을 개발하는 데 집중해야 한다는 것을 깨달았다. 그래야 그런 도구들을 내 청중인 수많은 엠패스들, 공감 피로증과 고립, 압도당함을 겪고 있는 그들에게 알려줄 수 있었다. 나는 더 깊이 탐구하면서 지난 내 삶을 자세히 들여다보기 시작했다.

엠패스들은 스펀지다

엠패스가 무엇인지, 그리고 자기 바깥에 있는 것을 자기 몸으로 느낀다는 것이 무슨 의미인지 예를 들어 설명해 보겠다. 나는 어려서부터 나도 모르게 내 것이 아닌 에너지를 마치 스펀지처럼 흡수했다. 지금 이 글을 읽고 있는 많은 독자들도 나와 비슷할 텐데, 바로 그래서 이 이야기를 꼭 쓸 필요가 있는 것이다.

어느 날 밤 나는 부모님과 오빠와 함께 영화를 보고 있었다. 제목은 기억이 안 나는데, 그 영화 속에서 한 여자가 자기 차에 타서 안전벨트를 매지 않고 도로를 달리다가 쾅! 충돌을 해버렸다. 앞차와 정면충돌하면서, 그녀는 차 앞유리를 뚫고 날아가 얼굴이 갈가리 찢기고 말았다. 구급차가 와서 급하게 병원으로 데려간 덕분에 그녀는 목숨을 건질 수 있었다. 다음 장면에서 그녀는 머리에 붕대를 두르고 있었고, 붕대를 풀면 어떤 모습이 나타날지 두려움에 떨고 있었다. 의사들이 그녀에게 상태가 좋지는 않을 거라며 몇 번 더 수술을 해야 한다고 언질을 주었다. 나는 이 여자가 너무 불쌍했는데, 그녀가 겪고 있을 충격과 슬픔, 고통이 내 몸으로 고스란히 느껴졌다. 머리가 어지러워지며 나는 그만 기절을 하고 말았다.

정신을 차려보니 식구들이 몹시 걱정하는 얼굴로 나를 빙 둘러싸고 있었다. 나를 정신이 들게 하려고 엄마가 즉시 부엌으로 달려가 스멜링 솔트smelling salt(실신한 사람을 깨우기 위한 용도로 사용하는 각성제—옮긴이)와 함께 꿀을 가져왔다. 꿀은 혈당을 올리기 위한 것이었다. 가족 중 누구도 내가 영화 때문에 기절했다고는 생각하지 못했다. 우리 엠패스들은 허구의 이야기 속에도 너무 깊이 빠질 수 있다. 그 인물에게 일어나는 일이 실제로 나에게 일어나는 일로 느껴지기 때문이다. 우리의 뇌는 그게 진짜가 아니라는 것을 구분하지 못한다. 엠패스가 무엇인지 알아가면서 나는 비로소 그때의 일이 기억났고, 내가 화면 속 그 여자를 너무나 가엽다고 여긴 나머지 기절했던 거라는 걸 깨달았다. 그녀는 그저 연기를 하고 있었을 뿐인데 말이다!

또 이런 예도 있다. 우리 팀 멤버인 미셸린이 들려준 이야기인데, 그녀는 어려서부터 주기적으로 습진을 앓아왔다고 했다. 발진은 언제나 귀 뒤의 같은 자리에서 일어나는데, 스트레스를 받으면 발진이 심해지기 때문에 그녀는 평소에 스트레스 수치를 낮게 유지하려고 노력한다. 코로나 19 유행병이 터진 첫 해에, 그녀의 증상을 알고 있는 이웃이 놀러 와서 자기도 습진을 앓고 있다는 말을 했다. 그 이웃이 말했다. "그거 참 성가시죠. 저한테 해줄 조언 같은 게 혹시 있으면 좀 말해주세요."

미셸린의 말을 여기에 그대로 옮겨보겠다.

옆집 사람이 어느 날 놀러 왔기에 제가 요즘 같은 때 학교 교감으로 있느라 힘들지 않냐고 물었죠. 온라인 수업과 현장 수업을 병행하느라 스트레스받지 않느냐고요. 힘들 거라고는 저도 충분히 생각했는데, 그녀가 갑자기 두 팔의 소매를 걷어붙이더니 발진을 보여주는 게 아니겠어요? 손등부터 시작해서 팔뚝을 타고 올라가 팔 안쪽까지 피부에 온통 발진이 났더라고요. 습진 때문에 염증이 생기고 가려워 긁으니 딱지가 다 앉고, 양손이 퉁퉁 붓기까지 했더라고요. 손등 쪽은 피부가 벌겋게 올라 있고요. 직장 생활이 어떻냐는 제 질문에 대한 그녀의 답은 명확했어요. "좋지 않다"였죠.

그녀는 스트레스 때문에 피부 상태가 더 나빠지고 있다고 했어요. 학교에 아이들도 없고, 날마다 사람들과 만나서 부대끼는 걸 정말로 좋아하는 그녀인데 사람과 마주칠 일도 뭔가 몰두할 일도 없으니, 손등과 팔뚝의 가려움과 통증으로 자꾸 신경이 쏠린다고요. 그녀에게,

나는 태어날 때부터 두피에 습진이 있었고, 초등학교 다닐 때도 앓았고, 이후에도 계속 재발해서 평생을 습진으로 고생하고 있다고 말해주었죠. 습진이 성하는 원인은 언제나 스트레스였기 때문에, 저는 이웃의 마음이 너무 잘 느껴졌어요. 우리는 습진을 유발하는 스트레스를 어떻게 하면 좀 줄일 수 있을지 이야기 나누고, 가려움과 통증을 덜려고 사용했던 크림들에 대해서도 이야기했죠. 저는 그녀의 불편함이 정말로 깊이 느껴졌어요.

그러고서 다음날 아침에 옷을 입는데 오른손 손등에서 가려움이 느껴지는 거예요. 염증이 생기고 가렵고 손이 부어올라 있더군요. 오톨도톨한 것들이 솟아난 게 습진 증상이 또 시작되었다는 걸 단박에 알 수 있었어요. 제가 그 이웃의 문제에 너무 공감한 나머지 그걸 흡수해 버린 거예요! 그녀에게 너무 공감을 하다 보니 그녀의 피부 문제를 제 것으로 내면화해서 심지어 그 증상이 제 손에서까지 나타난 거예요. 저는 손등에 발진이 난 적은 단 한 번도 없었거든요. 두피나 귀 뒤에서만 났죠.

저는 즉시 자리를 잡고 앉아 명상을 하며 에너지 작업을 했어요. 내 이웃을 사랑하는 건 좋지만 상대방의 문제를 내가 같이 겪을 필요는 없다고 나 자신에게 말해주었죠. 다음날 발진은 90퍼센트 정도가 사라졌고, 그 다음날은 완전히 사라졌어요. 저는 제 영혼에게 다시 한 번 감사를 전했죠. 내가 엠패스이고 사람들을 사랑하는 것은 맞지만, 그렇다고 그들이 답을 찾도록 도와주기 위해 그들 문제를 대신 떠안을 필요는 없다는 것을 상기시켜 줘서요.

엠패스들은 감정적 에너지나 신체적 에너지, 영적인 에너지를 자기 몸 안으로 흡수해 들일 수 있기 때문에, 이런 재능이 저주가 되지 않게 돕는 도구들, 나처럼 죽음을 경험하지 않게 막아주는 도구들을 가지고 있어야 한다. 저쪽 세상에 있었을 때 나는 내가 살면서 했던 모든 생각, 내가 내린 모든 결정과 선택이 쌓여 결국 암이라는 병으로 이어졌다는 것을 잘 알 수 있었다. 나의 가장 친한 친구 소니의 암 진단은 나에게 충격으로 다가왔다. 나는 그녀가 받은 충격과 죽음에 대한 두려움을 마치 내가 그 진단을 받기라도 한 것처럼 내 안에서 고스란히 느낄 수 있었다. 그때 나는 내가 엠패스라는 사실을 전혀 몰랐으므로, 나 스스로를 보호하기 위한 조치를 전혀 취하지 못했다. 내가 생각한 거라곤 '어떻게 하면 친구 기분을 더 좋게 만들어줄 수 있을까?'였다. 나는 소니를 보살펴주기 위한 것이라면 무엇이든 했고, 반면 나에게 필요한 것과 나를 돌봐줘야 할 부분은 모조리 제쳐두었다.

이 책 앞부분에 쓴 것처럼 나는 암이 무서웠고 겁이 났다. 소니가 항암 화학 요법을 받으면서 얼마나 고통스러워하는지 내 눈으로 지켜보았기 때문에 그 치료가 두려웠다. 나는 그 두려움 속으로 더욱더 깊이 빨려 들어가고 있었다. 아니나 다를까, 그러고서 나 역시 암 진단을 받았다.

흥미로운 점은 이것이다. 강렬한 두려움을 느끼면서도 나의 일부분은 일종의 안도감을 느꼈다는 것이다. '아아, 이제야 나 자신을 돌봐줄 구실이 생겼구나.' 다시 말하면 나는 소니의 고통과 건강, 병에 내 온 신경을 쏟는 대신 나 자신의 건강과 안녕을 챙기는 데 집중할 수 있는 뚜렷한 구실로서 병이 필요했던 것이다. 나 역시 암 진단을 받음으로써만 끊임없이 소니 곁을 지키는 일로부터 풀려날 수 있었다. 이제 나에게는 이렇게 말할 이유가 생긴 것이다. '아, 나도 내 건강을 돌보기 위해 나만의 시간이 좀 필요해. 이런 걸 이제는 나에게 해줘야 해.' 전에는 그렇게 할 수가 없었다. 그제야 나는 서서히 친구의 고통과 통증으로부터 나 자신을 해방시켜 줄 수 있었다.

자기 자신을 먼저 보살피기

혹시 당신도 직장의 상사나 고객, 동료를 실망시키지 않기 위해 감기나 독감에 걸릴 때까지 녹초가 되도록 일을 하는가? 그렇게 해야만 죄책감 없이 쉴 수 있는가? 혹은 남들에게 필요한 부분을 채워주기 급급하고 자신의 필요는 맨 나중에 고려하지는 않는가? 만일 엠패스라면, 부디 스스로를 돌볼 구실을 만들어주려고 병을 얻는 지경까지 가지 않기를 바란다. 엠패스들이 병을 스스로 유발한다고 말하는 게 아니다. 그런 말은 내가 병을 앓는 동안 지겹도록 들었다. 사람들은 내가 병을 '끌어들였다'고 했다. 병에 걸린다

해도 그것이 우리 잘못은 아니며, 희생자를 탓해서도 안 된다. 다만 나는 우리가 이러한 경향을 알아차리고 스스로를 돌봐줘야 한다는 말을 하는 것일 뿐이다. 그래야 몸도 마음도 건강하게 유지할 수 있으며, 과거의 나처럼 몸과 마음을 그렇게까지 극단적으로 망가뜨리지 않을 수 있다.

나는 친구가 건강해지기를 바라는 내 마음속 한 켠의 목소리를 더 들어주었기 때문에 나에게 정말로 필요한 것들을 무조건 억눌렀다. 나는 밖으로 나가 사람들을 만나고 싶은 '진짜 나'를 억눌렀다. 진짜 나는 자유롭기를 원했다. 밖으로 나가 내 기쁨과 열정을 찾고 다른 이들을 고양시켜 주는 빛이 되고 싶었다. 나는 친구의 곁을 지켜주고 싶었지만, 그렇다고 날마다 하루 온종일 그녀 곁에서 함께 고통스러워하며 있고 싶지는 않았다. 그건 나에게도 그녀에게도 전혀 도움이 되지 않은 일이었다. 나 스스로도 고통스러워하고 있으면서 병으로 고통스러워하는 그녀를 지켜줄 수는 없었다.

자신을 돌보기 위해 병과 같은 구실이 필요하다면, 당신의 몸은 병에서 나아봐야 아무 이득이 없기 때문에 그 병을 계속 고수하려 할 것이다. 몸은 그 자체 지혜를 가지고 있어서, 만일 자기가 낫는다면 당신은 또다시 스스로를 희생해 가면서까지 다른 사람들을 기쁘게 해줘야 한다고 의무감을 느끼리라는 걸 알고 있다. 그러니 진정한 자기 자신이 되도록 하라. 스스로에게 진실해지고 싶다는 열망 자체가 치유의 이유가 될 수 있다. 스스로에게 물어보라. "내

일 병이 말끔하게 낫는다면 나는 무엇을 할 것인가?" 그러고서 그 일을 하기 시작하라. 삶을 축하하기 시작하라. 나는 죽어서야 나 자신이 되는 법, 나 자신을 사랑하고 내 열정을 따르는 법, 내가 진정 누구이며 무엇인지를 발견하는 법을 배웠다. 죽어서야 나는 내가 내 기쁨과 장엄함, 자기 존중을 철저히 외면했음을 깨달았다. 이런 느낌과 생각이 이기적이고 거만하며 너무 자기 중심적이라고 생각하면서 말이다. 그러나 그렇지 않다. 다른 이들이 고통받고 있을 때에도 우리가 스스로를 사랑해야 하는 것은 우리가 타고난 권리이다.

그것은 바로 우리가 신, 우주, 혹은 근원Source—어떤 용어로 표현하든—의 표현이기 때문이다. 정말로 그렇다. 나 역시 마찬가지다. 우리 모두가 그러한 존재들이다. 우리가 스스로를 사랑하지 않을 때, 우리가 여기에 온 소명과 열정, 목적이 있음을 깨닫지 못할 때, 즉 진정한 우리 자신이 되려고 여기 왔다는 사실을 깨닫지 못할 때, 우리는 우리를 통해 자신을 드러내고자 하는 신을 부정하는 것이다.

웨인이 살아있을 때 나는 강연자이자 공인公人으로 살아가는 나의 이 새로운 삶에 관해 그에게 조언과 지도를 구하고는 했다. 한 번은 좋지 않은 평을 들은데다 소셜 미디어에서도 부정적인 댓글을 받고 나서 너무 기분이 안 좋아 그에게 전화를 했다. 전화기에 대고, 대중적으로 이렇게 부정적인 반응을 받을 때에는 어떻게 대처하느냐고 물었다. 그는 우리가 대중 앞에 나서는 삶을 사는 한 그런 일은 피할 수 없다고, 특히 사람들을 새로운 사고방식으로 이끌려고 하는 경우라면 더욱더 그렇다면서 이렇게 말했다. "두 가지를 기억해야 해요. 우선, 당신이 하는 말이 새로운 물결을 만들고 있다면 그건 아주 좋은 겁니다. 그리고 그것에 위협을 느끼는 이들도 분명 있을 거예요. 두 번째, 누군가가 용기 내서 주류에 반대되는 이런 이야기를 터놓고 말해주는 것에 고마워하는 사람들 역시 언제나 있을 겁니다. 바로 그런 사람들에게 초점을 맞추세요." 그는 내가 하는 말들은 도발적일 수밖에 없다면서, 나 스스로를 영웅으로, 용기가 없어 감히 말하지 못하는 사람들을 대신해 당당히 말해주는 사람으로 보라고 했다.

엠패스들이 비난에 유독 민감하다는 것을 잘 알고 있는 지금도 ("회초리는 아파도 말은 아프지 않다"는 말은 우리 같은 사람들에게는 해당이 안 된다) 웨인의 이 조언은 여전히 도움이 된다.

저쪽 세상에 가 있을 때 나는 내가 해온 모든 생각과 결정이 나를 죽음으로 이끌었다는 것을 잘 알 수 있었다. 내 감정들이 몸에 얼마나 영향을 미치는지 몰랐기 때문에 내가 그렇게 행동했다는 걸 비로소 이해할 수 있었다. 엠패스라는 것에 대해서는 더더욱 알지 못했고, 내가 모든 걸 정말로 쉽게 흡수해 들인다는 것도 전혀 알지 못했다. 세상도 그런 것을 나에게 전혀 가르쳐주지 않았다. 바로 그래서 엠패스들에게 그런 것을 가르쳐주는 일을 내 임무로 삼은 것이다. 병에 걸리고 거기서 회복되는 과정을 겪지 않아도 되도록 그들에게, 당신에게 꼭 이 점을 알고 있으라고 말해주는 것을 내 임무로 삼은 것이다. 당신은 내가 겪은 것을 겪지 않기를 바란다. 바로 그래서 엠패스에 대해 알아가면서 내가 익힌 몇 가지 핵심 수련법을 공유하고자 한다.

다음은, 엠패스인 자신을 돌봐주는 세 가지 주요 단계이다.

1. 하지 않기[undo]. 우리는 '존재'할 수 있으려면 '하지 않아야' 한다. 우리 삶의 어떤 측면을 바꾸려고 할 때 우리는 대체로 뭔가를 하려고 하는 경향이 있다. 책을 사거나, 어떤 수업에 등록하거나, 그동안 두려워했던 것들을 매일 다섯 가지씩 하거나 등등. 그러나 먼저 우리는 여유 공간을 만들어야 한다. 분주하게 뭔가를 하는 대신, 더 이상 우리에게 도움이 되지 않는 것들을 놓아버리는[letting go] 작업을 해볼 수 있다. 잠시 멈추고 혼자 고요히 앉아서, 우리가 밖으로 나가서 답을 찾기보다는 해답이 우리를 찾아오도록 여유 공간을 마련하는 것이다. 주류 언론과 소셜 미디어에서 유입되거나 날마다 끝없이 쏟아지는 이런저런 정보들을 줄이는 것 또한 이런 여유 공간을 만드는 데 도움이 된다. 적어도 하루나 이틀 정도 온갖 전자 기기들을 끄고 휴식을 갖자.

2. 그러지 않으면 죽을 것처럼 자신을 사랑하기. 왜냐하면 장담컨대 그것이 사실이기 때문이다. 당신이 '좋다'고 말하면서 받아들

이고 있는 것들을 하나하나 검토해 보면서 스스로에게 물어보라. "이 일이, 이 생각이, 이 사람이 내게 더 가벼워지는 느낌을 주는가? 아니면 나는 처지게 만드는가?"

3. 직관을 더 키우기. '하지 않기'를 하고 나면 당신의 본질은 순수해진다. 자기 사랑을 위한 공간을 열 수 있고, 그러면 직관 능력이 자연스레 더욱 깊어질 것이다. 3차원 너머의 차원들을 더욱 잘 인식하게 될 것이고, 그리하여 내가 죽었을 때 했던 그 아름다운 경험을 나처럼 죽음이라는 길을 가지 않고도 할 수 있을 것이다.

하지 않기

우리는 삶에서 뭔가 일이 잘못되면—건강 위기, 경제적 위기, 정체성 위기 등등—대부분 '이제 뭘 해야 하지? 뭘 더 알아야 하지?'라고 생각하는 실수를 저지른다. 그러나 그렇게 하면 할수록 우리는 우리 위에 드리운 두려움이라는 먹구름을 더욱더 끌어당기며, 평생 그렇게 먹구름을 더욱더 두텁게 쌓아간다. 그 구름은 우리의 신성 혹은 근원에서 나오는 직관에 접근하지 못하도록 우리를 가로막는다. 우리가 그저 존재하는 대신 뭔가를 하는 모드에 있을 때마다, 뭔가를 추가하고, 더 하려고 하며, 우리 자신이 아닌 것이 되려고 더욱더 애쓸 때마다, 우리는 사실 우리 자신을 사랑하고 직관을 키우는 능력으로부터 더 멀어지는 것이다. 그것은 우리가 가야 할 길이 아니다.

먼저 우리는 '하지 않기'를 해야 한다. '하지 않기'를 할수록, 진정한 우리 자신이라는 빛이 그만큼 더 뻗어 나올 수 있다. 자기 자신이 그저 '존재'하도록 둘 때가 바로 그렇게 하는 것이다. 그러면 내면에서 이전과는 다른 종류의 건강함wellness이 느껴질 것이다. 중독, 해로운 행동, 해로운 관계 등 그동안 고통에 무감각해지기 위해 키웠던 습관들을 '되돌리는undo' 길을 걷기 시작할 때, 명료함과 직관이 들어온다. 바로 그럴 때 진정 모든 게 바뀌기 시작한다.

나는 학생들에게 놓아버리고 싶은 것 일곱 가지를 적어보고 실제로 내려놓는 연습을 해보라고 자주 권한다. 좀 더 주의를 기울여야 하는 부분을 추가하기도 하고, 진정으로 놓아버린 것들은 빼기도 하면서 이따금씩 그 목록을 손보아야 할 것이다. 물론 삶에서 완전히 없애버릴 수 없어서 그저 크게 줄이는 것으로 만족하고 싶은 습관이나 패턴도 있을 것이다. 그러나 많은 경우 완전히 그만두지 않고 그저 줄이기만 하는 것은 역효과를 불러올 수 있다는 걸 잊지 말자. 만일 목록에 알코올 중독이나 도박 중독을 놓아버리기라는 항목이 들어 있다면 우선은 그것을 줄여나가는 것부터 시작하고 싶을 수 있지만, 그런 것은 완전히 끊어버리는 것이 더 건강할 것이다.(필요하다면 전문 의료인이나 지지 그룹의 지도를 구하라.) 전자 기기에서 더 떨어져 있고 싶지만 일 때문에 컴퓨터를 사용해야 한다면 여가 시간만이라도 전자 기기 사용을 제한할 수 있다. 그럴 경우 스스로에게 이렇게 말하라. "나는 내 역할을 충실히 한다는 이유로 필요 이상으로 여기에 매달리던 것을 그만둔다."

삶에서 잡동사니들을 내다버리면 실제로 에너지가 더 가벼워진다. 나는 내 경험에 입각해 이렇게 말할 수 있는데, 내가 이 책에서 권하는 것은 전부 내가 해본 것이기 때문이다. 나는 내가 삶에서 전념해 왔던 것들, 나를 완전히 장악하고 있다고 느끼던 것들을 없애버리자 직관이 눈에 띄게 향상된다는 것을 알게 되었다. 당신에게도 똑같은 일이 일어날 것이다. 당신은 마음이 활짝 열려 기적을 받아들일 준비가, 세상을 보는 필터 너머를 볼 준비가 되었을 것이다. 당신을 사로잡고 있던 것들이 바로 당신을 둘러싼 구름을 만드는 데 일조한다. 당신이 할 일은 그 겹겹의 구름들을 없애버리는 것, 그것이 더는 남지 않을 때까지 말끔히 씻어내는 것이다. 그게 바로 내가 당신에게 해보기를 권하는 바이다. 실수한다 해도 걱정할 것 없다. 부끄러워하지 말자. 혹은 당신의 파트너나 친구가 이런 작업을 하고 있는데 행여 실수를 하더라도 그들에게 수치심을 주지 말자. 그저 그들을 응원해 주고, 앞으로 계속 나아가기로 마음을 다잡을 수 있도록 도와주자.

나 역시 내 삶에서 더 이상 도움이 되지 않는 것들을 놓아버리는 이 연습을 숱하게 했다. 언젠가부터 점점 더 피곤해지면서 기운이 바닥나기 시작하자 나는 설탕과 카페인, 글루텐 같은 것들을 식단에서 아예 빼버렸다. 나는 또 아이폰 게임인 '캔디 크러시Candy Crush'를 완전히 놔버리기로 선택했다. 공항에 있거나 비행기에 있을 때 그 게임을 하고 싶은 마음이 들지 않도록 아예 앱을 지워버렸다. 나는 그 시간을 내 영혼을 살찌우는 데 쓰고 싶었다. 그래서 전화기를 꺼내 들고 '캔디 크러시'를 하고 싶은 마음이 들 때마다 나는 간단한 스트레칭이든 짧게라도 걷고 오는 것이든 운동을 했다. 나는 또한 독서 습관도 바꾸었다. 나는 디지털 기기로 책을 읽다 보면 쉽게 주의가 분산되면서 그 기기로 이메일을 확인하거나 게임을 시작하곤 했다. 그래서 종이 책으로 다시 돌아왔는데, 그러자 그런 주의분산이 말끔히 사라졌다. 나는 책장을 한 장 한 장 넘기고, 예쁜 책갈피를 사용하고, 책 가장자리에 메모를 적어 넣는 기쁨을 되찾아갔다.

시간이 가면서 나는 점점 더 건강해지는 느낌이 들고 나 자신에 대해서도 더 좋은 느낌이 들기 시작했다. '하지 않기'에서 오는 명료함이 커감에 따라, 나는 내가 아직도 거절을 얼마나 힘들어하는지 잘 알아차릴 수 있었다. 놓아버려야 할 것들 목록의 그 다음 항목이었다. 바로 남들의 기분을 맞춰줘야 한다는 생각 말이다.

그러지 않으면 죽을 것처럼 자신을 사랑하기

당신이 어떤 습관을 완전히 없애버렸다고 생각했는데, 마치 우주가 그게 정말로 사라졌는지 시험해 보기라도 하려는 듯 더 큰 시련을 주는 것처럼 느껴질 때가 있다. 바로 그럴 때 자기를 사랑하는 법을 배워두면 도움이 된다.

두려움이 만들어낸 겹겹의 층들을 하나씩 벗겨내면 자기 사랑의 빛이 비춰져 나오기 시작한다. 자기 사랑은 오만한 것이 아니다. 이기적인 것도 아니다. 사실 그것은 당신이 자신을 위해, 또한 모두를 위해 할 수 있는 가장 이타적인 행위이다. 우리 삶이 군더더기 없이 정돈되어 있을 때, 뭔가를 의무감으로 하지 않을 때, 남을 실망시키거나 만족시켜 주지 못할 것에 대한 두려움이나 실패에 대한 두려움 때문에 뭔가를 하지 않을 때, 우리는 우리 자신에 대한 사랑을 더욱 깊이 느낄 수 있다. 자기 사랑은 가장 놀라운 존재 상태이며, 자신에게 줄 수 있는 최고의 선물이다. 가볍고 훨씬 더 명료할 것이며, 불안과 두려움, 스트레스가 줄거나 아예 사라져버렸음이 느껴질 것이다. 자기 사랑은 우주에 대한 신뢰, 자신의 몸이 가진 치유력과 성장 능력에 대한 믿음을 더 키워준다.

임사 체험에서 돌아와 내 삶을 살기 시작했을 때 나는 내가 남을 만족시켜 주려는 경향과 거절을 못하는 습관에서도 치유되었다고 생각했다. 나는 가장 멋진 모습으로 내 삶을 충만하게 살아갈 거라고 생각했다. 그러나 이후 점점 더 큰 시련들이 주어지기 시작했는데, 그런 시련들은 종종 어떤 기회의 형태로 오는 경우가 많았다. 나에게도 그렇고 다른 많은 이들에게도 그렇고, 별로 내키지 않는 것에 싫다고 말하는 것은 쉽지 않은 일이며, 그 제안이 마치 괜찮은 기회처럼 생각될 때는 거절하기가 더욱 쉽지 않다. 우리는 생각한다. '오, 이거 멋진데. 물 들어올 때 노 저어야지. 이

기회를 잡아야겠어.' 우주가 주는 선물처럼 느껴지는 그것을 부정하고 싶은 사람은 없을 것이다.

그러나 내가 알게 된 바는 이렇다. 우리가 진정으로 자신을 사랑할 때, 그때마다 우리는 조금씩 성장해 나아간다. 그리고 성장의 다음 단계로 나아갈 때마다 놀라운 기회들이 자연스럽게 흘러들어오기 시작한다. '이거 멋진데.' 당신은 생각한다. '난 나를 사랑해. 모든 걸 다 좋다고, 하겠다고 말할 테야.' 그러나 그때 당신은 여전히 해결해야 할 숙제들이 더 남아 있다는 걸 깨닫게 된다. 너무 많은 것을 떠맡다 보면 아무리 좋은 것이라 해도 짐이 될 수 있기 때문이다.

성장해 가는 과정에서 당신은 이런 시련들에 몇 번이고 거듭해서 부딪힐 것이다. 그러나 결국에는 그런 것을 더 빨리 알아차리고, 자신에게 도움되지 않는 것들은 거절하게 되며, 더 깊어진 자신의 직관을 따라 살아가는 경지에 이를 것이다. 나의 경우는, 내가 세계 이곳저곳을 너무 많이 다니면서, 재밌어 보이고 하고 싶은 마음이 드는 것이면 너무 지나칠 정도로 하겠다고 말하고 있다는 걸 깨달았다. 그러나 그런 기회들이 하나둘 계속 쌓여가다 보니 나 홀로 고요히 앉아 있을 시간, 생각에 잠길 시간, 자연 속에서 보낼 시간, 친구들과 보낼 시간이 남아 있지 않았다. 나는 지치기 시작했다. 그리고 이런 생각이 들었다. '오, 맙소사, 이제는 정말이지 거절을 좀 해야겠어. 그런데 어떻게 거절을 한담?'

처음에 내가 놓치고 싶지 않을 정도로 좋은 기회들을 거절하자 사람들은 언짢아했다. 그들은 "아, 그런데 이 사람의/이 기관의 행사는/프로그램은/팟캐스트는 수락하셨잖아요? 그런데 왜 저희한테만 거절하시는 거죠?"라고 물었다. 물론 나는 내 대답을 다시 바꿨다. "아, 알았어요. 미안해요, 미안합니다. 그쪽 행사도/프로그램도/팟캐스트도 할게요." 그러고 나면 나는 허둥지둥 그 다음으로 거절할 행사를 찾아서 똑같이 거절할 구실을 만들어냈다. 그러고 나면 그 사람도 똑같은 말을 했다. "하지만 X는, Y는, Z는 하고 계시면서……" 그렇게 나는 너무 많은 것을 하겠다고 수락하면서 다른 사람들은 만족시키고 정작 나 자신은 번아웃되는 덫에 걸려들곤 했다.

이러한 새로운 차원의 사랑과 성장을 위한 숙제들은 처음에 주어졌던 것과는 다른 모습으로 나타날 수 있지만, 자세히 들여다보라. 과제나 시험은 동일할 것이다. 그저 다른 옷을 입고 있을 뿐이다! 나의 경우 그 당시의 과제들은 '기회'라는 가면을 쓰고 있었다.

그러나 좋은 소식이 있다. 당신은 처음에 시작할 때의 그 지점으로 도로 돌아와 있는 게 아니다. 당신은 계속해서 앞으로 나아가고 있다. 이러한 실패는 그저 이 새로운 차원에서도 당신이 자신을 사랑하고 존중할 여지가 더 많이 있다는 뜻일 뿐이다. 또한 당신에게 성장할 여지가 더 많이 있다는 뜻일 뿐이다. 나의 경우 무조건 상대의 요구를 수락하고 내 한계선은 무시해 버리는 것은,

내가 사랑이라는 더 높은 차원이 아니라 이 물리적 차원에서 아직 행동하고 있다는 뜻이다. 그 결과로 이렇게 너무 꽉 찬 일정을 만들어놓고 버거워하는 것은 나를 자기 사랑을 향해 나아가게 하는 것이 아니라 더 멀어지게 할 뿐이다.

가장 높은 형태의 진정한 자기 사랑은 우주와 자신의 더 높은 자아를 전적으로 신뢰하는 것이다. 남들에게 맞춰주면서 싫다는 말을 하지 않으려고 하는 나의 이런 행동들은 특히 내가 풀어야 할 과제이다. 당신의 과제는 또 당신만의 독특한 무엇일 것이다. 그러한 과제와 시련은 계속 닥쳐올 것이다. 그런 시련이 찾아오거든 그저 계속해서 앞으로 나아가고, 계속해서 자기 자신을 사랑하라. 그러다 보면 마침내 더 많은 기회들이 오리란 것을 알면서, 먼저 자기 자신을 돌보는 경지에 도달할 것이다.

본질적으로 자기 사랑이란 나의 신성이 나를 통해 표현되도록 나 스스로가 그 통로가 되는 것이다. 내가 이 육체보다 훨씬 더 큰 존재라는 것을 깨닫는 것이다. 나의 영혼과 더 높은 자아를 포함해 내 존재 전체를 사랑하는 것이다. 그런 지점에 도달하면 우리는 투명하고 가볍고 자유로워진다.

내가 저쪽 세상으로의 여행에서 알게 된 가장 멋진 사실은, 우리가 해야 할 것이라고는 오로지 자기 자신을 사랑하는 것뿐이라는 점이다. 내가 돌아온 이후로, 그리고 내가 엠패스로서 다른 이들의 에너지를 잘 받아들인다는 사실, 또 남들에게 싫다고 말하기를 어려워한다는 사실을 알게 된 이후로, 나는 내 깨달음을 이렇게 수정했다. "마치 그러지 않으면 죽을 것처럼 자신을 사랑하라. 실제로 그러하니까." 그러나 이 말은 단지 엠패스들에게만 하는 말이 아니다. 자기 사랑은 우리 모두에게 반드시 필요하다. 연구에 따르면, 집에서 가족들을 돌보는 사람들은 대개 먹는 것이 부실하고, 운동도 제대로 하지 못하며, 의료 시설을 찾아가 건강 검진을 받는 횟수도 적고, 우울 증상이 심화되는 경향이 있으며, 면역 체계가 많이 약화되어 있고, 노화도 더 일찍 진행된다고 한다.[5] 나는 나 자신에게 필요한 것보다 다른 이들의 이런저런 필요를 더 우선시했던 것이 내가 병을 얻은 큰 원인이라고 굳게 믿는다.

엠패스들은 자기 자신을 사랑하기를 유독 더 어려워한다. 엠패스들은 다른 이들의 감정을 마치 자기 것처럼 강렬하게 느낄 수 있을 뿐 아니라 자신의 느낌은 애써 무시하는 경향이 있어서, 다른 이들의 느낌을 자신의 것보다 더 깊이 느끼는 일이 많다. 우리는 자신을 사랑하는 것보다 남을 사랑하는 게 더 쉽다고 느낀다. 다른 이들의 느낌에 극도로 민감한 사람이나 엠패스라면, 그중에서도 특히 남을 돌보는 직업을 갖고 있는 사람이라면 이 점을 반드시 알아야 한다. 자기 사랑이 없다면 당신의 감정은 주변 사람

---

5) "Caregiver Statistics," Caregiver Action Network, accessed May 2, 2021, https://caregiveraction.org/resources/caregiver-statistics.

들의 고통과 감정에 휩쓸려나가거나 뒤엉켜버릴 것이다. 그러면 자기 자신을 잃어버릴 수 있다.

자신은 맨 나중에 놓고 다른 사람들과 그들의 문제를 더 앞세우거나, 다른 사람들의 문제가 자신의 문제보다 더 크다고 보거나(심지어 자신의 문제가 손쓸 수 없을 정도로 심각한 경우에도), 자신의 그런 문제들을 그저 덮어두고 회피하려고만 하지는 않는지 잘 살펴보라. 또한 자기만 빼고 모든 사람들에게 자신을 내어주고 있지는 않은지 잘 살펴보라. 이런 것은 자기 사랑이 부족하다는 신호이다. 당신이 세상의 문제들 속에 빠져 허우적대는데도 내버려둘 때, 그런 것에 당신의 빛이 가려지도록 내버려둘 때, 그것은 자기 사랑이 부족하다는 뜻이다. 자신을 지켜주지 못한다면 당신은 남들도 지켜줄 수 없다.

무엇을 멈추고, 내려놓고, 놓아버려야 하는지에 대한 나의 기준 혹은 리트머스 시험지는 이렇다. 하루를 살아가면서 어떤 생각이, 또는 어떤 선택이나 행동이 당신을 자기 사랑에서 멀어지게 하는지, 반면 어떤 것이 자기 사랑에 더 가까워지게 하는지 살펴보라. 그것은 아주 개인적일 것이다. 그것을 정할 수 있는 사람은 오직 당신 자신뿐이다. 당신이 하는 모든 것에, 당신이 수락하는 모든 것에, 떠안는 모든 것에 대해 그것이 당신을 처지게 하는지 아니면 짐을 덜어주어 가벼워지게 하는지 질문해 보라. 이 정도로 간단하다.

직관을 더 키우기

자신을 사랑하고 있다는 분명한 신호는 자신에게 옳다고 느껴지는 것만 당당하게 받아들이기 시작하는 것으로 나타난다. 자기 사랑에서 내린 선택들이 삶에서 어떤 결과를 낳는지 보게 되면서 당신은 자신의 판단을 신뢰하기 시작한다. 그때 당신은 자신의 직관도 신뢰하게 된다. 오랜 시간, 자신의 힘을 남들에게 내주라고 배우고 익혔던 것을 놓아버리고 되돌리려면 시간이 좀 걸릴 수 있다.

직관은 당연히 삶의 모든 영역에서 도움이 된다. 당신의 치유를 돕고, 남들도 치유되게 하며, 당신 자신의 꿈을 따르게 하는 등 모든 면에서 말이다. 실제로 직관을 발달시키고 키워나갈 때 불안과 두려움은 옅어지기 시작한다.

아마 당신은 직관 능력을 타고났을 테지만, 우리 사회에서 직관이 지나치게 과소평가되다 보니 당신은 그것이 존재한다는 것을 부정하고 억눌러왔을 수 있다. 자신의 직관을 부정할 때 당신은 자신의 일부분을 부정하게 된다. 당신 자신을 부정할 때 그것은 당신의 빛을 희미하게 만드는 것이다. 특히 당신이 엠패스이거나 민감한 사람이라면 당신의 직관이야말로 당신이 이 세상에 줄 수 있는 빛이다. 그 빛을 등대삼아 당신은 앞길을 헤쳐 나간다. 당신의 빛이 뻗어나가도록 허용할 때, 그 빛은 당신 자신에게만이 아니라 주변 사람들에게도 길을 밝혀준다. 당신의 존재 자체가 그들에게 명료성을 가져다준다.

당신은 불빛이 된다. 모두가 어두운 방 안에 있는데 당신이 직관이라는 빛을 들고 들어가서 갑자기 모든 게 환해진다고 상상해보라. 당신이 가야 할 방향 역시 선명히 보이고 말이다. 다른 이들이 당신의 빛 안에, 그리고 당신의 에너지 장 안에 있을 때, 당신은 당신의 그 빛을 통해 그들에게 무슨 일이 벌어지고 있는지를 볼 수 있다. 그들이 미처 알아보지 못하고 있는 것들이라든지, 가족과 친구들 또는 직업적으로 남을 돌보는 사람들에게 큰 도움이 될 수 있는 것들이 무엇인지 볼 수 있다. 여기서 중요한 것은 그들이 당신에게 의존하거나 계속해서 기대지 않도록 그들이 그들 자신의 빛을 낼 수 있도록 도와주는 것이다.

당신의 빛이 희미해져 간다면, 그러니까 당신이 짐을 덜어내기는커녕 더 쌓아올리고 있다면, 당신의 직관 또한 약해질 것이고, 그러면 두려움과 불안을 느낄 것이다. 이렇게 자신의 빛을 덮어버릴 때 결국 질병이라는 신체적 증상이 나타날 수 있다. 몸은 정말로 똑똑하다. 질병은 당신의 몸이 이렇게 말을 하는 것과 같다. "너는 이렇게 살려고 태어난 게 아니야." 당신 몸은 당신에게 "안돼! 당장 네 직관을 발동시켜. 깨어나. 너의 빛을 비추기 시작해" 라고 말을 하려고 한다. 그러나 당신이 분란을 일으키기 싫어서 세상에 자신을 맞추려고 할수록, 에너지를 남에게 내주면서 자신은 점점 더 지쳐갈수록, 몸의 증상들은 당신의 주의를 끌기 위해 더 크게 소리칠 것이다.

에너지적으로 고양된 상태에 있을 때 우리가 누리는 장점은 끝없이 많다. 만일 당신이 치유나 가르치는 일, 강연, 혹은 자신의 예술이나 재능을 대중에게 나누는 일에 끌린다면, 당신의 빛을 계속 환하게 유지하는 것은 필수이다. 그러지 않으면 당신은 다른 모든 사람들의 요구와 문제 속에서 길을 잃고 말 것이다. 당신이 할 일은 스스로 빛을 담고 있는 자가 되어 주변 사람들을 고양시키는 것이다.

당신이 스스로를 그런 식으로 사랑할 때, 당신 영혼의 에너지가 실제로 확장되면서 당신에게 더 큰 에너지 장을 만들어준다. 더 큰 에너지 장을 만들어낼 때 당신은 더 높은 진동수에서 활동하고 있으므로 앞길에 무엇이 오든 더 쉽게 처리할 수 있다. 당신은 그 느낌을 계속해서 이어나가고 싶을 것이다. 내가 사용하고 자주 추천하기도 하는 방법 하나는 하루에도 몇 번씩 스스로를 안아주며 "세상에, 넌 정말 많은 일들을 겪고 있구나. 하지만 내가 네 옆에 꼭 있어줄게"라고 말하는 것이다. 그러고서 이번 생애에 당신의 영혼이 감내해 온 모든 것들을 돌아보라. 그런 다음 올라오는 느낌을 20초 정도, 원한다면 더 길게 느껴보라. 눈을 뜨고 해도 좋고 감고 해도 좋으며, 집 안에서 해도 좋고 밖에 나가 자연 속에서 해도 좋다. 그저 그 경외감을 이끌어내는 것이 핵심이다. '우와, 내 영혼은 여기에 영원히 있구나.' 그 느낌을 간직해 보라.

당장 그렇게 되지 않더라도 스스로를 혼내지 말자. 이 연습은 자신에게 친절해지기 위한 것이기도 하다. 연습을 하면 할수록 당신의 에너지 장도 확장된다는 것을 기억하자. 당신의 에너지 장이 확장되면 그 에너지 장 안으로 무엇이 들어오든 그것 역시 확장한다. 당신이 더 높은 진동수에서 진동하면 다른 이들이 그 에너지에 감응할 것이고, 자연스레 더 높은 차원에 있는 당신에게 맞춰질 것이다.

32개의 메트로놈을 가지고 한 실험이 있다. 각각의 메트로놈은 처음에 각기 다른 시점時點에서 각기 다른 박자로 똑딱거리기 시작했다. 그러나 2분 30초 정도가 지나자 모든 메트로놈이 일제히 똑같은 박자로 맞춰지기 시작했다. 전부 동시에 똑딱거리게 된 것이다.[6] 인간인 우리도 이와 같다. 우리는 동화된다. 우리는 우리의 에너지를 주변 사람들의 에너지와 맞춘다. 만일 스스로를 두려움 기반의 에너지에 맞추고 싶지 않다면 자신의 에너지를 확장해야 한다. 그리고 그렇게 하는 방법은 자기 사랑이다. 감사의 상태에 있는 것 또한 또 다른 자기 사랑의 방법이다. 나는 따로 시간을 정해서 감사하는 시간을 갖는다. 나는 내 삶 속의 온갖 멋진 일들에 감사한다. 인간 관계가 되었든, 건강이 되었든, 식탁 위의 풍성한 먹을거리가 되었든, 재정적인 여유로움이 되었든 말이다. 감사

---

6) Nakaya, R. (2019, April 17). *Physics! 32 Out-of-sync metronomes synchronize*. The Kid Should See This. https://thekidshouldseethis.com/post/32365833754.

는 당신의 에너지를 끌어올린다.

엠패스나 민감한 사람들이 스스로를 사랑할 때 그들은 지구상에서 가장 강력한 존재가 된다. 엠패스라는 것은 사실 선물이다. 하지만 자기 사랑을 가장 어려워하는 사람들이 바로 그들이기도 하다. 바로 그래서 엠패스들이 자기 사랑을 반드시 익혀야만 하는 것이다. 그들은 이 지구의 에너지를 끌어올릴 힘을 가진 이들이기 때문이다.

우리가 엠패스든 아니든 간에 내가 저쪽 세상에서 배운 핵심은 우리 모두는 연결되어 있다는 것이다. 이 몸이 없을 때 우리는 모두 순수한 의식이고, 우리의 의식은 이 지구상의 한 사람 한 사람 모두에게, 지각 능력이 있는 모든 존재에게 연결되어 있다. 우리 모두는 우주의 선물을 가져다 쓸 수 있으며, 직관과의 연결을 더 키울 수 있다. 그저 거기에 스스로를 맞추기로 선택하기만 하면 된다.

감사의 말

나에게는 이 부분이 이 책에서 가장 중요한 부분입니다. 어떤 점에서건 이 책이 세상에 나오는 데 꼭 필요했던 모든 분들께 감사를 표할 수 있는 자리이니까요. 이 책이 출간될 수 있도록 직접적인 산파 역할을 하신 분들도 있고 간접적으로 도와준 분들도 있지만, 내가 지금 여기에 이르기까지 모두가 중요한 역할을 해주었습니다.

웨인 다이어 박사님께. 무슨 말로 표현할 수 있을까요? 당신의 너그러운 영혼에 난 언제나 무어라 할 말을 잃고 맙니다. 이런 일은 그렇게 자주 일어나는 게 아니라고요! 우리 두 사람이 완벽한 시간에 만나도록, 우리가 미처 깨닫기 전부터 우주가 일을 꾸몄다는 걸 나는 알고 있습니다. 당신은 제 여정에서 그야말로 핵심입니다. 당신이 없었다면 나는 지금 여기까지 오지 못했을 거예요. 여기까지 오는 내내 당신의 친절과 조언은 제게 참으로 소중했습니다. 세상 사람들이 당신 덕분에 영적으로 성장하도록 고무된다는 게 놀랄 일도 아닌 것 같아요. 내 마음 가장 깊은 곳에서 말합니다. 내가 내 이야기를 세상과 나눌 수 있게 해주어서, 내 삶을 이토록 마법 같은 것으로 만들어주어서 고맙고, 고맙고, 고맙습니다. 하지만 무엇보다 더 고마운 게 있어요. 그저 당신이어서 정말 고맙습니다. 사랑합니다!

내 가장 친한 친구이자 영혼의 남매인 리오 크루즈에게. 어떤 말로 감사를 표현한들 평범하게 들릴 것만 같고, 우리 우정에 대한 내 느낌을 비슷하게라도 담아내지는 못할 것 같아요. 지난 몇 년 동안 당신은 내 인생에 참으로 중요한 영향을 주었어요. 아직 내 말을 들을 준비가 안 된 이 세상에 어떻게든 적응하며 살아갈 수 있도록 나를 많이 도와주었지요. 당신이 들려준 수많은 임사체험 이야기 덕분에 나는 큰 위안을 받았고, 다른 사람들이 나를 흔들 때에도 당신의 굳건한 지지에 힘입어 중심을 잃지 않을 수 있었어요. 그 점, 정말 고마워요. 당신은 정말 최고의 친구예요. 내 이야기가 세상에 공개되어야 한다고 처음부터 믿어주었죠. 이 책이 탄생하기까지 시종 나를 부드럽게 일깨워주고 마침내 그 결실을 맺게 해줘서 고마워요. 많이 사랑해요, 친구!

정말 아름다운 영혼, 미라 켈리에게. 동시성 사건의 일부가 되어 내 이야기를 웨인 다이어 박사에게 전해주어서 고마워요. 당신은 허용하기라는 이론을 현실에서 실현시켜 준 사람이에요. 사랑해요!

편집자 제시카 켈리에게. 내 이야기가 이렇게 멋진 책의 모습으로 다시 태어나게 해주어서 정말 고마워요. 오래 참고 기다려주어서, 그리고 내가 하고 싶은 말을 정말 눈치 빠르게 이해해 주어서 정말 감사합니다. 함께 일한 건 정말 멋진 경험이었어요. 고마워요!

라이드 트레이시와 새넌 리트렐을 비롯한 헤이하우스 모든 식구들에게. 나를 지지해 주어서 고맙습니다! 헤이하우스 가족의 한 사람이 되어 정말 감격스러워요.

임사체험연구소 운영자 제프리 롱 박사께. 내 메시지의 중요성을 알아봐 주어서 고맙습니다. 그리고 당신 웹사이트에 내 경험을 게재하여 세상의 주목을 받게 해주어서 고마워요.

피터 코 박사께. 내 사례에 관심을 가져주고 홍콩까지 와서 나를 만나고 내 의료 기록을 연구해 준 박사께 깊은 고마움을 전합니다. 산더미 같은 의료 기록과 파일들을 뒤지며 끈기 있게 연구 작업에 임해주신 것도 감사해요!

우리 가족의 주치의이자 친구인 브라이언 워커 박사께. 내가 박사님 간담을 서늘하게 했다는 거 알아요! 저를 포기하지 않고 그 어려운 시기에 우리 모두와 함께해 주어서 고맙습니다.

가장 어두운 시간을 통과하는 나를 지켜봐 준 홍콩병원의 멋진 의료진에게. 우주가 여러분 손을 통해 자기 일을 하도록 허용해 주어서 고맙습니다.

우리 아름다운 임사체험연구소 식구들에게. 당신들은 지난 5년간 내 공동체이자 가족, 친구였습니다. 데이브 탈러, 루카스 테일러, 마크 스위니, 앨리슨 브루어, 베일리 스트러스, 클로이 솔리스, 데이브 매즈웨리, 돈 오코너, 웨인 하트, 칼라 도벨, 로레인에게 감사드려요. 당신들 모두가 없었다면 저는 이 여행을 끝까지 마치지 못했을 겁니다. 여러분은 내게 '속해 있다'는 느낌을 주었고 언제나 정말 큰 웃음을 안겨주었으니까요. 여러분 모두 정말 사랑해요!

그리고 나의 아름다운 가족에게. 내겐 세상의 전부인 아놉 오빠, 새언니와 조카 샨. 그리고 나에게 언제나 흔들림 없고 조건 없는 사랑을 주는 엄마. 사랑해요, 엄마. 그리고 많이 힘들게 해서 미안해요. 마지막으로 빼놓을 수 없는 사랑하는 남편 대니. 내 인생에 당신을 만난 것은 정말 축복이에요. 내가 당신을 얼마나 사랑하는지 당신도 늘 알고 있으리라 믿어요. 우리가 함께한 것을 내 온 마음으로 소중히 간직하고 있어요. 그리고 살아있는 동안 언제나 함께하기를 희망해요. 사랑해요, 여보.

※

또한 《그리고 모든 것이 변했다》가 출간된 이후의 여정에서 나를 도와준 사람들에게도 감사를 전하고 싶습니다.

우선, 내 작업을 진정으로 이해해 주고 일이 수월하게 돌아가도록 만드는 재주를 가진 우리 멋진 편집자 켈리 말론! 켈리, 지금껏 해준 모든 것에, 그리고 앞으로도 계속해 줄 모든 것에 정말로 감사드려요!

나의 놀라운 팀, 그대들이 없었다면 나는 이 모든 일들을 하지 못했을 겁니다. 지난 7년간 내 오른팔이 되어준 로즈 브룩스! 당신의 헌신과 충직함, 사랑에 깊은 고마움을 전합니다! 당신이 이 여정에 함께해 주어서 저는 얼마나 행복한지 몰라요. 그리고 미셸린 캘런, 정말로 민감하고 인내심 있고 총명한 당신은 내 작업을 순풍에 돛단배로 만들어주었어요. 또 애비 저드와 함께 일하는 것도 즐거움뿐이랍니다. 모두에게 정말로 감사드려요. 이보다 더 나은 팀은 바랄 수 없어요!

내 소셜 미디어 매니저였던 밀레나 조이 모크에게도 특별한 감사를 전하고 싶습니다. 우리는 웨인 다이어가 세상을 떠난 후 동시성에 의해 만나게 되었지요.

마지막으로 이 10주년 기념 개정판에 추가적인 내용을 멋지게 덧붙여준 헤이하우스의 멜로디 가이와 애너 쿠퍼버그에게도 감사를 전합니다. 멜로디와 애너, 이 책을 최고의 책으로 만들어준 당신들의 통찰력과 조언, 지원에 감사드려요!